SZCZEPAN
TWARDOCH

ROMAN

DAS SCHWARZE KÖNIGREICH

Aus dem Polnischen
von Olaf Kühl

Rowohlt Taschenbuch Verlag

Die polnische Originalausgabe erschien 2018 unter dem Titel
«Królestwo» bei Wydawnictwo Literackie, Krakau.

Veröffentlicht im Rowohlt Taschenbuch Verlag,
Hamburg, April 2022

Motto Jan Kochanowski, «Die Abfertigung der
griechischen Gesandten», aus dem Polnischen von
Spiridon Wukadinović, Posen, 1929.
Covergestaltung any.way, Barbara Hanke / Cordula Schmidt,
nach einem Entwurf von Anzinger und Rasp, München
Coverabbildung Ferdinando Scianna /
Magnum Photos / Agentur Focus
Satz aus der New Century Schoolbook
bei Pinkuin Satz und Datentechnik, Berlin
Druck und Bindung GGP Media GmbH, Pößneck, Germany
ISBN 978-3-499-00083-6

Die Rowohlt Verlage haben sich zu einer nachhaltigen Buchproduktion verpflichtet. Gemeinsam mit unseren Partnern und Lieferanten setzen wir uns für eine klimaneutrale Buchproduktion ein, die den Erwerb von Klimazertifikaten zur Kompensation des CO_2-Ausstoßes einschließt.
www.klimaneutralerverlag.de

FSC
www.fsc.org
MIX
Papier aus verantwortungsvollen Quellen
FSC® C014496

SZCZEPAN TWARDOCH, geboren 1979, ist einer der herausragenden Autoren der Gegenwartsliteratur. Mit «Morphin» (2012) gelang ihm der Durchbruch, das Buch wurde mit dem Paszport-Polityki-Preis ausgezeichnet und begeisterte Kritik und Leser. Für «Drach» wurden Twardoch und sein Übersetzer Olaf Kühl 2016 mit dem Brücke Berlin Preis geehrt. Zuletzt erschienen der hochgelobte Roman «Der Boxer» sowie das Tagebuch «Wale und Nachtfalter». Szczepan Twardoch lebt mit seiner Familie in Pilchowice/Schlesien.

OLAF KÜHL, 1955 geboren, studierte Slawistik, Osteuropäische Geschichte und Zeitgeschichte und arbeitete lange Jahre als Osteuropareferent für die Regierenden Bürgermeister von Berlin. Er ist Autor und einer der wichtigsten Übersetzer aus dem Polnischen und Russischen. Sein zweiter Roman, «Der wahre Sohn», war 2013 für den Deutschen Buchpreis nominiert.

«Meisterhaft blättert Twardoch seine Figuren auf ... die 400 rasant erzählten Seiten gehen einem an die Nieren und zu Herzen. Hoffnung führen sie keine im Vorrat, Liebe schon.»
Neue Zürcher Zeitung

«Packend, düster, hinein- und hinunterziehend ins 1939 von Deutschen besetzte Polen.» *taz*

«Ganz starke, meisterhafte Literatur.»
NDR-Podcast eat.READ.sleep

«Bewegendes Buch und Kampfansage an die neue Rechte in Polen ... Ein großer Wurf.» *Badische Zeitung*

«Das ist große Literatur!» *SR 2*

rororo

«Verlottert Königreich, dem Untergange nahe,
Wo weder Rechte gelten, noch Gerechtigkeit auch
Daheim ist, sondern alles nur mit Golde käuflich!»

Jan Kochanowski,
Die Abfertigung der griechischen Gesandten

RYFKA

In Kälte, in Dunkelheit, in unablässiger Furcht.

In Kälte, in Dunkelheit, in unablässiger Furcht ich, das Nachttier.

An dunklen Tagen ducke ich mich in mein Loch, grau wie die Wände der mich bergenden Höhlen, gehe in der dunklen Nacht auf Beutezug, die Fleischreste abkratzen vom Skelett der toten Stadt, ihr hartgefrorenes Aas benagen. Husche zwischen Betonfelsen hindurch, durch die Canyons der Straßen, laufe leichtfüßig über Trümmerhalden, ohne Spuren zu hinterlassen, beinahe unsichtbar, geräuschlos und grau, den Stachel in der Tasche, ich weide, kehre dann zurück und füttere wie eine Mutter denjenigen, den ich geliebt habe, schmiege mich in mein Lager, werde eins mit den Wänden, den Lumpen, rolle mich ein neben ihm, wärme ihn mit dem Rest Wärme, den ich in mir habe, wärme ihn wie eine Mutter.

Einen bösen Menschen habe ich geliebt, mein ganzes Leben.

Ich wärme und füttere ihn, dann gehe ich wieder hinaus, und er bleibt, in der Finsternis. Ich erinnere mich hiermals und erinnerte mich damals, in der Kälte, in der Dunkelheit, in der Furcht, wie er bei mir saß, sitzt, ein paar Jahre zuvor, in einer anderen Welt, noch in meinem Bordell, dort wo die Pius-XI. und die Koszykowa aufeinanderstoßen, bei mir saß, nachdem sie 1937 dann doch nicht nach Palästina ausgereist waren, er und diese seine Frau. Nachdem sie zurückgekehrt waren. Nachdem das Flugzeug kehrtgemacht hatte.

Also er saß bei mir, ich erinnere mich, er sitzt, saß nackt auf dem Bett, stützte die Ellbogen auf die Knie und den Kopf auf die Ellbogen. Schwieg zunächst. Dann trank er. Trinkt. Weinte. Donnert mit der Faust gegen die Wand, bis er sich die Knochen der rechten Hand bricht, die Wand blutig gemacht hat, aber er schlägt weiter, zu betrunken, um den Schmerz der Knochen zu spüren, die nicht zum ersten und nicht zum letzten Mal brachen, da ihm alles weh tat, nur der Körper nicht, ich weiß nicht, ob ich es Herz oder Seele nennen soll, schließlich hat so ein Mensch keine Seele und nur einen Muskel als Herz, trotzdem ist etwas im Inneren, etwas, das nicht Körper ist und doch Mensch, weil es zum Menschen gehört, oder der Mensch zu ihm, dem, was da im Inneren ist, und dieses Etwas tat ihm weh, und um diesen Schmerz zu betäuben, brach er sich die Mittelhandknochen, indem er gegen die Wand schlug, und ich rief den Doktor, der Doktor kam, sah sich die Hand an, er musste ins Spital, dort röntgte der Doktor, richtete ein, gipste, tat alles, was zu tun war, und Jakub kehrt bald darauf zurück und trank weiter, mit vergipster Hand, dann verlor er das Bewusstsein und lag auf dem Bett, nackt und nichts wissend.

Ich liebe, liebte einen bösen Menschen, dachte ich damals, als ich seinen Körper betrachtete, die blaugrauen Tätowierungen und die von dickem Speck überwachsenen Muskeln.

Denkt etwa Frau Goebbels so von ihrem Mann, dass sie einen bösen Menschen liebe? Und liebt sie ihn? Was ist die Liebe, wenn man einen so Bösen liebt? Auch ich bin ein böser Mensch, aber er liebt mich nicht. Das ist die Konstellation zwischen uns, zwei böse Menschen, ich böse, er böse, ich liebe ihn, er aber liebt niemanden, nicht einmal sich selbst, vielleicht macht mich das ein bisschen besser, dass ich in all meiner Verderbtheit, in der ganzen Niedertracht meiner Nicht-Seele, meines Nicht-Herzens, doch immerhin ihn liebe, vielleicht bin ich doch nicht ganz so böse, vielleicht ist etwas Menschenähnliches in mir geblieben, in ihm dagegen nicht, denn er liebt niemanden. Früher einmal hat er sich selbst geliebt, all diese Nippsachen, Pistolen, Taschenmesser und hübschen Anzüge, seine teuren Lederschuhe und Automobile hat er geliebt, mit denen er sich ausstaffierte, weil er mehr sein wollte als nur einer von vielen Warschauer Judenbengeln, kein Juden-Niemand, Stück Scheiße, menschlicher Auswurf, und er hatte kein Nicht-Herz in sich und keine Nicht-Seele, die er irgendeiner Idee opfern hätte können, so wie sein Bruder sich für Palästina opferte und dafür sterben wollte, jedoch starb er nicht für Palästina, sondern für nichts, allerdings durch Jakub, also vielleicht für Jakub; hat er ihm sein Leben hingegeben, vielleicht?

Und Jakub wollte mehr sein als Auswurf, deshalb boxte er, schoss, staffierte sich aus, spazierte, stolzierte, promenierte von der Tłomackie zum Kercelak, lüftete den Hut, lächelte, verbeugte sich, vor wem es geboten war, turtelte, flirtete, Männchen das, Stier der, Vieh, und dann geschah, was geschehen ist, und Jakub liebte sich selbst nicht mehr, also liebte er auch niemand anderen und liegt jetzt hier, in einem Lager aus Fetzen, Decken und Mänteln, einem Lumpenlager, mager, unrasiert, bedeckt von Lumpen, hat seit einer Woche kein Wort in keiner menschlichen Sprache gesprochen, wollte stattdessen schreien, und ich hielt ihm den Mund zu, er ist schwach wie ein Kind, und ich bin bei ihm.

Wenn es mir gelingt, gelang, etwas zu essen aufzutreiben, fütterte ich ihn, manchmal beinahe mit Gewalt. Ich öffne ihm den Mund, legte einen Zuckerwürfel hinein, wartete, bis er sich aufgelöst hat im Speichel, warte, bis er ihn schluckt.

Ich zwinge ihn, sich zu entleeren, zum Glück reichen ein oder zwei Mal die Woche, denn da ist nichts, was auszuscheiden wäre.

Ich sorge dafür, dass er sich nicht einnässt, Kleidung und Bettwäsche nicht vollmacht, denn dann würde er erfrieren.

Und ich denke daran, wie er nackt bei mir saß, sitzt, am Tag, nachdem er sich die Hand gebrochen hatte, immer noch das Jahr 1937, ich denke zurück an all die Nächte, da er in meinem Bett schlief und ich danebensaß und seinen breiten, tätowierten Rücken betrachtete, die Schultern und die Gesäßbacken, und seine Kraft liebte, die Angst liebte, die er auslöste, seine Unbändigkeit, die Trauer liebte, die ihn erfüllte, ihn sogar dafür liebte, dass er mich so sehr in der Hand hatte, ihn dafür liebte, dass er mich für diese Pissnelke verlassen hat, dieses Drecksluder aus gutem Hause, dieses Advokatentöchterchen, verzärtelt, verwöhnt, und es amüsierte mich sogar, dass sie so zugrunde ging, nicht jetzt, aber damals, dieses Püppchen, das sich hätte assimilieren und wie eine normale Polin hätte leben können, so ein hübsches Mädchen, sie ging mit ihm, ja, es amüsierte mich, sogar dafür habe ich ihn geliebt, denn ich hielt sehr wenig von mir, ein Mädchen aus dreckigster jüdischer Gosse, deshalb betrachtete ich das als einen weiteren seiner Erfolge, er nimmt sich so eine, Dämchen aus einer anderen Welt, ihm gelingt alles und auch das.

Das ist nicht wahr. Sogar hier belüge ich mich, wenn auch nur ein bisschen, sogar hiermals versuche ich, mit Lügen ein bisschen von meiner damals verlorenen Würde zu wahren. Ich hasste ihn dafür. Dafür wollte ich ihn töten. Auch sie wollte ich töten, eine Flasche zerschlagen und ihm das Glas ins Gesicht stoßen, in den Bauch, aufschlitzen, Augen auskratzen, das kann ich ja, ich erinnere mich noch immer gut, wie es ist, wenn man diese innere Explosion zulässt. Das weiß ich noch aus dem Gefängnis.

Ich liebte ihn auch damals, hager, mit grauer und rauer Haut, schwach, zitternd, ich liebe ihn, selbst wenn ich ihm den Hintern wische und die dreckigen Papierfetzen für später aufbewahre, als Heizmaterial, ich liebe seine vom Hunger schon geschwollenen riesenhaften Hände, zum ersten Mal seit Kriegsanfang ist er vom Hunger gedunsen, jetzt, erst jetzt, da die Sowjets schon in Praga stehen. Und er hat gedacht, alle anderen würden aufschwemmen, nur er nicht. Höchstens vom Speck, der ihm über den Hosengürtel quoll.

Das Schlimmste ist, dass er nicht aufgedunsen sein müsste. Wir hungern, schon, aber erst seit ein paar Monaten, seit dem Aufstand. Im Ghetto haben wir uns satt gegessen, nach der Großaktion, in den Fabriken, den Szopy, waren wir auch nicht hungrig, aber schon damals verlor Jakub langsam das Interesse am Essen, er wurde immer apathischer, aß immer weniger. So wie später, bei ihr. Er magerte ab. Substanz genug hatte er. Am Ende aß er nur noch, was ich ihm in den Mund schob und zu schlucken beinahe zwang.

Es wird schon dunkel, wurde, man wird den Rauch nicht sehen, also kann ich ein Feuer machen. Ich kann auch so Feuer machen, dass überhaupt kein Rauch entsteht, ich bin ein Nachttier, ein Nachtungeheuer, wenn ich das nicht könnte, wäre ich nicht mehr am Leben, deshalb habe, hatte ich für das nächtliche Feuer nicht qualmendes Brennzeug zurückgelegt, für das Tagesfeuer dagegen besondere, ganz trockene Scheite, deren Rauch sich in unserem Versteck ausbreitet und schon gar nicht mehr zu sehen ist, wenn er nach draußen entweicht. Zu diesem Zweck habe ich mir aus einer alten, rostigen Tonne, die ich aus dem Keller hierhergeschleppt habe, einen Ofen gebastelt, habe darin Ziegelsteine gestapelt, Roste darübergelegt, habe mit einer Feile Öffnungen für Feuerluke und Aschefach gebohrt, habe aus aufgelesenen Rohren einen Schornstein gebastelt, der Zug macht und den Rauch nicht nach draußen leitet, das wäre Selbstmord, sondern in den Flur nebenan, wo er sich ruhig ausbreiten kann, von draußen immer noch unsichtbar.

Ich zerknülle zum Anzünden ein paar Fetzen der «Jüdischen Zeitung» Jahrgang 1942, werfe ein paar vom Schrank abgespaltene Spreißel dazu, zünde an und warte, bis es brennt. Ein wenig wird es ihn wärmen.

«Ich muss gehen, Jakub», sage ich sehr leise. «Ich muss. Rühr dich nicht fort von hier.»

Es ist Zeit. Heute habe ich ihm den letzten Zuckerwürfel aus dem Säckchen gegeben, das ich noch aus der Wohnung dieser polnischen Nutte mitgenommen hatte, die uns versteckte, doch an sie will ich jetzt nicht denken. Wasser habe ich genug, noch mehrere Liter in der Milchkanne, wichtiger aber ist, dass ich weiß, wo ich Wasser bekomme, denn ich habe einen fertigen Brunnen. Es gefriert, das tut nichts, ich schmelze das Eis nachts auf meinem Öfchen.

Ich schaue auf meinen in die Wand geritzten Kalender, schaute. Ich tippte auf den ersten Dezember, jetzt sehe ich, es stimmt, ich habe mich nicht geirrt. Ich habe zwei Paar dicker Strumpfhosen an, eine wollene Männerhose, zwei Pullover und eine für mich viel zu große, dicke Männerjacke. Ich nehme den Sack, nahm ihn, aus dem Sack habe ich mit Hilfe einer dicken Schnur so etwas wie einen Rucksack gemacht, den werfe ich mir über und knöpfe den Mantel zu, zurre ihn mit einem Soldatengürtel fest, umwickle die Schuhe mit Lappen, den Kopf mit einem Schal und einem dicken Wolltuch. Ich habe auch zwei Paar wollener Handschuhe, über den linken ziehe ich

Jakubs alte Armbanduhr, eine deutsche Glashütte, die er vor dem Krieg getragen hat, mit abgewetztem Armband, aber Zeigern, die im Dunkel leuchten. Unter den Gürtel, hinten, schiebe ich ein kleines, gebogenes Brecheisen, sehr nützliches Werkzeug, in eine Manteltasche stecke ich das Messer, ein gewöhnliches Küchenmesser, in die andere die Pistole.

Gekauft habe ich sie noch im Februar dreiundvierzig in der Twarda, damals ging ich außerhalb des Restghettos zur Arbeit, natürlich ging man ausschließlich in Gruppen; wenn jemand es wagte, allein zu gehen, schossen die Deutschen ohne Vorwarnung; unser Kommando wurde von einer dicken Deutschen angeführt, die den verbreiteten Namen Miller trug.

Jakub ging nirgendwo mehr hin, Jakub war schon damals von Nacht umgeben, er hatte eine Nummer zum Überleben, doch nach der Januaraktion zeigte sich, dass die Nummer die Sicherheit nicht mehr garantierte, damals holte man allein aus unserem Szop mehrere hundert Menschen ab, nur wie durch ein Wunder, ein fett geschmiertes, blieben wir verschont, Jakub beachtete das fast gar nicht, er vegetierte und ging immer mehr ein, ich zog allein los zum Schmuggel. Ich achtete auf uns beide, auf alles, auf das man achten musste, um zu leben.

Leben, leben, leben, das einzige Gebet, das ich sprach.

In der Twarda war ein Laden, im Grunde auf dem Hof eines der Häuser Ecke Pańska und Twarda, übrigens auf dem Gelände des ehemaligen kleinen Ghettos, nach der Liquidierung fand dort viel Schmugglerhandel statt, ich hatte ein paar Bekannte und lernte einen Menschen aus Lublin kennen, den ich schließlich frage, fragte, ob er mir nicht ein Schießeisen besorgen könnte. Ich fragte ihn, weil ich längst wusste, dass er ein Auge auf mich geworfen hatte, dann läuft das Geschäft immer leichter. Der Lubliner Schmuggler antwortete mir, er sagt, Schießeisen sind heutzutage sehr teuer, jeder Judenbengel würde gern so ein Eisen kaufen, so schießwütig sind die Juden plötzlich alle.

So war das damals tatsächlich, schon nach der Großaktion war eine Pistole die beste Währung in dem, was vom Ghetto geblieben war, und nachdem sie diese Aktion im Januar durchgeführt hatten, beschloss ich für mich, dass sie mich nicht lebend kriegen würden; besser, wenigstens einen Deutschen umzubringen, wenn sie mich holen kommen, als einfach zu sterben. Damals dachten viele von uns schon so, besonders die aus der Partei, aber dorthin zog es mich nicht, nicht dazu hatte ich mit jedem, der mir über den Weg lief, um mich selbst gekämpft, um jemand und nicht niemand zu sein, nicht dazu hatte ich so viel geopfert, wie ich geopfert hatte, um jetzt auf die Befehle eines eingebildeten Scheißkerls zu hören, egal ob er Bundist, Zionist oder ein Ha-Schomer war.

Auf Geld legte niemand mehr Wert, obwohl es welches gab. Wenn jemand schmuggelte und sich nicht erschießen ließ, war der Gewinn sicher. Am meisten kaufte die Partei, aber die Privaten auch, wenn sie nur bezahlen konnten, und die Kämpfer der Partei drückten dabei ein Auge zu, pressten den Reichen ordentlich Geld ab, bis sich irgendwann diese Reichen mit den Bejtar-Leuten zerstritten. Es hieß, die Partei sei einverstanden damit, dass die Privaten Waffen haben, denn wenn wir endlich den Aufstand wagen würden, könne sich jeder mit einer Waffe dem Kampf um einen würdigen, makkabäischen Tod anschließen.

Ich jedoch hatte andere Ziele als den makkabäischen Tod.

Ich rechnete zwar damit und wollte lieber sterben und dabei wenigstens eins dieser Ungeheuer mit in den Tod reißen, aber lieber wollte ich nicht sterben, und deshalb lebe ich, habe überlebt, während alle gestorben sind.

Damals also sagte ich ihm, diesem Typen aus Lublin, ich hätte Geld, so viel wie nötig. Zwei Tage später, auf dem Weg zur Arbeit, traf ich ihn am vorherigen Ort. Er fragte, ob ich das Geld dabeihätte, hatte ich, ich zahlte siebentausend, was sollte ich damit, sieben-, zehn-, einhunderttausend, was sollte ich anfangen mit dem Geld, seinem Geld und meinem, dem alten Geld noch aus der Vorkriegszeit und dem neuen, vom Schmuggel. Geld ist Papier, Geld ist nichts. Ein Schießeisen ist ein guter, würdiger, mutiger Tod, ich machte mir keine Illusionen, dass ein Schießeisen vielleicht sogar das Leben bedeuten könnte, wenn Leben, dann nicht dank einem Pistölchen, mit einer Pistole erkämpfst du dir das Leben nicht, dafür braucht es eine Armee und eine Flotte, Flugzeuge und Panzer, die Pistole taugt nur für den guten Tod, für das Leben braucht es etwas ganz anderes. Aber ein guter Tod ist besser als solch ein Tod.

So dachte ich damals, hiermals weiß ich nicht mehr, was besser ist. Ich bildete mir ein, damals, ein Sterben, bei dem ich mit der Pistole schieße, wäre besser, weil ich im Kampf die Menschenwürde wahre, die man mir im Zug nach Treblinka genommen hätte und die mir jeder Gestapomann nehmen könnte, der mich ausliefert, jeder Pole, der mich auf der Stelle umbringt, doch das stimmt ja nicht, Tod ist Tod. Im Tod verliert man genau diese Menschenwürde, unabhängig von der Art des Sterbens, denn im Sterben wird der Mensch vom Menschen zu einem toten Körper, einem Nichts.

Also zahlte ich und frage, wo das Eisen sei, darauf jener Mensch: Im Zimmer oben, und dort würde er von mir noch etwas verlangen, sonst würde nichts aus der Transaktion.

Darauf wollte ich ihm im ersten Reflex antworten, ich sei keine Nutte, aber dann sagte ich mir, wozu streiten, was macht es für einen Unterschied, schließlich sterben wir sowieso bald, kein Streit, keine Zeit, unsere Gruppe macht sich in einer Stunde auf den Rückweg, und der Körper, was ist das schon, der Körper nutzt sich davon nicht ab, und wenn er dreckig wird, kann man ihn waschen. Deshalb ging ich mit ihm auf dieses Zimmer, dort sagte ich zu ihm, wenn er sein Vergnügen haben wolle, bräuchte ich eine Schüssel mit heißem Wasser, ein Stück echter Seife und ein Handtuch. Er lief die Treppe runter und kam gleich darauf mit allem zurück. Fragte, ob ich mich vorher wasche, nein, nachher. Er war schon zu erregt, um zu protestieren. Ich zog mich aus, ohne auf die Aufforderung zu warten, er tatschte mich ab, es war widerwärtig, aber ich habe schon ganz andere Dinge ertragen, und dann tat er, was er tun musste, ich spürte, spüre seinen Schwanz in mir, und das wurde mir so egal, als wäre es eine vorübergehende, körperliche Unbequemlichkeit, als würde mich einen Moment lang der Schuh drücken und ich wüsste, dass ich ihn gleich ausziehen, er gleich nicht mehr drücken würde.

Ich wandte den Kopf ab, sah aus dem Fenster, es wurde gerade hell, der Tag war frostig, und der Himmel von diesem blassen, winterlichen, tristen Blau. Auf dem Balkongeländer saß, sitzt eine Dohle, ganz aufgeplustert, schwarzgrau, und sah mich an mit schief gelegtem Vogelköpfchen, mich und den Mann, der auf mir lag, und ich wollte glauben, die Dohle verstünde mich, obwohl ich ja weiß, das kann nicht sein, Dohlen sind klug, aber verstehen tun sie nur sich selbst, so wie wir alle.

Vielleicht wollen sie sich sogar, wie wir, weismachen, sie wären sich selbst ein Geheimnis, wir alle tun das, dabei ist es nicht wahr.

Wir haben selbst keine Geheimnisse vor uns, wenn wir uns nur in die Augen zu schauen wagen.

So wandte, wende ich den Blick von der Dohle und vom Winterhimmel ab. Ich wollte nicht den Mann ansehen, der auf mir lag, sich auf die Ellbogen stützte und tat, was er tun musste, aber in Gedanken kehrte ich zurück zu seiner aufdringlichen Gegenwart und zur aufdringlichen Gegenwart der Männer überhaupt.

Wie durch einen Nebel erinnerte ich mich, wie das früher gewesen war, auch wenn diese Welt und dieses Ich von damals schon so vollständig untergegangen sind, als hätten weder die Welt noch ich je existiert, untergegangen ist dieses Ich und diese Welt mit mir darin, schon lange vor dem Krieg. Ich erinnere mich nicht an all diese Männer, sie verschwimmen zu einem einzigen Körper mit einem aufdringlichen, frechen Schwanz, ich habe ja rasch die professionelle Gleichgültigkeit erlernt, meine Kolleginnen von der Straße in Łódź oder später von unserem Freiluft-Bordell, im Gebüsch an der Weichsel, sie alle haben längst ins Gras gebissen oder sind nach Argentinien, beißen dort auch bald ins Gras, das ist der Lauf der Dinge, mein Leben ist nach oben geschossen, dann ist es abgestürzt wie das aller Warschauer Juden, und dennoch habe ich besser gelebt als sie alle. Habe mehr vom Leben gehabt.

Gewiss gibt es welche, die besser leben als ich und viel mehr vom Leben haben, zum Beispiel seine polnische Nutte da, aber das ist egal.

Gerechtigkeit ist die lachhafteste aller Fiktionen, an die Menschen glauben.

Langsam könnte er fertig werden, dachte ich und griff zu dem professionellen Trick, bäumte mich auf unter ihm, fasste zwischen seine Backen, sagte etwas mit professioneller, gespielter Erregung, für mich ganz mechanisch, ungewohnt für ihn. Es wirkte. Er heulte auf, heult, spannte sich an, kam, fiel neben mir auf das Bett und schmiegte sich an, schob mir den Kopf unter die Achsel wie ein Hund, drückte sein Gesicht auf meine Brüste und erstarrte so, reglos, wortlos, ohne ein Zucken, nur auf der Haut spürte ich seinen Atem. Ich ließ das zu, befand das als Teil der Dienstleistung, die er von mir für die Pistole verlangt hatte, also gestattete ich es ihm eine Weile, und er lag so da, mit verdecktem Gesicht, regungslos weiterhin, bis ich die Geduld verlor.

«Genug jetzt mit Kuscheln», brummte ich und löste mich von ihm.

Ich stand auf, griff nach Wasserschüssel, Seife, Handtuch, wusch und trocknete mich ab. Er lag da und sah mir zu. Sein Blick störte mich nicht, ich habe längst gelernt, Blicke zu übersehen.

«Jetzt die Ware», sagte ich.

Er entschuldigte sich sofort, plötzlich verlegen, setzte sich auf, griff unter das Bett und reichte mir ein in Papier gewickeltes, verschnürtes Päckchen. Ich löste Schnur und Papier, ohne mich anzuziehen, auch er saß nackt da und wartete, bis ich es ausgepackt hatte, und diese zweisame Nacktheit gefiel mir nicht, sie suggerierte etwas wie Nähe, die doch zwischen uns nicht bestand und die ich nicht wollte, doch die Ware war mir wichtiger. Drin waren Lappen, fett von Öl und stark nach Waffe riechend. Ich kenne diesen Geruch gut, noch von vor dem Krieg. Ich wickelte, wickele sie aus, und es ist eine Pistole, eine Parabellum.

«Vorsicht ...», hob er an und streckte die Pfoten aus, um mir zu erklären, wo das Geschoss herauskommt, und ich schenkte ihm einen Blick, der ihn zurückschrecken ließ.

Ich hob die Pistole aus dem Päckchen. Mit einem Hebeldruck warf ich das Magazin aus, zog den Kniegelenkverschluss zurück und prüfte, ob die Kammer leer war, drückte den Abzug, die Nadel schlug zu. Noch einmal zog ich den Verschluss, blockierte ihn in der hinteren Position und warf im Licht einen Blick in den Lauf. Das Gewinde klar erkennbar, sauber, kein Rost.

Die Waffe war gut. Ein volles Magazin, acht Patronen.

«Nicht mehr Munition?», fragte, frage ich. Der Typ war überrascht und besorgt.

«Nein, nicht. Woher kennen Sie sich so gut mit Waffen aus? Können das heutzutage alle Jüdinnen?»

«Geht Sie einen Scheiß an, woher ich mich auskenne», erwiderte ich trocken.

«Die Juden kaufen angeblich Waffen, damit sie hier den Kommunismus einführen können, wenn die Deutschen abhauen.»

«So ...?», ich wunderte, wundere mich, denn die Einführung des Kommunismus mit Waffengewalt hat mich nie interessiert.

«So sagen sie jedenfalls in der Stadt. Dass das Ghetto Waffen will, wissen alle. Beim Schmuggel fragen alle nach Schießeisen.»

«Dass die gegen die Deutschen gebraucht werden, auf die Idee kommt keiner?»

«Dass Juden auf Deutsche schießen? Wer's glaubt. Deshalb sagen die Leute, es muss um den Kommunismus gehen.»

«Und Sie meinen, die Sowjets würden das nicht selbst erledigen? Stalin mit seinen Divisionen, Panzern und Flugzeugen? Meinen Sie, er braucht die Juden dazu und die fünf jüdischen Revolver?»

Er verdrehte nur die Augen. Ich tat's ab. Was soll ich ihm erklären. Ein Pole versteht einen Juden nicht. Auch keine Jüdin. Nicht mal so eine Pseudo-Jüdin wie mich.

Die Patronen sah, sehe ich mir genauer an, Stück für Stück. Zwar eine deutsche Waffe, aber die Patronen sind polnisch, aus der Vorkriegszeit, und das betrübte mich, denn je älter ein Geschoss, desto schlechter, und polnische Sachen sind schwer einzuschätzen. Aber wählerisch durfte ich nicht sein. Also zog ich mich an, wickelte die Pistole in Lappen und Papier, dann versteckte ich sie in einem Block weicher Butter, die ich am Vortag gekauft hatte, weil ich diese Waffe irgendwie an der Wache vorbeikriegen musste.

Ich warf einen letzten Blick auf den Schmuggler, der mir die Pistole gebracht hatte und dem ich dafür sehr dankbar war. Er hatte hagere Gliedmaßen, einen flachen, hängenden Arsch, schlaffe, wenngleich männliche Brüste und einen großen, dabei harten Bauch, prall nicht von Unterhautfett, sondern von innerem Speck, wie ein Fußball, mit vorstehendem Nabel.

«Sie sind ein guter Mensch», sagte, sage ich unvermittelt. Er war verwundert, dabei war er ja gut. Besser als die Mehrzahl der Polen, die ich im Leben getroffen habe. Er hätte das Geld nehmen und mir die Pistole wegschnippen können. Hätte mit einem Gestapomann oder sonst einem Gendarmen, wie wir sie damals fälschlich nannten, zurückkommen, hätte mich verraten können, alles hätte er mir antun können. Wie sie alle. Er wollte nichts als meinen Körper, den ich ihm aus freien Stücken nicht gegeben hätte, niemandem hätte ich ihn gegeben, ihm am allerwenigsten, wenn mir nicht an der Pistole gelegen gewesen wäre, wenn er mich nicht erpresst hätte, da kam er mit seinem Wunsch, das war nicht gut, aber die Menschen tun Schlimmeres. Viel Schlimmeres. Und ob jemand gut oder schlecht ist, kann ganz unterschiedlich ausfallen. Im Salon ist man anders gut als in Treblinka. In einer anderen Welt hätte ihn das, was er hier tat, als den letzten Schweinehund gelten lassen. Dort, damals, in Warschau, in der Twarda, hat dieser Mensch mit seinem prallen Bauch sich ganz normal benommen. Und wenn ich sein Benehmen insgesamt betrachtete, kam ich zu dem Schluss, dass er trotz dieser kleinen Gemeinheit ein guter Mensch war.

Er wunderte sich also, und dann war es ihm sehr, sehr peinlich. Er bückte sich, griff nach seiner Hose, zog sie an, griff nach dem Hemd, als schämte er sich nun auch seiner Nacktheit.

«Ich weiß, es war nicht anständig, was ich getan habe», sagte er plötzlich. «Man darf nicht so mit einer Frau, erpresserisch … Ich habe einfach schon sehr lange nicht, ich hatte einfach dieses große Bedürfnis nach einem Körper … Aber ich weiß, anständig ist es nicht.»

Ich zuckte mit den Schultern.

«Klar. Aber so sind die Zeiten, anständig oder unanständig, das zählt nicht mehr. Alles ist anständig und alles unanständig.»

Er nickte, kratzte sich die grauen Bartstoppeln.

«Kubicki meine Name, Stanisław Kubicki», sagte er.

«In Ordnung», erwiderte ich.

«Sie sagen, ich sei gut, ja? Wenn Sie überleben, oder besser, falls wir beide die Zeiten erleben, dass der Krieg zu Ende ist, dann denken Sie daran, dass Sie so über mich gedacht haben. Dass Stanisław Kubicki aus Lublin ein guter Mensch ist. Dass Stanisław Kubicki gut zu Ihnen war. Ihnen geholfen hat. Vielleicht begegnen wir uns noch einmal. Vielleicht ist dann alles anders herum, nicht? Das Schicksal ist launisch.»

Wir sind uns nie mehr begegnet. Ich erwiderte auch nichts darauf. Ich zog mich an und ging, gehe grußlos.

Stanisław Kubicki erlebte die Zeit nicht, in der der Krieg zu Ende war, er starb im Frühjahr 1944 am Typhus, und das ist mir völlig egal. Ich weiß es nur eben.

Die Butter gab ich Frau Miller, die eine Schwäche für mich hatte, seit sie wusste, dass ich auch aus Łódź stamme, so wie sie, ich gab ihr noch hundert Złoty für diese Gefälligkeit, denn eine Schwäche für hundert Złoty hat jeder, und es war klar, dass der Wachmann eine Deutsche, selbst so eine Volksdeutsche, nicht kontrollieren würde. Selbstverständlich wusste Frau Miller nicht, dass in der Butter eine Waffe versteckt war, Butter schmuggeln ist das eine, eine Waffe schmuggeln das andere.

Seit Jakub und ich, statt zu sterben, auf die arische Seite gewechselt waren, hatte ich mich nicht von der Parabellum getrennt, deshalb nehme, nahm ich sie auch jetzt mit, auch wenn ich nicht die Absicht hatte zu schießen. Solange wir das Restghetto nicht verlassen hatten, habe ich überhaupt kein einziges Mal geschossen. Die Munition ist zu wertvoll, um die Waffen auszuprobieren, und wo denn auch. Mir ist klar, dass wir das Versteck bald wechseln müssen, hätten wir schon längst tun sollen, aber ich weiß nicht, ob ich ihn zur Bewegung, zur Tat zwingen kann.

Wir verbergen uns jetzt im höchsten Stockwerk der Elektrotechnischen Fakultät, nicht weit, wenige hundert Meter von dem Ort, an dem das Mietshaus stand, das schöne Mietshaus an der Ecke Pius- und Koszykowa, in dem ich diese gar nicht so üblen Jahre verbracht habe, die Jahre vor dem Krieg, aber dieses Mietshaus gibt es nicht mehr. Die Mauern stehen, doch die Mauern waren nie wichtig, sondern das, was darin war. Der größte Vorzug unseres Verstecks ist, dass die Treppen zum letzten Stock wie eingebrochen wirken. Auf ihnen liegt ein wirrer Trümmerhaufen, alte Möbel, die ich selbst dazu gepackt habe, und Stahlstäbe aus der Decke, die zerrissenen Innereien des ermordeten Gebäudes, in das beim polnischen Aufstand eine Mörsergranate eingeschlagen ist.

Niemand kommt darauf, dass der große stählerne Archivschrank, von der Explosion verbeult, verschoben werden, dass er sich überhaupt vom Fleck rühren kann. Er würde das auch nicht tun, wenn man ihn einfach nur schieben wollte. Um ihn zu bewegen, habe ich einen Flaschenzug gezimmert, mit Jakubs Hilfe, den ich zu dieser Hilfe irgendwie bewegt habe, ich weiß, wusste selbst nicht, wie. In den Kellern der Elektrotechnischen Fakultät fand ich Rollen, die sich vorzüglich dafür eigneten, ich fand zudem viele Meter Stahlseil und machte etwas, von dem ich heute weiß, dass es Sechserflaschenzug heißt, und auch wenn ich damals diesen Namen nicht kannte. Ich brauche nur dieses im Schutt verborgene Seil auszugraben und daran zu ziehen, ein paar Meter weit, und der Schrank wird um einige zig Zentimeter verrückt, gerade genug, um sich daran vorbeizudrücken.

Hätte mir vor dem Krieg jemand gesagt, dass ich einmal Flaschenzüge fertigen würde, mit Hilfe eines Handbohrers, mit Schraubenschlüsseln, Schraubenziehern, einem Hammer und Meißel, ich hätte nur gelacht. Als Kind habe ich gelernt, das Messer zu benutzen und wegzulaufen, später benutzte ich meinen Körper, Titten und Arsch, weil ich es musste, und später das Geld, um meinen Körper nicht mehr benutzen zu müssen.

Andere Werkzeuge habe ich nicht angerührt. Scheckbuch und Füllfeder, mehr nicht. Aber im Ghetto hat man alles gelernt. Wenn eine Jüdin leben wollte, musste sie sehr aufnahmefähig sein, die Leute bauten Bunker, ich half dabei, ich sah zu und lernte. Ich kann vieles. Einen Flaschenzug bauen ist nicht einmal das, was ich am besten kann.

Neben dem Flaschenzug befindet sich eine Falle, die ich immer dann scharfstelle, wenn wir drinnen sind. Zieht jemand an dem Stahlseil, ohne zuvor die sowjetische Handgranate zu entschärfen, die ich sorgsam zwischen Schrank und Türschwelle geklemmt und aus der ich vorher behutsam den Splint herausgezogen habe, dann rollt ihm diese Granate vor die Füße und explodiert.

Natürlich ist das nicht der einzige Ausgang aus unserem Versteck, ich bin ja nicht dumm. Ich bin ein Nachtungeheuer. Ich weiß, was zu tun ist, habe alles gelernt. Falls die Deutschen auf der Treppe herumschnüffeln, höre ich das sofort, es wird laut, ich habe absichtlich alles so eingerichtet, dass es laut wird. Für den Fall also, dass sie dort herumschnüffeln, habe ich auf der anderen Seite des Gebäudes eine Schnurleiter vorbereitet. Selbstgefertigt, aus Kabeln, die ich in den Kellern des Instituts fand, und als Sprossen nahm ich alles, was sich eignete, Besenstiele, Stuhlbeine und so weiter.

Mehr noch, ich habe im Keller einen provisorischen Brunnen entdeckt, den ich gereinigt habe; jemand muss dort gleich nach dem Aufstand den Boden aufgestemmt und ihn gegraben haben, deshalb habe ich auch Wasser, so viel ich will, und Wasser ist in einer ausgebrannten Stadt am schwierigsten zu bekommen. Essen findet man immer irgendwo, Wasser nicht.

Meine Situation ist so schlecht also nicht. Komfortabel. Ich bin ganz zufrieden damit. Ich habe Wasser. Die Deutschen werden mich nicht finden. Ich habe Jakub. Ich lebe. Im Gegensatz zu den vierhunderttausend Jüdinnen und Juden aus dem Ghetto bin ich am Leben. War am Leben. Außer unserer Elektrotechnischen Fakultät haben die Chemie und der Zeichensaal nebenan ganz gut überdauert, die übrigen Gebäude des Polytechnikums sind ausgebrannt, hier aber ist es gut, hier ist es ziemlich sicher. Nicht weit entfernt das Piłsudski-Spital, auch nicht ausgebrannt, dorthin kann man immer umziehen, falls notwendig, das ganze Viertel zwischen der Niepodległości und den Wasserwerken steht auch noch, doch dort wohnen Deutsche, an der Noakowski haben ein paar Mietshäuser noch ihre Dächer, auch dort kann man nachts hin, falls hier was los ist, ich hab sogar mir schon zwei Wohnungen ausgeguckt, aber dahinter, bis zum Erlöserplatz und weiter ist alles ausgebrannt, nackte Mauern mit leeren Fensterhöhlen, nicht einmal die Stockwerke sind erhalten, genauso weiter oben, die Marszałkowska und Mokotowska entlang, bis zur Jerozolimskie-Allee, hier und dort steht noch ein Haus mit Dach, sonst nur Skelette.

Dass die Deutschen nicht weit von hier sind, stört nicht, im Gegenteil. Wir sind diskret, wir sind mucksmäuschenstill und klein, die Deutschen finden uns nicht, sie haben schon jetzt keine Chance, uns zu finden.

Ich habe keine Lust rauszugehen, will nicht raus in diese schreckliche Nacht.

Das ist nicht Angst, ich will einfach nicht, wollte nicht.

Ich bin, ich war gut darin, mich durch die nächtliche Stadt zu bewegen, ich gleite nachts so glatt dahin wie die Angst in menschliche Nicht-Seelen, also kann ich mit der Nacht umgehen, weiß, wie man sich geräuschlos auf Trümmern bewegt, weiß, wo man Essen und Wasser sucht, weiß, wo man sich nachts aufwärmen kann, wen man meiden sollte und wessen Nähe möglicherweise suchen, nach Neuigkeiten fragen, weiß, wie man deutschen Wachposten und Patrouillen ausweicht, könnte mich vielleicht sogar retten, wenn ich einer Patrouille über den Weg laufe, und doch will ich nicht hinaus in diese schreckliche Dezembernacht.

Ich schäme mich, dass ich mich durch die nächtliche Stadt bewegen und in die Nacht gleiten kann, denn hinter mir, hinter uns sind all jene geblieben, die das nicht konnten und nie gelernt haben.

Tagsüber hörte ich furchtbare Explosionen.

Das ist nichts Besonderes, Explosionen, das Getöse und Donnern der Geschosse und dieses spezifische Geräusch des Flammenwerfers, ein Geräusch, das in Donnern übergeht und dann wieder in ein Rauschen, all das ist zu hören seit Mitte Oktober, aber die Explosionen heute waren die lautesten, die ich gehört habe.

Hätte die Elektrotechnische Fakultät noch Fensterscheiben, dann wären sie heute bestimmt herausgeflogen, denn wir spürten, wie alles bebte, besser gesagt, ich spürte es, denn er spürt ja nichts mehr, spürt nicht einmal, das ist mein Eindruck, meine Gegenwart oder seinen eigenen Körper.

Ich habe keine Lust rauszugehen, aber es gibt nichts mehr zu essen, also muss ich auf die Suche gehen, bis ich etwas finde. Er muss irgendetwas essen.

Ich gehe, ging raus, gehe zuerst langsam, lange, die Treppen von unserem vierten Stock hinunter, am Ende auf den Hof, zwischen die Bäume, denn hier zum Beispiel sind die Bäume noch da, unbelaubt jetzt und trist, aber sie sind da, und das ist immerhin etwas, wenn es Bäume gibt.

Ich dachte daran, in Richtung Wasserwerke zu gehen, wo jetzt die Deutschen sind. Die Deutschen, die auch essen und ihr Essen irgendwo herbekommen müssen. Darum versuche ich, in der Nähe der Deutschen zu bleiben, und hoffe auf das, was sie übrig lassen, auf die Reste vom Tisch der Herrschaft, von denen zwei stille, leise Ratten wie wir uns gern ernähren.

Die Deutschen sitzen, saßen dort in den früheren Offiziershäusern des Militärwohnungsfonds, wo ich in guten Zeiten so viele gute, ständige Kunden hatte. Später, vor fünf Jahren, als die Deutschen kamen, haben die selbst sich dort einquartiert, neue Soldaten in alten Soldatenwohnungen, und sie wohnten dort sogar mit den Familien dieser polnischen Offiziere, und noch später, nach dem polnischen Aufstand, kamen dort die polnischen

Aufständischen zusammen, denn dort hatten die Deutschen einen Sammelpunkt verkündet und schickten sie dann weiter.

Jakub und ich blieben. Wir konnten weder mit den Zivilisten noch mit den Aufständischen gehen, dazu fehlt ihm und fehlt mir das Aussehen, wir beide sehen aus, als hätte jemand uns mit roter Farbe das Wort JUDE auf die Stirn gemalt. Und so blieben wir in dieser leeren Stadt, der hungrigen und kalten, ausgebrannten Stadt, in der außer uns nur wenige solche wie wir geblieben waren, dazu Deutsche mit Flammenwerfern und Sprengsätzen, und Ungeheuer, die nachts herauskamen.

Solche wie ich.

Oder wie Ares.

Uns unterscheidet, dass er angeblich versucht, sie zu bekämpfen, während mich der Kampf gegen die Deutschen nicht interessiert, obwohl ich sie aufrichtig hasse, wie jeder. Mich interessiert das Überleben, nicht der Kampf. Ich will leben, um weiter hassen zu können. Damals wusste ich übrigens nicht einmal, ob Ares tatsächlich existiert oder ob das eine von den vielen Geschichten ist, die die Menschen sich aus purem Entsetzen über die Welt, in der sie leben müssen, erzählen.

Hiermals weiß ich es.

Zum ersten Mal erzählte mir eine Frau von ihm, deren Vor- und Zunamen ich damals nicht erfuhr, später hörte ich noch mehrmals von anderen etwas über ihn. Die Frau, die mir zuerst von ihm erzählt hatte, war Jüdin, auch wenn sie perfekt Polnisch sprach, ohne einen Hauch von Akzent, und ihr Aussehen lag gerade so dazwischen.

Soweit man das unter den Röcken und Kopftüchern erkennen konnte, in die sie gehüllt war.

Ich begegnete ihr in den Ruinen der Kirche an der Łazienkowska, unweit des Batory-Gymnasiums, sah sie lange, bevor sie merkte, dass ich sie beobachtete. Sie hatte ein zu großes Feuer angezündet. Schließlich ging ich auf sie zu, warnte, dass ich näher komme und eine Waffe habe, dass sie sich aber nicht fürchten müsse, ich wollte sie nicht ausrauben. Sie beruhigte sich rasch. Sie hatte nichts, womit sie handeln konnte, also tauschten wir Informationen. Sie wolle rüber nach Praga, sagt sie. Ich bezweifelte, dass das möglich wäre, zuckte mit den Schultern, sie erklärte, es sei egal, und wenn sie auch umkomme bei dem Versuch, das Leben habe keine Bedeutung für sie. Sie besitze keine Waffe und könne nicht kämpfen – wenn sie eine Pistole hätte wie ich, dann würde sie gegen die Deutschen kämpfen, so wie Ares.

Ich fragte, wer das sei, dieser Ares. Wisse man nicht, sagte sie, bestimmt ein polnischer Aufständischer. Ein Desperado, dem nichts am Leben liegt, nur so viele Deutsche wie möglich wolle er töten, er kenne sich in den Ruinen aus wie in seiner Westentasche, verstecke sich tagsüber und schleiche sich nachts an, töte Deutsche und schreibe mit ihrem Blut auf die Wand, damit sie wissen, mit wem sie es zu tun hätten. Er zeichne mit ARES, in großen roten Buchstaben.

Ich lachte darüber, lachte. Das war ja Quatsch.

Ich fragte, frage, ob sie diese Buchstaben gesehen habe, wenn sie behaupte, sie seien groß und rot. Nein, antwortete sie, aber vor einigen Tagen habe ihr das ein Mann aus der

Gruppe gesagt, die sich angeblich in einem Bunker unter den Ruinen des kleinen Ghettos verstecke, irgendwo in der Sienna. Ich sagte ihr, ohne zu wissen, dass ich mich irrte, dass unter dem Ghetto keine Bunker erhalten geblieben seien, man könne dort ja nicht mal sagen, wo früher die Straßen verliefen und wo Häuser standen, das hätte ich mit eigenen Augen gesehen, sagte ich, das sei nicht so wie hier in Mokotów, wo die ausgebrannten Häuserskelette noch stehen, dort gebe es gar nichts mehr außer Unkraut, das auf den Trümmerfeldern wächst. So sprach ich damals, hiermals weiß ich, dass ich unrecht hatte. Es gab noch Bunker unter dem Ghetto, einige wenige.

Sie erwiderte, sie selbst habe sich anfangs auf der arischen Seite versteckt, doch dieser Mann aus dem Bunker habe ihr gesagt, die Partei habe tief unter der Erde, im Ghetto, ein ganzes System von Bunkern, in denen es alles gebe, Strom, Wasser und Ventilation, sie hätten dort Waffen und Vorräte, dort versteckten sich über zehntausend Juden, und wenn die Sowjets nahe genug seien, würden sie rauskommen, die Deutschen angreifen und sich für ihre ermordeten Brüder rächen, und Ares würde mit ihnen kämpfen, Seite an Seite.

Da stand ich auf und ging, gehe ohne ein Wort des Abschieds. Wahnsinn ist ansteckend, nicht immer, aber in Zeiten wie diesen durchaus. Sehr ansteckend. Man muss auf der Hut sein, sich vor Wahnsinnigen hüten, ihren Worten und ihrer Gegenwart. Darf sich nicht anstecken.

Damals war ich sicher, dass diese Frau nicht lange überleben würde. Sie würde in der Weichsel ertrinken oder von einem Deutschen erschossen werden oder von einem Wlassow-Soldaten, dem ihr zu großes Feuer auffällt. Oder erstochen von jemandem wie mir, nur böser, der hofft, etwas Essbares bei ihr zu finden.

Hiermals weiß ich, dass ich mich geirrt habe, sie hat fast bis zum Ende überlebt, hat sich im Wald versteckt. Umgebracht haben sie polnische Partisanen, die wie sie selbst jeden lebenden Juden und jede Jüdin nur allzu gern für bolschewistische Spione hielten, umgebracht, als sie anfing, ihnen von den Bunkern unter Warschaus Ruinen zu erzählen, wo eine große jüdische Armee nur auf das Zeichen wartet, das hat sie ihnen erzählt, also stellten sie sie an einen Baum, und der Anführer mit Ringkragen am Hals schoss ihr mit leichtem Bedauern in die Stirn, denn er schoss nicht gern auf Frauen, aber bei bolschewistischen Spionen hat man keine Wahl, so sind die Zeiten.

Ich bin nicht wie sie. Mich hat kein SS-Mann und kein Ukrainer erschossen, kein polnischer Partisan, ich lasse mich von keinem überrumpeln und ausrauben. Ich bin ein Nachtungeheuer, wie Ares, der angeblich mit deutschem Blut an die Wände schreibt. Aber ich werde kein unschuldiges Opfer ermorden, um es auszurauben.

Also ziehe ich nachts los. Es ist, war still und sehr kalt. Neumond, die ideale Nacht. Eine dünne Schicht Schnee knirscht hier und da unter den Füßen. Gut, dass es nur wenig ist und der Wind weht, so kann man den Schnee umgehen, um keine Spuren zu hinterlassen, und selbst wenn man darauftritt, verweht der Wind es sogleich; es ist noch nicht der schwere, mit der Erde verklebte, in sie hineingefrorene Winterschnee, der jede Spur wie Lehm bewahrt. Bald wird auch diese Art Schnee fallen, ich werde dann meine Ausflüge einschränken oder mir etwas ausdenken müssen, um die Spuren zu verwischen.

Ich betrete, betrat das ausgebrannte, zerbombte Gebäude des Chemieinstituts und überlege noch einen Augenblick, ob ich zu den Deutschen gehen oder mich an sie anschleichen soll, unsichtbar, leise und wachsam, merke aber, besser nicht heute, heute woanders, heute möglichst weit weg von ihren graugrünen Uniformen und Gewehren. Das sagt mir mein Instinkt. Dem Instinkt traue ich immer. Dank meinem Instinkt bin ich am Leben.

Es sind schon weniger als vor einem Monat. Vor einem Monat traf hier eine Patrouille nach der anderen ein, es gab Detonationen ohne Unterbrechung, ständig brannte etwas, immer Schießereien in der Nähe oder Ferne, über die Weichsel donnerten Geschütze, und ich weiß inzwischen sehr gut, wie ein über den Kopf sausendes Artilleriegeschoss sich anhört, ein schrecklicher und furchtbar schöner Klang.

Wir versteckten uns damals woanders, nicht hier, tagsüber ineinandergeschmiegt, reglos, manchmal hörten wir die Deutschen hinter der Wand, kein Atemzug, Mund und Nase in den Ärmel, in die Achsel geschmiegt, und hörten sie so mehrere Stunden lang durch die Wand und machten keinen Mucks, ich am ganzen Leib erstarrt und keinen Mucks.

Jetzt sind es weniger. Viel seltener sind Schüsse zu hören, wenn auch immer noch. Die Patrouillen fahren nicht mehr so oft.

Deshalb ziehe ich los, eingewickelt in Kleidung und

Lumpen, ziehe dreckig, stinkend, geräuschlos und dunkel los, ganz anders als früher, komme vorbei an den Ruinen des Chemieinstituts, husche zwischen den Bäumen hindurch, kleine graue Rättin, vorbei am Hauptgebäude des Polytechnikums und bin schon auf der Noakowskiego, dort hinein in die Ruinen, ich gehe langsam, vorsichtig, immer dicht an der Wand entlang, nie im offenen Gelände, wo meine Silhouette sich deutlich vom Hintergrund abheben könnte. Hinter den Ruinen der Noakowskiego erreiche ich das ausgebrannte Skelett der Markthalle, husche dort an verbogenen Stahlstäben vorbei, die wie Walrippen ragen, und erreiche schließlich die von Trümmern übersäte Koszykowa, bleibe vor der Ruine meines alten Mietshauses stehen, die wie ein Schiffsbug zwischen die Koszykowa und Pius zielt.

Mein Mietshaus. Mein Geschäft, das ich bekam und damit zugleich Jakub verlor, als Ablöse, damit er sich von mir befreien konnte.

Mein Mietshaus, in dem ich eine schöne, große Wohnung hatte, das schönste Zimmer darin mit eigenem Bad und Garderobe gehörte mir und nur mir, und niemand, absolut niemand hatte dort Zutritt, in den anderen Zimmern waren meine Mädchen, dort machten sie ihre Jugend und Schönheit zu Geld, machten sie zuschanden, und darauf, auf all dem gründete meine Freiheit, das heißt das Geld, denn weibliche Freiheit bemisst sich einzig und allein am Geld, über das sie frei verfügen kann. Die männliche übrigens auch. Ich weiß nicht, warum ich weiblich gesagt habe. Vielleicht, weil Frauen nicht so leicht Geld verdienen und darüber verfügen können?

Jetzt sind von meinem Mietshaus nur die verbrannten Außenmauern geblieben. Das Dach, die Wände und alles darin hat sich in einen großen Trümmerhaufen verwandelt. Das Türmchen mit der glänzenden Kuppel, die Balkone, das Dach, alles zerstört. Nichts mehr da. Tagsüber sieht man durch das Fenster die Reste der Tapete, die ich selbst kleben geholfen habe, nachts sieht man nichts.

Nichts zu bedauern. Alles, was irgendeinen Wert für mich besaß, habe ich vor vier Jahren aus diesem Haus geholt, nachdem bekannt gegeben wurde, dass das Ghetto geschlossen wird.

Damals war Völkerwanderung in Warschau, wer eine Fuhre mit vorgespanntem Gaul besaß, konnte ein Vermögen damit machen, dass er jüdische Möbel in das Ghetto brachte, das gerade zugemacht wurde, und polnische Möbel aus dem Ghetto in den arischen Teil der Stadt; die Leute waren verrückt auf Wohnungen, ein verschimmeltes Zimmer im Ghetto kostete so viel wie vor dem Krieg eine ganze Wohnung, und ich packte alles in einen Koffer, der nicht einmal besonders schwer war, sodass ich ihn selbst tragen konnte, brauchte keine Fuhrleute, brauchte überhaupt keine Hilfe. Ein Zimmer, und zwar ein ordentliches, nicht irgendwo, sondern in der Sienna, hatte ich mir schon vor längerer Zeit besorgt, viel deutete ja darauf hin, dass die Dinge sich so entwickeln würden, und ich bin gern auf alles vorbereitet.

Jakub war mit seiner Familie auch schon früher umgezogen, doch damals waren wir eine Zeitlang nicht sehr eng in Kontakt.

Auf der arischen Seite ließ ich die Möbel und die meisten Kleider zurück, nahm vor allem mit, was mich später am Leben erhielt: Złoty, Dollar, Goldrubel, ein wenig Schmuck, auch meinen ganzen Hass und meinen Zorn. Aus Zorn und Hass ist mein Lebenswille gewebt, Zorn und Hass sind schwer und nicht leicht zu tragen, doch mitnehmen muss man sie, denn ohne sie endet man vorzeitig dort, wo ohnehin alle enden.

Deshalb werfe ich keinen Blick in jene Richtung, wozu auch, in der Stadt ist es dunkel und schwarz, geräuschlos und rasch durchmesse ich das, was von der Koszykowa geblieben ist, kreuze die Pius und gehe, ging weiter, durch verbrannte Viertel, die Poznańska entlang, aber durch die Ruinen, nicht auf der Straße, auf der Straße ist es gefährlich, tastend fast gehe ich durch Trümmerhalden, zwischen den erhaltenen Mauern der Mietshäuser an der Wilcza, durch ihre verschütteten Hinterhöfe, Hohlwege.

Geblieben ist hier nur ein Skelett der Stadt, ein verlassenes, gefrorenes Skelett. Von den Stadtknochen hängen bisweilen Fetzen herab wie Fleischreste an dem von Vögeln abgefressenen Pferdeskelett. Oder einem anderen, aber wie ein Pferdeskelett aussieht, weiß ich zufällig sehr gut, deshalb denke ich bei der Stadt daran.

Bisweilen stoße ich auf Reste der alten Welt. Auf einem der Höfe tief im Viertel, exakt auf der Höhe der Sowjetischen Botschaft in der Poznańska 15, die wie durch ein Wunder unversehrt geblieben ist, stoße ich, stieß ich auf Bücher, die verstreut auf den Trümmern liegen, der Wind blättert die Seiten um. Ich überlege kurz, ob ich eins mitnehmen soll, aber im Dunkeln kann ich nicht einmal die Titel entziffern, und ich will nicht zu viel mit der Lampe leuchten. Schließlich nehme ich ein kleineres mit, stecke es in den Sack, gehe weiter. Hier in den Ruinen ist nichts mehr zu finden, das weiß ich, ich habe sie vor guten zwei Wochen gründlich durchsucht. Andererseits, fällt mir auf und ich bleibe plötzlich stehen, waren da diese Bücher bestimmt noch nicht hier. Wie kommen Bücher, eine ganze zerstreute Bibliothek, plötzlich in diesen Hof?

Mir fällt, fiel ein, dass in der Poznańska, beinahe auf Höhe der Botschaft, zwei Mietshäuser sind, ich merkte mir das im Kopf, in ganz gutem Zustand, und dort war ich noch nicht, habe nicht probiert, ob man da reinkommt, weiß nicht, wie es drinnen aussieht. Das ist etwas, was ich wissen muss, wenn ich überleben will. Ich überlege kurz, ob ich es nicht dort versuchen soll.

Aber nein, ich gehe weiter, ging. Vor ein paar Tagen hatte ich dort ein merkwürdiges Abenteuer, ich ging vorüber und hörte plötzlich menschliche Stimmen, Gelächter, Besteck, rhythmische Musik, all das entfernt und gedämpft, aber ich hörte es. Vielleicht zwei, drei Sekunden lang. Es klang unwirklich und unmöglich, und hiermals weiß ich, dass das einfach eine Halluzination war, etwas aus der anderen Welt war in meine Welt geraten, schließlich existiert alles gleichzeitig, das was war, hört nicht auf, und das was sein wird, ist bereits, alles existiert zur gleichen Zeit, und bisweilen kommt es zu so einem Kurzschluss der Wirklichkeiten, voneinander getrennte Dinge berühren sich.

Doch das ist unwichtig, unwichtig. In diese Häuser wollte ich nicht, weil ich damals abergläubisch war, hiermals bin ich es nicht, aber hiermals ist es zu spät.

Erst einmal wollte ich die noch stehenden Gebäude in der Nowogrodzka durchsuchen, gegenüber dem ausgebrannten Fernmeldeamt, die Deutschen hatten sie bislang nicht angerührt, denn sie wohnten darin, auch nach dem Aufstand. Ich hoffe, dass sie schon ausgezogen sind, und hoffe ebenso, dass sie etwas zurückgelassen haben, und das ist wohl die letzte der mageren, kleinen Hoffnungen, auf die ich meine allgemeine Hoffnung stützte, das Ende des Kriegs erleben zu können.

Auf Rattenpfaden husche ich über den Hof der Orgelbrand-Werke, laufe schnell durch die Hoża und bin wieder in Ruinen, hier kenne ich den Weg nicht so gut, muss also meine Lampe einschalten, leuchte ein Stück Weges aus, schalte wieder aus, gehe weiter, komme in die Wspólna, halte vorsichtig Ausschau, ob dort was leuchtet, ob etwas zu hören ist, aber nein, dunkel, schwarz. Ich laufe also über die Wspólna, erneut Ruinen, Skelette, Häuser, vom Dach bis ins Parterre verkohlt, leere Schalen, ich gehe durch das, was früher Zimmer waren, gehe über Höfe, bis in die Świętej Barbary und lauere erneut, warte. Gegenüber, das weiß ich, ist das Lyzeum, noch einigermaßen erhalten, aber ich nehme einen anderen Weg, wieder durch Ruinen, und komme auf den Hof des ausgebrannten Fernmeldeamtes, nicht so ausgebrannt wie die anderen, drinnen sind Decken, Treppen und Stockwerke noch erhalten. Die Deutschen haben hier den ganzen Aufstand über gesessen, haben geschossen, den Aufständischen gelang es nicht, das Amt zu erobern.

Und hier finde ich einen bequemen Beobachtungspunkt. Ich komme vom Hof hinein, gehe sehr langsam, sehr vorsichtig, taste mich an den Wänden entlang, zum Fuß der Treppe, und auf der Treppe stoße ich auf etwas, das ich sofort als Leichnam erkenne.

Mit Leichen kenne ich mich sehr gut aus. Ich warte einen Augenblick, horche, befinde schließlich, dass ich die Lampe anknipsen kann. In Treppennähe gibt es kein Fenster, das Licht dürfte nicht nach außen dringen. Also mache ich die Lampe an.

Die Leiche ist alt, noch vom Herbst, vom polnischen Aufstand. Sie verweste ein bisschen, bevor sie steinhart gefroren ist. Sie liegt auf dem Bauch. Sie trägt eine vom Gürtel gestraffte Bluse mit Tarnfleckmuster, deutsch, eine zivile Hose, hohe deutsche Knobelbecher, gut beschlagen, am rechten Oberarm ein weißrotes Armband mit dem Buchstaben WP, dem Adler und den Ziffern 124.

Ich untersuche, untersuchte zuerst die Gesäßtasche, leer. Ich drehe die Leiche auf den Rücken, was mir nicht leichtfällt, denn sie ist steif wie eine Schaufensterpuppe, aber am Ende gelingt es, ich habe sie umgedreht. In der bläulich schwarzen Masse, die einmal Gesicht war, klaffen zwei Einschusslöcher. Sie müssen ihn hier erschossen haben, während des Aufstands oder danach.

Ich suche weiter. Taste zuerst den Brustkorb ab, finde eine Brieftasche, in der Brieftasche zweihundert Złoty in den Geldscheinen, die Młynarskis genannt werden, nach dem Präsidenten der Zentralbank, dann Fotos, darauf eine Frau, Kinder, interessiert mich nicht weiter, dann ein AK-Ausweis, Schütze, Pseudonym Waza, Vorname Andrzej, Nachname Jankowski. Das Geld nehme ich,

Fotos und Brieftasche werfe ich weg. Überlege kurz, ob mir der AK-Ausweis des Schützen Waza irgendwie nützlich sein kann, kaum, aber ein Stück Papier liegt nicht schwer in der Tasche, also nehme ich es.

Am Gürtel hat er zwei Patronentaschen. Ich öffne, öffnete sie. Die eine ist leer, in der anderen zwei Streifen mit Gewehrpatronen. Ich zögere kurz, zögerte, dann nehme ich sie an mich, auch wenn ich kein Gewehr habe und keins brauche. Aber vielleicht bekomme ich was dafür. Irgendwann.

Taste noch die Taschen ab. In einer ein zerdrücktes Päckchen deutscher Zigaretten, Juno. Nehme ich. Streichhölzer, auch. Ein Löffel. Den Löffel nehme ich nicht.

Das war's. Jetzt muss ich ihm die Stiefel ausziehen, das Einzige, was ich wirklich gebrauchen kann. Doch die Stiefel wollen nicht abgehen. Das Gemsleder ist steif vom Frost, und das faulende Fleisch ist in die Stiefel hineingefroren. Ich ziehe ein Messer und beginne, in den Schäften herumzuschneiden, und plötzlich denke ich, dass diese Stiefel, wenn Jakub sie anzieht und seine Beine sie erwärmen, fürchterlich nach Leiche stinken werden.

Bestimmt werden sie das. Aber besser, man hat ordentliche, hohe Stiefel, die nach Leiche stinken, als löchrige Halbschuhe, die fast auseinanderfallen, denn solche Schuhe blieben Jakub, als wir vor fast zwei Jahren das Ghetto verließen, komisch genug, wenn ich daran denke, was für Stiefel er in diesem Ghetto trug – im ganzen Ghetto durfte niemand schönere hohe Stiefel tragen als Jakub Shapiro, dazu reichte seine Willenskraft noch, oder sich schöne Stiefel bestellen, und kaum hatte er einen

Polizisten oder Schmuggler in besseren gesehen als die seinen, bestellte er sich gleich neue.

Die hohen Stiefel machten einen Menschen aus ihm. Wer Halbschuhe trug, war schwach und weich, kein *Mensch*. Ein Stück Dreck in schmuddeligen Socken, die Hosenbeine mit Schlamm beschmutzt.

Die Herren in Halbschuhen bitte zum Umschlagplatz. Und einer in hohen ist entweder Polizist oder war, zu ihrer Zeit, einer von der Dreizehn, oder ein reicher Schmuggler, ein Geschäftsmann oder ein bedeutender Beamter des Judenrats, echte, starke Leute. Solche, mit denen die Deutschen Geschäfte machen, die manchmal auch eins von den Deutschen auf die Fresse kriegen, aber Gesprächs- und Geschäftspartner, die Vor- und Nachnamen haben, nicht nur eine Nummer oder einen grauen, verwaschenen Fleck, vor dem sich Kimme und Korn aufeinander scharfstellen, auch kein zu entsorgendes Totgut, noch nicht.

Jakub also hatte zu seiner Zeit sechs Paar solcher hohen Stiefel, am deutlichsten sehe ich ihn aber in dem Paar vor mir, das ihm der Schuster aus der Pawia nach dem Vorbild von Reiterstiefeln genäht hatte, auch wenn Jakub sein Leben auf keinem Pferd gesessen hat: aus hellem, fast gelbem Leder, kniehoch, vorn auf ganzer Länge geschnürt, am Knie bogenförmig gewölbt und zusätzlich mit einem Schnallengürtel verklammert. Dreitausend Złoty hat er dafür bezahlt, doppelt so viel wie für normale Knobelbecher. Dazu trug er selbstredend Breeches, denn kein *echter Mensch* trug einfache, lange Hosen, und sobald es etwas kühler wurde, zog er noch einen Burberry-Trench über die Jacke und straffte ihn mit dem Militärgürtel, dazu die Polizistenmütze und neben der Judenarmbinde die Polizeiarmbinde, und so lief er das ganze erste Viertel ab, stand auf dem Grzybowskiplatz herum und gab sich wohl manchmal dem Eindruck hin, alle würden ihn grüßen so wie damals, wenn er über den Kercelak ging.

Aber es war überhaupt nicht wie damals. Ganz anders grüßten sie ihn, und niemand hatte mehr Respekt vor Jakub. Viele fürchteten ihn nach wie vor, und manche können Furcht schlecht von Respekt unterscheiden; ich kann es, ich kann es klar unterscheiden.

Die Stiefel gehen, gingen schließlich ab. Zum Glück trug er Fußlappen, so konnte ich die Stiefel ohne verfaulte und dann gefrorene Leichenhaut abziehen. Ich stecke sie in den Sack. Jetzt wird Jakub wieder hohe Stiefel haben.

Ich gehe, ging in den zweiten Stock, finde ein Fenster zur Nowogrodzka hinaus. Hier wird mein Posten sein, war er. Ich lege mich ans Fenster, gewöhne die Augen an die Dunkelheit und beobachte lange die vier Mietshäuser in der ganz gut erhaltenen Straßenfront zwischen Poznańska und Pankiewicza. Ihre hellen Mauern heben sich deutlich von der Dunkelheit ab.

Ich spüre, wie mir Füße und Hände kalt werden, doch unangenehmer als die Kälte ist der Gedanke, dass ich sie nirgends aufwärmen kann, dass mir auch nirgendwo sonst wärmer sein wird, dass der Ort, an den ich heute zurückkehren werde, kein Ort ist, an den man gern zurückkehrt.

Ich warte zwei Viertelstunden, wartete, höre, wie mir der Atem gefriert, spüre, wie sich in dem alten Schal, den ich mir ums Gesicht gewickelt habe, die Feuchtigkeit setzt und von außen her gefriert. In keinem Fenster ist Licht, nichts rührt sich. Ich höre, wie ein Lastwagen die Jerozolimskie entlangfährt, sehe die schmalen Striche der mit Frontblenden abgedeckten Scheinwerfer, egal, das ist weit weg, sie fahren vorbei, das ist, als wären sie nicht hier. Ich bin unsichtbar für sie, ich bin ein Nachtungeheuer.

Das Mietshaus an der Ecke rechts, mächtig, früher einmal dreistöckig, ist ausgebrannt, ich überlege, ob ich es nicht durchsuchen sollte, soll. Das Dach ist weg, vom obersten Stock sind Reste übrig, ich sage mir, niemand wird es angerührt haben, wenn gleich nebenan die Deutschen wohnten, aber ich bin hungrig, bin unersättlich, will keine ausgebrannten Ruinen durchsuchen, ich giere nach Wohnungen, in denen jemand vor ein, zwei Wochen, vor einem Monat gelebt hat. Jemand, der satt und sicher war. Jemand, der einen Beutel Graupen im Schrank zurückgelassen haben könnte. Eine vergessene Konserve. Ein staubtrockenes, gefrorenes Stück Brot, aus dem ich Suppe mache und sie Jakub in den Mund flöße, damit er lebt, leben soll er und seine Last tragen. Ich hungere geradezu körperlich nach solchen Wohnungen, mein Körper reagiert beim Gedanken an kürzlich verlassene Wohnungen wie beim Gedanken an die Restaurants der Vorkriegszeit oder an all die unmenschlichen Kneipen des Ghettos, an das Tanzcafé Casanova im Hotel Britania, wo sogar ich zu sitzen mich ekelte, weil mir vor dem ekelte, der neben mir hockte, dennoch saß ich da, weil ich eingeladen war und zu essen bekam. Ich war nicht hungrig, klar, nicht so wie die anderen im Ghetto, aber ich war es eben deshalb nicht, weil ich solche Einladungen nicht ausschlug.

Ich betrete also kürzlich verlassene Wohnungen, so wie ich vor dem Krieg ins Restaurant ging. Oder zum Metzger. Oder auf den Markt. Als kaufte ich treife Wurst, Brot, Butter und Milch, dazu Wodka und Flaschenbier, dazu Tomaten und Kartoffeln und eingelegte Gurken, als würde ich das alles an einen sicheren Ort bringen, ausbreiten und essen und trinken und ihn damit füttern. Ja, ich werde in kürzlich verlassene Wohnungen gehen, werde dort etwas finden. Werde ihn füttern. Ihn am Leben erhalten.

Auf diese Art kann ich ihn bestrafen, indem ich ihn am Leben halte, so kann ich mich selbst strafen, und nur so kann ich ihn auch weiter lieben. Die Liebe zu diesem bösen Mann ist alles, was mir geblieben ist.

Nach einer mühsam ertragenen Stunde, mit ständigem Blicken auf den langsam wandernden Uhrzeiger, den kaum erkennbaren grünen Lichtschein, der schwächlich wie ein Glühwürmchen leuchtet, befinde ich das Mietshaus für leer. Ich gehe auf die Straße, überquere sie und trete ins Tor des Hauses Frenkentala 44. Die Laterne nehme ich in die linke Hand, mit der rechten greife ich zur Pistole und mache mich vorsichtig an die Suche.

Nach drei Stunden Stöberns stelle ich fest, dass es draußen hell wird, die Fenster zum Hofbrunnen, blind zuvor, heben sich plötzlich heller von den Mauern ab.

Das Einzige, was ich in den verlassenen Wohnungen finden konnte außer wertlosen Hitler-Porträts, deutschen Büchern und Zeitungen, ist eine ganz ordentliche Decke, die nützlich sein wird, denn die größten Fröste stehen uns noch bevor, doch bis dahin müssen wir erst mal überleben, dürfen nicht Hungers sterben, und zu essen fand ich nur ein schimmliges Stück Brot, zwei gefrorene Kartoffeln, die ich mir zum Auftauen unter die Achseln geschoben habe, eine vertrocknete Speckrinde, einen Rest Kaffee, einen noch kleineren Rest Tee und ein Tütchen Saccharin, das ich zum Süßen mitgenommen habe, auch wenn ich weiß, dass Jakub davon weder satt noch lebendiger wird. Zucker stärkt, Saccharin nur den Rabbiner. Aber es süßt, und das stärkt zwar nicht den Körper, aber den Willen, und dieser Wille kann uns überleben helfen.

Ich weiß, dass ich zurück sollte. Ich habe, hatte genug, um Jakub einen oder zwei Tage am Leben zu erhalten. Kartoffeln, auch wenn sie gefroren sind und widerlich süß, denn wie ich hiermals weiß, ist die Stärke in einfache Zucker zerfallen, in Glukose, und ein wenig von dieser Glukose wird ihm ins Blut gehen, ein wenig Nährsubstanzen in Jakubs Blut fließen. Im Ghetto habe ich Kartoffeln noch so zu kochen vermocht, dass sie diese Frostsüße verlieren, hier fehlt mir diese Möglichkeit, denn dafür muss man sie einen Tag lang in kaltem Wasser einlegen und dann erst kochen und abgießen. Einfacher war es, daraus Kartoffelpuffer zu machen, und als die Deutschen im November 1941 eine große Landung Kartoffeln ins Ghetto ließen, die ihnen auf dem Weg nach

Russland erfroren waren, roch es im ganzen Ghetto nach Puffer, alle waren am Braten.

Ich sollte umkehren. Ich denke, ich werde ihm jetzt auch Kartoffelpuffer machen.

Ich bin im höchsten, dem fünften Stockwerk. Beschließe, aufs Dach zu gehen, beschloss – die Idee kommt mir unvermittelt, auch wenn ich weiß, dass das unvernünftig ist, dass ich es nicht tun sollte. Vor allem, weil ich möglichst rasch zu Jakub ins Polytechnikum zurück sollte, bevor es richtig hell wird.

Ich bin ein Nachtungeheuer, tagsüber leicht zu finden und zu besiegen, sogar jetzt, da weniger Deutsche hier sind und man den Kopf ein bisschen weiter herausstecken kann.

Ich sollte also zurück, sage mir aber, ich könnte mich hinhocken, auf die Lauer legen, ganz klein machen und wenigstens ein bisschen Ausschau halten. Gucken, was da so los ist. Einen Augenblick, eine Minute oder zwei. Wenn ich mich umsehe, erfahre ich vielleicht etwas Nützliches. Wissen ist Leben. Wissen ist Macht. Die, die wissen, leben. Die anderen sind verbrannt.

Ich finde den Ausstieg aufs Dach, die Klappe ist mit einem Vorhängeschloss gesichert, kein großes Problem für mein Brecheisen, macht nicht einmal viel Lärm. Schon bin ich auf dem Dach und krieche, kroch bis ans Dach des Mietshauses, dessen Front der Jerozolimskie zugewandt ist, Hausnummer 43, und krieche weiter, bis ich den First des unteren Daches erreiche, neben mir ist noch ein höheres, über dem Giebelfeld. Die Stelle ist gut. Ich gucke über den First und weiß sofort, was das für Detonationen waren, die ich tagsüber gehört habe.

Vor dem Hintergrund des langsam aufhellenden Himmels und der völlig ausgebrannten Mietshäuser an der Chmielna ragt aus einem Haufen Trümmer und dem verbogenen Wirrwarr der zerstörten Stahlkonstruktion nur noch die Frontwand dessen hervor, was vor kurzem noch das wohlgeformte, lange Rechteck der Bahnhofshalle war, die man nach den Bombenangriffen von 1939 provisorisch repariert hatte. Von dieser Wand steht ein rechtwinklig gebrochener Arm ab, wie der eines biblischen Ungeheuers, das nach einem Sturz aufzustehen versucht und sich auf die knochige Hand stützt, den Ellbogen gen Himmel gereckt. Es versucht aufzustehen und wird es nicht schaffen.

Ich weiß nicht, warum, aber was ich sehe, entsetzt mich zutiefst, es berührt mich auf andere Art als alle Ruinen, die ich bislang gesehen habe, und ich sah, wie jetzt das große Ghetto aussieht, eine einzige Trümmerwüste, darin aufragend die verbrannte Kirche des hl. Augustinus; und nichts ist geblieben vom Nordviertel, unter dem Schutt ist kaum noch der Verlauf der Straßen zu erkennen, keine Spur von der Dzielna und von der Karmelicka, dabei war das doch meine Welt, wurde es umso mehr, je öfter ich aus ihr in das Mietshaus an der Pius floh; macht mich das zu einer schlechten, missratenen Jüdin, dass mich der gesprengte Hauptbahnhof tiefer erschüttert als die im Wortsinne vom Erdboden getilgte Altstadt, deren Bewohner die Deutschen nach Treblinka verfrachtet und sie dort alle einfach ermordet haben, so simpel?

Bin ich überhaupt eine Jüdin? Für die Deutschen schon, aber soll ich sie entscheiden lassen, was ich bin?

Wer bin ich? Was verbindet mich mit Israel, mit dem Judentum? Das Blut, aber wenn ja, wessen Blut?

Wann denke ich darüber nach, damals oder hiermals, immer?

Da ist Bewegung auf der Straße. Vom Dach habe ich eine gute Sicht und bemerke, bemerkte die Lichtritzen und höre, hörte den Lärm, wie aus der Towarowa in die Jerozolimskie ein Lastwagen abbog, biegt, ich höre sofort, dass es ein Halbkettenfahrzeug ist, die Raupen anstelle von Hinterrädern machen viel mehr Krach als Gummireifen.

So vorsichtig wie möglich ziehe ich mich zurück. Es ist ohnehin Zeit für mich, denn es wird Tag, und ich Nachtungeheuer verliere mit der Morgendämmerung meine Macht. Ich klettere zurück auf das Dach an der Nowogrodzka und nach unten, schließe die Klappe hinter mir und gehe mit der Pistole in der Hand so leise wie möglich die Treppe hinunter bis ins Parterre.

Auf dem Weg zurück in unser Versteck im Polytechnikum schlage ich Haken, halte mich eher an die Ruinen als an die Straßen, eile. Habe den Eindruck, jemand verfolgt mich, deshalb erneute Haken, ich wechsle die Richtung, verwische die Spuren und denke am Ende, falls jemand mir gefolgt ist, bin ich ihm entkommen, also kehre ich in unser Versteck zurück.

Das Entsetzen beim Anblick der Bahnhofsruinen hat mich seltsam beruhigt. Als hätte ich mich überzeugt, dass ich noch immer am Leben bin, immer noch ein Mensch. Dass mich nach alledem, was ich gesehen habe, noch etwas dermaßen mitnehmen kann. Eine Ratte nimmt der Anblick der Ruinen nicht mit, die Ruinen sind ihr Zuhause, Nachtungeheuer mögen Ruinen, und wenn mich die Bahnhofsruine erschüttert hat, heißt das, ich bin ein Mensch. Nach allem, was ich gesehen habe.

Nach den nackten Kinderleichen auf dem Bürgersteig, kleinen Leichen, über die ich hinwegstieg, steige, wie über eine Pfütze, so wie jeder es tut, bis ein Leichenwagen von Pinkiert oder Wittenberg sie weggeschafft hat.

Ich stieg über Kinderleichen, und über sie hinweg stieg auch mein unfruchtbarer Schoß, der nie ein Kind zur Welt gebracht hat und es nie tun wird, deshalb war ich nicht genug für Jakub, der Kinder auf diese Welt bringen musste, weil er sich für zu wichtig, zu groß, zu schön, zu tapfer und zu phantastisch hielt, als dass die Welt ohne die Frucht seiner Lenden auskommen könnte, ohne Blut von seinem Blut, ohne das Klitterwesen seines Samens.

Ich war nicht gut genug für ihn, und jetzt bin ich für ihn alles, was ihm geblieben ist, und vom Blut, von seinem Blut ist was geblieben?

Ich ziehe am Stahlseil, hebe den Schrank so an, dass ich gerade hindurchkomme, lasse ihn wieder zurücksinken, stelle meine Falle mit der sowjetischen Granate scharf.

Ich gehe neben ihm in die Hocke. Lege ihm die Finger auf den Hals. Der Puls schlägt. Er lebt. Atmet.

«Jakub?», frage, fragte ich sehr leise. «Jakub, ich bin's. Ich habe Stiefel für dich. Und Essen.»

Er antwortet nicht.

«Jakub?», frage ich weiter. Da wird er wach.

«Jemand war hier. Ich habe jemanden gesehen. Jemand war hier», stößt er hervor und sinkt zurück in seine Dunkelheit.

Was geschieht jetzt in seinem Kopf, was geschah? Was weiß er noch, was erreicht sein Bewusstsein, was begreift er? Bisweilen kommt jemand ihn besuchen, ja, besonders wenn das Fieber steigt. Dann besuchen ihn der alte Kaplica, Pantaleon, Munja Weber, Doktor Radziwiłek, all die alten Gefährten aus der alten Welt, die es nicht mehr gibt.

Ich lege die Stiefel, die ich dem toten Aufständischen abgenommen habe, auf den Boden. Decke Jakub mit der neuen, erbeuteten Decke zu. Draußen ist schon fast Tag, dennoch beschließe ich, ein Feuer zu machen. Der Rauch zieht in den Flur. Ich verwende die trockensten, speziell für das Tagesfeuer vorbereiteten Scheite, habe sie von einem Schreibtisch gehobelt, an dem einst ein Professor saß, der dort nie mehr sitzen wird.

Nach einem Augenblick brennt es, brannte. Ich greife nach einer leeren Konservenbüchse, reiße den Deckel ab, lege ihn auf ein Stück Holz, finde einen Nagel und schlage Löcher hinein, mit dem Nagel und einem Holzscheit, um möglichst wenig Lärm zu machen.

So fertige ich mir ein Reibeisen, die scharfkantigen Löcher im Blech dienen als Augen. Ich nehme die zwei Kartoffeln aus den Achseln, eine lege ich für später zurück, die andere schäle ich so dünn ich kann und zerreibe sie auf der Raspel, danach auch die Hälfte des trockenen Brotes, nachdem ich den alten, gefrorenen Schimmel abgeschabt habe. Als Würze ein bisschen Salz. Stelle eine kleine Pfanne auf den Ofen, die ich noch aus der Wohnung dieser Nutte habe, bei der wir uns versteckten, wische sie mit der Speckrinde aus, ein klein bisschen Fett lässt sich noch aus ihr herausschmelzen. Dann brate ich einen ziemlich großen Pfannkuchen aus diesem Kartoffel-Brot-Brei. Egal, dass er auseinanderfällt. Auch einen Teekessel habe ich, und da ich ein bisschen alten, aber echten Kaffees, keinen Ersatz, gefunden habe, brühe ich in diesem Kessel Kaffee, süße mit Saccharin und gieße ihn in zwei Blechbecher. Er ist nicht stark, und die Süße hat die bitter-metallische Note von Saccharin, aber es ist Kaffee.

Dann setze ich mich zu Jakub, drehe ihn fast mit Gewalt zu mir, hebe ihn ein wenig an und füttere, fütterte ihn, während er halb sitzt, saß, halb liegt und mich ansieht mit einem Blick voller Hass. Ich lege ihm mit den Fingern zerfallende Stücke des Puffers in den Mund, eins nach dem anderen, und er kaut sie langsam und schluckt. Ich gebe ihm den Kaffeebecher in die Hände. Er trinkt. Ich trinke meinen. Ich weiß nicht mehr, wann ich das letzte Mal echten Kaffee getrunken habe. Ich esse meine letzten zwei Stücke Puffer auf. Sie schmecken süßlich, aber gut, mehlig-kartoffelig, fett. Ich lecke mir die Finger ab. Schlucke den Rest Kaffee.

«Du musst diese Stiefel anziehen, Jakub. Falls wir gezwungen sind, schnell zu fliehen, musst du sie schon anhaben», sage, sagte ich und halte Jakub die Stiefel vor die Augen.

Er sieht mich an, lange, fast ohne zu blinzeln. Jakub Shapiro – fliehen, wie das klingt, wie phantastisch das klingt.

Zähle ich also schon zu jenen, die ihm immer die Niederlage gewünscht haben? Die ihn hassten, weil er zu stattlich geraten war für einen Juden, weil er sich mehr erlaubte, als ein Jude sich erlauben durfte, weil er vor niemandem den Blick niederschlug, weil er wohnte, wo es ihm passte, aß, was ihm schmeckte, und tat, was ihm gefiel, auf Straßen ging, auf denen er nicht hätte gehen sollen, und wenn, dann wenigstens gesenkten Hauptes, demütigen Blicks, er dagegen war nicht demütig und schritt auf jeder Straße, ob jüdisch oder christlich, mit herrschaftlichem und zugleich banditenstolzem Hochmut.

Manche hassten ihn, weil er jemanden umgebracht, erniedrigt oder zum Bettler gemacht hatte, aber das waren Randfiguren. Zwar war Jakub gewiss ein böser Mensch und neigte zur Gewalt, doch er zügelte sich selbst immer wieder und bewegte sich in den Grenzen, die er für gerecht hielt, im Rahmen eigener Regeln.

Von den Erstgenannten gab es also immer mehr.

Und ich, habe ich angefangen, ihn zu hassen, so wie sie?

Ich war schließlich schon immer bei ihm. Ich war bei ihm, als er ein Niemand war, bei ihm, als er ganz oben stand und sich von mir abwandte, war bei ihm, obwohl er mich verlassen hatte, denn ich stammte aus derselben alten Welt wie er und passte nicht mehr in sein schönes neues Leben, passte nicht zu Anzügen, Autos und Armbanduhren. Er verließ mich, weil ich so war wie er, weil ich aus Dreck und Elend gekommen, nach oben gewachsen war und mich weder töten noch zerdrücken ließ, ich verfaulte nicht, so wie auch er nicht verfault, also verließ er mich, denn er brauchte etwas anderes von einer anderen, und dennoch war ich immer bei ihm, nie weit entfernt.

Ich war auch dann bei ihm, als alle sich wieder von ihm abwandten und niemand mehr Respekt vor ihm hatte. Als sogar seine verzärtelte Advokatenfrau ihn verachtete, nichts mehr von ihm wissen wollte trotz ihres Hungers, als er sogar für sie und ihre Söhne zu einem Verfluchten, einem Monstrum wurde, schlimmer als die Deutschen.

Sogar damals war ich bei ihm. Ich allein habe mich nie von ihm abgewandt.

Und dennoch freute mich seine Niederlage, als wir uns im Polytechnikum versteckten, verstecken. Mich freute dieses böse Wort, in dem ich doch Trost und Genugtuung fand. Vielleicht, weil ich ihn endlich für mich ganz allein habe.

«Jakub, wir müssen dir dieses Stiefel anziehen», sage, sagte ich.

Schließlich nickt er, nickte. Ich ziehe ihm also die zerfallenden Halbschuhe aus, an der Größe erkenne ich, dass es deutsche sind, die beschlagenen Stiefel werden ihm passen, ich ziehe sie mit Mühe auf Jakubs verknöcherte, steifkalte Füße in Fußlappen, und am Ende gelingt es. Jetzt hat Jakub wieder hohe Stiefel.

Ich lösche das Feuer im Ofen, um keinen Brennstoff zu verschwenden und um Qualm zu vermeiden, dann lege ich mich neben Jakub, schmiege mich an ihn, so fest ich kann, und denke, es kann nicht mehr lange dauern, wir werden überleben. Am Ende kommen die Sowjets.

Mir fällt das Buch ein, das ich gefunden habe, doch ich habe nicht die Kraft aufzustehen, unter der Decke hervorzukriechen, habe weder Kraft noch Lust zu lesen, und wenn es die beste, mir noch unbekannte Romanze von Dołęga-Mostowicz sein sollte. Ich schmiege mich einfach weiter an das an, was von Jakub geblieben ist, und versuche, mich zu erinnern, wie er sich anfasste und wie sein großer, schwerer Leib duftete, als es noch ein großer, schwerer Leib war und nicht der Schatten dieses Leibes.

Ich denke zurück an seine breiten Schultern und den Rücken, die mächtigen Arme und unersättlichen Hände, den Geschmack seines Schweißes und den Duft seiner Parfüms, und als ich mich an den Vorkriegsduft seiner Parfüms erinnere, sagt Jakub plötzlich etwas, zum ersten Mal seit Tagen:

«Was stinkt hier so?», sagt, sagte er mit schwacher, sehr schwacher Stimme.

Wann war das, wann hat er das gesagt, sagt er es? Wann ist jetzt? Bin ich hier im Polytechnikum, war ich, oder wo bin ich?

Auch ich nehme jetzt den Leichengeruch wahr, nahm ihn damals wahr, deutlich und plötzlich sehr stark. Wo rieche ich das, wo bin ich? Im Grau? Sollte er begonnen haben zu verwesen? Viele Male habe ich gesehen, wie Menschen vor Hunger und Erschöpfung zu Lebzeiten zu verwesen beginnen, im Herzen schon lange tot, leben sie scheinbar, aber ihre Körper faulen, die Wundstellen eitern, Fliegenlarven schlüpfen darin, die diese Halbleiche zu Lebzeiten aufzufressen beginnen, all das habe ich gesehen, sehe ich, nur wo, wo habe ich es gesehen?

Ich ziehe Jakub die Decke weg, knöpfe seine Sachen auf, suche nach diesen faulenden Wundstellen, suchte.

In dem Augenblick fallen mir die Stiefel ein, die ich der Leiche ausgezogen habe.

DAVID

Ich bin im Leben vielen schlechten Menschen begegnet, aber nie einem schlechteren Menschen als meinem Vater.

Ich kannte deutsche Gendarmen, die zum Spaß in die Menge geschossen haben, einfach so, um irgendwen zu töten.

Auf diese seltsame Art, das heißt sehr gut, habe ich Frankenstein kennengelernt, wie wir Josef Blösche nannten, zwei Mal hat er auf mich geschossen und kein Mal getroffen. Das ist eine sehr intime Beziehung – die zu einem, der zwei Mal auf dich geschossen und nicht getroffen hat. Ich kannte ihn also gut, etwas verband uns, eine Linie aus vier Punkten, Blösches Auge, das Korn seiner Maschinenpistole, dann die Kimme dieser Pistole, sodann die Mitte meines Rückens, allerdings laufe ich, und deshalb krümmt sich mein Rücken von der Geraden weg, die Blösches Auge, Kimme und Korn verbindet, und die drei in kurzer Salve abgeschossenen Patronen verfehlen meinen Rücken und schlagen auf Pflasterstein.

Ich kannte also Blösche, der gern auf Menschen schoss.

Ich kannte auch diesen Odemann vom jüdischen Ordnungsdienst, sein Name ist egal, einen Juden, der seine eigene Frau und drei Töchter zum Umschlag führte, er arbeitete im selben Revier wie mein Vater. Ich kannte Diebe, die Hungernden die letzten Brotkrumen stahlen, obwohl sie selbst gar nicht hungrig waren. Ich kannte eine Frau, die vor Hunger das Bein ihres Kindes aß, nicht persönlich, aber ich habe gesehen, wie man sie die Straße entlangführte. Ich kannte solche, die Lust einzig aus dem Leiden anderer bezogen. Ich kannte Menschen, die das Töten zu ihrem Beruf gemacht haben. Ich kannte solche, die Freunde verrieten. Kannte welche, die es fertigbrachten, ein Kind aus den Armen der Mutter zu reißen und ihm vor deren Augen den Schädel einzuschlagen. Ich kannte welche, die Frauen vor den Augen ihrer Männer und Kinder vergewaltigten, um anschließend alle zu töten.

Ich kannte Verräter, kannte Hasser, kannte Mörder, Feiglinge, Karrieristen, Henker, Zuträger, Vergewaltiger.

Ich kannte alle Arten des Bösen, das man im Menschen finden kann. Aber mein Vater ist der Allerschlimmste.

Ich heiße David Shapiro. Mein Vater heißt Jakub Shapiro und war einmal ein Boxer, er ist Veteran zweier Kriege, er war König und Gott, war Todesengel und verbitterter Weiser, vor allem aber ist mein Vater ein Schweinehund.

Mein Vater ist schuld an allem, was passiert ist.

An allem. Er ist schuld, er, seine Riesenfigur, sein nach Alkohol stinkender Atem, seine teure Kleidung und seine schweren Seufzer, die ich durch die Wand hörte, wenn er sich im Esszimmer erschöpft an den Tisch setzte.

Ich war zehn, als der Krieg begann, und seltsam, aber das Leben davor habe ich anders in Erinnerung. Es war nicht das richtige Leben. Fast so, als hätte es dieses Leben gar nicht gegeben.

Aber an meinen Vater kann ich mich erinnern. Ich erinnere mich an den Geruch seiner Zigaretten. Und an all die Gegenstände, die er lieber mochte als Menschen und die er, wie ein Bettler, später wie Krösus, vor dem Schlaf sorgfältig auf dem Nachttisch ausbreitete, goldene Manschettenknöpfe, eine Pistole mit perlenbesetztem Griff, ein Messer, den Füllfederhalter, die goldene Zigarettenschachtel, ich hasste all das, und zugleich faszinierten mich diese seine Dinge ja, so als berührte ich, wenn ich sie anschaute, behutsam anfasste, sodass er es nicht merken würde, zugleich das, was oder wer mein Vater war.

Wir wohnten damals in einer großen Wohnung in der Nalewki, im Haus Nummer 40, gleich am Muranowskiplatz, und es war die beste Wohnung in der ganzen Straße. Mein Vater wollte nirgendwo anders wohnen, erst später zogen wir in eine große Villa, die er damals als ein der Bedeutung seiner Person angemessenes Palais befand.

Zu Hause war er fast nie, weder in der Nalewki noch später im Palais, mein Vater hatte immer irgendwo zu tun, deshalb ist mir aus der Vorkriegszeit am deutlichsten meine Mutter in ihrer Einsamkeit in Erinnerung. Ich weiß, dass wir damals sehr reich waren, meine Mutter jedoch war ständig allein. Wenn er nicht da war und wir schon zu Bett lagen, redete Mama manchmal zu sich selbst. Ich hörte durch die Wand, wie sie in der Küche saß, ich roch ihre parfümierten Zigaretten und hörte, wie sie zu sich selbst flüsterte, verstand aber nicht die Worte, später hörte ich sie leise lachen oder weinen und wieder etwas flüstern, aber die Worte habe ich nie verstanden.

Hiermals weiß ich, was sie sagte, behalte es aber für mich.

Auch wenn mein Vater kam, blieb Mama weiter einsam. Ich erinnere mich also an seine große, schwere Figur, die mächtigen Schultern, riesigen Hände. Ich erinnere mich an seinen Geruch – normalerweise roch er nach Alkohol, Tabak, Kölnischwasser und Düften, die ich damals nicht als Damenparfüms erkannte, nur ihre Fremdheit spürte ich und wusste, sie gehörten nicht in unser Haus.

Uns nahm er gar nicht richtig wahr. Mich und Daniel, meinen Zwillingsbruder, betrachtete er als Zubehör seines bunten Lebens. Bin ich womöglich ungerecht? Hat er uns doch geliebt, und der Strom seiner Liebe bahnte sich nur wunderliche Betten?

Vielleicht bin ich ungerecht, aber ist nicht sogar solch eine Ungerechtigkeit in Bezug auf ihn gerecht?

Betrachtete er uns also als Bestandteil dessen, was er für das würdige Leben eines *Mensch* hielt, als Ausstattungsmerkmal dieses Lebens? Dazu gehörte auch Mama in ihrer ganzen körperlichen und geistigen Schönheit, gehörte die Wohnung, später die Villa, in der Mama allein saß und nachts zu sich selbst flüsterte und nachts weinte, und wir, ihre Söhne, Daniel und David mit völlig sinnlosen biblischen Vornamen, denn schließlich glaubte unser Vater weder an Gott noch an die große Geschichte unseres Volkes, an Zahlen oder an die heiligen Bücher, unser Vater glaubte einzig an sich selbst, nur er war etwas, das er bekannte und ehrte, wenigstens darin war er aufrichtig und wahrhaftig, er, der Gott, der höchste Priester und eifrigster Bekenner dieses Gottes in einer Person.

Und wir, ich und Daniel? Mir scheint, wir waren ununterscheidbar für ihn, auch wenn wir uns keineswegs ähnelten. Aber Vater sah das nicht, ihm war kaum bewusst, dass wir unterschiedliche Menschen waren.

Denn Menschen waren wir doch. Keine Kinder. Keine Söhnchen. «Meine lieben kleinen Jungs», sagte er auf Jiddisch, wenn er gut gelaunt war, und zerwühlte unsere Mähnen. Wir waren Menschen, kleine Menschen und uns überhaupt nicht ähnlich. Auch ihm nicht.

Daniel zum Beispiel war der beste Mensch, den ich kannte. Ich kannte viele gute Menschen, doch keinen wie Daniel. Daniel war die Liebe selbst, in Gestalt eines Jungen, und er war mein Bruder. Daniel war die Güte. Die Empfindsamkeit. Die Empathie. Kein Fünkchen Böses hättest du in ihm entdeckt, auch wenn ich hiermals weiß, dass das unmöglich ist, dennoch war ich bei ihm, ein gutes Dutzend Jahre nah bei ihm, und habe nie etwas Böses in ihm gefunden.

Er war etwas kleiner als ich und etwas schwächer und viel, viel klüger. Er hatte dunkles Haar, große Augen und eine ausgeprägte Nase, da kam er mehr nach dem Vater, auch wenn er nicht seinen massigen Körperbau geerbt hatte; ich komme eher nach Mama, habe die gleiche

Haarfarbe, und Mama konnte sich nie entscheiden, ob sie brünett oder dunkelblond sei. In der Sonne sah sie blond aus, im Schatten brünett, und später hatte sie überhaupt keine Haare mehr, weil sie abrasiert wurden.

Es kam der Moment, da das plötzlich sehr wichtig war, die Haarfarbe von mir und Mama, und von Daniel, und die Haarfarbe meines Vaters. Es hieß «das Aussehen haben», also Mama und ich hatten «das Aussehen», Daniel nicht.

Ich weiß nicht, wann ich zum ersten Mal dachte, dass Daniel anders sei als ich. Vielleicht als wir zur Schule gingen, eine Schule der zentralen Jiddischen Schulorganisation, genannt CISzO, in der Krochmalna 36. Daniel war ein besserer, viel besserer Schüler als ich. Er las mit großem Eifer, hauptsächlich Polnisch, und behielt alles auf Anhieb, als hätte es sich für immer in sein Hirn gebrannt. Wir lasen Makuszyński, *Durch Wüste und Urwald*, wir lasen Verne, ich hatte das «Geflügelte Polen» abonniert, und in der Zeit, in der ich ein Buch las, verschlang Daniel vier. Er verschlang auch die immer neuen Bände von Trzaska, Evert und Michalski, er studierte sie von der ersten bis zur letzten Seite, mehrmals, erst von Anfang an, dann sprang er von einem Stichwort zu dem nächsten, daraus folgenden, und ich hatte den Eindruck, das alles bleibe in seinem Köpfchen haften.

Mein Vater hat es gar nicht bemerkt, aber als wir nach Palästina auswandern sollten, sprach Daniel schon recht gut Hebräisch, nicht so gut wie Onkel Moryc, aber auf jeden Fall besser als Vater. Ich dagegen konnte, wie Vater, nur ein paar Worte.

Ich weiß noch genau, wie sich Mama mit Onkel Moryc über Daniel unterhielt, und der Onkel sagte, aus Daniel werde einmal ein großer Mann werden, groß, aber unglücklich.

Aus Daniel wurde kein großer Mann, unglücklich war er nur eine Zeitlang, und was aus Onkel Moryc geworden ist, weiß ich nicht genau.

Wen versuche ich hier zu betrügen? Mich selbst?

Schließlich weiß ich sehr gut, was mit Onkel Moryc passiert ist, ich weiß, wie er nackt mit seiner Zosia lag, im Bett, als die bösen Menschen kamen, Polen, der Onkel griff nach der Pistole, doch zu spät, ein paar Schüsse, und aus war es mit Onkel Moryc und seiner Zosia, nichts als zwei immer noch schöne, nackte Leiber und blutiges Bettzeug.

Er sollte mit uns nach Palästina fliegen, war aber nicht im Flugzeug, und dann zwang Papa, besoffen wie ein Goj, das Flugzeug zur Umkehr, und wir sind doch nicht geflogen; damals nahm ich ihm das nicht einmal übel, denn weder Daniel noch ich wollten nach Palästina, auch wenn wir es toll fanden, mit dem Flugzeug zu fliegen. Ich verachtete meinen Vater nur irgendwie dafür, dass er im letzten Augenblick seine Meinung ändert, wir hatten Angst vor seinem betrunkenen Zorn, und mir war es unglaublich peinlich vor den anderen Passagieren, als mein Vater den Piloten eine Szene machte und wir seinetwegen am Ende landeten, am liebsten wäre ich im Boden versunken, besonders weil Mama sofort zu weinen anfing, sie hat so furchtbar geweint. Wir hätten doch einfach bei der Zwischenlandung in Łódź aussteigen und mit dem Zug zurückfahren können, es wäre ohne Szene, ohne Skandal abgegangen, Mama hätte auch dann geweint, denn Mama lag sehr an diesem Palästina, aber wenigstens hätten wir uns vor den übrigen Passagieren nicht so schämen müssen.

«Ja natürlich, die Juden», brummte damals ein eleganter Herr in kariertem Anzug, und ich wollte ihm dafür eine reinhauen, konnte aber nicht, ich war ja erst acht, aber ich begriff dennoch sehr gut, dass er dafür eins verdient hatte, sogar der Herr im karierten Anzug begriff das wohl, denn als Vater sich zu uns umdrehte, groß, wütend und schrecklich, bemühte sich der Herr plötzlich, so zu tun, als befände er sich gar nicht in diesem Flugzeug. Er hatte Angst vor Vater, doch der hat ihm damals nichts getan.

Alle hatten Angst vor meinem Vater.

Also kehrten wir nach Warschau zurück, wohnten aber nicht mehr in unserer alten Wohnung in der Nalewki, von der aus Daniel und ich zu Fuß zur Schule gehen konnten, sondern zogen in dieses große Haus am Stadtrand, in dem vorher Onkel Kaplica gewohnt hatte. Papa kaufte es der Witwe von Onkel Kaplica ab, weil der gerade irgendwo gestorben war, und nach einigen Wochen im Hotel zogen wir dort ein, Ecke Puławska und Domaniewska, ein großes Haus mit Garten, in einer Gegend, in der ich keinen kannte, und damals erzählten die Eltern uns, Onkel Moryc und Tante Zosia seien bei einem Autounfall ums Leben gekommen, und ich glaubte ihnen.

Merkwürdig war das insofern, als der Onkel weder einen Führerschein noch ein Auto besaß. Die anderen

Kinder in der Schule sagten, der Onkel sei von polnischen Faschisten erschossen worden. Weil der Onkel ein linker Zionist war. Ich verstand damals nicht, was das heißt, linker Zionist, aber Daniel verstand es. Hiermals verstehe ich es auch.

Daniel sagte zu mir, jetzt würden auch wir linke Zionisten werden, so wie Onkel Moryc, den Daniel sehr liebte, wir würden linke Zionisten werden, auch wenn wir zu einer Schule des Bundes gingen, wo der Zionismus als etwas Schädliches abgetan wurde, als unrealisierbarer Traum, wohingegen die jüdischen Sozialisten das Realitätsprinzip respektierten und sich mit dem Hier und Jetzt befassten, nicht mit Zukunftsgespinsten und Träumereien von einem jüdischen Staat.

Ich begriff also nicht so recht, warum die Faschisten Onkel Moryc hätten erschießen sollen, wenn Onkel Moryc doch das Gleiche gewollt hatte wie die Faschisten, nämlich dass die polnischen Juden nach Palästina auswandern. Wäre der Onkel Bundist gewesen, wäre das etwas anderes, aber das war er nicht, er hatte zwar unsere Bundisten-Schule absolviert, war aber dann linker Zionist geworden.

Ich weiß noch, wie mein Vater nach wochenlanger Abwesenheit zurückkam – das war, bald nachdem wir nach Palästina hätten fliegen sollen, noch im Auto nähte Mama Geld in unsere Teddybären ein, und wir sind dann doch nicht geflogen –, also wie mein Vater in das Apartment im Hotel Europejski kam, in dem wir vorübergehend wohnten, Mama sprach kein Wort zu ihm, Vater hatte die rechte Hand im Gips, ich weiß nicht, warum, und da trat Daniel auf ihn zu und sagte: Papa, ich möchte Zionist sein, so wie Onkel Moryc. Vater zuckte nur die Schultern und brummte etwas auf Jiddisch, wie immer, wenn er erschöpft war, brummte «ach, lass», nahm eine Flasche Cognac aus der Bar und ging in sein Schlafzimmer, denn Mama und er hatten damals schon getrennte Schlafzimmer, sie schliefen nie mehr miteinander.

Daniel fragte noch einmal: «Aber was bist du, Papa? Bundist oder Zionist?»

«Ich bin nichts», erwiderte Vater, schob sich die Flasche unter den rechten Oberarm, drehte sie mit der linken Hand auf und goss sich Cognac ein. Damals verstand ich das nicht, jetzt, hiermals verstehe ich alles.

Vater war kein Zionist, kein Chasside, Bejtarer, Sozialist, er war weder Assimilant noch Bundist, mein Vater war nichts. Ihn kümmerten weder Palästina noch die Werktätigen noch das jüdische Volk noch Polen noch der Kapitalismus und das geheiligte Recht auf Eigentum. Einen Dreck interessierten meinen Vater die rote, die weiß-rote, die weiß-blaue Flagge, ihn interessierten nur er selbst, sein Geld und seine Leute, in genau dieser Reihenfolge. Sein eigener Gott, Priester und Bekenner in einer Person.

Daniel dagegen kümmerte alles. Daniel war die Liebe selber. Daniel kümmerte sich um Mama und mich, Daniel kümmerte sich sogar um Vater und liebte ihn viel mehr, als ich ihn lieben konnte, denn so ist das, wenn man die Liebe selber ist, ganz aus Liebe gemacht. Daniel behauptete bis zuletzt, Papa sei ein guter Mensch, er sei nur verloren, und sprach nie anders von ihm als mit dem polnischen Wort «Papa».

Daniel liebte Onkel Moryc und Tante Zosia. Daniel liebte Tiere. Daniel hasste Gewalt und sagte, er finde es traurig, dass Papa sich mit anderen im Ring schlage, für mich dagegen war das das Einzige, was mir an Vater imponierte: sein Boxen, seine tierische, unglaubliche Kraft.

Nein, «imponierte» ist das falsche Wort. Ich wollte nicht so sein wie er. Ich dachte nur daran, wie viele gute Dinge ich hätte tun können, wenn ich gehabt hätte, was Vater hatte. Starke Arme, harte Fäuste. Ich hätte sie benutzen können, um gute Dinge zu tun. Doch das war mir nicht gegeben, Kraft gewann ich später, danach, in meinem zweiten, langen Leben hatte ich die breiten, starken Schultern eines Mannes, auch harte Fäuste, aber die Dinge, die ich tat, waren nicht gut, wenn auch notwendig.

Daniel habe ich schon in der Schule in Schutz genommen. Wie sehr die damaligen Zeiten mir später im Leben verschwommen sind, fast habe ich sie vergessen. Doch hiermals erinnere ich mich, sie sind doch da: In unserer sozialistischen Schule packte jeder zur Morgenpause sein Frühstück aus und legte es auf eine Serviette auf seine Bank, doch niemand wagte zu essen, bevor die Lehrerin durch die Reihen gegangen war und geprüft hatte, ob auch jeder zu essen hatte. Hatte einer nichts, wurden die Schulbrote der anderen geteilt, sodass jeder was bekam.

Und mitten in so einer guten, edlen, sozialistischen Welt wir, die Söhne von Jakub Shapiro, dem Boxer und Banditen, dem ersten Mann von Onkel Kaplica … Onkel Kaplica war auch Sozialist, ein alter PPSler, aber in unserer Schule waren andere Sozialisten geachtet. Für uns, Daniel und mich, war er einfach der gute Onkel, wir saßen bei ihm auf dem Schoß, er gab uns Bonbons, zwackte uns in die Wangen, zauste unser Haar.

Für andere war er der schreckliche Kaplica, die Nemesis, der letzte Name, den sie vor ihrem Tod vernahmen, oder derjenige, der ihnen tausend Złoty in bar gab, wenn er ein Auge auf ihre minderjährige Tochter geworfen hatte.

Sympathien verschaffte uns das in der Schule nicht gerade.

Von der Nalewki gingen wir meist zu Fuß zur Schule, aber es kam auch vor, dass Vater uns mit dem Auto hinfahren ließ, und ein, zwei Mal hat er uns sogar selbst gebracht. Unsere Kameraden aus armen Familien konnten nicht einmal davon träumen, je in einem Auto zu sitzen. Das weckte Abneigungen, die ich sehr gut verstand und gegen die ich nicht protestieren wollte, solange sie mich selbst betrafen, ich mochte mich ja selbst nicht besonders wegen dieser Überlegenheit und schämte mich dafür, wer mein Vater war und wie er das Brot verdiente, das ich aß.

Später, als wir in das Haus an der Ecke Domaniewska und Puławska gezogen waren, weit weg vom jüdischen Viertel, brachte uns meist Mama, sie fuhr Vaters Buick, denn Vater war auf den roten Chrysler umgestiegen, den zuvor Onkel Kaplica gefahren hatte. Und von da an wurde es wirklich schwer, täglich mussten wir uns Sticheleien von wegen Prinzen und Muttersöhnchen anhören.

Die Abneigung der Kameraden betraf jedoch Daniel mehr als mich, nach dem schlichten Gesetz böser Emotionen, die wie Wasser um das herumfließen, was ihnen

Widerstand entgegensetzt, und lieber das zerstören, was weich und empfindlich ist. Dass Daniel belästigt wurde, konnte ich nicht dulden, deshalb prügelte ich mich mit jedem, der ihm was wollte, Daniel versuchte dann, uns zu trennen, bat mit aller Sanftheit der Welt, wir sollten aufhören, versuchte, mit Erwachsenenworten zu erklären, dass Gewalt nichts bringe, nichts helfe, nichts kläre, mochte er auch selbst gerade aus der zerhauenen Nase bluten.

Wir waren also völlig unterschiedlich, Daniel und ich, aber Vater hielt uns aus unerfindlichem Grund für eine Einheit, die zweifaltige Verkörperung des Begriffs «meine Söhne». Wenn er uns liebte, und da bin ich mir keineswegs sicher, liebte er nicht Daniel und mich, David, er liebte «seine Söhne», als wären wir Eins und es gäbe somit keinen von uns beiden wirklich.

Das sind so meine Erinnerungen aus der Vorkriegszeit. Darüber hinaus fast nichts. Dabei liegt das gar nicht lange zurück. Aber vor dem Krieg war ich noch ein Kind, und seither hatte sich so viel ereignet, dass mir später diese Vorkriegszeit ganz unwirklich vorkam, als hätte sie nie existiert.

Dabei hat sie, so wie alles andere. Und ich erinnere mich an alles und weiß alles.

Nach der Affäre mit dem Flugzeug sprach Mama ein halbes Jahr lang kein Wort zu Vater, dem war das scheißegal, wie mir damals schien, hiermals weiß ich, dass es das nicht war, doch hiermals hat das keine Bedeutung mehr.

Nach unserem Umzug in die Villa, die zuvor angeblich Onkel Kaplica gehört hatte, der gestorben war, kurz nachdem er aus dem Konzentrationslager in Bereza freikam, zeigte sich Vater anfangs noch seltener zu Hause als vorher, und Mama weinte sehr viel. Nur Daniel vermochte sie damals zu trösten, ich nicht. Später änderte sich das, und Vater war wieder öfter zu Hause.

Vater war nicht schlecht zu uns, so wie andere Väter es oft sind. Nie hat er Daniel oder mich geschlagen, auch nie die Hand gegen Mama erhoben. Er versuchte auch nicht, uns zu erziehen. Der einzige Erziehungsversuch, den er unternahm, war die wiederholte Ermahnung an Daniel und mich, niemals die Hand gegen eine Frau oder überhaupt gegen Schwächere zu erheben: alte Menschen, Kinder, Krüppel. Er selbst hielt sich nur an die erste Regel, in der Tat war Vater nie brutal gegen Frauen. Frauen verletzte er anders, auf raffiniertere Art, umso härter, je näher sie ihm standen. Das also sagte er uns einmal sehr feierlich, dann schloss er sich in seinem Arbeitszimmer ein, und wir hörten beide durch die Tür, wie er weinte, denn natürlich war er betrunken. Nüchtern weinte er nie, betrunken oft. Als er sich später beruhigt hatte, kam er heraus und fügte noch hinzu, wir dürften nicht nur nie die Hand gegen eine Frau erheben, sondern mehr noch, wenn wir sähen, dass einer die Hand gegen eine Frau erhebt, sollten wir ihm diese Hand brechen.

Daniel brach beim bloßen Gedanken daran, jemandem die Hand zu brechen, in Tränen aus, und ich muss meinem Vater zugestehen, dass er in dem Moment nichts Dummes sagte, nichts in der Art wie «hör auf, ein Mann weint nicht», er wollte Daniel sogar an sich drücken, wusste aber nicht recht, wie, so standen sie beide eine

Weile in einer idiotischen Umarmung da, Daniel ganz steif und Vater ungeschickt, dann ließ Vater Daniel los, ging aus dem Haus und ließ sich drei Tage lang nicht blicken.

Mama antwortete nie auf unsere Fragen zu Vater, wo er wäre oder was er täte. Wenn wir nicht nachgaben, sagte sie nur: Das wird er euch selbst sagen, wenn er zurückkommt.

Eines Tages, eine Woche vor Ausbruch des Krieges, kam Vater nach Hause und sagte, er werde mobilisiert. Und er werde morgen zur Armee gehen, schließlich sei er noch keine vierzig.

Er stank nach Wodka und Zigaretten. Er gab Mama Geld und die Autoschlüssel, gab ihr irgendwelche Bescheinigungen für den Fall, dass das Auto konfisziert werden sollte, und befahl ihr, nach Rumänien zu fliehen.

Mama fragte ihn, tobend, auf Jiddisch, ob er völlig verrückt geworden sei. Ob er das Pogrom in Przytyk vergessen habe. Das Lager in Zbąszyń. All die judenfeindlichen Aktionen der letzten Jahre.

Vater erwiderte, nichts habe er vergessen, er vergesse überhaupt niemals etwas, nie.

«Weshalb willst du dich dann für sie schlagen? Was hast du von diesem Polen? Lass uns auswandern. Jetzt. Wir setzen uns ins Auto und fahren so weit wie möglich. Noch heute. Wir haben Geld. Die Papiere besorgst du.»

Vater schwieg. Er kratzte sich den grau melierten Zweitagebart und schwieg.

«Jakub, wir sind diesem Land nichts schuldig. Sie werden doch diesen Krieg nicht gewinnen. Nicht gegen die Deutschen. Das weißt du so gut wie ich. Kauf dich raus. Geh nicht zur Armee. Du bist Polen nichts schuldig.»

«Ich gehe nicht für Polen ...», flüsterte er finster. «Polen ist mir scheißegal.»

«Wofür dann?»

Er überlegte sich die Antwort lange.

«Jemand muss Warschau verteidigen ...», sagte er schließlich. «Das ist meine Stadt.»

«Was faselst du, Jakub, deine Stadt ... Warschau verteidigen ... Und uns? Mich? Die Jungen? Hältst du Warschau für deine Ehrensache? Meinst du, wenn du so fest an dein Märchen glaubst wie diese Schweinehunde mit Achselbändern an Ehre, Gott oder Vaterland, dann wirst du ein besserer Mensch? Du kannst nicht an dasselbe glauben wie sie, aber an etwas ebenso Sinnloses willst du glauben, deshalb hast du dir ausgedacht, dass du für Warschau sterben willst?»

«Es ist meine Stadt», wiederholte Vater.

«Was heißt das überhaupt?», schrie Mama. «Deine Stadt? Das ist ein Märchen, eine pure Phantasie, Jakub, du Idiot. Es gibt keine deine Stadt. Es gibt Häuser, Straßen und Menschen, wie überall, wie in Haifa oder Tel Aviv oder in New York, auch dort gibt es Häuser, Straßen und Menschen, auch dort kann deine Stadt sein, wir können sie sogar Warschau nennen, wenn du willst, wenn es noch nicht zu spät ist, Idiot!»

Vater schwieg. Er kratzte sich wieder den Bart, mit ungewöhnlich dümmlichem Gesichtsausdruck. Wir musterten ihn gespannt.

«Ich muss eben Warschau verteidigen ... Ich bin ein Mann. Ich bin noch keine vierzig.»

«Warschau verteidigen?», schrie sie weiter. «Und wer verteidigt uns? Ich soll allein nach Rumänien fahren? Allein fahre ich nirgends hin.»

Er widersprach nicht, schwieg. Er wusste, dass sie allein nicht fahren würde. Und ich wusste und erinnere mich genau, ich erinnere mich, dass er anders war als sonst, etwas in ihm war kaputtgegangen.

«Ich muss hin. Ich bin Soldat, das verstehst du doch ...»

«Nein, Jakub, du bist kein Soldat. Früher, vor langer Zeit, hat man dir Uniform und Gewehr gegeben, aber ein Soldat bist du nicht. Du bist ein jüdischer Krimineller, der teure Anzüge trägt. Du bist Unterwelt. Bist Bandit. Ein Apache. Hast du Jabłonna vergessen?», fragte sie dann, schon etwas ruhiger.

Ich wusste damals nicht, worum es ging. Mama erklärte es mir später. Im Januar 1919 hatte sich Vater, damals neunzehn Jahre alt, freiwillig zur Armee gemeldet, zum einundzwanzigsten Infanterieregiment, das damals in Warschau begründet wurde. Und keine Woche später, ohne jede Schulung, wurde er mit dieser Einheit an die Front in der Ukraine geworfen. Anderthalb Jahre diente er im Krieg, dann plötzlich, als die Bolschewiken schon vor Warschau standen, wurden auf Sosnkowskis Befehl alle Soldaten und Offiziere jüdischer Abstammung in einem Lager interniert, und das eben war Jabłonna. Der Oberst schickte Vater nur ungern weg, aber er tat es, und drei Wochen lang saß mein Vater, statt zu kämpfen, auf einer Pritsche, starrte die Wand an und hatte an seiner

Erniedrigung zu kauen. Der tapfere jüdische Soldat, der das schöne Polen vor den Bolschewiken schützen wollte.

Dann wurde das Lager auf Daszyńskis Betreiben hin aufgelöst, mein Vater kehrte ins Regiment zurück, bekam im Rahmen der Wiedergutmachung sogar noch das Tapferkeitskreuz, das er schon viel früher verdient hätte. Und dann sprach er sein ganzes Leben zwischen den zwei Kriegen davon, dass er es Polen nie vergessen würde, dass er für das Land den Kopf hingehalten habe und kämpfen wollte, und Polen ihn dafür in ein Lager sperrte. Das schien er nun aber doch vergessen zu haben, als er Ende August 1939 wieder für Polen in den Krieg ziehen wollte.

«Falls ich nicht zurückkommen sollte …», hob er an, aber Mama hielt ihm den Mund zu und sagte, Idiot, halt die Klappe, und er solle nur aus diesem Krieg zurückkommen, wenn er schon hin müsse. Sie wusste, dass es sinnlos war, Vater irgendetwas ausreden zu wollen. Wer will den Wind überreden, er solle aufhören zu wehen. Du hältst kein Hochwasser auf, wenn du ihm sagst, es solle nicht steigen. Verjagst die Heuschrecken nicht mit «verschwindet!» und hältst meinen Vater nicht auf, indem du ihn zu bleiben bittest, wenn er gehen will. Das wusste Mama sehr viel besser als ich damals und genauso gut wie ich hiermals, denn sie kannte ihn so gut, wie nur ein Mensch den anderen kennen kann.

Da sie ihn nicht aufhalten konnte, sagte sie ihm eben, er müsse wiederkommen.

Weil wir ihn brauchten: Daniel und ich. Von sich selbst kein Wort. Vater zuckte, wie üblich, mit den schweren

Schultern, und er war damals ziemlich dick geworden, hatte lange nicht mehr geboxt. Mama sagte, dass sie ihn liebt, er drehte sich um und ging in sein Arbeitszimmer, schloss die Tür von innen, denn Gefühle, die ihm nahestehende Menschen auf so unelegante Art sich zu zeigen erlaubten, ertrug er nicht. Gefühle wirkten auf meinen Vater wie Kampfgas, ätzend, wenn er damit in Berührung kam, also zog er sich sofort zurück und schloss sein Arbeitszimmer zu, und falls das gerade nicht möglich war, drehte er sich um und ging, ging raus in die Stadt, trank, hurte herum, prügelte sich, tat alles, nur um die Gefühle zu übertönen, die er nicht ertragen konnte.

Daniel fing natürlich an zu weinen, als Vater ging, und ich begriff plötzlich, dass mein Vater, mein betrunkener großer Vater innen hohl ist, ausgehöhlt, nur noch eine Hülse. Darin war nichts.

Wenige Tage später, an einem Dienstag, gingen wir mit Mama Gräben ausheben, das weiß ich noch. Vater war nicht mehr da, er war schon beim Regiment. Wir hatten im Radio den Aufruf von Stadtpräsident Starzyński gehört, und als Mama erklärte, wir würden hingehen, fragte ich Daniel nicht lange nach seiner Meinung und sagte, wir gehen mit.

Daniel wollte nicht, das wusste und sah ich. Er hatte Angst. Daniel hatte Angst vor Menschenmengen, er hasste es, von Fremden angesprochen zu werden, er mochte auch keine Gäste, keine Besuche oder Spaziergänge, bei denen Mama uns nach der blöden Gewohnheit der Mütter befahl, nett zu grüßen und höflich auf Fragen zu antworten. Er hatte sich doch gerade erst mit viel Mühe an die Schule gewöhnt, und das nur mit nachdrücklicher Hilfe verständnisvoller und fürsorglicher Lehrer, trotz der lästigen, fiesen Kameraden, gegen die ich ihn in Schutz nehmen musste. Und jetzt dieses große, öffentliche Ausheben von Gräben in Gruppen. Fremde Leute. Polen, in großer Zahl, da fürchtete er sich sehr.

Ich wusste jedoch – das heißt, mir schien damals –, dass er mir einmal dafür dankbar sein würde; wenn wir ihn jetzt zu Hause gelassen hätten, hätte er mir das irgendwann übelgenommen. Ich ließ ihm also keine Sekunde zum gesichtswahrenden Rückzug, fragte nicht, ob er lieber hierbleiben würde; wir nahmen die Schaufel, fuhren mit der Straßenbahn zum Ujazdowskie-Park, dort teilte ein Offizier uns einem Abschnitt zu, und wir hoben Gräben aus, die als Schutz bei einem Luftangriff dienen sollten, Mama grub, Daniel und ich schoben gemeinsam eine Schubkarre, jeder von uns an einem Griff, wir kippten die Erde dort aus, wo man es uns sagte, und die Stimmung der gemeinsamen Sache, der vereinigenden, edlen Tat teilte sich uns mit. Irgendwer klopfte mir oder Daniel anerkennend auf die Schultern, man freute sich, dass die Jungs so hübsch arbeiten, jemand reichte uns einen Becher Wasser, ein anderer einen Apfel.

«Danke, dass Sie auf unserer Seite sind. Wer hätte gedacht, dass die Juden so gut und schwer arbeiten würden», sagt eine elegante, dabei von Erde beschmutzte Dame zu Mama, als sie Aushub auf unsere Schubkarre lud.

Mama fauchte sie an, sie sei auf keiner anderen Seite als ihrer eigenen, und das hätte besser zu Vater gepasst als zu ihr, aber es war ja so, Juden und Polen hoben diese

Gräben Seite an Seite aus, und aus irgendeinem Grunde belästigte uns niemand, es gab keinen Streit, sogar wenn nebeneinander ein jüdischer Träger und ein polnischer Student arbeiteten, die sich zuvor noch im Sächsischen Garten geprügelt hatten. Als wäre der Ozean des polnischen Antisemitismus wie durch Zauberhand versickert in den Gräben, die wir da gemeinsam aushoben, in denen sich später die Fußgänger vor den deutschen Bomben verstecken sollten wie in vorgeschaufelten Gräbern.

Vater war also nicht da, er war im Regiment, beschäftigt mit seinen eigenen Dingen, wie immer, sein ganzes dummes, kaputtes, böses Leben lang. Natürlich fuhren wir nie nach Rumänien. Als sie kamen, um die Autos für das Militär zu requirieren, rückte Mama Vaters Chrysler widerspruchslos heraus, obwohl Vater sich noch um Papiere bemüht hatte, die diese Requirierung verhindern sollten. Mama wollte sie nicht verwenden.

«Mit der Straßenbahn fährt es sich sehr gut», meinte sie und händigte die Schlüssel den Herren Offizieren aus, die sich feierlich bedankten und keck versprachen, den Wagen unbeschädigt zurückzugeben, sobald sie damit Unter den Linden in Berlin die Siegesparade absolviert hätten.

Sie sollten zum Teufel gehen mit diesem Auto und ihren Paraden, sagte Mama. Hiermals weiß ich, dass der Chrysler, statt nach Berlin, tatsächlich doch nach Rumänien fuhr, wo die Herren Offiziere ihn für gutes Geld verkauften, das ihren weiteren Lebensweg erheblich erleichterte. Vaters brauner Buick, mit dem vor dem Krieg Mama gefahren war, war immer auf einen Analphabeten, einen Bauern aus Raszyn, zugelassen gewesen, bestimmt hatten sie ihn schon bei ihm gesucht, nur vergeblich, denn er stand bei uns versteckt im Schuppen hinter dem Haus, für alle Fälle, falls wir hätten fliehen müssen, doch gefahren ist dann niemand mehr mit ihm.

Dienstag hoben wir Gräben aus, am Mittwoch übergab Mama den Offizieren Vaters roten Chrysler, am Donnerstagabend spielte ich mit Daniel Schach, Daniel gewann natürlich alle fünf Partien, dann hörten wir Radio, zum Abendessen gab es Pfannkuchen mit Marmelade, Freitag sollte Schule sein, doch da begann der Krieg.

Ferne Detonationen weckten uns, später war klar, dass die Deutschen Okęcie und Rakowiec bombardierten. Mama und Daniel machten sich Sorgen um Vater, ich nicht, denn Vater machte sich auch keine Sorgen um uns, und ich fand damals, er verdiene es nicht, dass wir uns Sorgen um ihn machen.

Mama war damit beschäftigt, Papierstreifen an die Fenster zu kleben, damit sie von den Explosionswellen nicht zersprangen. Daniel bemühte sich, seine Angst zu unterdrücken, indem er ein Buch las, ich nutzte die Ablenkung der beiden, nahm das Fernglas und kletterte über die Mansarde aufs Dach, um die deutschen Flugzeuge zu beobachten.

Ich erkannte die unförmigen, zweimotorigen Dorniers. In unterschiedlichen Formationen flogen sie von Warschau weg. Ich sah die Geschosse unserer Flugabwehr detonieren, konnte aber keine unserer Jäger erkennen.

Flugzeuge mochte ich sehr. Seit ich denken kann.

Ich weiß nicht, warum, denn Automobile zum Beispiel,

Schiffe oder Eisenbahnen interessierten mich nicht. Flugzeuge hatten etwas ungemein Anziehendes, allein schon ihre Form ergötzte mich. Die Lösung von der Erde, der Blick der Vögel waren für mich etwas fesselnd, verführerisch Schönes. Niemals werde ich unseren kurzen Flug von 1937 vergessen, den Blick auf Warschau unter uns und dann all das Geschrei, Geheule, und am Ende das sich hinziehende, von Leiden erfüllte Schweigen von uns vieren.

Vielleicht habe ich damals die Flugzeuge liebgewonnen? Nach diesem kurzen Trip mit der Lockheed Electra? Wann habe ich begonnen, das «Geflügelte Polen» zu abonnieren? War das im Herbst 1937 oder früher? Ich weiß es nicht mehr.

Ich will es nicht wissen.

Ich weiß noch, dass mir die letzte Vorkriegsausgabe, die vom August, fehlte; die letzte kam mit der Post Anfang Juli, mit einer schönen Abbildung der RWD-16 vorne drauf. Es muss Reklame gewesen sein; auf dem Umschlag stand, dass es ein Zweisitzer sei, dass der Motor sechzig PS habe, zehn Liter Autobenzin auf hundert Kilometer verbrauche, und vor allem stand da der Preis: neuntausendfünfhundert Złoty.

Ich fragte damals meinen Vater, ob das viel sei. Denn das war ein bisschen früher, vor dem Ausbruch des Krieges. Noch im Juli.

Wir saßen im Wohnzimmer unserer Villa in Mokotów, das Radio lief, Mama las einen Roman, sie trug ein blau geblümtes Sommerkleid, Daniel zeichnete, Vater lag auf der Couch, barfuß, in hellen Leinenhosen und im Unterhemd, aus dessen Ausschnitt das dichte, schon ergrauende Brusthaar hervorkam, rauchte eine Zigarette und starrte an die Zimmerdecke. Es war heiß, ein Sabbat, Hochsommer, ein Nachmittag satt an sich selbst, hitzegemästet, anders als im Juni, geschwollen vom Bienengesumm im Garten, gemischten Düften, der Wärme, die die Granitklötzchen der Gartenpfade ausstrahlten. Ruhe herrschte, aber etwas in dieser Ruhe verdichtete sich wie die Luft vor Gewittern.

Das war der letzte Nachmittag dieser Art, an den ich mich erinnere. Mag sein, dass es danach noch ähnliche gab, doch keinen kann ich mir in Erinnerung rufen. Alle waren mit irgendetwas beschäftigt, ich schlug die neue Ausgabe des «Geflügelten Polen» auf und fragte nach eingehendem Studium aller Details der Titelgraphik, wie viel neuntausendfünfhundert Złoty seien, Vater zuckte mit den Schultern und sagte, das hänge davon ab, für wen. So viel wie ein billiges Auto. Für die einen ein Vermögen, das sie in ihrem ganzen Leben nicht zusammenkriegen, und andere könnten es in einer einzigen Nacht ausgeben. Warum ich fragte.

«Hier steht, dass ein Flugzeug RWD-16 so viel kostet», erwiderte ich.

«Lern fliegen, dann kauf ich dir eins», sagte Vater.

Mama protestierte natürlich sofort, fragte auf Jiddisch, ob er uns wirklich unbedingt verderben müsse, Vater zuckte erneut mit den Schultern, griff sich «Unsere Rundschau» und zog sich hinter die Zeitung zurück. Ich begann, einen wunderbaren Artikel zu lesen, gezeichnet Dr. Eugeniusz Przysiecki – darüber, wie der Autor zusammen mit einem Offizier nach Teheran geflogen ist, um dem Schah und seiner frisch geehelichten Frau, der ägyptischen Prinzessin Fausia, ein Flugzeug RWD-13 als Hochzeitsgeschenk zu überbringen.

Przysieckis Flug war in dem Artikel sehr malerisch beschrieben, und ich fühlte mich, als würde ich selbst in diesem kleinen Flugzeug sitzen, würde all die Flugplätze zu Gesicht bekommen, auf denen der Autor auf seinem Weg nach Teheran gelandet war, würde selbst über die hohen Berge und über das Schwarze Meer fliegen und darauf lauschen, ob der Motor gut läuft, würde mich selbst mit türkischen Beamten anlegen und danach durch die Straßen von Beirut flanieren, um Französisch sprechende europäische Damen und unter Schleiern verborgene arabische Damen zu mustern.

Die Ausgabe des «Geflügelten» endete mit einer Reklame der Staatlichen Luftfahrtwerke, die einen prächtigen, zweimotorigen *Elch* im schrägen Sinkflug zeigten, mit einem Maschinengewehr, das aus der vollverglasten Bombardier-Kabine ragte und einem Frontschützen auf der Nase. Die Maschinengewehre im *Elch* nannte man «Welpen», und ich fand es sehr lustig, dass man das Maschinengewehr, Geschöpf einer kalten, stählernen, nach Öl und Pulver stinkenden Wirklichkeit, als Welpen bezeichnen kann, etwas, das warm, flauschig und niedlich ist. Ein Maschinengewehr ist schließlich überhaupt nicht warm und flauschig, es balgt sich nicht fröhlich und pikt nicht so lustig mit seinen Zähnchen wie kleine Hunde, die noch nicht richtig zubeißen gelernt haben. Ein Maschinengewehr ist ganz anders.

Doch der Bomber *Elch* selbst gefiel mir ausnehmend.

Am meisten aber mochte ich Passagierflugzeuge und Jagdflugzeuge, denn sie waren die schönsten. Die polnischen Jagdflugzeuge, Hochdecker, gefielen mir nicht so besonders, sie wirkten schon sehr archaisch für mich, wo ich mich doch an modernen Maschinen im «Geflügelten Polen» sattgesehen hatte und mit den neuesten Trends im Flugzeugbau vertraut war. Am besten gefielen mir britische Hurricanes und Spitfires, auch die deutschen Jäger, Messerschmitts, gegen die die polnischen wie unförmige Verbindungsflieger wirkten, aber der Bomber *Elch* war auch gut, war schlank und schön im Gegensatz zu den unförmigen, kopflastigen Dorniers; und am meisten gefielen mir Passagierflugzeuge wie die Lockheed Electra, in der wir 1937 saßen und aus der wir so dumm, so folgenschwer und ohne Not ausgestiegen sind.

Lange betrachtete ich den *Elch* auf der letzten Umschlagseite des «Geflügelten Polen», und später, als alles begonnen hatte, habe ich mir diese Ausgabe noch viele Male angesehen, habe sie sogar mitgenommen, als wir aus dieser Villa ausgezogen sind.

Am letzten Sabbat vor Kriegsausbruch stand Vater früh morgens auf. Ich erinnere mich genau, denn ich erinnere mich an alles, sehr klar und sehr deutlich. Vater stand sehr früh auf, ich aber war noch früher aufgestanden, ich wollte allein sein, einsam sein, wollte keine Gesellschaft, nicht einmal die von Daniel. Ich wollte mir das Album mit Flugzeugen ansehen, vielleicht ein Flugzeug zeichnen, womöglich eine meiner phantastischen Lieblingskonstruktionen, die ich im Kopf aus einzelnen

Bestandteilen der Flugzeuge auf den Fotos erschuf und deren Querschnitte, Projektionen und Pläne ich dann zu Papier brachte.

Gewöhnlich waren das riesenhafte Passagierflieger mit geräumigen Kabinen, in denen es sogar Betten, Toiletten und Bäder gab, auch Spielzimmer. Außen am Flugzeugrumpf brachte ich halbkugelförmige Beobachtungskabinen und Türmchen mit Maschinengewehren an, die die unschuldigen Passagiere schützten.

Es gab sogar sechsmotorige Flugzeuge, denn ich stellte mir vor, sie wären umso flinker, je mehr Motoren sie an den Flügeln hätten. Eine dieser großartigen Maschinen zeichnete ich um fünf Uhr morgens, allein im Wohnzimmer, am letzten Sabbat vor dem Krieg.

Auf den Schwanz male ich ihm ein rot-weißes Schachbrett.

Die Schritte meines Vaters hörte ich nicht.

«Ein polnisches Flugzeug?», fragte er, hinter mir stehend.

Ich sagte ja.

«Wie heißt es?»

Ich dachte einen Augenblick nach. Nicht über den Namen, den hatte ich mir schon vor längerer Zeit ausgedacht, sondern darüber, ob ich ihn verraten sollte.

«David 39b.»

«Gab es ein Modell a, wenn das jetzt b ist?»

«Ja. Aber das habe ich nicht gezeichnet. Ich habe gleich b gezeichnet. David 39b.»

«Ein polnisches Flugzeug kann nicht David heißen», sagte Vater. «Das ist ein jüdischer Name.»

Ich hätte ihm den Namen besser nicht verraten. Ich hatte geahnt, dass er das nicht verstehen würde. Ich zuckte mit den Schultern, ohne den Kopf vom Papier zu heben.

«Und warum b?», fragte er weiter.

«B wie Bomber.»

«Aha. Also gut, David 39b. Ich muss jetzt gehen.»

Da drehte ich mich um. Vater trug eine grüne Felduniform, straff unter einem braunen Gürtel. Zum ersten Mal im Leben sah ich ihn in Uniform. Als er ein paar Mal zu Übungen musste, woran ich mich schwach erinnere, ging er in Zivil aus dem Haus und kam ebenso zurück, die Uniform erhielt er vor Ort. Das Regiment zog ihn gern zu diesen Übungen ein, und Vater ging gern hin, so als führe er in einen verdienten Urlaub – er wurde dort königlich behandelt, trotz seines niedrigen Unteroffiziersrangs, denn über den Zugführer ist er nie hinausgekommen; aber der große, wenn auch jüdische Boxer, dazu kein Legionär, wurde im Warschauer Regiment gern gefeiert, und bei den Augustmanövern in Nord-Masowien veranstaltete man sogar improvisierte Boxkämpfe.

Jetzt straffte sich die grüne Uniformbluse auf seinem mächtigen Bauch und den breiten Schultern. Auf den Achselstücken trug er drei rote Balken, auf dem schon leicht ergrauenden Kopf eine Feldmütze. Ich wunderte mich, denn ich wusste, dass andere in Zivil zur Armee fuhren und erst dort eine Uniform bekamen. Eigene Uniformen hatten nur die Offiziere, mein Vater dagegen war, wie gesagt, lediglich Kompanieführer.

«Du hast schon eine Uniform?», fragte ich.

«Ich weiß doch, wie es in dieser Zirkusarmee um Uniformen bestellt ist», antwortete er. «Ich glaube nicht, dass sich in den letzten zwanzig Jahren etwas daran geändert hat. Sie würden mir eine zu enge Uniform und dazu Stiefel geben, in denen ich nach zwei Kilometern die Füße voller Blasen hätte. Oder vielleicht gar keine. Also habe ich mir auf die Schnelle eine nähen lassen.»

«Und die darfst du dann behalten?»

«Ich, ja.»

«Aber warum hast du keine Viereck-Mütze?»

Er rückte die Feldmütze zurecht.

«Weil mir diese idiotischen Viereck-Mützen von denen nicht gefallen. Lieber so eine Feldmütze, da sehe ich wie ein Mensch aus, nicht wie ein Zirkusaffe. Mit so einer habe ich vor zwanzig Jahren gekämpft, das kann ich jetzt auch. Man sieht noch oft Soldaten in Feldmützen.»

«Und ein eigenes Gewehr hast du auch?», fragte ich weiter, klüger, als mir damals klar war.

Er lachte.

«Nein, das Gewehr, mein Sohn, bekomme ich von der Republik Polen. Wenn sie noch eins für mich hat. Dafür habe ich etwas anderes ...»

Er griff in die Tasche und zog eine kleine Pistole heraus.

«Zur Sicherheit. Falls mir ein Offizier frech kommt», lachte er und wurde sofort wieder ernst, als hätte es ihm den Humor verschlagen. Mama erlaubte ihm nie, uns Waffen zu zeigen, er hielt sie sonst auch sorgfältig vor uns versteckt.

Er streckte mir die Hand aus, zog mich ungelenk an sich, umarmte mich. Strich mir über den Kopf.

Damals habe ich ihn sehr geliebt, trotz allem.

«Weck Mama und Daniel nicht. Sollen sie ausschlafen. Sollen sich erholen.»

«Wann kommst du zurück? Könnt ihr die Deutschen besiegen?»

«Ich glaube nicht.»

«Was …?», fragte ich erschrocken.

Jede Zeitung schrieb, wie mächtig die polnische Armee sei. Und jetzt wurde sie noch mächtiger, da mein Vater sich ihr anschloss, der mächtigste Mann, den ich kannte. Ich hörte die Reden von Marschall Rydz und war, wenn wir gemeinsam zuhörten, nicht angetan von Vaters ungläubigen Mienen und Mamas Genörgel.

«Wasser ist nass. Aber vielleicht können wir sie eine Weile aufhalten. Bis die Franzosen eingreifen.»

Ich war wieder froh. Das genügte mir. Dass die Franzosen eingreifen.

«Ich habe etwas für dich», sagte er.

«So?», fragte ich dümmlich.

Er lächelte und holte eine in graues Papier gewickelte und mit Bindfaden verschnürte Schachtel aus seiner Tasche.

«Mach sie erst auf, wenn ich weg bin. Sie gehörte Onkel Kaplica. Jetzt ist es deine.»

Er gab mir einen Kuss und ging raus.

Ich weiß genau, was anschließend mit ihm passiert ist, ich weiß alles.

Und zwar ging er hinaus, blieb auf dem Bürgersteig der Puławska stehen, sah sich um, rückte die Feldmütze zurecht und tastete nach der verbotenen Pistole in der Tasche. Am Zaun saß ein polnischer Bengel, Vater wusste, dass der sich oft in der Gegend herumtrieb. Der Junge, groß für sein Alter, hager und sommersprossig, gaffte zu ihm herüber.

Vater holte ein silbernes Zigarettenetui und ein Feuerzeug aus der Brusttasche, zündete sich eine Zigarette an, überlegte kurz, dann warf er dem Jungen das Etui zu. Der wunderte sich nicht einmal, er steckte es einfach in die Tasche und rannte weg, als hätte Vater einen Stein nach ihm geworfen, kein Geschenk.

Vater lächelte, fluchte laut auf Jiddisch, warf sich das kleine Bündel, das er mitgenommen hatte, über die Schulter und zog los.

In dem Augenblick habe ich ihn noch vom Wohnzimmerfenster gesehen.

Ich sah ihn gehen, rauchend und – da bin ich fast sicher – pfeifend zugleich. Ich schaute ihm nach, bis sein breiter Rücken in grüner Uniform endgültig aus meinem Blick verschwand.

In der Hand hielt ich sein Geschenk, ein Päckchen von der Größe zweier Streichholzschachteln. Ich knotete die Schnur auf, riss das Papier weg und öffnete es.

Darin war ein kleines Taschenmesser, ein echtes Gerlach von Kobylańskis, mit Perlen besetzt, zwei Klingen, eine kürzere und eine längere. Auf die längere stand eingraviert «Sozialismus oder Tod», die Schneide war sehr scharf, wovon ich mich sofort überzeugte. Ein schönes Taschenmesser, es gefiel mir ungemein, und ich freute mich sehr, aber sofort fand ich es schade, dass Papa nicht auch Daniel ein Geschenk gemacht hatte. Warum nur mir? Sollte ich es jetzt vor dem Bruder verstecken, damit er sich nicht grämte, weil er nichts bekommen hatte? Doch wie hätte ich meine Freude darüber vor ihm verheimlichen können?

Am Ende zeigte ich Daniel das Messer. Ich fragte ihn, letztlich verlogen, ob er es nicht gern von mir hätte. Er wollte es nicht. Daniel war in der Lage, sich ohne einen Anflug von Neid mit mir zu freuen.

Mein Vater dagegen ging vor sich hin. Mein Vater, der seit langem nirgendwohin zu Fuß ging, ging jetzt doch zu Fuß, nicht einmal die Straßenbahn nahm er, ich weiß das; er machte sich einfach zu Fuß auf den Weg, auch wenn es bis zur Zitadelle, wo die Kasernen seines Regiments eingerichtet waren, gute acht, neun Kilometer waren.

Er ging, warf nicht einen Blick zurück auf seinen geliebten roten Chrysler, der damals noch nicht requiriert war. Er stand auf dem Bürgersteig vor dem Haus.

Er zog also zu Fuß los. Um die neuen, mit Nägeln beschlagenen und ordentlich mit Wickelgamaschen versehenen Infanterieschuhe aus dickem Leder einzulaufen, um seine das Gehen ungewohnten Muskeln zu lockern, die Stadt aus einer anderen als der alltäglichen Perspektive zu sehen, sich an der milden Kühle des Sommermorgens zu freuen, am Wetter, am Leben. Um die zum Unterricht eilenden Mädchen zu betrachten, die Lausebengel, die wie üblich etwas im Schilde führten, die Autos, die Straßenbahnen.

Nach über zwei Stunden erreichte er leicht humpelnd die Zitadelle, denn am rechten Fuß hatte er sich eine Blase gelaufen. Ein Offizier, der mit wirrem und unausgeschlafenem Blick über den Hof lief, schickte ihn zum zuständigen Feldwebel, dieser wunderte sich über Vaters Uniform und war über seinen Besitz dieser Uniform sichtlich wenig erfreut, Vater fragte, ob der Feldwebel die Erlauchte Republik unnötig für eine Uniform aufkommen lassen wolle, unnötig deshalb, weil Zugführer Shapiro bereits eine eigene Uniform besaß. Der Feldwebel nölte und winkte ab, dann schickte er Vater zu der schweren MG-Kompanie in einem anderen Bataillon, das gestern die ihm zugeteilte Bewaffnung, Ausrüstung, Uniformen, Munitionsreserve und Lebensmittel erhalten hatte und aus der Zitadelle abmarschiert war, um sich jetzt in Marymont bereitzuhalten, am Rande des Bielański-Wäldchens. Los Marsch, Zugführer, hieß das für Vater. Er protestierte zwar mit einem breiten Grinsen, er habe genug vom Laufen, sei vom fernen Mokotów bis hierher gegangen, habe noch keine Zuteilung erhalten und schon Blasen an den Füßen. Der Feldwebel bemühte sich gar nicht erst, diesen Witz zu verstehen, Vater zog also weiter, kam nach Marymont, nach wie vor in glänzender Stimmung.

Er selbst begriff den Grund seiner Fröhlichkeit nicht, und nur das trübte jene vorzügliche Stimmung ein wenig, nämlich dieses Humors geheimnisvolle, unerfindliche Gründe.

Auf dem Weg nach Marymont blieb er sogar vor dem Schaufenster eines Cafés stehen, betrachtete sein Spiegelbild in der Scheibe, hinter der Kuchen und Torten ausgestellt waren, und fragte sich selbst, plötzlich ernst geworden:

«Na, worüber freut sich die Judenfresse da? Na, worüber?» Er wusste es nicht.

Ich aber weiß es.

Vater eignete sich vom Charakter her in keiner Weise zum Soldaten. Die letzten zwanzig Jahre seines Lebens hatte er Wert darauf gelegt, dass niemand, aber auch niemand ihm Befehle erteilte, und im Herbst 1937 konnte das dann wirklich niemand mehr tun, Vater hatte sich von der ganzen schmutzigen Arbeit ein bisschen zurückgezogen, er ging nicht mehr auf den Kercelak, quälte sich nicht im Training, boxte nicht mehr, alles war in ruhigeres Fahrwasser geraten. Er konnte ein normales Leben führen.

Ende 1938 einigte er sich sogar mit den Kampfeinheiten des Bundes, trank Wodka mit dem Genossen Bernard persönlich, wie Bernard Goldstein genannt wurde, diese geradezu mythische Figur, Anführer des bewaffneten Arms des Bundes, trank Wodka auch mit Dzięgelewski von der Sozialistischen Aktion, der Kampftruppe der PPS, die die christlichen Arbeiter vereinte. Der eine wie der andere waren von Vater im Grunde angewidert, ihm haftete dieses Wort an – Unterwelt, Halbwelt –, weder Goldstein noch Dzięgielewski hätten sich mit dem bekannten Banditen und Boxer in der Öffentlichkeit gezeigt, aber hinter geschlossenen Türen redeten sie gern mit ihm, tranken ihren Widerwillen mit ein paar weiteren Gläschen nieder, denn sie brauchten ihn auf ihrer Seite, brauchten meinen Vater, den Schauder, den er erregte, die Leute, die ihm gehorchten dank dieser seltsamen, unentwirrbaren Mischung von Angst und Respekt, er wiederum brauchte sie, zumal er mit siebenunddreißig und dann achtunddreißig Jahren nichts weiter wollte als seine Ruhe, keine neuen Eroberungen, Unterwerfungen, Triumphe, er wollte in seiner schönen Villa im Sessel sitzen, die Zeitung lesen, Radio hören, ein Bier trinken und nichts von den Leidenschaften spüren, die ihm sein bisheriges Leben lang in Herz und Seele gepocht hatten. Glaubte er zumindest.

Und er fand diese Ruhe. Er saß im Haus, kontrollierte seine Geschäfte, las Zeitung und sprach viel mit Leuten, die sich in Finanzen auskannten, investierte sein Geld klug, verstieß nicht gegen das Recht, war besorgt über die zunehmenden Spannungen in den internationalen Beziehungen und den heraufziehenden Krieg, trank viel weniger, hatte sogar weniger mit Weibern, aß und nahm zu.

Dann begriff er plötzlich, dass er auf die vierzig zuging. Dass er zwanzig Jahre lang gekämpft und am Ende gesiegt hatte und jetzt nicht wusste, was er mit diesem Sieg anfangen sollte. Dass er seine Frau, seine Söhne, sein Geld und Vermögen, sein ganzes Leben wie etwas betrachtete, das abgeschlossen war. Komplett. Am Ende.

Vielleicht freute sich deshalb etwas in seinem Innern, etwas sehr Kleines, sehr Dummes und im Alltag beinahe Verstummtes darüber, dass er in den beginnenden Krieg zog. Du bist also noch nicht gestorben, Jakub Shapiro, sagte diese Stimme zu ihm. Da kann also noch etwas passieren in deinem Leben, und du hast schon gedacht, es würde nichts mehr passieren. Nun hast du alles noch vor dir, das Böse und das Gute.

Vater spürte diesen fast unsichtbaren Schatten der Fröhlichkeit in sich und schämte sich dafür sehr. Aber er spürte ihn. Das war der Grund, warum er sein Spiegelbild in der Fensterscheibe des Cafés fragte, boshaft fragte, um dann weiterzugehen und auf sein Bataillon zu treffen.

Dort herrschte ein furchtbares Durcheinander. Die soeben eingezogenen Soldaten drängten sich vor den vernieteten Kisten der fettverschmierten Feldküchen, die ausgemergelte Pferde auf Wagenrädern herangezogen hatten, aus den Kesseln dampfte es schon verheißungsvoll, den optimistisch in die Zukunft blickenden Kriegern wurde zur Aufbesserung der Stimmung reichlich Erbsensuppe ausgegeben.

An Gestellen unter den Kesseln informierten gusseiserne Schilder darüber, dass nicht vor Einfüllen des Wassers angeheizt werden dürfe, dass die Kessel in den Kochstellen regelmäßig zu wechseln, die Rauchrohre im Wald einzufahren und die Ascheluken auf Holzbrücken zu schließen seien; darunter war die Zeit angegeben, die es vom Anheizen bis zum Kochen des Kaffeewassers sowie zum Garen anderer üblicher Gerichte braucht.

Mittag war es und heiß, überall roch man Ofenrauch, die noch nie zuvor getragenen Uniformen frisch aus den Magazinen rochen nach Naphthalin, nach Juchtenleder die neuen Schuhe, die hektisch von Infanteristen anprobiert wurden, die sich auf Gewaltmärsche einstellen zu müssen glaubten, vor allem aber stank es nach Pferden, nach ihrem Schweiß und ihrem Dung, denn in einem Infanterieregiment gab es nicht viel weniger Pferde als bei der Kavallerie. Dutzende von diesen Trossmähren und Arbeitsgäulen wurden von einem Ort an den anderen geführt, scheinbar ohne Ordnung, herumgehetzt, vor Halbwägen, Tatschankas und Fuhren gespannt; und langsam, vor den Augen meines Vaters, fügte diese ungeordnete Masse an Gerät, Menschen, Pferden und Material sich gemäß der Organisationsschemata, diesen mühsam auf Papier gezeichneten Dreiecken, Quadraten und Reisen, mit Kreuzchen, ohne Kreuzchen, mit Durchstreichung und Dutzenden anderer Symbole, und gemäß dieser Schemata setzen die Züge sich zu Kompanien zusammen, die Kompanien zu Bataillonen, die Bataillone zu Regimentern, alles entwickelt sich vom Friedenszustand zum Kriegszustand, rüstet sich mit der Regimentsinfrastruktur, mit Schustern und Schneidern, Köchen und Tierärzten, Sattlern und Fernmeldern mit Rollen dünnen Drahtes, einem Kaplan, einem Arzt und einem Waffenmeister, zweirädrigen Trosswagen, den Geschützen der Regimentsartillerie und den panzerwehrenden Bofors, den Bataillons-MGs und Mörsern, den Granatwerfen der Kompanien, den Funkstationen und allem Übrigen.

Der Ort meines Vaters in diesem langsam sich ordnenden Chaos von Geschrei, Gerenne, Pferdegewieher und verlorengegangenen Gefreiten ohne Uniform und Ration war ganz präzis definiert. Mein Vater, Zugführer Jakub Shapiro, war Gewehrschütze des dritten Maschinengewehrs im zweiten Zug der Kompanie schwerer Maschinengewehre und Waffen, die das zweite Bataillon des einundzwanzigsten Infanterieregiments der Polnischen Armee begleitete, welches den ehrenvollen Namen «Kinder Warschaus» trug.

Als Gewehrschütze im Rang eines Zugführers war es keineswegs Aufgabe meines Vaters, selbst mit dem

Gewehr zu schießen. Das war Aufgabe des Richtschützen. Mein Vater führte jene in der Armeestruktur allerkleinste Untereinheit, die in der Kompanie der schweren MGs eines jeden Regiments der polnischen Armee eben nach dem Gewehr benannt war und in der Kompanie der schweren MGs das Äquivalent der Rotte oder des Zuges bildete, wie die kleinste Untereinheit in der Schützenkompanie oder Sektion, wie es in der Kavallerie hieß, genannt wurde.

Als Gewehrschütze im Range eines Zugführers befehligte mein Vater den in der Hierarchie direkt unter ihm stehenden Richtschützen Korporal Andrzej Głowacki, im Zivilleben Schuster in Praga, dessen Aufgabe es war, mit dem schweren Maschinengewehr Modell 30 zu schießen, außerdem den Patronenschützen, Oberschütze Jerzy Kawulski, vierundzwanzig Jahre, im Zivil ein kräftiger Steinmetz, ebenfalls aus Praga, der dafür sorgte, dass der Munitionsgurt gleichmäßig in das MG gezogen wurde und es der Mechanik erlaubte, fehlerlos die nächsten Patronen aus ihm zu fischen und sie anschließend zum Ruhme des Vaterlands und zum Verderben des Feindes keck zu verschießen, des Weiteren hatte er dafür Sorge zu tragen, dass immer mindestens zwei Kisten Munition bei dem schweren Maschinengewehr waren, dass die eingegurtete Munition im richtigen Verhältnis zu der lose transportierten stand, sowie ähnliche kleine Verrichtungen für das reibungslose Funktionieren dieser höchst wirksamen Tötungsmaschine.

Das jedoch sind nicht alle Menschen, die mein Vater befehligte, denn vielköpfig war das Kontingent der menschlichen Leben, das die Republik Polen meinem Vater anvertraut hatte, damit er sie zu ihrem Wohl verwandte. Nach dem Patronenschützen folgte der Helfer, Schütze Jan Brzoza, neunzehn Jahre, jetzt bewaffnet mit einem Bajonettgewehr, ein schwerfälliger Arbeiter aus Wola, dessen Aufgabe war, das Vorfeld zu beobachten und als Gewehrverbindungsmann zu fungieren, des weiteren zwei Munitionshelfer, Schütze Janusz Mączewski, achtzehn, und Oberschütze Szmul Lubawer, zweiunddreißig, beide aus Otwock, beide mit Bajonettgewehren bewaffnet, von Beruf Abiturient und Kaufmann, und am Ende der Fuhrmann, auf den ersten Blick ein begriffsstutziger Bauer aus der Gegend von Mława, Schütze Józef Bania, unter dessen scheinbarer Dummheit jedoch ein empfindsames Herz schlug; auf dem Rücken trug er ein Gewehr, seiner Obhut anvertraut war ein zweirädriger Halbwagen, mit dem das oben erwähnte, olivgrün gestrichene schwere MG Modell 30 transportiert wurde, samt Wasserkühler, der den aufgetriebenen Lauf verbarg. Bania kümmerte sich auch um den mickrigen Gaul, der den Wagen zog, ein hageres braunes Pferdchen, kaum größer als ein Esel und ebenso stumpf wie ein solcher. Der Gaul trug den Namen Marchew, und die ganze Gewehrbesatzung entbrannte sofort in heißer Liebe zu ihm.

Sie alle trafen sich an der Ecke Leśna und Gdańska in Marymont, wo vor dem Kriegszustand das zweite Bataillon mobilisiert wurde. Leutnant Jelenta, Zugführer der schweren MGs, führte meinen Vater zu seiner Unterabteilung und stellte ihn beiläufig vor, Soldaten, das hier ist Zugführer Shapiro, ihr habt vielleicht von ihm gehört, bekannter Boxer, er wird MG-Schütze in dieser Waffe sein.

Brzoza hatte von Shapiro gehört, denn er war Arbeiter aus Wola. Hatte von ihm gehört, fürchtete ihn, bewunderte und respektierte ihn aber auch und riss bei den Worten des Leutnants beeindruckt den Mund auf. Etwas von Shapiro gehört hatten auch Głowacki und Kawulski aus Praga, sie rührte die Neuigkeiten jedoch wenig, denn sie interessierten sich weder für das Boxen noch für Juden, Zeitungen lasen sie nicht, und ihre größte Sorge zurzeit war, was während ihrer Abwesenheit aus ihren Werkstätten würde, denn keiner von ihnen glaubte, dass diejenigen, denen sie ihre Geschäfte bei der Mobilmachung anvertraut hatten, sich auch gebührend um sie kümmern würden.

Gehört von Shapiro hatten auch Szmul Lubawer und Janusz Mączewski aus Otwock. Den frommen Lubawer schauderte es geradezu bei diesem Namen, den er verabscheute: Shapiro war für ihn schlimmer als der übelste Goj, ein Jude, der seiner Religion, der Tradition und allem, was heilig war, entsagt hatte. Im Regiment gab es koschere Küche für jüdische Soldaten: Schütze Lubawer sah mit Grausen, wie Zugführer Shapiro zur Begrüßung, statt sich in diese Küche zu begeben, nach einem Teller Erbsensuppe griff, in der unbezweifelbar Brocken von Schweinefleisch schwammen, und hemmungslos und genüsslich begann, diese Suppe auszulöffeln.

Für den achtzehnjährigen Mączewski brach beim Anblick Shapiros die Welt zusammen. Er hatte gerade das Abitur bestanden, wollte ein Studium am Warschauer

Polytechnikum beginnen, war kürzlich der Allpolnischen Jugend beigetreten, hatte im Januar sogar Dmowskis Beerdigung beigewohnt, und jetzt sollte er unter dem Kommando nicht nur irgendeines, sondern des allerschlimmsten Juden dienen, der ihn nicht nur anwiderte, sondern ihm auch Angst machte. Also starrte er auf den Inhalt seines Geschirrs, aß langsam weiter, voller finsterer und übler Vorahnungen.

Schütze Józef Bania aus Dzierzgowo im Kreis Przasnysz hatte nie von einem Shapiro gehört und wollte auch nichts davon wissen, das Einzige, was er wollte, war möglichst bald aus diesem Krieg nach Hause entlassen zu werden, um es wenigstens noch zum Erntedankfest zu schaffen, und er machte sich Sorgen, ob Polen seines Vaters Pferd, das mit ihm zur Armee eingezogen worden war, nach dem Krieg der väterlichen Wirtschaft zurückgeben oder ob das Pferdchen, viel besser als der Gaul Marchew, dem Verderben anheimfallen würde. Sein mögliches eigenes Verderben sorgte ihn viel weniger, denn an Leuten mangelte es in Dzierzgowo nicht.

Mein Vater konnte natürlich nichts über diese ziemlich trüben Krieger wissen, es interessierte ihn auch nicht besonders, woher sie stammten und was sie über ihn dachten. Vom Kompaniefeldwebel ließ er sich die neben der Uniform nötige Ausrüstung zuteilen, was natürlich auch zu Genörgel führte, weshalb ein Soldat denn in seiner eigenen Uniform ankomme; aber das war nun mal so mit Vater. Mein Vater ging seinen eigenen Weg. Weil er konnte und wollte.

Er fasste also den Tornister, darin die Decke, Mantel,

Zeltplane, Kochgeschirr, Ersatzhemd, Fußlappen, Handtuch, Taschentuch, Ersatzschnürsenkel, Riemen, Gerät zur Waffenreinigung, die eiserne Lebensmittelration, Zwieback, Nähzeug und Besteck, Brotbeutel, darin auch Salz, Feldflasche, Brot, Seife, dazu zwei doppelte Patronengurte für den Gürtel, ein Bajonett mit Klammer, Spaten, Erkennungsmarke, persönliches Verbandszeug, ein Gewehr Modell 29 und sechzig Patronen, und als Gewehrführer bekam er zusätzlich zu dieser Standardausrüstung noch einen Kompass.

Mit seinem persönlichen Gewehr war er zufrieden: Es handelte sich um eine solide, zielgenaue Mauser aus Radom, polnische Produktion, weitaus besser als die französische Berthier, mit der er die meiste Zeit des letzten Krieges unterwegs war, ganz zu schweigen von der österreichischen Werndl, die ihm mit fünf Patronen eingehändigt wurde, als er sich 1919 das erste Mal zum Wehrdienst meldete. Sicherlich deshalb, weil man von ihm als feigem Lausejuden nichts anderes erwartete, als dass er das Gewehr bei erster Gelegenheit wegwerfen oder damit zu den Bolschewiken überlaufen würde.

Jetzt kehrte er in seine Untereinheit zurück, aß den Rest Suppe und machte sich an die Prüfung der MG-Ausstattung, kontrollierte den Wasserbehälter, den Patronengurt, das Winkelzielgerät für indirektes Feuer, prüfte das Gestell und das Geschirr am Zugpferd; und um fünfzehn Uhr verfügte der Regimentskommandeur, Oberst Sosabowski, Marschbereitschaft, und das vorher schon nervöse Gerenne wurde geradezu manisch.

Der Zugführer, Leutnant Jelenta, tobte sinnlos, weil

sein Vertreter, Feldwebel Zadrożny, verschwunden war und es immer noch keine Pferde für die Munitionswagen des Zuges gab. Also nahm er Leutnant Shapiro mit, den er von Manövern kannte, und knöpfte sich den Quartiermeister vor.

«Soll ich diese Wagen selbst ziehen, verdammte Scheiße?», brüllte der Leutnant den Quartiermeister, Hauptmann Adolf Miecznicki, an, der gerade am Mobilisierungspunkt des zweiten Bataillons zu tun hatte, ohne sich darum zu scheren, dass er einen Ranghöheren anging. Wenn schon der Kommandeur ihn nicht anhörte, dann setzte er eben auf die natürliche Überlegenheit des Berufsoffiziers gegenüber dem Reserveoffizier, selbst wenn der einen höheren Rang besaß.

Der Regiments-Quartiermeister war ein glatzköpfiger Jude, so vollleibig wie assimiliert, im Zivilleben Rechtsanwalt, nun eben Hauptmann der Reserve, einer von zwei Offizieren jüdischer Abstammung im ganzen Regiment. Der andere war Leutnant Zelnik Rotman, Kommandeur des Mörser-Zuges im ersten Bataillon, der, als fanatischer Bundist, den Assimilanten Miecznicki verachtete und überhaupt nichts von ihm wissen wollte und später fiel.

Miecznicki erwiderte das Gebrüll Jelentas schließlich selber brüllend, obwohl er dazu gar nicht neigte, und als beide sich ausgebrüllt hatten, fanden sich die Zuggäule auf einmal ein, herbeigeführt von einem Fuhrmann, der zusammen mit ihnen verlorengegangen war, und Leutnant Jelenta ging mit ihnen zum Zug zurück, wobei er die Pferde eigenhändig führte, was seiner Autorität als Offizier abträglich sein mochte und tatsächlich war, doch hatte Jelenta es eilig, denn jeden Augenblick konnte zum Abmarsch geblasen werden. Meinem Vater befahl er, beim Quartiermeister zu bleiben, bis sich Jelentas Vertreter gefunden hätte. Somit nahm Vater auf dem Artillerie-Munitionswagen Platz, der überhaupt nicht hierhergehörte, sondern unbedingt dort zu sein hatte, wo der Regimentszug der Infanteriegeschütze mobilisiert wurde, nicht in der Kompanie der schweren MGs und Mörser des zweiten Bataillons; aber auch wenn der Wagen nicht hierhergehörte, war er nun einmal da, also setzte sich Vater darauf und nahm aus lauter Langeweile Miecznicki in Augenschein.

Der sah nicht gerade nach einem Soldaten aus. Mittelgroß, gut genährt, aber nicht fett, trug er eine runde Brille, Hände und Teint waren gepflegt, der Schädel völlig kahl. Seine Züge waren sehr semitisch, was in den Augen meines Vaters in geradezu komischem Kontrast dazu stand, dass sein Polnisch keine Spur Jüdelei verriet, er sprach Polnisch wie jeder reiche Goj nach dem Studium, der kein einziges Wort Jiddisch konnte. Seine Uniform war nach Maß genäht und kaschierte die Mängel seiner wenig martialischen Figur, die Sterne auf den Achselstücken waren prachtvoll mit Kantille gestickt, die Ledergalanterie am Leib erster Güte, die private, kleine Pistole im Halfter ebenfalls das Beste, was er hatte bekommen können, eine achtschüssige deutsche Walther PP mit Selbstverschluss.

Vater musterte ihn und schätzte ihn ab, wie er das immer tat, wenn er einem Unbekannten begegnete.

«Wer sagt's denn», dachte er mit dümmlicher Genugtuung, als er die evident semitischen Züge Miecznickis sah, die vollen Lippen und die Nase, «wie sehr du dich auch assimiliert hast, vielleicht sogar konvertiert bist, den Juden kriegst du trotzdem nicht aus deiner Visage gewaschen.»

Hauptmann der Reserve Adolf Mieczniclki, gegenwärtig Quartiermeister des einundzwanzigsten Infanterieregiments, ein ruhiger, gesetzter, vermögender Mann, im Zivilleben Rechtsanwalt Mieczniclki, Besitzer eines mit Hilfe der prosperierenden Kanzlei unterhaltenen Autos, einer Wohnung, einer Frau, drei hübscher Töchter und einer französischen Bulldogge sowie zweier kostspieliger Hobbys, der Jagd und einer jungen Geliebten, jetzt einfach nur ein höllisch erschöpfter Adolf Mieczniclki, setzte sich auf den anderen Artillerie-Munitionswagen, der hier ebenso wenig zu suchen hatte wie der erste.

Er war ohne eine Minute Schlaf den dritten Tag auf den Beinen, und vor den Augen flimmerten ihm lange Spalten mit der Aufstellung empfangener und ausgeteilter Uniformen, Gewehre, Bajonette, Fußlappen und Stiefel, den Klassen der Trosspferde, Reitpferde und Zuggäule, von Mehlsäcken und Speckschwarten, er wusste nicht mehr, welche Empfangsquittungen er unterschrieben hatte und welche nicht, und warum, immer wieder überkam ihn die irrationale Befürchtung, wegen irgendeiner dieser Unterschriften ohne Anhörung vors Kriegsgericht gestellt und auf der Stelle erschossen zu werden, und gleichzeitig fühlte er, dass er diese Mobilisierung, die Armee, den Krieg, die Trosswagen, Uniformen, Reservisten, den Mangel an Stiefeln mittlerer Größe, die

Fußlappen absolut satthabe, er verschloss sich in einer Blase der Trübsal, versank für einen Augenblick, dafür aber tief, in melancholischen Überlegungen, wie schwer er zwanzig Jahre lang für alles gearbeitet habe, was er bisher im Leben erreicht hatte, und wie leicht er all das jetzt verlieren würde. Erniedrigungen und Armut hatte er ertragen als Student, der gleich nach der Unabhängigkeit aus dem elterlichen Lwów nach Warschau gezogen war, dann erst als Gerichtsassessor, später als Anwaltsassessor geackert und mühsam seinen Namen, den schon sein Vater von Gutlejzer ins Polnische und würdevoller klingende Miecznicki geändert, zu einer Marke gemacht hatte, immer weitere Erniedrigungen im Assessorat ertrug, der Versuchung der Taufe aber, um die Achtung vor sich selbst zu wahren, widerstand, auch wenn er die jüdischen Traditionen weder befolgte noch überhaupt Interesse dafür hatte. Politische Ansichten, ja, hatte er, war ein überzeugter liberaler Demokrat, trug das aber nicht zur Schau, damit nur ja niemand ihm mangelnden Patriotismus vorwerfen konnte, schloss außer dem Jurastudium auch die Reservefähnrichschule der Infanterie in Tomaszów Mazowiecki ab, und das mit Auszeichnung, weshalb er nach dem Führungspraktikum zum Oberleutnant avancierte und nicht zum Leutnant. Eifrig besuchte er danach die Übungen und wurde schließlich nach zehn Jahren sogar zum Hauptmann der Reserve befördert, für einen Juden und dazu Juristen geradezu eine Blitzkarriere in der polnischen Armee.

Bislang hatte alles im Leben des Rechtsanwalts Miecznicki einen Sinn gehabt, alles war einem Ziel untergeordnet, und zwar dem guten und würdigen Leben. Und was hatte er nun davon? Jetzt musste er wie ein Postbursche unter freiem Himmel schlafen, aus einem Kessel essen und konnte sogar erschossen werden. Wozu dieser blöde Krieg, wenn er ihm sein schönes, ordentliches Leben kaputt machte, das er sich so hart erarbeitet hatte? Und als intelligenter Mensch konnte er kein gutes Ende dieses Krieges erwarten.

Also alles vergebens. Dazu die Stelle als Quartiermeister, wohl die schwerste, verantwortungsvollste Offiziersstelle im ganzen Regiment, die ihm natürlich nur deshalb zugewiesen wurde, weil er Jude war und als solcher gewiss unschlagbar darin war – was? Zu zählen? Zu handeln?

Schwer seufzte Hauptmann Miecznicki und nahm insgeheim einen Schluck Martell Cordon Bleu aus dem flachen Metallfläschchen. Im Zivilleben trank er wenig, wenn, dann aus Gründen der Geselligkeit, der Alkohol bereitete ihm kein Vergnügen, auch wenn er ihn gut vertrug. Doch als er seine Wohnung verließ, schon in Uniform, schob er sich den Cognac-gefüllten Flachmann in die Tasche in der richtigen Annahme, ganz nüchtern würden die Mobilisierung und der Krieg schwer zu überstehen sein.

Adolf Miecznickis Betrachtungen zum heraufziehenden Krieg unterschieden sich somit grundsätzlich von den Betrachtungen meines Vaters, obwohl sie beide ja in einer vergleichbaren Lebensphase, einer ähnlichen Situation waren, nicht nur vom Alter her.

Miecznicki war ein wenig älter als mein Vater, beide aber standen auf dem Gipfel ihrer Karriere. Miecznicki als Anwalt, mein Vater als Bandit, was nach Meinung vieler keinen großen Unterschied macht. Niemals waren sie sich in einem Gerichtssaal begegnet. Erstens deshalb, weil mein Vater die Justiz konsequent mied. Im Ersten Weltkrieg saß er in einem deutschen Gefängnis in Łomża und schwor sich danach, nie mehr in irgendein Gefängnis zu kommen, lieber sollte es ihn den Kopf kosten. Der zweite Grund, aus dem die Bahnen von Rechtsanwalt Miecznicki und meinem Vater sich nicht gekreuzt hatten, war die Tatsache, dass sich Anwalt Miecznicki nicht mit Strafrecht befasste, er fand das Wirtschaftsrecht und Zivilsachen nicht ohne Grund interessanter und lukrativer.

So vertrat er Winkelhausen und die Aquavit AG vor Gericht, er vertrat auch die Schokoladenfabrik Plutos AG, er betreute einige Rechtssachen der Kattowitzer Giesche AG, trat regelmäßig als Insolvenzverwalter von Unternehmen auf, die infolge der Krise bankrottgegangen waren. Nach demselben Prinzip, nach dem mein Vater in der Position, die zuvor Onkel Kaplica innehatte, die letzten zwei Jahre vor Kriegsausbruch nicht mehr selbst auf den Kercelak ging, keine Waffe mehr zog, nicht mehr selber Schutzgeld eintrieb, ließ sich auch Anwalt Miecznicki immer seltener persönlich im Gerichtssaal blicken, dafür hatte er seine Juniorpartner, oft auch Assessoren der Kanzlei seines Namens. Er selbst widmete sich eher dem Aufbau, der Pflege und Entwicklung eines gesellschaftlich-beruflichen Netzwerks mit den Mächtigen dieser Welt, die nun vor seinen Augen und denen meines Vaters zu Ende ging, was sie noch nicht wussten, beide aber ahnten als intelligente Männer, empfänglich für die subtilen Signale der Realität.

Rechtsanwalt Miecznicki erfreute sich also der Freundschaft von Potentaten des großen Kapitals, wurde eingeladen zu Taufen und Bar-Mizwas ihrer Kinder, war gewöhnlich auch eingeweiht in die tiefsten Geheimnisse ihrer Geschäfte, denn den erwähnten Potentaten war klar, je mehr Anwalt Miecznicki wusste, je mehr Details seiner scharfen, raschen und bisweilen gar exzentrischen Geisteskraft zugänglich waren, desto größer die Chance für eine blitzartige Synthese dieser unterschiedlichen Quellen, die den Anwalt dort, wo anderen die Sache aussichtslos schien, doch noch einen Ausweg finden ließ. War der ruhige, höfliche Anwalt Miecznicki gut informiert, dann bestand Hoffnung, dass er im scheinbar unauflösbaren Konflikt der streitenden Egos eine Lösung finden würde, und sein Geschick, sein Taktgefühl und der Respekt, den er allerorten genoss, vermochten den Streit zur Einigung umzuschmieden, was im Ergebnis alle Beteiligten reicher machte und ihr Nervenkostüm schonte.

Miecznicki wusste sehr viel über sehr viele, und er verwaltete dieses Wissen mit großer Vorsicht und Präzision, sodass ihm niemals ein Vertrauensbruch unterlief und er zugleich dieses große Wissen zum Wohle seiner Klienten einsetzen konnte, ohne in Interessenkonflikte zu geraten. Natürlich trank Rechtsanwalt Miecznicki ab und zu auch Wodka mit Richtern und Staatsanwälten zur Pflege ebenjener Mentalität, die eine protestantische Gesinnung, welche anderswo die Hüter des Rechts solche Kontakte absolut zu meiden heißt, in Polen nie hatte Fuß fassen lassen. Und Anwalt Miecznicki trank exakt so viel Wodka, wie nötig war: genug, um Vertrauen zu erwecken, aber nicht so viel, dass er die Kontrolle über sich selbst und die Situation verloren hätte; auch diese Bekanntschaften nutzte er gern zum Wohle seiner Klienten, ohne je die hauchdünne und doch klar gezogene Linie zu überschreiten, jenseits derer etwas lag, was sogar im recht geräumigen Gewissen von Anwalt Miecznicki eindeutig Vorteilsannahme oder Unmoral gewesen wäre. Für derlei Verstöße hatte Anwalt Miecznicki einen zu erlesenen Geschmack.

Anwalt Miecznicki bewegte sich wahrlich virtuos in diesem komplexen Netz, zu dem menschliche Interessen und Leidenschaften, Macht und Recht miteinander auf vielen Ebenen verwoben sind. Dieser Virtuosität verdankte er das Leben, das er sich seiner Meinung nach ausschließlich durch eigene Leistung verdient hatte. Er erwarb sich Respekt – das, was er am meisten erstrebte. Respekt erwies ihm der Hausmeister, der ihn ausschließlich «Hochverehrter Herr Mäzen» ansprach, Respekt bezeigten ihm die Klienten, und für eine Ehre hielten seine Kollegen die Zusammenarbeit mit ihm, Respekt hatten die Richter für seine Integrität und Effektivität, Respekt bezeigten ihm Juden und Christen, Respekt bezeigten ihm sogar die Łódźer, Posener und schlesischen Deutschen, die in der Anwaltschaft wenig, dafür in der Industrie umso zahlreicher vertreten waren, schon wegen seiner Durchsetzungskraft, seiner Manieren, aber auch wegen seines perfekten Deutsch, das Miecznicki dem zweiten K. K. Staatsgymnasium in Lemberg verdankte.

Auch Vermögen erwarb er sich, das zwar den Respekt nicht ersetzen konnte, ihm aber nahe kam, und dieses Vermögen ermöglichte ihm ein bequemes Leben, ein schönes Haus, eine zweiköpfige Dienerschaft, eine stille, gute und christliche Ehefrau in hübschen Kleidern, getaufte Töchter in guten Fräuleinschulen, die in ausschließlich polnischer Gesellschaft verkehrten. Dem Vermögen verdankte er eine junge Geliebte, eine kecke, gutgewachsene und ehrliche Belorussin, die aus den polesischen Sümpfen nach Warschau gekommen war und die Miecznicki, wie er meinte, vor dem Absturz in das Gebüsch an der Weichsel bewahrt hatte, in dem solche Mädchen sich entgeltlich zur Liebe feilboten. Er rettete sie aus der Armut, und sie schlug jeden Monat ein Bein über das andere und forderte, aus bäuerlicher Mangelerfahrung gierig, mit verkniffenen Lippen neben der Wohnungsmiete auch die Zahlung der wöchentlichen fünfzig Złoty Gehalt, sogar für Industriegehälter eine ordentliche Summe; Adolf Miecznicki seufzte nur schwer und zahlte, und erst die Fünfzig-Złoty-Note bewirkte, dass die belorussische Geliebte etwas zugänglicher wurde und ein rundes Beinchen vom anderen nahm.

Jetzt fürchtete er, das alles zu verlieren, und war sehr bedrückt. Er mochte die Armee nicht, auch wenn er sich in ihr ebenso geschickt bewegte wie in jeder anderen hierarchischen Struktur, den Reservedienst betrachtete er als Pflicht, die auch ihre angenehmen Momente hatte, kleine Gelage mit den Kameraden, Augustnächte bei den Manövern in Masowien und Biwaklager unter dem Sternenhimmel, eine Pflicht, die aber meist lästig war, denn

Krieg hieß nun einmal auch Chaos, und Rechtsanwalt Miecznicki liebte die Ordnung. Nur in der Ordnung konnte Rechtsanwalt Miecznicki gedeihen, die Ordnung stärkte ihn. Chaos schwächte ihn.

Mein Vater dagegen gedieh am Chaos. Glaubte er jedenfalls. Deshalb bereitete der Krieg meinem Vater keine großen Sorgen. Einen hatte er überlebt, kämpfend überlebt, und überhaupt war das, was andere achtzehn Jahre Frieden nannten, für meinen Vater ein ständiger Kampf gewesen, weshalb also hätte er sich vor dem Krieg fürchten sollen, der jetzt bevorstand?

«Schwerer Tag, Herr Hauptmann …?», suchte mein Vater das Gespräch. Miecznicki schaute ihn an und sah nichts als einen gewaltigen Juden in Zugführer-Uniform, mit Feldmütze auf dem gelockten, grau melierten Haar, in voller Montur und mit dem Gewehr auf den Schultern, doch zwei Sekunden später hatte er verstanden, wen er da sah, denn er wäre nicht der gewesen, der er war, hätte er nicht gewusst, wer Jakub Shapiro war, und ihn nicht auf Anhieb erkannt.

Aus dem gleichen Grunde ließ er sich das nicht im Geringsten anmerken.

«Kann man wohl sagen, Zugführer», antwortete er also einfach und reichte meinem Vater den Cognac-Flachmann, was natürlich unerhört war, ein Offizier, der einem Zugführer einen Schluck aus dem eigenen Flachmann anbietet; und durch diese nicht alltägliche Geste signalisierte Miecznicki meinem Vater, nunmehr Zugführer Jakub Shapiro, dass er ihn erkannt hatte, dass er ihn respektierte und für seinesgleichen hielt. Miecznicki wäre nämlich nicht der geworden, der er war, wenn es ihm nicht leichtgefallen wäre, die Mächtigen für sich zu gewinnen.

Jakub Shapiro, schon gewonnen, nahm einen Schluck Cognac, hob den Flachmann zum Toast wie in Anerkennung der Qualität des Trunkes, und reichte die Flasche zurück.

Der Trompeter blies zum Abmarsch, auf das Signal folgten Kommandos, Schreie, Flüche.

Die Kinder Warschaus zogen in den Krieg.

RYFKA

Zwei Tage war es her, dass wir die zweite Kartoffel und den Rest Brot gegessen hatten. Seit vier Tagen hatte, habe ich unser Versteck nicht verlassen, ist Jakub nicht von seinem Lager aufgestanden. Es war, ist, der fünfte Dezember, das wusste ich von meinem in die Wand geritzten Kalender, war nur nicht klar, welcher Wochentag. Ich hätte es mir ausrechnen können, tat es aber nicht, denn das hatte damals keinerlei Bedeutung, Ratten kennen weder Sonntage noch Mittwoche, sie begehen keinen Sabbat, kein Chanukka, kein Weihnachten.

Am Tag zuvor hatte ich schon überlegt rauszugehen, aber die Deutschen waren die ganze Zeit laut zu hören gewesen, viele Detonationen, Lastwagen auf der Niepodległości; heute scheint es stiller zu sein, deshalb auch sicherer in der Nacht, denke ich.

Ich liege bei ihm, höre ihn atmen, schwach, sehr schwach. Tagsüber schweigt er, in der Nacht, wenn er schläft, flüstert er bisweilen Unverständliches. Er sieht aus, als würde er sterben, ich aber weiß, dass er leben wird, er wird überleben und ich auch. Selbst wenn mir die Irrationalität dieser Überzeugung klar ist, wirkt sie doch stark. Ich wusste irgendwie, dass wir leben würden. Nicht ewig, aber morgen würden wir nicht sterben, würden auch nicht hier sterben, in der Kälte, den Rattentod. Wir würden leben.

Und zugleich denke, dachte ich: Vielleicht hätte ich ihn dort lassen sollen? Damit er stirbt wie alle? Vielleicht hätte ich besser allein gehen sollen. Diese Frage werde ich mir immer stellen.

Nach der Großaktion arbeitete er bei den Bürstenbindern, um eine Nummer zu haben, denn damals glaubte ich noch so halbwegs all diesen Schillings, Schultzens, Tóbbens, dass eine Nummer lebensrettend sein, das Überleben so lange sichern konnte, bis das alles zu Ende sein würde.

Ein schrecklicher Anblick, Jakub Shapiro als Bürstenbinder, ich wollte das nicht mit ansehen, deshalb zahlte ich dem jüdischen Werkschutz und dem deutschen Leiter, ich zahlte großzügig dafür, dass Jakub nicht arbeiten musste.

Vielleicht war das ein Fehler, vielleicht wäre ihm diese Handarbeit, so erniedrigend für einen wie ihn, eine Ablenkung gewesen, die Untätigkeit ließ ihn nur noch tiefer in seinen geistigen und psychischen Abgrund versinken; aber so konnte ich ihn nicht lieben, ich konnte ihn lieben als gebrochenen und besiegten Mann, in Verzweiflung, in Leere, aber nicht über Bürsten gebeugt.

Auch ich hatte nicht vor, Bürsten zu binden, bis sie uns umbringen würden. Jakubs Geld war bald alle, er selbst verdiente nichts mehr, also nahm ich Arbeit in der Fabrik von Derm in der Żelazna 54 an, unweit der Mauern des bereits aufgelösten kleinen Ghettos. Das sollte eine Kofferfabrik sein, doch sie produzierte nur zum Schein, die Fabrik hatte die Erlaubnis zur Beschäftigung von Juden, nur gab es keine Arbeit, denn sie wartete die ganze Zeit auf Wehrmachtsaufträge, deshalb trieb ich, statt zu arbeiten, Handel. Im Restghetto war Kleidung viel billiger als vor dem Krieg, viel billiger auch als auf der arischen Seite. Ein Herrenhemd bekam man für fünfundzwanzig Złoty, so viel kostete ein Pfund Weißbrot oder ein Kilo Graubrot. Für ein Kilo Graupen kaufte ich einen anständigen Anzug für Jakub, kleidete uns überhaupt ordentlich ein, das war die Zeit, als die Leute viel Wert auf ihr Äußeres legten und offenbar glaubten, die Jungen, Schönen, Starken würden nicht von den Deutschen nach Treblinka gebracht, denn die nahmen sich doch als Erste die Schwächsten und Ärmsten vor, als Erste verschwanden die Lumpen, die Bettler, Greise, Kinder, so als wollten sie aus uns Juden das Beste selektionieren, uns verfeinern, damit nur die starken, schönen und jungen Juden blieben, und manche von uns glaubten im Ernst daran, glauben, so könnten sie überleben, die Deutschen würden uns raffinieren; ich aber wusste, das stimmt nicht, all diese jungen, schönen und starken Juden, die jetzt plötzlich ihre grauen Strähnen schwarz färbten, um auf dem Umschlagplatz nicht wegen grauen Haars einkassiert zu werden, sie alle werden auch so in Treblinka landen und Schluss. Hiermals weiß ich das, und damals wusste ich es.

Ich trug also Kleidung aus dem Ghetto heraus, brachte Essen herein, sammelte Geld an und dachte nur, dass wir aus dem Ghetto rausmüssten, bloß raus hier, bevor es zu spät wäre. Das Rauskommen selbst war, ist übrigens kein Problem. Nichts leichter, als sich von einem Arbeitsplatz draußen loszueisen und nicht zurückzukehren, ich kannte auch einige Durchgänge an der Mauer, raus kam ich in jedem Augenblick, ich hatte auch genug Geld, weiß selbst nicht wie viel, denn was ich verdiente, gab ich Jakub, er verbarg es sorgfältig in dem Versteck, das wir uns angelegt hatten, in handfertigen Päckchen. Das Problem also war nicht, aus dem Ghetto zu kommen, das Problem war, was danach.

Ich hatte eine Bekannte, Tosia Klajnberg. Ein kluges, schönes Mädchen, mit gutem, arischem Aussehen, assimilierte Familie, sprach akzentfrei Polnisch, niemand hätte sie auf der Straße wegen ihres Gesichts oder Akzents nach dem Ausweis gefragt. Sie hatte vermutlich auch Kontakte zur Partei, trug für sie Waffen, verdiente eine Menge Geld beim Schmuggel, kaufte sogar Gold und besorgte sich über irgendwelche Kontakte einen Schlupfwinkel in Mokotów. Schließlich kam der vereinbarte Tag. Tosia streifte das Armband ab und ging ohne Koffer, um keinen Verdacht zu erregen, so wie sie war, nur mit Gold und Geld in den Taschen, durch die Mauer, an dem mir bekannten Durchgang an der Bonifraterska, gleich gegenüber dem Kloster, und kaum war sie draußen, hörte sie einen Pfiff, im ersten Augenblick dachte sie, es wäre ein Gendarm, aber nein, da pfiff ein vielleicht siebenjähriger polnischer Junge, er stand in einem Hauseingang an der Ecke Sapieżyńska auf der Lauer und pfiff los, als er sah, wie jemand durch das Loch in der Mauer schlüpfte. Nach wenigen Minuten war sie schon von polnischen Bengeln umringt.

Zu Anfang waren es fünf, Jungs im Alter von zehn bis vierzehn, Warschauer Straßenbengel. Sie rissen nicht an ihr herum, rührten sie nicht an, sie gingen einfach neben ihr her und riefen: «DER JUDE GEHT, DER JUDE GEHT, DER JUDE GEHT, DER JUDE GEHT!» Jeder wusste, dass die einzige Möglichkeit, sie loszuwerden, darin bestand, ihnen was zu geben. Also gab Tosia, und sie nahmen, jeder nahm was und verschwand, aber dann tauchten neue auf, immer mehr, und als sie den Krasińskichplatz erreicht hatte, war es schon eine ganze Traube. Tosia versuchte, in eine Kutsche zu steigen, erntete aber nur einen Peitschenhieb und grobe Worte vom Kutscher, verzieh dich, aber schnell, du Judenweib, geh woanders verrecken, also ging sie woanders verrecken, und als sie die Miodowa erreicht hatte, stand sie ganz ohne Geld da.

Sie ergriff die Flucht, sie rannte einfach weg, die Bengel ihr hinterher, erst am Theaterplatz hat sie sie abgeschüttelt. Von dort fuhr sie schließlich mit der Straßenbahn nach Mokotów, ohne Fahrkarte, versuchte, möglichst wie eine Polin auszusehen, aufrecht zu stehen, sogar zu lächeln, als hätte sie keine Sorgen, dabei spürte sie, wie sich vor Angst die Eingeweide verkrampften, so sehr, dass sie fürchtete, den Schließmuskel nicht mehr beherrschen zu können.

In Mokotów war der Eigentümer des Schlupfwinkels am Ort und wartete. Er fragte Tosia nach dem Geld. Tosia sagte, sie habe keins, sie sei bestohlen worden, beraubt, kaum dass sie durch die Mauer war. Der Eigentümer, ein sympathischer, eleganter Rechtsanwalt Anfang fünfzig, vor dem Krieg ziemlich bekannt, sagte, er habe natürlich Verständnis, aber wenn das so sei, solle Tosia so schnell wie möglich von hier verschwinden, denn ohne Geld habe sie hier nichts verloren.

Tosia in ihrer Verzweiflung fragte, ob sie die Toilette benutzen dürfe. Er gestattete. Dort erleichterte sie sich, brachte sich anschließend so gut es ging in Ordnung, fand im Bad irgendwelche Damenkosmetika, Puder, Lippenstift, malte sich ein wenig an, um hübsch auszusehen, verließ das Bad, bemühte sich um den letzten verführerischen Blick, der ihr geblieben war, und fragte, ob sie nicht anders bezahlen könne. Sie war ein sehr schönes Mädchen, und das war ihr einziges Kapital, mit dem sie sich vielleicht das Leben erkaufen konnte. Auch ich habe das getan, viele von uns haben es getan.

Der Anwalt überlegte kurz, sah auf die Uhr, bat sie ins Wohnzimmer, nahm die Fälligkeit in der vereinbarten Form entgegen, dann sagte er, damit seien zwei Stunden bezahlt, und in zwei Stunden habe sie hier zu verschwinden, oder er werde die Gestapo anrufen. Dann ging er.

In der Wohnung gab es ein Telefon. Tosia rief im Szop an, ließ mich ans Telefon rufen und fragte, was sie tun solle. Ich riet ihr zurückzukommen, das Geld würde sie schon wieder verdienen, und dann würden wir uns eine bessere Art ausdenken, das Ghetto zu verlassen, unter Umgehung der Polen.

Tosia tat, wie empfohlen. Sie wollte sich unter eine von der Arbeit heimkehrende Gruppe mischen, doch kaum war sie auf die Straße gegangen, hielt ein polnischer Polizist sie auf und fragte nach den Papieren. Einfach so. Warum er sie anhielt? Tosia hatte ein gutes Aussehen und sprach makellos Polnisch, doch sie war verängstigt wie ein gehetztes Tier, ging geduckt wie ein Hund unter dem Knüppel. Diese Verkrampfung, diese Angst waren für den polnischen Polizisten ein unübersehbares Signal. Deshalb verlangte er die Papiere.

Tosia hatte nur einen von der Leitung des Szop ausgestellten Ausweis, der Polizist zuckte also mit den Schultern, hielt eine Kutsche an und brachte Tosia zum Tor an der Nalewki, die ganze Fahrt lang weinte Tosia, der Polizist sagte kein Wort, und als sie ankamen, sollte sie die Kutsche bezahlen, Tosia hatte kein Geld. Wie immer bei den Juden, sagte der Polizist, immer betrügen sie beim Geld, dann zahlte er selbst, weil der Kutscher darauf bestand. Anschließend übergab der Polizist Tosia dem deutschen Wärter, und das war zufällig gerade Blösche, er übernahm Tosia, ließ sie vor sich gehen und schoss ihr in den Kopf, bevor sie drei Schritte getan hatte. Für gewöhnlich trug er eine Maschinenpistole, damals aber ein Gewehr, darin Dumdum-Geschosse oder Jägermunition, so hieß es später im Ghetto, denn die Kugel schlug in Tosias Hinterkopf ein, machte dort nur ein kleines Loch, und trat vorn wieder aus, wobei sie den größten Teil von Tosias Gesicht mitnahm, und das war es gewesen mit Tosias Ausflug aus dem Ghetto auf die arische Seite, aus war es mit Tosia Klajnberg, es gab sie nicht mehr.

Ich dagegen wollte sein. Ich saß im Szop, ging zum Schmuggeln raus zur Arbeit, riskierte im Grunde jeden

Tag mein Leben, denn wenn Frau Miller auch bereitwillig mit uns kooperierte, dann war es an der Wache nicht mehr so einfach: Entweder komme ich durch, oder ich werde auf der Stelle erschossen, weshalb hätten sie mich nicht erschießen sollen?

Ich gewöhnte mich rasch ans Risiko, wie übrigens auch an diesen leichten Rauschzustand, wenn das vom Adrenalin gepuschte Herz das Blut schneller pumpt. Und ich fragte mich die ganze Zeit, wie ich hier rauskomme, denn ich wusste ja, die Uhr tickt, und irgendwann macht der Sekundenzeiger diesen einen winzigen Schritt, und der Augenblick ist da, und ein herausgeputzter und ordensbehängter deutscher Offizier unterschreibt ein Papier, und auf diese Unterschrift hin betreten Gendarmen und Jungvolk das, was vom Ghetto übrig geblieben ist, erschießen die Hälfte von uns und bringen die andere Hälfte weg. Das, was im Januar passiert ist, war nur das Vorspiel zu dem, was folgen musste. Das wusste ich.

Jeder übrigens wusste es, deshalb standen Waffen so hoch im Kurs, die Mehrheit jedoch glaubte, sie könne sich in den Bunkern verstecken, manche hatten angeblich welche, in denen sie ein halbes Jahr und länger ausharren konnten, mit Vorräten von Wasser, Essen und allem. Vorzüglich getarnt. Sogar dort, wo wir wohnten, war einer eingebaut, mit Schlupfloch im Flur, neben der Eingangstür, durch die ich mehrere Monate lang ging, ohne eine Ahnung davon zu haben: Er befand sich in dem erweiterten Keller unter unserem Mietshaus, man erreichte ihn durch eine unter der schweren Anrichte verborgenen Klappe. Die Besitzer des Bunkers wussten, dass ich eine

Waffe und viel Geld habe, sie boten mir und Jakub für das Geld und die Waffe einen Anteil am Bunker an, also Unterschlupf, Zugang zur Speisekammer und so weiter, aber ich wollte nicht, ich glaubte nicht an Bunker.

Mir war klar, dass wir aus dem Ghetto rausmussten, doch so wie Tosia Klajnberg wollte ich nicht enden, hatte ja auch nicht ihr Aussehen, ich mit meiner jüdischen, dunklen Visage, ganz zu schweigen von Jakub, der nicht nur jeder Zoll ein Jude war, sondern dazu noch ein Jude, der vor dem Krieg sehr bekannt gewesen war.

Und dann kam diese polnische Nutte, die er gehabt hatte.

Das heißt, nicht gleich. Eines Tages sprach mich im Szop ein Typ namens Perlman an, ich wusste, dass er in der Partei war. Er fragte nach Jakub. Ob dieser Shapiro, um den ich mich kümmerte, der bekannte Shapiro sei, der Boxer. Ich bestätigte, denn nach der Großaktion war es so, dass man besser keine Geheimnisse vor der Partei hatte, damals hatte sie das Sagen in dem, was vom Ghetto übrig geblieben war. Und Perlman meinte, die Polen interessierten sich für ihn. Sie wollten ihn rausholen. Die polnische Widerstandsbewegung.

Mich wunderte das nicht. Jakub hatte viele alte Freunde in der PPS, Verschwörer noch aus zaristischen Zeiten, und sie kehrten jetzt natürlich alle zur Konspiration zurück, im Untergrund funktionierten sie noch am besten, ganz anders als im Regieren des Landes, keinen einzigen polnischen Knopf herzugeben hatten sie versprochen, und dann doch binnen drei Wochen alles verschissen. Es wunderte mich deshalb nicht, dass sie ihn rausholen wollten, und mich bei Gelegenheit gleich mit. Ich glaube, sie waren der Meinung, er könnte ihnen noch nützlich werden. Politisch engagiert war er nie besonders, zumindest nicht persönlich, er tat, was ihm gesagt wurde, ein erfahrener Unteroffizier, Veteran zweier Kriege, für konspirative Aktionen in der Stadt aufgrund seines Aussehens ungeeignet, aber vielleicht als Partisan?

So dachte ich damals, weil ich noch nicht wusste, dass der ganze beschissene polnische Untergrund sich von den Juden lieber fernhielt.

Über Vermittlung Perlmans und eines anderen, denn nicht Perlmann sprach mit den Polen, sondern einer von der Partei, der wiederum die Nachrichten an ihn weitergab, verabredeten wir Datum und Uhrzeit. Rausgehen sollten wir durch den bekannten Durchschlupf in der Bonifraterska, den auch Tosia Klajnberg genommen hatte, nur dass auf uns ein Auto warten sollte.

Ich sagte Jakub das alles. Dass wir rausgehen. Dass sie für uns ein Versteck auf der arischen Seite haben. Dass sie uns unterkommen lassen, bis der Krieg zu Ende ist. Nicht mal Geld wollen, obwohl ich persönlich lieber selbst für meinen Unterhalt aufkomme, Geld hatten wir ja genug. Jakub zuckte nur mit den Schultern. Ich fragte ihn, ob ihm nicht an seinem Leben liege, dabei kannte ich die Antwort. Er war damals noch nicht so träge, nicht so tief in der Finsternis wie später, aber er war auch nicht mehr der, den ich vor zehn Jahren und länger geliebt hatte.

Wir zogen uns ordentlich an, legten die Armbinden ab und verließen das Ghetto, der teilnahmslose Jakub und ich, wie vereinbart um sieben Uhr morgens, am dreizehnten März 1943, durch den Tunnel, wobei wir uns nicht allzu schmutzig machten, das Auto wartete mit laufendem Motor auf uns, wartet, ein kleiner, gelber Opel Olympia mit Stoffdach, natürlich geschlossen. Als wir rauskamen, rauskommen, ertönten sofort die polnischen Pfiffe, da öffnete der Fahrer die Tür, ich riss Jakub am Ärmel, wir stiegen ein, der Fahrer sagte kein Wort, er fuhr sofort los, schweigend.

Wir kamen nach Solec, er parkte vor der Hausnummer 62, einem modernen, hohen Gebäude, etwas zurückgesetzt von der Straße, in dem wir, was ich noch nicht wusste, die nächsten zehn, zwölf Monate verbringen sollten wie in einem Luxusgefängnis.

«Letzter Stock, fünfter. Wohnung zweiundvierzig», sagte der Fahrer.

Ich zog einen Geldschein, fünfhundert Złoty. Er guckte, zögerte, nahm ihn. Wir stiegen aus. Ich schaute mich um, es schien sicher zu sein. Ein kleiner Laden, daneben der Eingang zum Gebäude. Hier wartete schon der Hausmeister.

«Wohnung zweiundvierzig, fünfter Stock», sagte er, und ich gab auch ihm fünfhundert Złoty und legte gleich noch einmal so viel dazu, denn für unser Überleben war seine Zufriedenheit wichtiger als die des Fahrers, dachte ich.

Wir stiegen das helle Treppenhaus hoch in den fünften Stock, dort klopfte ich an der Tür zur Wohnung Nr. 42. Jakub stand hinter mir, groß, willenlos, passiv, er wirkte auf mich wie ein Ochse oder Zugpferd, stark und mächtig, aber des eigenen Willens beraubt.

Ich hörte wen an die Tür treten, es waren nicht die Schritte eines Mannes, die Tür öffnete sich, und da stand Anna Ziembińska.

Anna Ziembińska, die schlimmste aller Liebschaften Jakubs.

Anna Ziembińska, die zweimal in mein Bordell gekommen war und die ich beim ersten Mal nicht erschossen hatte, obwohl ich das hätte tun sollen, vielleicht wäre Jakub dann einfach in dieses verfluchte, dürre Palästina gefahren und alles wäre anders gekommen. Beim zweiten Mal habe ich mich wie eine Schwester um sie gekümmert, obwohl sie eine weitere Liebe des einzigen Mannes war, den ich im Leben geliebt habe.

In der Tür stand, steht also Anna Ziembińska, die ich für tot gehalten hatte. Das sagt, sagte mir Jakub, im Herbst 1937, als er kurz davor war, in dieses Palästina zu fliegen, dann aber doch nicht geflogen ist und bei mir saß, sitzt, weil seine Frau nicht mit ihm redete, und trank und weinte. Damals fragte ich nach ihr.

«Ziembińska ist tot», sagte er. «Ihr Bruder hat sie erschossen. Ich habe es ihm erlaubt.»

Ich habe nie mehr danach gefragt. Nie haben wir darüber gesprochen. Erst dann, als wir vor der Tür der Wohnung in Solec standen, fiel mir ein, dass die Zeitungen über den Selbstmord des Staatsanwalts Ziembiński geschrieben hatten, aber kein Wort davon, was mit seinen Kindern geschehen war, diesem jungen polnischen Westentaschen-Hitler Andrzej, mit dem Jakub im Ring und auf der Straße gekämpft hatte, und seiner Schwester Anna. Anna hielt ich, weil es Jakub gesagt hatte, für tot, und der junge Ziembiński war verschwunden. Mich interessierte das nicht weiter. Ich hatte andere Probleme.

Und diese Anna Ziembińska öffnete uns die Tür zur Wohnung Nr. 42, im fünften Stock, öffnet.

So standen wir da. Stehen. Ich würde nicht sagen, dass es mir die Sprache verschlagen hätte. Ich guckte sie nur an, was hätte ich auch groß sagen sollen?

«Scheiße», sagte dagegen Jakub, und in seiner Stimme klang etwas mit, was mir gar nicht, aber überhaupt nicht gefiel.

«Guten Tag, Jakub», sagte sie nur. «Guten Tag, Ryfka. Ich freue mich, dass ihr bei mir wohnen werdet.»

Ich schwieg. Ich ließ den Blick nicht von ihr und kalkulierte, welche Chancen ich hätte, wenn ich mich jetzt umdrehen und einfach gehen würde.

Ich habe Geld. Ich habe nicht das Aussehen.

Habe ich die Kontakte …?

Im Geiste ging, gehe ich rasch die Gesichter und Namen durch, fragte mich selbst, zu wem ich könnte.

Ich kannte so viele Leute. Und so viele waren mir einen Gefallen schuldig. Aber heute, damals machte, macht mein Jüdisch-Sein, zumindest nach ihren Gesetzen, alles wieder wett. Die Posten von Soll und Haben in diesem gewöhnlich ungeschriebenen Buch der Gefälligkeiten und Gegenleistungen gibt es nicht mehr, denn in den Augen der Polen bin ich, war ich kein Mensch mehr, und die normalen menschlichen Attribute gelten, galten nicht mehr für mich. Ich bin ein gewesener Mensch. Ich bin ein lebender Leichnam.

«Ryfka, lassen Sie doch», sagte sie. «Wie die Engländer sagen, *let bygones be bygones.* Was war, hat sich erledigt.»

Als hätte sie meine Gedanken gelesen. Aber sogar in ihren Augen sah ich, dass ich kein Mensch mehr bin, nur noch eine Jüdin.

Wenn sie mir also hilft, dann verpflichtet sie mich sehr zu Dank, viel mehr als mit irgendeiner Gefälligkeit aus dem ungeschriebenen Buch des Soll und Haben, so als hülfe sie jemandem, der kein Mensch mehr ist und den als Mensch zu behandeln deshalb schon eine ungewöhnliche Gnade darstellt, die den Helfenden derart erhebt, wie sie sich jetzt gerade erhaben fühlt.

«Sie sind und werden mir nichts schuldig sein, Ryfka», sagte sie, wieder als hätte sie meine Gedanken gelesen. «Kommt rein, bitte, wie unhöflich von mir, euch hier im Flur stehen zu lassen.»

Ich zögere noch, zögerte, obwohl wir schon eintraten, über die Schwelle, denn es wäre unschicklich gewesen, länger konnten wir nicht warten. Also traten wir ein, sie schloss die Tür hinter uns, und ich fühlte mich wie damals, als zum ersten Mal die Stahltür in der Zelle, im Gefängnis in Serbien, hinter mir zufiel. Gesichter, Namen. Mein ganzes Leben, was habe ich da zur Auswahl?

Zum Beispiel der Oberst, ein alter Kämpe, PPS-ler, Legionär, persönlicher Freund von Piłsudski, später in der Opposition, Vertrauter von Sławek. Er war nett zu den Mädchen, spendabel, machte keine Zicken, spielte nicht verrückt, kam nüchtern und frisch gewaschen, alle mochten ihn. Im September fand er keine militärische Verwendung, was ich damals, im Flur der Wohnung der

Ziembińska stehend, nicht wusste, ich wusste nur, wo er wohnte, denn als 1938 seine Frau gestorben war, die er sehr liebte, empfing er meine Mädchen lieber bei sich zu Hause, und zwar so richtig mit einem Abendessen, anschließend hörten sie Musik vom Patefon oder aus dem Radio, und danach das Übliche, wenn er mal einen hochkriegte.

Ich hätte es versuchen können, überlegte, wog ab.

Doch ob ich mit meinem Aussehen den Weg in das Offiziers-Żoliborz geschafft hätte?

Hiermals weiß ich, dass er weiterhin dort wohnte, er wohnte dort bis zu ihrem Aufstand, bei dem sie ihn töteten, damals jedoch, in diesem Flur, fragte ich mich selbst, ob er zu Hause wäre. Und das Wichtigste: Ob ich für ihn immer noch ein Mensch sein würde? Das kann ich nicht einmal hiermals wissen, im Grauen, denn damals, 1943, habe ich nicht die Probe gemacht, ob ich für ihn noch ein Mensch gewesen wäre. Oder nur eine Jüdin, ein lebender Leichnam, eine Bedrohung, ein gewesener Mensch? Jeder Jude im Ghetto wusste, dass sich die alten PPS-ler noch am anständigsten benahmen, aber konnte man das bei ihm wissen?

Also stand ich weiter in diesem Flur, ohne jedes Gepäck außer der Pistole in der Tasche und den in den Mantel eingenähten Dollars und dem Gold. Und ich dachte an andere.

Ein gewisser Rechtsanwalt, Pole, aber aus Gründen seines Umgangs und beruflicher Verhältnisse Philosemit. Er wohnte in Mokotów. Vielleicht er …? Oder war ihm der Philosemitismus schon vergangen? Ich wusste es nicht.

Ein Gynäkologe, auch PPS-ler, auch in Mokotów. Nahm nur Blondinen. Ich versteckte ihn vor der Polizei, weil er Damen der Gesellschaft ausschabte, Arbeitermädchen machte er es umsonst, als Sozialist. Er war mir einen Gefallen schuldig.

Ein Chevauleger-Rittmeister. Furchtbarer Rüpel, fett wie ein Schwein, aber ein guter Mensch. Ich trank bisweilen einen Kaffee im SiM mit ihm, und ihn amüsierten die angewiderten Blicke all dieser gutsituierten Scheißweibchen, weil er es wagt, eine jüdische Hure ins SiM zu schleppen, obwohl ich schon lange nicht rumgehurt hatte. Wohnte in Żoliborz, als Oberst. Ich wusste damals nicht, dass er nicht mehr am Leben war.

Und weiter. Ein Richter. Ein Kaufmann. Ein gewisser Konditormeister, der nur die Dicken mochte und ihnen außer dem Lohn auch Kekse und Makronen brachte. Weiter ein Notar. Ein Beamter des Außenministeriums.

Ein gewisser Polizist. Ich hatte all die Adressen und Namen im Kopf, ich stand da im Flur und überlegte, ob ich es bis zu einem von ihnen schaffen würde. Ob ich eine Chance hätte. Es riskieren sollte. Das alles erwog ich wortlos, wobei ich sie betrachtete, denn ich habe, hatte so wenig Lust, in dieser Wohnung zu bleiben, und sie sieht so schön aus, als wäre gar kein Krieg. Ist so viel jünger als ich und arisch, mit dieser geraden Nase und den weit auseinanderstehenden, großen Augen, dem im Nacken zu einem lockeren Dutt gebundenen Haar, übrigens wusste ich ja gar nicht, ob sie arisch war, oder ugro-finnisch, nur jüdisch war sie mit Sicherheit nicht, und das zählte für mich, dass sie keine Jüdin war.

«Wirklich, Ryfka, ich verstehe, was Sie empfinden müssen», sagte sie im herzlichsten, wärmsten Ton.

«Nichts verstehst du», antwortete ich. «Und überhaupt, welche Organisation vertrittst du hier?»

Sie warf mir einen wachen Blick zu.

«Wissen Sie, hier ist Konspiration. Wer es nicht wissen muss, dem sagt man nicht, welche Organisation. Ich verstehe wirklich, was Sie empfinden. Aber vergessen wir das. Das ist lange her.»

«Lange her, aber wahr», erwiderte ich und spürte, wie alle alten Wunden sich in mir öffneten, wie der Eiter der Bitternis und des Zorns anschwoll.

«Wahr war das in einer Welt, die nicht mehr existiert. Eine andere als die draußen vorm Fenster haben wir nicht. Bleiben Sie.»

So bin ich dann geblieben.

Wir beide, Jakub und ich, von März 1943 bis zu ihrem polnischen Aufstand.

Wir lebten bei ihr halb wie Menschen, halb wie Haustiere im Käfig, und danach, im schwarzen Winter 1944, lebten wir wie Nachtungeheuer, Jakub und ich, er Tag und Nacht im Schlaf, und ich draußen, auf Beutejagd.

Ich will nicht raus, muss aber, wenn ich will, dass er überlebt. Und das will ich. Also gehe ich wieder. Wieder denselben Weg. Wenn ich nicht gehe, wird er sterben. Ich gehe früh, nicht weit nach der Dämmerung.

Immer zähle, zählte ich die Schritte, was mir nicht schwerfällt, denn ich bewege mich sehr langsam. Für tausend Schritte, gut siebenhundert Meter, brauche ich eine halbe Stunde, das wiederum weiß ich, weil ich immer Jakubs Armbanduhr trage. Ich gehe also langsam und habe noch keine dreihundert Schritte getan, da fällt mir etwas auf. Ich bleibe stehen, ducke mich hinter dem Vorsprung einer zerschossenen Mauer, warte und beobachte.

In dem Gebäude, in dem früher einmal Labore oder Ähnliches gewesen sein müssen, moderne, geradlinige Architektur ohne Zierrat, das die Deutschen aus irgendeinem Grund nicht in die Luft gejagt haben, in diesem Gebäude, an dem ich viele Male vorbeigekommen bin, sehe ich eine Flamme flackern. Wenn ich das sehe, können die Deutschen es auch sehen, und natürlich sind das dort nicht die Deutschen selbst, denn sie brauchen sich vor niemandem zu verstecken.

Ich zögere einen Augenblick, dort hineinzugehen und nachzusehen. Habe ich Angst?

Ich zögere nur einen Augenblick, Angst habe ich nicht. Ich Nachtungeheuer. Habe ich keine Angst vor den Deutschen mehr? Nein, nicht mehr, denn diese Angst ist alltäglich geworden, ist zu der Luft geworden, die ich atme, ist so normal geworden, dass ich genauso Angst davor haben könnte, von der Straßenbahn überfahren zu werden oder dass jemand feststellt, was für ein Skandal die Existenz unserer Welt ist, und sich fragt, warum etwas ist und nicht eher nichts, und dieser jemand würde die ganze Existenz mit einem Schnipp ungültig machen, und wir würden einfach aufhören zu existieren.

Sie werden uns nicht in Öfen oder in flammenden Wohnungen verbrennen, werden uns nicht vergast in irgendeiner Grube verscharren, werden uns nicht erschießen, nicht bombardieren, nicht aushungern. Wir existieren einfach in ein und demselben Augenblick, ich, Jakub, die verbrannte Stadt, die Deutschen, Hitler in Berlin, Stalin in Moskau, Churchill in London, alle Soldaten, die aus ihren Häusern gerissen wurden und jetzt in verschiedenen Uniformen in den Schützengräben frieren, all die Frauen, die leiden und auf sie warten oder sie betrügen, und ich, wieder ich, ich selbst, alle sind wir in diesem einen Augenblick und werden schon im nächsten nicht mehr sein, denn ist es kein Skandal, dass etwas ist und nicht nichts?

Ich fürchte die Deutschen nicht. Ich fürchte nicht, die Welt könnte aufhören zu existieren.

Ich gehe, ging dorthin, ganz leise zum Eingang, gehe, ging, so gut ich kann.

Es schneit, schneite, rieselte fein. Ich bin, war warm angezogen, doch ist mir sehr kalt, vom Hunger. Ich gehe hinein, dringe durch die aufgebrochene Tür in das Gebäude, versuche, mir seinen Plan zu vergegenwärtigen, um dorthin zu gelangen, wo dieses Licht brennen mochte.

Ich habe eine kleine Militärtaschenlampe, knipse sie aber nicht an. Ich orientiere mich an dem bisschen Licht, das noch durch die scheibenlosen Fenster fällt. Meine Augen sind daran gewöhnt. Ich konnte immer gut sehen in der Dunkelheit. Ich gehe sehr langsam, taste mit den Füßen behutsam und sehr genau den Boden ab, bevor ich auftrete, geräuschlos.

Kurz darauf weiß ich, dass ich mich gar nicht so anschleichen muss. Wer immer sich hier versteckt, lärmt so sehr, dass er einen Panzer überhören würde, wenn er in den Hof rollte. Ich gehe näher. Drücke mich an die Wand neben der Tür zu dem Raum, in dem er sich versteckt und der noch vor kurzem ein Büro gewesen sein muss.

Ich höre, wie er sich räuspert, er pfeift sogar vor sich hin.

Ich rieche den süßen Duft von Essen.

Nicht von schimmligem Mehl, gefrorenen Kartoffeln, nicht von Zuckerresten, aus einer vergessenen Schublade gekratzt, nicht von einem die ganze Nacht lang gekochten Ledergürtel, von keiner über dem Feuer gerösteten Ratte, sondern richtigem Essen. Hier duftet erhitztes, nicht angefaultes Fleisch, duftet eine Soße, und dieser Duft ist so betäubend, dass ich einen Augenblick vergesse, wozu ich hergekommen bin, ich drücke mich an die Wand und berausche mich an diesem Duft, fühle, wie mein Mund sich mit Speichel füllt, wie es mir plötzlich den Magen zusammenzieht.

Ich ziehe ein Stück Spiegel, das ich in der Tasche trage, kleiner als eine Handfläche. Werfe mit seiner Hilfe einen Blick in den Raum.

Er trägt einen deutschen Armeemantel mit Gürtel, eine Pelzmütze, an den Füßen russische Filzstiefel. Er hat ein kleines Lagerfeuer auf dem Boden gemacht. Keine Waffe zu sehen. Er ist allein. Sitzt auf einem Stuhl und lässt sich schmecken, was da so wunderbar duftet, löffelt es aus einer Aluminiumdose. In der Ecke liegt ein Armeerucksack mit rötlichem Kalbsfell auf der Klappe.

Ich ziehe die Pistole. Es ist keine Patrone in der Kammer, ich lade aber nicht durch, ich werde nicht schießen, ich will nicht, dass er den Verschluss schnappen hört, ich trete mit nicht schussbereiter Pistole hinaus.

Er bemerkt mich erst, als er den Blick von der Dose hebt, aus der er eifrig Fleisch futtert, starrt mich an und springt erschrocken auf. Ein nicht sehr großer Mann, unter dem Rand der sowjetischen Ohrenmütze aus Kunstpelz schaut ein rundes, sehr schmutziges, fast schwarzes Gesicht hervor, in dem das Weiß großer Augen leuchtet. Kein suchender Blick im Zimmer, daher vermute ich, dass er keine versteckte Waffe hat. Er schaut mich nur an, meine Pistole.

«Essen …?», fragt er. «Nicht schießen, bitte.»

Das bestätigt mir, was ich ahnte. Ein Deutscher, Deserteur. Ich nicke.

«Büchse, Essen», sage ich.

Er nickt, hebt die Hand, aber nicht so, als wollte er sich ergeben, sondern in einer beruhigenden Geste, als sagte er: Wir sind beide in der gleichen Situation, meine in Lumpen gehüllte Freundin – aber ich weiß ja gar nicht, ob er mein Geschlecht erkennt, deshalb vielleicht – wir sind in der gleichen Situation, du in Lumpen gehülltes Wesen mit der Pistole in der Hand, wir verstecken uns vor der Welt, wir warten auf etwas, du, Lumpenwesen, wartest vielleicht auf die Sowjets, aber auf was kann ich warten, ich deutscher Deserteur?

Er greift nach dem Rucksack, hebt die Kalbsfell-überzogene Klappe. Ich hebe die Pistole, er winkt ab, beschwichtigt erneut und zieht ganz langsam eine graue Papierschachtel aus dem Rucksack, öffnet sie, zeigt mir den Inhalt, und ich begreife, was das ist, Armeerationen, eine Konserve und deutscher Zwieback.

Er schiebt die Schachtel in meine Richtung und rückt

dann von ihr ab, damit ich Lumpenwesen nichts argwöhne.

Vorsichtig nehme ich Zwieback und Konserve aus der Schachtel, auch ein Päckchen mit der Aufschrift *Gemüse* ist noch darin, getrocknet vermutlich, und Ersatzkaffee, all das stecke ich in die Manteltasche, ohne den Blick von meinem, nennen wir ihn Wohltäter, zu lassen.

Was jetzt, frage ich mich.

Ich bin, war sicher, dass er noch mehr zu Essen hat, und ich brauche Essen, um Jakub am Leben zu erhalten. Jede Menge Essen. Die Sowjets werden irgendwann kommen, aber wann? In einem Monat, in dreien, in einem Jahr?

Dann, erst dann, werden wir aus Warschau fliehen und irgendwo weit weg, irgendwo in der Provinz Unterschlupf finden können. Egal wo, Hauptsache so lange überleben. Und zum Überleben braucht man Essen. Sollte ich ihn vielleicht umbringen und ganz ausrauben?

Schließlich ist er ein Deutscher, kein Deutscher verdient zu leben. Doch habe ich Angst zu schießen. Sie könnten es hören.

«Seid ihr Polin? Partisanin?», fragt er auf Polnisch. *«Ich habe mehr Essen.»*

Mich erstaunt das ein bisschen, aber schließlich sprechen viele Volksdeutsche Polnisch. Er klingt wie ein Gorale, wie einer aus den Bergen. Gleich darauf wundert es mich, dass er Polnisch kann und mich doch erst auf Deutsch angesprochen hat. Vielleicht hat er instinktiv die Sprache der Macht benutzt, statt sich der Sprache der Schwäche zu bedienen. Wir im Ghetto hatten ja auch fast aufgehört, Jiddisch zu reden, jeder versuchte es mit Polnisch, so gut er konnte, als wollten wird mit der Meidung des Jüdischen auch dem Tod entgehen.

«Ich bin kein Deutscher. Ich bin Pole aus Schlesien, bin aus der Wehrmacht weggelaufen, hab ein Gewehr mitgehen lassen und verstecke mich.»

Ich stehe über ihm und sage nichts, sagte nichts.

«Nehmt mich mit, ja? Ich habe Essen, hab's gestohlen, ich kenn mich nur in der Stadt nicht aus», redet er weiter. *«Und hab keine Papiere. Wenn sie mich erwischen, bringen sie mich um, weil ich von der Armee weggelaufen bin.»*

«Wie viele Juden hast du getötet, he?», frage ich leise.

Er sieht mich an, sogar im Dunkeln erkenne ich, wie seine Augen leuchten.

«Keinen, gute Frau, keinen habe ich umgebracht. War nur bei den Pferden. Und dann bin ich weggelaufen, als wir schon in Polen waren. In Polen werden sie dich schon aufnehmen, habe ich mir gedacht, ich bin doch auch Pole, nur aus Schlesien», wiederholt er wie aufgezogen.

Ich sehe, dass er große Angst hat. Ich kenne die Schlesier gut. Sie sind noch schlimmer als die Deutschen. Merkwürdig, dass ich die Sprache nicht gleich erkannt habe. Dachte, er wäre ein Gorale.

Im Ghetto zum Beispiel gab es einen Wachmann vom Sicherheitsdienst. Er hieß Hans Blaszczok, und seine Kameraden lachten ihn aus, dass er so schlecht Deutsch sprach, und sie konnten seinen Namen nicht aussprechen. Er stammte aus Kattowitz, war Bergmann, mochte aber die schwere Arbeit nicht besonders und war vor dem

Krieg in der Jungdeutschen Partei aktiv, dann floh er auf die deutsche Seite, nach Beuthen, diente anschließend im Volksdeutschen Selbstschutz, dann im Sonderdienst, von dem er schließlich zur Sicherheit kam. Er stand meist am Tor an der Grzybowska, später an den Treppchen, und noch später, bei der Großaktion, am Umschlag.

Uns sprach er für gewöhnlich in seinem radebrechenden, schlesischen Polnisch an. Er schoss nicht einfach so, wie Frankenstein, er schlug auch nicht einfach so, nur wenn jemand ihm einen Grund dazu gab. Die Schmuggler mochten ihn, weil er solide bestechlich war und dann Wort hielt. Eine Schwäche hatte er: jüdische Jungs. Gar nicht einmal besonders die jüdischen, aber die konnte er sich straflos nehmen, niemand zog ihn dafür zur Verantwortung. Wenn ihm einer gefiel, und ihm gefielen nur die hübschesten, dann zog Blaszczok ihn in das Zimmer, das er eigens dafür gemietet hatte, und hielt ihn dort ein paar Tage lang fest, um ihn nach jeder der Menschheit bekannten Art zu benutzen, und das weiß ich ja nun, auf wie viele Arten man einen Menschen sexuell gebrauchen kann, hab vor dem Krieg viel gesehen und während des Krieges auch. Soweit ich weiß, hat keiner dieser jüdischen Jungs das Zimmer lebend verlassen, und es waren viele. In Kattowitz hatte Blaszczok eine fromme Ehefrau und zwei hübsche Töchter.

Das ist ein Grund, warum manche den Krieg lieben. Im Krieg können sie endlich einmal so richtig aus sich herausgehen.

Ohne den Krieg hätte Blaszczok bestimmt keine Gelegenheit bekommen, etwas besonders Böses zu tun. Ohne

Krieg hätte Blaszczok in seiner kleinen Wohnung im roten Mietshaus gewohnt, hätte Zündlöcher in das Kohleflöz gebohrt, wäre abends nach Haus gekommen, zu seiner Frau, mit der er zwei Töchter gezeugt hat, und wäre schließlich bei einem Grubenunglück gestorben oder vielleicht an Staublunge oder am Alter, und hätte diese Welt mit einer unerfüllten Sehnsucht verlassen, einer Leere, mit anderen Worten, sein ganzes Leben wäre sinnlos vergangen, dank des Krieges aber, dank des schönen, süßen, geliebten Krieges konnte Blaszczok sich heimlich diese jüdischen Jungs nehmen, und die Leere in Blaszczok füllte sich, und sein Leben war reich und bunt.

Jetzt wird irgendjemand fragen: Woher ich, Ryfka, das alles wissen kann über Blaszczok? Sehr dumme Frage. Ich weiß, was ich weiß. Ich bin, die ich bin. *Hiermals.*

Blaszczok also war der, der er war, er liebte den Krieg nicht für die Übermacht an der Front, nicht für die Orden, mit denen die Offiziere ihre prächtigen Uniformen schmückten, diese Männerbroschen an Brust und Kragen, so etwas brauchte Blaszczok nicht, auch nicht die Brüderschaft, die im Schützengraben geboren wird, und nicht die edle, reine Liebe zwischen Waffengefährten, Blaszczok war ein normaler Mensch und liebte den Krieg nur dafür, dass er ihm gestattete, diese gähnende Leere in seinem Innern zu füllen.

Blaszczok hatte Glück, denn als der Krieg zu Ende ging, war er gerade im Westen, streifte die Uniform ab, geriet nicht in Gefangenschaft, kehrte zurück in dieses lachhafte Schlesien als *Displaced Person*, nahm die Arbeit im Bergwerk wieder auf, lebte wie früher, still und bescheiden, ging zur Arbeit, zur Kirche, trat nicht in die Partei ein, rührte keine Jungs an, lebte nur der Erinnerung an sie, und ich begegnete ihm fünfzehn Jahre nach dem Krieg, auf der Warschauer Straße in Kattowitz, wo er mit seiner rundlichen kleinen Frau unterwegs war, ist. Ich erkannte ihn sofort, er hatte sich kaum verändert, und ich tat nichts, absolut nichts, ich spürte weder Angst noch Hass, ich ging einfach nur an ihm vorbei und hatte den Eindruck, er würde mich aufmerksam mustern, aber das kam mir, glaube ich, ach weiß ich, nur so vor; in seinem Kopf hatte sich die Vergangenheit durch eine unundurchdringliche Mauer von der Gegenwart getrennt, hinter dieser Barriere waren all die jüdischen Jungs und ihre Qualen geblieben, die dem Schrecklichen in Blaszczok Befriedigung verschafften, auch diesen Teil seiner selbst hatte Blaszczok hinter der undurchdringlichen Mauer gelassen, hinter der auch unser Leid blieb, unsere ausgemergelten Gesichter, die vor Hunger wahnsinnigen *Schnapper* blieben dahinter, die den Leuten gerade gekauftes Essen aus der Hand rissen und es auf der Stelle auffraßen, die Schläge nicht beachtend, die auf sie niedergingen, auch die Mädchen aus der Schwesternschule waren hinter dieser Mauer geblieben, die fast bis zum Ende in ihren rosa Uniformen mit gestärkten Krägen die Straßen des Ghettos durchmaßen, mit weißen Schürzen und Häubchen und blauen Pelerinen, so ganz und gar unwirklich; alle beneideten sie um diese Uniformen, ich nicht. Auch sie blieben zurück hinter der Mauer des Vergessens, mit der Blaszczok sich von seinem vorherigen Leben abgrenzte.

Ich sah ihn nach dem Krieg nur einmal und tat nichts.

Andere Schlesier, die ich kennenlernte, waren noch gewöhnlicher als Blaszczok. Den echten Reichsdeutschen versuchten sie mit aller Gewalt einzureden, dass sie deutscher wären als Hitler selbst, und quälten uns aus diesem Grund erst richtig. Ich wundere mich gar nicht über sie, genauso benahmen sich doch auch diejenigen von uns, die sich vor dem Krieg eingebildet hatten, sie wären Polen, und meinten, der beste Weg zum wahren Polentum sei es, den Juden in sich zu hassen. Selbst wenn sie sich nicht taufen ließen, schließlich gingen nicht alle den Weg von Szeryński, der vom Juden zum Nationaldemokraten wurde, also selbst wenn sie dem Anschein nach normale Assimilanten waren, war doch allein schon der Wunsch, ein Pole zu sein, mit dem Judentum unvereinbar.

Wie hässlich das klingt – *jüdeln*. Wie wenn man aus dem Maul stinkt. Sie versuchten, das Schtetl oder die Nalewki von sich abzukratzen, scheuerten sich die Zunge, bis sie den Juden aus sich rausgescheuert hatten.

Dumm standen diese Pseudopolen mit ihrem rausgeschmirgelten Judentum da, als die Deutschen im November 1940 das Ghetto zumachten. Da standen sie, ob getauft oder nicht, stehen auf ihnen unbekannten Straßen, vor denen sie sich ekelten, ekeln, auf Straßen, auf denen noch vor kurzem die Sprache erklungen war, die sie nicht verstanden und nicht verstehen wollten, eher hätten sie Suaheli oder Mandarin gelernt als Jiddisch. Ihr einziges Glück war, dass im Ghetto alle, die irgendwie Polnisch konnten, es auch damit versuchten und alle das Jiddisch mieden. Jedenfalls waren diese totalen Assimilanten auf einen Schlag zu dem geworden, was sie so sehr aus sich auszuschaben versucht hatten. Ich kannte eine Zwölfjährige, die erst im November 1940 erfahren hatte, dass sie nicht so ganz, nicht so wirklich Polin war, da stand sie in ihrem hübschen, teuren, grünen Mäntelchen, mit ihren eleganten Eltern, stand hinter dem Tor an der Twarda, drückte die Hand ihrer Mutter, die zum ersten Mal eine Armbinde trug, während ihr Vater, ebenfalls erstmals mit Armbinde, sich umblickte, als wäre er gerade aus dem Zug gestiegen in einer Stadt, in der er nie zuvor gewesen war, und erst auf das Drängeln des Fahrers, der ihre irdische Habe auf die Straße stellte, entschlossen voranging, zu irgendeinem Zimmer, gegen das sie ihre schöne Wohnung in Mokotów getauscht hatten.

Ich hasste sie damals ein bisschen dafür, dass es der Hitler'schen Barbarei bedurfte, damit sie ihr Schicksal mit dem unseren verbanden. Ich hasste sie und verstand sie doch auch, so wie ich die Volksdeutschen verstand, die eifrig bemüht waren, alles von sich abzustreifen, was nicht deutsch war, und die nachts bestimmt weinten, weil sie das rollende r nicht loswurden, so wie unsere Kinder eins auf die Finger bekamen, wenn sie beim Polnischsprechen nach jüdischer Art zu viele Pronomen benutzten.

Selbst Frankenstein, für uns der Deutsche per se, Quintessenz des Deutschen mit dem Finger am Abzug, dieser Schrecklichste der Schrecklichen im ganzen Ghetto, auch Frankenstein stammte schließlich nicht aus dem Reich, sondern aus dem Sudetenland, der ehemaligen Tschechoslowakei, damals wusste ich das natürlich nicht, aber hiermals weiß ich alles. Die schlimmsten Deutschen sind immer die aus dem Grenzland, schlimmer als die aus dem Grenzland sind nur noch die unsicheren Kantonisten, die unbedingt Deutsche sein wollen und ihr Deutschtum beweisen oder erst aufbauen müssen.

So mag ich die Schlesier nicht besonders, mag ihre deutschen Uniformen nicht, ihre Liebedienerei gegenüber jedem, der stärker ist als sie.

Der hier biedert sich auch an. Er biedert sich an, weil ich mit der Pistole über ihm stehe, biedert sich an, weil ich stärker bin. Andererseits ist etwas an ihm, dass ich ihn nicht umbringen will. Ausrauben auch nicht. Er trägt ihre Uniform, ist aber aus der Armee abgehauen. Und ich glaube ihm, dass er keinen Juden getötet hat, glaubte ihm.

Ich weiß nicht, warum ich ihm glaube, aber ich tue es.

Glaubte.

«Mach das aus. Pack deine Klamotten. Und komm», sage ich. Ich brauche sein Essen.

DAVID

Die Kinder Warschaus vom einundzwanzigsten Regiment verließen die Hauptstadt am Abend des sechsundzwanzigsten August. Wir, Jakub Shapiros Kinder, blieben in Warschau, erwarteten das Unvermeidliche, voller Hoffnung, sie dagegen marschierten auf der Landstraße nach Młociny und Pomiechówek. Es war ein sehr warmer Abend, und zahlreiche Zivilisten begleiteten die Marschkolonne: die Familien der Soldaten, Bewohner der Vororte und stadtnahen Dörfer, es war eine Stimmung wie beim Picknick. Die Soldaten sangen, Frauen reichten ihnen Wasser, Buttermilch und Milch, die Männer Wodka, was die Zugführer vergebens verboten.

An der Spitze in der Kolonne zog das dritte Bataillon, dahinter das erste, dann der Tross unter Führung des zu Tode erschöpften und schwer melancholischen Quartiermeisters Hauptmann Adolf Miecznicki, anschließend die Fernmeldeeinheiten, der Gasschutz-Zug, die Pioniere, die Aufklärungskompanie mit einem Zug Radfahrer und einem Zug berittener Aufklärer, die man nach Verlassen der Stadt zunächst an die Spitze der Kolonne gesetzt hatte und die von der Bevölkerung am feurigsten begrüßt wurden, weil man sie mit Ulanen verwechselte.

Darauf folgte die bescheidene Regiments-Artillerie, das heißt Sechsspänner mit zwei alten russischen Kanonen auf großen Holzrädern, sowie eine Panzerabwehr-Kompanie mit zwölf kleinen Panzerabwehr-Bofors.

Abgeschlossen wurde die Kolonne vom zweiten Bataillon, in dem mein Vater marschierte. Auf dem von Marchew gezogenen Wagen rollte das schwere Maschinengewehr, das die Republik der Obhut meines Vaters anvertraut hatte, und hinter dem schweren MG marschierte die MG-Bedienung. Sie gingen zu zweit hinter dem Zweiräder, rotzten und husteten vom Staub, den das gesamte vor ihnen marschierende Regiment aufwirbelte, bisweilen fluchte einer, wenn er in Pferdemist trat.

«Also, die Sache ist die», begann Oberschütze Kawulski, ein intelligenter, geschäftstüchtiger, gern unverschämter Vierzigjähriger von mittlerem Wuchs, jedoch sehr kräftig, mit hellem Haar, «dass in Berlin die Revolution ausgebrochen ist. Habt ihr nicht gehört?»

Niemand antwortete.

«Die Soldaten haben rebelliert, Arbeiter wurden mit Gewalt zur Armee eingezogen. Sie wollen aber nicht auf andere Arbeiter schießen, sie brauchen diesen Herrenkrieg nicht. Hitler ist verhaftet. Ihr werdet es schon merken, sobald sie uns sehen ...»

«Wer?», fragte Korporal Głowacki, Patronenschütze des schweren MG.

«Die Deutschen natürlich, wer sonst. Wirst schon sehen. Ein Kollege meines Schwagers war in Berlin, guter Sozialist, hat dort mit den Sozialdemokraten gesprochen, und er hat es mir erzählt. Die Arbeiter haben rebelliert. Also sobald sie uns zu sehen bekommen …»

«Glauben Sie, es gibt Krieg? Sie werden angreifen?»

«Na, wenn *sie* nicht angreifen, dann tun wir es natürlich, sobald die Revolution in Berlin offen ausbricht. Um diese antifaschistische Revolution zu unterstützen. So viel ist sicher. Und wenn sie als Erste einmarschieren, dann sage ich: Sobald sie uns sehen, werden sie die Gewehre zu Boden werfen.

Der deutsche Arbeiter wird nicht auf den polnischen Arbeiter schießen», argumentierte Kawulski munter.

Der deutsche Arbeiter schoss dann doch ganz gern auf den polnischen Arbeiter, traf auch gut, und Oberschütze Kawulski starb am dritten September bei dem Dorf Nieborzyn von einer Kugel, die ein Gefreiter namens Zündapp abgeschossen hatte, so hieß er, genau wie die Motorradmarke.

Zwischen dem fröhlichen Gespräch und der Kugel, die in Kawulskis linke Schläfe einschlug, einen halben Zentimeter unterhalb des Helmrands, lag eine Woche. Das Regiment verbrachte diese Woche auf Gewaltmärschen durch das nördliche Masowien, durchmaß die Heimatgegend des Schützen Bania, des Fuhrmanns der zweirädrigen Kutsche, was ihn ungemein rührte, und diese Rührung verließ ihn nicht bis zum Tod, der ihn einige Tage später holte.

Am dritten September 1939 bekam mein Vater zum ersten Mal einen deutschen Soldaten zu Gesicht. Er war zwar in den zwanziger Jahren in Berlin gewesen, doch das ist etwas ganz anderes. Das zweite Bataillon bekam Befehl, das Vorwerk Chrostowo und die Straße zwischen Grudusk und Przasnysz einzunehmen.

An der Spitze des Bataillons marschierte die fünfte Kompanie mit dem MG-Zug von Leutnant Jelenta, in dem mein Vater diente. Sie gerieten unter Artilleriefeuer, der Anführer ließ die Kampfordnung zum Dreieck entfalten, und mein Vater erinnerte sich an die Angst, die er zwanzig Jahre früher gehabt hatte.

Er erinnerte sich jetzt deshalb, weil er sonst gar nichts empfand. Da war kein Mut, war kein Kampfeseifer, er spürte einfach keine Angst, weil er überhaupt nichts spürte.

Sie waren schon abgesessen, Wagen und Fuhrmann waren bei der Kompanie geblieben, das Gewehr trug der Patronenschütze, das Gestell der Ladeschütze, sie bauten die Waffe in einer seichten Geländesenke am Waldrand auf und begannen zu schießen. Die Ziele für die Maschinenwaffe gab der Leutnant an, mein Vater hatte kein Fernglas, aber er sah sie, die Deutschen, in einem Wald am Ende des Feldes, kleine, etwa fünfhundert Meter entfernte Silhouetten. Als er sie sah, rief er «Feuer!», der Patronenschütze hatte bereits die Beschusssektoren eingestellt und begann, kurze Feuerstöße abzugeben, Vater nahm sein Gewehr von der Schulter und begann, ebenfalls zu schießen, was keinen großen Sinn hatte, aber er wollte es einfach. Also schoss er. Damals fiel Kawulski, was meinem Vater im Grunde herzlich egal war, zu alt, zu erschöpft und zu abgestumpft war er, zu viele Tote hatte er im Krieg und in sogenannten Friedenszeiten gesehen, um sich den Tod eines einzelnen Soldaten zu Herzen zu nehmen, oder den Tod von fünf, von hundert Soldaten.

So schoss er selbst mit seinem kleinen Gewehr, und neben ihm schoss das MG. Vater hat keine Ahnung, ob ihr Feuer den Deutschen irgendeinen Schaden zufügte, das sah er erst später, als der Kommandeur dem Zugführer meines Vaters einen Stellungswechsel befahl: Sie sollten die Deutschen umgehen und unter Flankenfeuer nehmen, was mein Vater auch tat, die Schützenkompanien des zweiten Bataillons wiederum gingen zum Bajonettangriff über, hundert Meter unter Feuer, Vaters Gewehr schoss fast bis zum Moment des Zusammenstoßes, mit Gebrüll fielen sie über die deutschen Positionen her, Leutnant Jelenta ließ das Feuer einstellen, und wenige Minuten später war der Kampf vorüber. Dann setzte das Bataillon ihnen nach, und erst dann ging mein Vater mit der MG-Bedienung über die deutschen Linien. Er war der einzige Kriegsveteran im ganzen MG-Zug, deshalb war der Anblick von Leichen kein Schock für ihn, er hatte im Leben, auch im zivilen, so viele Leichen gesehen, dass ihn das überhaupt nicht berührte. Er sah sie an, die Durchlöcherten, Blutigen, sah ihre leblosen Gesichter, die grüngrauen Jacken, grauen Hosen, die hakenkreuztragenden Adler auf den Helmen, sah auch die erbeuteten, modernen Maschinengewehre.

Später dachte er oft daran. An diese getöteten Deutschen und diejenigen, die er später tötete, in Grochów. Dachte daran, wenn er vor den Gendarmen im Ghetto die Mütze zog, wenn er vor ihnen salutierte, und noch später dachte er gar nichts mehr.

Dort, bei Chrostowo, schmeckte er zum letzten Mal den wahren Sieg, so kurz er auch währte. Mein Vater siegte für sein Leben gern.

Vielleicht ist «gern» das falsche Wort. Mein Vater musste siegen. Die fast zwanzig Jahre, die seine zwei Kriege voneinander trennten, lebte er im ständigen Bewusstsein der Bedrohung, im Bewusstsein, wie viele ihm Niedergang und Scheitern wünschten, wie viele sich gern am Anblick seines toten Körpers geweidet hätten. Deshalb wusste er, dass er nicht stehen bleiben durfte. Um zu leben, musste er kämpfen und siegen. Das ganze Leben meines Vaters war ein Kampf, der Sieg war die Voraussetzung seines Überdauerns.

Das ist vielleicht das Einzige, was ich von ihm gelernt habe. Vielleicht will ich gar nicht einmal so denken und denke doch so, vielleicht überlebe ich gerade deshalb.

Mein Vater Jakub Shapiro hatte keinen Respekt vor Besiegten. Fünfzehn Jahre seines Lebens hat er dem Sport gewidmet, hat seinen Körper so geschliffen, dass er möglichst gut in den seilumgrenzten Ring passte, und war doch nie ein Sportler gewesen. Mein Vater wollte einfach gewinnen. Sogar auf dem Höhepunkt seines Lebens, dem Gipfel der Macht, in Autos, besser als jene, mit denen Minister fuhren, in Anzügen aus teuerster englischer Wolle, mit den schönsten und teuersten Nutten Warschaus, sogar da blieb mein Vater einfach nur ein armer Schlucker, er blieb ein armer Jude, der nichts bedeutet und nichts wert ist – es sei denn, er gewinnt. Nicht einmal damals verließ meinen Vater auch nur für eine Sekunde der Gedanke, dass die Niederlage ihn ins Nichtsein zurückwerfen würde, und die Niederlage wünschten ihm alle, denn im Grunde glaubte keiner, dass mein Vater all das, was er besaß, zu Recht besaß.

Für die Polen ist ein reicher Jude, und wenn er auch aus bester Familie stammt, grundsätzlich suspekt. Der Quell seines Vermögens gilt ihnen immer als unmoralisch. Das Vermögen des polnischen Adligen, über Generationen auf unfreier Bauernarbeit angehäuft, findet erstaunlicherweise niemand unmoralisch, das Vermögen des jüdischen Händlers oder Bankiers dagegen schon – erstaunlicherweise, sage ich, obwohl es natürlich keineswegs erstaunlich ist, schließlich haben die Polen selbst die Normen dafür gesetzt, was anständig und was suspekt ist.

Wenn schon jeder reiche Jude suspekt ist, was für ein Affront für die gesellschaftsverbindenden Normen muss dann erst der Jude aus dem Nirgendwo sein, Sohn eines Niemand, ein Herr von Nirgendwo, ein armer Schlucker, der sich bereichert, der Macht gewinnt und mit seinem Reichtum und seiner Macht diese Gesellschaft vor den Kopf stößt.

Verlieren also konnte mein Vater nicht. Das hat er nie gelernt, hat sich ja selbst erst in einer Serie von Siegen geformt, ist aus diesen entstanden. Eine einzige Niederlage hätte das Ende seiner Existenz bedeutet. Also siegte er und fühlte sich am Sieg im Gefecht bei Chrostowo beteiligt.

Abends wurde gefeiert. Die Feldküchen rollten an, es gab Essen, wer hatte, trank auch was, doch betrunken war niemand. Sie saßen an den Feuern, und Vater betrachtete die von Kampf und Sieg erregten Gesichter der Soldaten und fühlte sich gut, fühlte sich als Teil von etwas Größerem, fühlte sich am rechten Ort. Er war froh, in den Krieg gezogen zu sein, denn jetzt plötzlich, zum ersten Mal nach zwanzig Jahren, empfand er so etwas wie Ruhe.

Nach fast zwanzig Jahren der Anspannung, der ständig gespannten Nerven und Muskeln, nach zwanzig Jahren permanenter Bereitschaft zur Verteidigung seines Status, spürte er Erleichterung. Er spürte, dass er hier nicht der dubios und unverdient reiche, grundlos mächtige Warschauer Jude war, der Judenbengel, Lausejude, Krauskopf, Bandit Jakub Shapiro, der keine Beleidigung, keinen scheelen Blick durchgehen lassen durfte. Hier war er einfach Gewehrschütze im Rang eines Zugführers, verantwortlich vor Leutnant Jelenta, während ihm selbst Leute unterstanden, die er seit einer Woche kannte, kaum beachtete und gegen die er keine Feindseligkeit empfand.

Sie sitzen also gemeinsam am Lagerfeuer, haben am dritten Kriegstag zum ersten Mal gekämpft und gesiegt. In den Gräben liegen die Leichen der Deutschen, sie aber sind am Leben, von den Gefallenen abgesehen, doch an die dachte Vater nicht, sie leben also, lachen, essen und trinken, und ihre Wangen flammen. Die Nacht war warm, schon nach einer Woche hatten die Soldaten sich an das Biwakieren gewöhnt, glücklich und im Bewusstsein der eigenen Stärke gingen sie schlafen, nur Hauptmann Miecznicki konnte sich nicht am Sieg sättigen, denn er war mit dem Durchzählen der Lebensmittelrationen beschäftigt.

Mein Vater legte sich auch nicht gleich hin, saß noch lange am Feuer, mit einer Flasche Wodka, er trank langsam, in kleinen Schlucken, starrte ins Feuer und dachte nicht an uns.

Er dachte nicht an Mama. Dachte nicht an Daniel und nicht an mich.

In jener Nacht, dort bei Chrostowo, war mein Vater einen Augenblick lang ruhig und glücklich, danach ging alles in Fetzen.

Zuerst verlor der Regimentsstab die Verbindung zum Kommando der 8. Infanteriedivision, deren wesentlicher Bestandteil er war. Die wiederum gehörte zur Armee «Modlin». Oberst Sosabowski schickte eine berittene Patrouille zum Vorwerk Włosty, doch die Patrouille kehrte nicht zurück. Gerüchte verbreiten sich im Krieg wie die Syphilis im Bordell, so hätte mein Vater gesagt, deshalb redeten bald alle davon, dass das Regiment keine Verbindung zur Division habe. Unruhe kam auf.

Die bösen Ahnungen bestätigten sich bald. Um zwei Uhr nachts kam ein operativer Offizier vom Divisionsstab zum Regiment, ein Hauptmann namens Szugajew, und teilte Sosabowski mit, dass es die 8. Infanteriedivision nicht mehr gebe und sein, Sosabowskis, einundzwanzigstes Regiment die letzte organisierte Einheit in der Gegend sei. Alles andere sei zerschlagen.

Sosabowski berief auf der Stelle eine Beratung der Bataillons- und Sondereinheitskommandeure ein, befahl die Rückzugsordnung, man musste die Soldaten wecken, aus den Löchern ziehen, die sie sich gegraben hatten, alles in völliger Dunkelheit, erhellt nur von den wenigen elektrischen Lampen der Offiziere und Sergeanten. Vater wusste da schon, dass es sehr, sehr schlecht stand.

Wie schlecht es stand, zeigte sich am Morgen. Als es hell war, bekamen die Kinder Warschaus auf ihrem Weg die zerschlagenen Trosse der 8. Infanteriedivision zu Gesicht. Zertrümmerte Fuhren und Zweiräder, Feldküchen, Werkstätten, zurückgelassene Geschütze und Maschinengewehre, Fernmeldewagen, Funkstationen, Tatschankas, die noch immer mit ihren Pferden bespannt waren; von denen irrten sehr viele auf den Waldpfaden und Feldwegen umher. Bei alldem zeugte nichts von feindlicher Einwirkung – man sah, dass im Tross Panik ausgebrochen war.

Die Stimmung der Soldaten war sehr gedrückt. Es fehlte an Wasser, die Brunnen waren ausgetrocknet, in den Wäldern wüteten Brände, zudem befürchtete man jeden Augenblick einen Luftangriff, deshalb ließen die Kommandeure Maschinengewehre zur Luftabwehr vorbereiten.

Vater war zum Lachen zumute, als er den Kolben des Luftabwehrzielgeräts ans MG montieren half, an das Gestell wiederum einen Mast, der es ermöglichte, den MG-Lauf hoch in die Luft zu halten, ihm war zum Lachen zumute, weil er plötzlich begriff, wie gering, wie verschwindend gering die Feuerkraft seines MG war, wenn es auf ein kleines, sich mit mehreren hundert Stundenkilometern bewegendes Ziel schießen sollte, und wie ungeschützt andererseits ihre lange, langsame, auf der Straße ausgestreckte Kolonne von erschöpft vorwärtslatschenden Menschen, Pferden und Fuhrwerken den Flugzeugen ausgesetzt war.

Ihm als Einzigem war wohl zum Lachen zumute, als er die Niederlage mit eigenen Augen sah, das heißt das, was von den Trümmern des Divisionstrosses geblieben war. Lachen musste er vor allem über sich selbst, über das Triumphgefühl, den Siegesgenuss, den er noch vor wenigen Stunden empfunden hatte. Sosabowski ließ die zerstreuten Kanonen, Munitionswagen, Funkstationen einsammeln, denn auch die Regimentstrosse waren irgendwo verschwunden, mitsamt dem sie befehligenden Hauptmann Miecznicki, an den Vater nur sporadisch dachte. Man fing die streunenden Pferde ein, entdeckte eine Feldküche voll gegarten und bereits erkalteten Essens, sodass die ganze Kompanie sich gütlich tun konnte, wenn auch mit betretenen Mienen, und Vater konnte sein Lachen nur mit Mühe zurückhalten.

Er wusste jetzt, dass der Krieg verloren war, und das fand er am lustigsten. Gestern hatten sie noch fleißig geschossen, die Deutschen mit MG-Kugeln niedergemäht, mit Bajonetten abgestochen, und heute war schon alles vorbei. Was hatte er gestern im Kopf gehabt, woran hatte er geglaubt, an Rydz-Śmigły vielleicht? Nein. Keine Sekunde lang glaubte er an die «geschlossenen und kampfbereiten» Reihen, dafür war er zu alt, zu erfahren und zu misstrauisch, hatte zu viel erlebt in der Welt, in der jeder jeden zu betrügen versucht.

Polen war verloren, das war meinem Vater damals klar. Polen gab es nicht mehr. An Polen lag ihm nichts, doch begriff er, dass mit Polen seine eigene Welt untergegangen war, seine Stadt und irgendwie, das ahnte er, auch sein Leben. Um Polen war es ihm nicht schade, denn seine Beziehung zu Polen war schwierig.

Polen wollte ihn nicht, Polen wies ihn zurück – ihn als Juden, der nicht alles daransetzte, sich der Bezeichnung Pole würdig zu erweisen. Ein Jude, der vom Polentum träumte, der versuchte, Pole zu sein und bereit war, sein frisches, neues Polentum verbissen zu verteidigen, blieb selbstverständlich auch dann ein Pole unter Vorbehalt, ein suspekter Pole – gar nicht zu reden von einem Juden, der meinte, er sei in Warschau zu Hause, und den das Polensein überhaupt nicht interessierte. In den Augen der Polen war es die einzige den Juden angemessene Haltung, das Judentum wie eine Krankheit abstreifen, von sich abwaschen zu versuchen, wenn nicht in der eigenen, dann in der kommenden Generation, und demütig um das Anrecht zu heischen, als Pole gelten zu dürfen. Manche, wie der Dichter Tuwim, erhoben das als Anspruch frecherdings, indem sie behaupteten, sie wären Polen, weil es ihnen gerade so gefällt. Das ärgerte viele, noch ärgerlicher jedoch, viel ärgerlicher war ein Jude, ein Warschauer Jude, der schließlich in Warschau zu Hause war – wo sonst hätte so einer zu Hause sein sollen, wenn er nie woanders gewesen war? – und dennoch überhaupt nicht Pole zu sein versuchte, sich gar gegen das Polensein wehrte.

So viel habe ich jedenfalls unseren nicht sehr zahlreichen Gesprächen vor dem Krieg entnommen: Mein Vater empfand nicht in der geringsten Weise etwas für das Polentum, Polnisch war seine Zweitsprache, obwohl er mit uns meist Polnisch redete; ich und David betrachteten das Polnische als unsere erste Sprache, Jiddisch konnten wir viel schlechter. Einmal habe ich ihn gefragt, warum wir zu Hause Polnisch sprechen, da ich gehört hatte, wie er mit Mama über die Polen als «sie» und nicht als «wir» sprach. Warum also sprechen wir zu Hause Polnisch, wenn er uns zugleich auf eine jüdische Schule schickt?

Das war kurz vor dem Krieg, im Frühjahr. Wir fuhren zu viert im roten Chrysler zum Maiausflug nach Otwock, Vater nicht am Steuer, er ließ sich schon damals lieber fahren, saß hinten bei uns. Damals habe ich ihn das gefragt, und Vater prustete nur, winkte ab und sagte etwas wie: Ist doch egal welche Sprache, die Sprache gehört niemandem.

Ich gab mich nicht so leicht geschlagen, Daniel wusste, dass ich streiten würde, er guckte nach draußen, er mochte es nicht, wenn ich mit den Eltern stritt, er stritt nie mit ihnen, ich dagegen häufig und gern. Ich entgegnete: Wenn es egal sei, warum redeten wir dann nicht Jiddisch, da doch er und Mama auch Jiddisch reden und sie uns auf eine jüdische Schule geschickt hätten. Vater wurde ernst und sagte, da wir nun einmal unter Polen lebten, müssten wir, ohne unsere eigene Sprache deshalb zu vergessen, Polnisch sogar besser können als die Polen. Wir müssten klüger, stärker und gebildeter sein als sie, geschickter, intelligenter und gewitzter. Jede kleine Niederlage bei uns wandle sich sofort in ein Scheitern auf ganzer Linie. Jeder Sieg sei ungewiss. Deshalb müssten wir immer gewinnen.

Da schaltete sich Mama ein, plötzlich widerborstig: Jakub, du und dein ‹müssen›. Nichts müssen wir. Wir sind ihnen nichts schuldig.

Papa erwiderte, kein Pole werde ihn je von oben herab ansehen.

Mama faltete in sorgenvoller Geste die Hände, wie sie es unbewusst immer tat, wenn sie uns liebevoll und meist mitleidig etwas erklärte, legte beide Hände ineinander und sagte in diesem liebe- und mitleidsvollen Ton zu Vater, ich erinnere mich genau:

«Siehst du, Jakub, wie sie dein ganzes Leben lenken? Wie du nach ihrer Pfeife tanzt?»

«Wer?», fragte mein Vater begriffsstutzig, wie üblich dümmer als Mama.

«Die Polen», sagte sie leise, ohne im Geringsten die Stimme zu heben. «Alle. Alles tust du ihnen zum Trotz, mit deinem ganzen Leben willst du ihnen beweisen, dass du besser bist als sie. Du hast schon alles gewonnen, was zu gewinnen war, Jakub, und bist doch innerlich so gespannt, so angestrengt wie vor zehn Jahren. Ich weiß, diese Anstrengung hat dir zum Sieg verholfen, dank ihr ziehst du vor niemandem mehr den Hut, ich weiß, dass du so sein musstest. Vor zehn Jahren musstest du so sein, aber heute nicht mehr, Jakub. Dadurch, dass du immer noch so angestrengt bist, verlierst du in Wirklichkeit gegen sie, trotz deines Triumphs. Immer noch reibst du dich an ihnen auf. Und jetzt sagst du den Jungs, sie müssten besser Polnisch sprechen als die Polen. Sonst würden die Polen auf sie herabsehen. Ja und, Jakub? Erstens wird niemand auf die Söhne des großen Herrn Shapiro herabblicken. Und zweitens, was ist dein ganzer Sieg wert, Jakub, wenn du in deinem Triumph so voller Zweifel bleibst? Sollte nicht das Ziel eines Siegers sein, dass er nicht mehr kämpfen muss, Kampf Kampf sein lassen kann? Du glaubst nur, du hättest gewonnen, Jakub, du glaubst, du hättest gesiegt. In Wahrheit weißt du gar nicht, wie man gewinnt, weil du nicht aufhören kannst, weil du gar nicht anders kannst, als zu kämpfen. Darin besteht der Sieg, Jakub. Dass man gewonnen hat und nicht länger kämpfen muss.»

Vater antwortete nicht, er verstummte, starrte auf einen Punkt irgendwo hinter Mamas Rücken, als hinge dort in der Luft etwas unglaublich Wichtiges, so wie immer, wenn die Bänder des Zorns sich wehend in ihm entrollten. Mama seufzte nur, Daniel und ich sahen uns an, wir wussten, was kommen würde.

Und es kam. Vater befahl dem Fahrer knurrend anzuhalten, der Fahrer tat das natürlich sofort, wir befanden uns gerade auf der Kierbedź-Brücke, Vater stieg ohne ein Wort aus, schloss die Tür so sanft wie möglich, marschierte zurück in Richtung Stadt und tat dort, was er immer tat, er ging trinken bei Ryfka; Nutten rührte er damals nicht mehr an.

Mit dem Vorkriegstrinken meines Vaters war das so: Ja, ich habe ihn viele Male berauscht gesehen, habe ihn angetrunken gesehen, auch wenn er wohl meinte, wir, Daniel und ich, hätten keinen Schimmer, dass er blau war. Diesen Schimmer hatten wir sehr wohl, an seiner Art zu sprechen merkte ich genau, ob er etwas getrunken hatte oder nicht. Nach einer Flasche Wein zum Mittag, seiner üblichen

Dosis, wurde er zu einer besseren Version seiner selbst, er lockerte sich, lächelte breit, war weniger verkrampft. Mama mochte ihn, wenn er so war, Daniel auch, ich nicht. Etwas passte mir nicht an ihm, an seinen ausladenderen Gesten, in der vom Alkohol nur ganz leicht veränderten Stimme lag auch etwas, das mir Angst machte.

In meinem Vater zeigte sich dann eine Art heimliche Vorankündigung dessen, was die ganze Zeit in ihm schlummerte und was der Alkohol in ihm freisetzte, allerdings nur nach hohen Dosen, nach starkem Trinken. Vor dem Krieg habe ich ihn nie so erlebt, hat er sich das nie erlaubt.

An jenem Tag, als Vater auf der Kierbedź-Brücke aus dem Auto stieg und zu Fuß in die Stadt zurückmarschierte, begann ein großes Gelage. Bei Ryfka Wodka, eine Flasche zum Aufwärmen, einsam an der Bar, tagsüber waren weder Kunden noch Mädchen im Bordell, auch der Barmann nicht, Ryfka ruhte sich in ihrem Zimmer aus, Vater schenkte sich selbst ein, starrte auf den Punkt im Raum, den er immer anstarrte, wenn Mamas Worte ihn wütend gemacht hatten, starrte, als wären die Wände durchsichtig, als enteilte ihm etwas, auf das er den Blick heftete, er glotzte und trank, ohne etwas dazu zu essen oder Wasser zu trinken, er rauchte und schlückelte den Wodka aus einem Glas, sehr langsam. Dann stand er schwerfällig auf, kam in der Tür an Ryfka vorbei, zu der er kein Wort sagte, und marschierte mit dem Mantel unter dem Arm los, um etwas zu essen.

Bei Simon und Stecki speiste er zu Mittag: eine doppelte Portion Tatar mit Beilagen, dann ein riesiges Wiener

Schnitzel, einen Haufen Kartoffeln dazu, vier Salate, eine Melba, hier Vanilleeis mit Früchten, zum Nachttisch, und dazu eine zweite Flasche Wodka, aus der ihm jetzt der untertänigst am Tisch ausharrende Kellner einschenkte. Einige Monate vor dem Krieg wog Vater einhundertzehn Kilo, zwanzig Kilo mehr als zu jener Zeit, als er das letzte Mal in den Ring stieg, er ließ sich alle Anzüge umnähen, wurde im Gesicht sogar ein bisschen jünger, denn das Fett unter der Haut glättete die vorher schärferen Züge.

Damals zog er ein seltsames Vergnügen aus dem Essen. Sein Interesse an der körperlichen Liebe und den Frauen verkümmerte, als hätte seine ganze Libido sich in kulinarische Unersättlichkeit ergossen. Er aß immer sehr gut, besser konnte man in Warschau nicht essen, und so viel, dass sogar der leistungsfähige Stoffwechsel seines früher trainierten, noch früher in Hungerszeiten und Kriegen gestählten Körpers das nicht mehr verbrennen konnte; über dem Hosengürtel setzte das Fett sich ab, und er half noch nach, indem er zum Essen ordentlich trank.

Wir und Mama blieben im Auto zurück, als er zu Ryfka losmarschiert war.

«Was soll's, Jungs, fahren wir eben ohne Papa zum Maiausflug», sagte Mama.

Und auf ging's. Mama hatte die Gabe, mit einem einzigen Satz die Wolke von Angst, Groll und Schmerz zu zerstreuen, die er in seinem wortlosen Zorn über uns verhängt hatte. Mama lächelte, und plötzlich war alles in Ordnung, wir fuhren ohne Papa in den Mai, und nichts und niemand fehlte uns. Zu dritt saßen wir auf einer

Decke, die wir auf der Lichtung zwischen Kiefern ausgebreitet hatten, der Fahrer, Herr Józef, lehnte am langen Kühlergrill des Chrysler und rauchte eine Zigarette, Mama sang, danach spielte ich mit Daniel Fußball, und Mama las Szalom Asz' Theaterstück *Der Got fun nekome*, das weiß ich noch genau.

Ich fragte sie, wovon das handelt. Mama erwiderte, das sei nichts für Kinder, es handele von solchen Menschen wie uns.

Woher ich das alles weiß? Woher ich weiß, was Mama damals gesagt hat, und woher ich weiß, dass im selben Moment, in dem Daniel und ich auf den Ball eindroschen und auf Polnisch riefen «fünf zu null für Makabi Warschau führt – Shaaaapirooooo!», Vater schon schwankenden Schrittes bei Simon und Stecki herausging und die Stammgäste diesem schrecklichen Juden Platz machten wie das Rote Meer vor Moses auseinandertrat, mein Vater in eine Droschke stieg und sich in die übelste der üblen Kneipen von Muranów fahren ließ, in eine Bar, die nicht mal einen Namen hatte, in der Nähe des sogenannten Zirkus, wie damals das von den Albertinern betriebene Obdachlosenheim an der Ecke Dzika und Stawki genannt wurde, nicht weit von dem Ort, an dem später der Umschlagplatz entstand, von dem ich mit Mama und Daniel in der einzigen Richtung abfuhr, in die man von dort abfahren konnte.

Hiermals weiß ich, dass damals, im Mai 1939, Vater am Tresen dieser scheußlichen Spelunke stand und wortlos immer neue Gläschen billigen Wodkas in sich hineinkippte, automatisch, ohne Genuss und ohne Eile, um dann eine dreifache Portion Hering zu bestellen, dort soll es gute Heringe gegeben haben, er trank Wodka und aß Heringe mit Zwiebeln, alle gingen ihm ängstlich aus dem Weg, und er verharrte so, über den Tresen gebeugt, finsterer Makkabäer voller Zorn, und hörte die ganze Zeit Mamas Worte im Kopf, bis er sich auf einmal aufrichtete und aufheulte, losbrüllte, alle in der Kneipe verstummten, erstarrten, niemand wagte es, Vater durch einen allzu aufdringlichen Blick zu beleidigen, all diese Arbeiter, Kriminellen, kleinen Diebe, Warschauer Betrüger, Fickelscherer, jüdischen und christlichen Träger starrten wie selbstvergessen in ihre Gläser, wie Kinder am Mittagstisch, wenn der zu prügeln neigende Vater mit der Faust auf die Platte geschlagen hat. Mein Vater brüllte ein zweites Mal, trank noch ein Glas Wodka, dann verlor er das Gleichgewicht, schwankte und stürzte, fiel unschön auf den Hintern und saß auf dem Boden. Und hörte immer noch Mamas Worte: Was ist dein Sieg wert, Jakub, was ist er wert?

Niemand wagte es, an ihn heranzutreten, ja auch nur zu ihm hinzusehen, auch ich habe ihn nie so gesehen, vor dem Krieg; später schon, später sah ich ihn in viel übleren Situationen, zum Beispiel beim Dancing im Hotel Britania in Nowolipie, wo er mit den Mistkerlen von der Dreizehn trank, oder im Café Hirschfeld an der Ecke Sienna und Sosnowa im kleinen Ghetto, wo er Geschäfte mit den Schmugglern machte, ein Schatten seiner selbst, dabei noch dicker als vor dem Krieg.

Ich erinnere mich an ihn, obwohl wir da schon lange nicht mehr mit ihm zusammenwohnten und weder Mama noch wir etwas mit ihm zu tun haben wollten, erinnere mich dennoch an ihn in seinen hohen Stiefeln und dem hellen Trench, ich sah ihn oft, wenn ich mit Lejb Passenstein und Hela Warm auf der Straße ging, mit denen ich damals am engsten war, sah ihn, wenn ich etwas in der Nähe zu erledigen hatte, und wusste, dass mein Vater im Inneren völlig tot war.

Damals, im Mai 1939, war mein Vater noch irgendwie am Leben, damals glimmte noch etwas in ihm, daher dieses Brüllen, dieses Heulen wie von einem verwundeten Wasserbüffel, als er auf dem dreckigen Boden der amtlich namenlosen Bar saß, die meist Bar beim Zirkus genannt wurde.

Später dachten einige, die auf den Umschlagplatz geführt wurden, an diese Bar zurück, doch was jemand dachte, wenn er auf den Umschlag geführt wurde, hat ja keine Bedeutung.

Als er so dasaß und brüllte, waren wir vom Picknick längst nach Hause zurückgekehrt in die von Kaplica hinterlassene Villa an der Puławska, am nächsten Tag war normal Schule, deshalb bereiteten Daniel und ich uns aufs Schlafengehen vor. Ich hörte oben, wie Mama unten telefonierte, doch ihre Worte konnte ich nicht verstehen.

Was sie sagte, hörte ich nicht, und dennoch weiß ich hiermals, dass Mama mit ihrer Cousine Tatiana Sznapman sprach. Tatiana wollte nach Palästina auswandern, sie sagte unumwunden, es werde Krieg geben, und Mama zögerte die ganze Zeit. Sie wusste, wenn sie Vater sagen würde, dass sie auswandern will, mich und Daniel nehmen und auswandern, dann hätte Vater kein Theater gemacht, er hätte zugestimmt, und genau das sagte sie Tatiana.

Wo also bin ich, wenn ich genau weiß, was Vater tat, wenn ich das betäubende Schwarz der Alkoholverfinsterung in seinem Kopf spüre und sein Brüllen höre, es höre mit den Ohren sämtlicher in der Spelunke versammelten Diebe, und auch die Stimme von Cousine Tatiana im Hörer höre, wenn ich fühle, wie dieser Hörer Mamas Ohr berührt, und höre, wie der Mund meiner Mama ins Telefon sagt:

«Ich weiß, heute weiß ich, dass alle recht hatten, Tania. Und ich weiß, dass alle mich gewarnt haben. Aber ich will ihn nicht sitzenlassen. Ich weiß nicht, weshalb. Ja, natürlich, ja, ich liebe ihn, so wie er ist. Ich habe oft darüber nachgedacht, Tania, ja. Aber ich will ihn nicht alleinlassen.»

Ich höre nicht nur ihre Stimme. Höre nicht nur die Stimme von Cousine Tania. Ich fühle auch alles, was Mama fühlt. Was sie denkt, wenn sie ins Telefon spricht. Wie sie sich der Zeit bewusst ist, in der sie Vater kennengelernt hat, sich an die Momente erinnert, als er sie das erste Mal in die Arme genommen hat und als sie ihn das erste Mal in sich gespürt hat, und es ist mir überhaupt nicht peinlich, wenn ich das fühle und wenn ich ihre Gedanken kenne, ich weiß, wie die Erinnerungen daran in ihr opalisierend flimmern, an ihn und andere Männer, die sie getroffen hat, bevor sie Vater kennenlernte.

Mama denkt auch an Palästina, denkt in den Bildern des Dokumentarfilms, den sie kürzlich gesehen hat, und

Mama fragt sich, ob sie allein dorthin fahren könnte, allein mit uns, ohne Vater, irgendwie dort leben, und was das für ein Leben wäre.

Hätte ich damals davon gewusst, im Mai 1939, ich, der damals zehnjährige David, ich wäre die Treppe hinuntergerannt und hätte laut geschrien, nirgendwo fahren wir hin ohne Papa; ich mochte es nicht, wenn er nicht zu Hause war, und damals hörte ich ihre gedämpfte Stimme, hörte sie am Telefon sprechen und wusste nicht, worüber sie spricht, ich hatte Sehnsucht nach Vater und war böse, weil er nicht zu Hause war, wenn ich also gewusst hätte, woran sie denkt, ich wäre die Treppe hinuntergerannt und hätte wütend geschrien, nein, nein, nirgendwo fahren wir hin ohne Papa.

Aber ich habe es nicht gewusst, doch hiermals weiß ich es.

Ich weiß nicht, wann hiermals ist. Ich weiß nicht, wann ich bin und wo ich bin und was ich bin. Ich habe nur Gedächtnis und Wissen, bin in einem Grau, das ich selbst nicht sehe, denn ich habe weder Augen noch Ohren, auch keinen Leib, ich habe nur die Erinnerung, ich bin Erinnerung. Weder Dunkelheit noch Licht ist es, was mich umgibt, auch kein Ort.

So kehre ich in Gedanken zu dem Augenblick zurück, als ich Vater fragte, weshalb wir nicht Jiddisch sprechen. Mein Vater sprach Polnisch, denn obwohl das seine zweite Sprache war, war Polnisch die erste Sprache seiner Stadt, und er selbst lebte sein Judentum im Alltag auch nicht allzu intensiv. Der Jude in meinem Vater wurde nur dann wach, wenn er mit dem Antisemitismus konfrontiert wurde, mein Vater wurde immer dann Jude, wenn jemand die Juden hasste. Wenn er nicht gehasst war, vergaß er sein Judentum gründlich. Er war nicht stolz darauf, Jude zu sein, er schämte sich auch nicht dafür und ließ es nicht zu, wenn irgendjemand ihn zu so einem Gefühl des Stolzes bewegen wollte, deshalb stritt er, wie ich mich erinnere, ständig mit Onkel Moryc; zur Scham ließ er sich umso weniger zwingen.

Einzig seine Stadt, Warschau, vergaß er nie, besser gesagt einen Teil von ihr, denn Żoliborz, Saska Kępa oder Mokotów, obwohl wir da sogar wohnten, galten ihm nichts. Die eigentliche, wahre Heimat meines Vaters waren die Straßen, Plätze, Häuser und Viertel von Wola und der Innenstadt nördlich der Aleje Jerozolimskie und westlich der Marszałkowska. Nur dort war er bei sich, nur dort konnte er er selbst sein. Warschau war eine Idee. Polen war eine Idee, mein Vater hingegen war kein Mann der Ideen, sondern ein Mann des Konkreten. Konkret waren die Leszno, Tłomackie, die Kneipe oder die Kirche in der Dzielna, konkret waren die Pawia und Gęsia, konkret waren die Solna und Orla. Häuser. Pflasterstein. Menschen, die wissen, wer mein Vater ist, und Menschen, die mein Vater kannte. Geschäfte. Kramläden. Schuster. Schneider. Köche. Bettler. Das ist die Heimat, die mein Vater hatte, die einzige, die er haben konnte.

Polen, Palästina, Deutschland, Eretz Israel existierten nur in den Köpfen der Menschen. Wenn plötzlich alle Deutschen sterben würden und auch jeder Mensch, der irgendwann von den Deutschen gehört hat, und man alle Bücher verbrennen würde, die von Deutschland und den

Deutschen erzählen, jedes Buch, das diese Worte benutzt, dann würde Deutschland verschwinden. Es bliebe eine Gegend zwischen Polen und Frankreich, doch es wäre nicht mehr Deutschland. Deutschland existiert in den Köpfen der Menschen.

Die Dzielna, die Pawia und die Gęsia, der Schneider, Schuster und der Schächter, sie existieren real. Deshalb dachte mein Vater, als er die zerschossenen Divisionstrosse sah, dass es aus ist mit Polen, aber das Ende Polens bedeutete für ihn keineswegs das Ende der Pawia, Gęsia, Solna und Orla, schließlich hatte es einundzwanzig Jahre zuvor Polen auch nicht gegeben, die Pawia, Gęsia, Solna und Orla dagegen sehr wohl.

Mein Vater war sein ganzes Leben lang klug und dumm zugleich gewesen. Er ließ sich von niemandem betrügen, war argwöhnisch und misstrauisch. Betrogen werden hieß ein Freier sein, mein Vater dagegen mochte alles sein, aber kein Freier. Er ließ sich von niemandem betrügen außer von sich selbst. Wenn du dich selbst betrügst, bist du noch kein Freier.

Glaubte er jedenfalls.

Ich kehre hiermals zu ihm und zum September 1939 zurück, kehre zurück zu dem Augenblick, da er neben dem Halbwagen mit aufmontiertem, schussbereitem Maschinengewehr hermarschiert.

Der Zug meines Vaters ging gemeinsam mit der Schützenkompanie an der Spitze der Kolonne. Der Rückzug in Richtung Modlin und Warschau war nicht leicht. Zuerst stießen sie auf ein Dutzend kleinerer deutscher PzKpfw-II-Panzer und gerieten zugleich unter Artilleriebeschuss,

Menschen und Pferde kamen ums Leben, ein Schrapnell tötete das Zugpferd Marchew, indem es ihm den hellbraunen Pferdekopf fast vollständig abriss, und hatte danach noch Schwung genug, das Bein des Schützen Bania zu treffen und es ebenfalls abzureißen, in Kniehöhe, und da kein Sanitäter zugegen war und das Regiment unter Feuer lag, verblutete der Schütze Bania innerhalb einer Viertelstunde unter fürchterlichem Schreien, bis ihn ein Fuhrmann vom Regimentstross, der ein bäuerliches Verhältnis zum Tod hatte, tief verwurzelt im Boden und im natürlichen Zyklus von Leben und Sterben, aus Mitleid mit dem Bajonett erlöste. Bania hätte das an seiner Stelle ebenso getan, da er aber an seiner eigenen Stelle lag, packte er den bajonettbewehrten Arm und wollte sich wehren, doch dazu reichten seine Kräfte nicht, und er starb, als die von Mitleid geführte Klinge ihm das Herz durchbohrte.

Sosabowski war ein vorzüglicher Kommandeur, er ließ das Regiment ausschwärmen wie im Manöver, zerstörte mit gezieltem Feuer der Panzerabwehr-Bofors, die sich schnell an die Spitze des Regiments setzten, vier Panzer, die übrigen zogen sich unter einen Rauchvorhang zurück.

Wieder ergriff Euphorie die in ihrer Masse emotional ungewöhnlich wechselhaften Soldaten: Wir haben die deutschen Panzer besiegt! So ist noch nicht alles verloren! Oberst, führe uns nach Berlin!

Mein Vater jedoch, ernüchtert, erlag dieser Euphorie nicht mehr, blieb weiter ruhig und still resigniert.

Die nächsten vier Tage marschierten sie in Richtung Modlin, sammelten unterwegs Marodeure, Feldküchen und Geschütze auf, sogar Kleinpanzer mit leerem Tank fanden sich, für die Sosabowski irgendwo Treibstoff auftrieb. Am achten September fuhr er mit dem Auto nach Warschau, zur Beratung. Ins Regiment zurück kam er am neunten September und brachte Befehle mit – sie wurden der 8. Infanteriedivision eingegliedert und zur Verteidigung Warschaus bestimmt. Am zehnten September marschierten sie von Modlin in Richtung Warschau. Bekanntlich war es sehr gefährlich, am Tage zu marschieren, sie hätten sich besser tagsüber im Wald verstecken und nachts weiterziehen sollen, wenn keine Luftangriffe drohten, was Sosabowski in einer Ansprache vor der Abteilung offen zugab. Dennoch, so seien die Befehle. Marsch. Kein Augenblick zu verlieren. Die Hauptstadt braucht uns.

So gingen sie langsam, erschöpft, in gestreckter Formation und in Angst. Vater war sicher, dass der Krieg verloren sei. Marschierend fragte er sich, was jetzt würde, und zum ersten Mal dachte er, was für einen großen Fehler er begangen hatte, als er das Flugzeug zur Umkehr zwang. Wir sollten jetzt in Palästina sein, zuckte ihm durch den Kopf, und genau in dem Moment hörte er das entfernte Brummen von Flugzeugmotoren. Alle hoben den Kopf. Drei zweimotorige Bomber näherten sich.

«Alarm!», brüllte Leutnant Jelenta.

Das zweite Bataillon öffnete die Marschkolonne des Regiments. Sie waren gerade aus dem Wald gekommen, befanden sich etwa einen Kilometer vor Jabłonna auf einem Feldweg, wie auf dem Präsentierteller, eine lange Kolonne von Menschen, Pferden, Kutschen und Halbwagen.

Vater konnte die Flugzeuge nicht identifizieren, er versuchte es nicht einmal. Ich hätte sie erkannt, doch ich war nicht dort, jedenfalls flogen plumpe, zweimotorige Dorniers den Angriff. Die MGs des Regiments, darunter das unter dem Befehl meines Vaters, begannen zu schießen, richteten jedoch nichts aus. Die Dorniers warfen Bomben aus niedriger Flughöhe ab, sehr zielgenau, die Bordschützen beharkten die Kolonne aus den unten wie in den verglasten Flugzeugnasen montierten Maschinengewehren, alles zusammen dauerte vielleicht zwanzig schreckliche Sekunden.

Das MG meines Vaters konnte gerade einmal eine kurze Serie in den Himmel abgeben, dann hörte es auf zu schießen, weil der Splitter einer Fünfzig-Kilo-Bombe den Kopf des Korporals Głowacki traf, haarscharf unter dem Helm, und ihm Gesicht und Leben raubte, seine Frau zur Witwe machte, seine Kinder zu Halbwaisen, und die Schusterwerkstatt leer stehen ließ. Niemand von der MG-Mannschaft war erpicht darauf, weiter zu schießen. Bis die Flugzeuge sich entfernt hatten, lagen alle einschließlich meines Vaters auf der Erde, machten sich so klein wie möglich, drückten sich die Helme so tief es ging auf den Kopf, sodass die Schweißbänder ihnen in die Nasenwurzel kniffen, der junge Nationaldemokrat Schütze Mączewski und der Oberschütze Lubawer ebenfalls nebeneinander, Seit an Seit, Mączewski weinte vor Angst, Lubawer schrie auf, als er spürte, wie das Blut des auf dem Halbwagen liegenden Głowacki auf ihn herabtropfte.

Vater sprang als Erster auf, als er hörte, wie das Dröhnen der sechs Flugzeugmotoren sich entfernte, stürzte zum Maschinengewehr, schubste den Leichnam von Korporal Głowacki weg und schickte den Flugzeugen einen Feuerstoß hinterher, gleich darauf noch einen und noch eine lange Serie, mit deren Lärm er sein eigenes Brüllen und seine Angst übertönen wollte. Natürlich traf er nicht, das schwächliche Feuer eines MGs konnte den mit vierhundert Stundenkilometern enteilenden Flugzeugen nichts anhaben, aber Vater hätte weitergeschossen, hätte Leutnant Jelenta ihn nicht gepackt und ihm ins Ohr gebrüllt: «Das beschissene Feuer einstellen, verdammte Scheiße, Zugführer, hat's euch in die Ohren geschissen, seid ihr kacktaub geworden, wollt ihr den Herrgott mit diesem Piffpaff erschrecken oder was, verdammter Mist?» Die zwei vorhergehenden Befehle hatte Vater nicht gehört, diesen jetzt schon, also stellte er sein beschissenes Feuer ein. Den Herrgott zu erschrecken, war nicht seine Absicht, denn weder glaubte er an ihn noch achtete er ihn.

Außer Głowacki fielen weitere achtundsechzig Männer. Dazu ein gutes Hundert Verwundete. Um sie kümmerte sich die Sanitätskolonne, Regimentsarzt Hauptmann Dr. Syrocki hatte alle Hände voll zu tun, mein Vater organisierte sich heimlich ein Fernglas, das er einem gefallenen Offizier vom Hals nahm. Das Regiment marschierte weiter. Die Kinder Warschaus kehrten mit gebrochenen Herzen in die Hauptstadt zurück.

RYFKA

Ich führe, führte diesen dummen Deutschen, den Deserteur, als führte ich ein Kind oder einen Idioten, er geht wie ein Idiot, ungeschickt, lärmend wie ein Tollpatsch. Er wäre hier gestorben ohne mich, sehr bald gestorben, er kennt die Stadt nicht, kennt das Leben nicht, versteht nichts vom Leben, kennt und versteht die Straßen nicht, auf denen Nachtungeheuer wandeln, wandelten. Er geht vor mir. Es schneit. Wir hinterlassen Spuren. Ich hoffe, der Schnee deckt sie zu.

Ich führe ihn, rette ihn, weil ich das Essen brauche, aber auch aus einer Art Gemeinschaftsgefühl von Todgeweihten. Das verband uns, das bringt Menschen einander näher, diese existenzielle Situation, das Todesurteil, das von jedem deutschen Soldaten oder Gendarm, der dich sieht, automatisch vollstreckt werden kann, in einer Stadt, in der es nur zwei Kategorien von Menschen gibt: deutsche Soldaten und Gendarmen und uns, zum Tod Verurteilte.

Warum bin ich, lebe ich hier am meisten, an diesem Ort? Am meisten bin ich hier. Am meisten bin ich so wie jetzt. So dürr, dürrer sogar, als ich im polnischen Gefängnis war, und dort war ich sehr dürr, jede Rippe konnte man sehen, die Hüftknochen standen heraus, meine Knie dicker als die Oberschenkel, jetzt bin ich noch dünner. Ich bin schmutzig, hungrig, mit der Pistole in der Hand, in mit Lappen umwickelten Schuhen, an diesem Ort, in dieser Zeit, vor mir geht dieser lachhafte, erbärmliche, traurige Deutsche, Deserteur mit einem Rucksack voll Essen, so stelle ich mir den Rucksack jedenfalls vor, dass er voller Essen sei.

Wir gehen zu Jakub. Bringen ihm Essen.

Also am meisten bin ich hier, doch bin ich auch woanders.

Ich bin ein Straßengör in Łódź, der große Krieg geht gerade zu Ende, ich bin zehn Jahre alt und habe keine Schuhe, meine Mutter ist tot und hat mir im Sterben gesagt, dass ich eigentlich gar keine richtige Jüdin bin, jedenfalls nicht nach der Halacha, obwohl sie selbst Jüdin war und ich in allen Papieren immer den mosaischen Glauben eingetragen hatte und sie mir das ganze Leben lang erzählte, mein Vater sei ein großer Herr gewesen, ein Industrieller und Aristokrat. Was mein Judentum natürlich nicht aufgehoben hätte, denn das wird über die Mutter vererbt, jedenfalls nach unserem, dem jüdischen Verständnis. Ich wollte sie fragen, wie jetzt, ich bin keine Jüdin? Doch bevor ich das tun konnte, starb sie.

Aber die Wahrheit erfuhr ich erst viele Jahre später, als ich schon mein Geschäft in Warschau betrieb. Eines

Tages erhielt ich einen Brief aus Amerika. Er kam von einem Bruder meiner Mutter, von dem ich nur wusste, dass er existierte, nichts weiter. Er vergewisserte sich in dem Brief, ob ich auch wirklich ich, die Tochter von Chaja Kij, sei, schrieb, dass er bislang nicht gewusst habe, dass ich lebe, er habe zufällig von einem Bekannten, der von Warschau nach New York gekommen und offensichtlich Kunde in meinem Bordell gewesen war, erfahren, dass eine gewisse Ryfka Kij in Warschau bekannt sei. Er fragte also, ob ich die Tochter von Chaja Kij aus Łódź sei, denn wenn ja, dann sei er mein Vater, und meine Mutter sei nicht Chaja, sondern ein christliches Dienstmädchen, Stanisława Kowalska, die er, Mordechaj Kij, verführt habe.

Die Kowalska verlor ihre Stellung, als die Schwangerschaft sichtbar wurde, in ihr Dorf konnte sie nicht zurück, mich auszuschaben traute sie sich nicht, Mordechaj dagegen verfügte über ein gewisses Kapital, er bezahlte der Kowalska für die Zeit der Schwangerschaft und Niederkunft ein Zimmer und vereinbarte mit ihr, dass sie das Kind nach der Geburt seiner Schwester Chaja geben soll.

Mordechaj selbst konnte mich nicht nehmen, weil er da schon eine gute Partie mit der Tochter eines Rabbis gemacht hatte und der reiche Schwiegervater nichts von seinen außerehelichen Affären erfahren sollte.

Also nahm meine Mutter, nahm Chaja Kij mich auf. Die Kowalska starb laut meinem Vater ein Jahr später an Schwindsucht, er selbst nutzte das Kapital seines Schwiegervaters und wanderte nach Amerika aus, um in Williamsburg eine Bäckerei zu eröffnen. Zu meiner

Mutter verlor er den Kontakt, Briefe kamen zurück. Er wollte wissen, wie es ihr ergangen sei und wie mir, sandte Grüße und fragte, ob ich nicht Geld bräuchte, zwanzig Dollar könne er immer schicken.

Den Brief verbrannte ich mitsamt dem Umschlag, auf dem der Absender stand. Ich habe ihm nie geantwortet, habe nie geschrieben, wie meine Mutter am Wodka und am Äther zugrunde ging und ich auf der Straße landete, er verdiente das nicht zu wissen und auch nicht, mich zu kennen, und mit dem Zwanzigdollarschein hätte ich mir am liebsten die Zigarette angesteckt, aber so dumm war ich nicht. Ich habe auch nie an diese christliche Frau gedacht, die mich im Bauch trug, sie hat mein Gedenken nicht verdient.

So war ich also, halb und halb, für Hitler eine Jüdin, für den einen Rabbi übrigens auch, für den anderen keineswegs, weil von keiner jüdischen Mutter, und für mich selbst war ich einfach Ryfka Kij, Warschauerin, mosaischen Glaubens, auch gut.

Ich bin also auch im Damals, im Jahr vor Kriegsausbruch, als ich den einzigen Brief von meinem Vater Mordechaj Kij verbrannte, der den Krieg ungestört beim Backen von Brot und Matze in Williamsburg verbrachte, wovon ich natürlich erst jetzt weiß, ebenso wie davon, dass er später fromm, reich und erfüllt gestorben ist, im Kreise seiner kinderreichen jüdischen Familie, und nur irgendwie tief in seinem Inneren schwärte eine Wunde, ich.

Ich bin auch dann, als mich der Pate von der Straße in Łódź holt. Ich bin, war vierzehn, sitze zum ersten Mal im

Leben in einem Auto, und war. Ich bin das Mädchen des Paten in dem kleinen Zimmer in Koło.

Zwei Jahre später wohne ich in Obdachlosenbaracken in Żoliborz, wohne, wohnte in einem Zimmer mit Madame Jewgenija von Regel, einer weißen Russin aus Düneburg, die Polnisch ebenso gut sprach wie Russisch, Deutsch und Französisch und mir aus Langeweile Manieren beibrachte. Dort bin ich auch. Ich sitze auf meiner Pritsche, barfüßig, schmutzig und erschöpft, mit getrocknetem Blut an den Innenseiten der Oberschenkel, und Madame von Regel ist dreiundfünfzig, eine hagere, knochige Dame im altmodischen Kleid, die theatralisch gestikuliert und Puschkins *Eugen Onegin* auf Russisch rezitiert, und ich verstehe, damals erinnerte ich mich noch an das Russische, als Kind konnte ich drei Sprachen gleichzeitig, Polnisch, Russisch und Jüdisch, deshalb verstehe ich jedes Wort, nur den Sinn verstehe ich überhaupt nicht, höre aber dennoch zu, genau wie ich zusehe und -höre, wenn Madame ihr einziges Vermögen auf dem Tisch ausbreitet, das silberne Familienbesteck, sie breitet es auf dem Tisch aus und führt mir vor, wozu jedes Teil dient und wie es platziert wird, dies das Fischmesser, jenes eine Fischgabel, dies sind Gäbelchen für Zitronen, das ist ein Austernbesteck, und dieser große Löffel dort ist der Mittelpunkt des Tisches, die kleinen Gabeln hingegen sind für Muscheln, und diese für den Nachtisch.

Ich bin auch, war auch dort, wenn Madame von Regel sich zur Wand dreht und so tut, als wäre sie nicht da, weil zu mir ein Mann kommt, ich bin, wenn der Mann geht, und ich, wütend auf sie, weil sie es einfach so zulässt, dass sie hierherkommen, vergewissere mich, ob Madame schläft, ziehe leise die Schachtel mit dem Besteck unter ihrem Bett hervor, Madame wird wach, ist wach, sieht das Köfferchen in meinen Händen und schreit los, gib es zurück, *Wor*, gib es, du Diebin, ich aber stoße sie sehr hart von mir und laufe aus der Baracke, verkaufe das Besteck einem mir bekannten Hehler für einen Bruchteil des Wertes, kehre dann in die Baracke zurück, das Geld sorgfältig versteckt, Madame von Regel verpetzt mich natürlich nicht bei der Polizei, Madame von Regel sitzt versteinert und weint tränenlos, um mir am nächsten Tag erneut den *Onegin* zu rezitieren und mir wieder gute Manieren beizubringen, sie begreift, auch wenn wir kein Wort darüber reden, dass dies der Preis ist, den sie dafür zahlen musste, dass sie es zulässt, zuließ, dass diese Männer zu mir kommen, der Preis dafür, dass sie sich zur Wand dreht, während die Männer auf mir stöhnten, wenn sie meinen Körper genossen.

Ich bin auch irgendwie, wenngleich entfernt, als Madame von Regel kniet, kniete in einer langen Reihe von Frauen, die ebenso knien wie sie, es ist der vierte August 1944, Jakub und ich sitzen immer noch vier Kilometer weit, in Powiśle, in der Wohnung seiner polnischen Nutte, damals also weiß ich nichts davon, aber hiermals weiß ich, dass Madame von Regel in einer Reihe kniet, und vor den Knienden geht ein vierzigjähriger Offizier in sowjetischer Hose, in deutscher Uniformbluse und deutscher Mütze, auf der eine Kokarde in den russischen Nationalfarben aufgenäht ist, rot-weiß-blau, auf dem Blusenärmel dagegen ein Schild mit der Aufschrift RONA, also dieser russische, faschistische Offizier geht mit einer sowjetischen Pistole in der Hand und schießt mit dieser sowjetischen Pistole der Reihe nach in die Köpfe der knienden Frauen, dann, nach acht Schüssen, ist seine Munition alle, er dreht sich um und ruft auf Russisch «u menja patronow njet!», und da ruft Madame von Regel «nie ubiwaj menja, ja russka!». Der Offizier lächelt, russisch, mag sein, sagt er, aber alt und hässlich, wozu soll so was leben, er lädt die Pistole mit den Patronen nach, die ein russischer Helfer ihm gereicht hat, und schießt Madame von Regel in den Kopf.

Am meisten aber war ich, bin ich jetzt, als ich mit diesem dummen Deutschen zu Jakub gebe, ich führe ihn wie ein Kind, wir betreten das Gebäude der Elektrotechnischen Fakultät, steigen die Treppen hoch zu meinem, unserem Versteck. Ich weiß nicht, warum, doch ein bisschen weiß ich es.

Ein bisschen deshalb, weil dies die Zeit meines Triumphs ist. Dieses unmenschliche, barbarische Nomadendasein in den Ruinen, im Gerippe der ausgebrannten Stadt, wie Fliegenlarven zwischen den Knochen des verendeten Viehs, in den Fleischresten dieser Stadt, die wir gründlich abnagen, genau dies ist die Zeit meines Triumphs.

Ich bin von niemandem abhängig. Brauche niemanden. Und habe ihn für mich, nur für mich. Er lebt dank mir.

Ich Nachtungeheuer.

Wir gehen bis ganz nach oben, zu meiner Treppe. Ich ermahne ihn, keinen Lärm zu machen, er fragt dennoch in seinem merkwürdigen Dialekt, fragt auf der Treppe, wie kommen wir hier rein, idiotisch. Ich brummele etwas, nicht dein Bier, Fritze, wie wir hier reinkommen.

Ich mache die Lampe an, ziehe meine Schnur aus den Trümmern, ziehe daran, gegen die Treppe gestützt, und der Schrank hebt sich, mein kleiner Fritze staunt mit offenem Mund. Gut so. Staune nur, Fritze. Deine Kameraden haben mich gezwungen, solche Sachen zu lernen, wer sonst. Ich zeige ihm, wie man sich da durchquetscht. Er geht voran, natürlich. Ich lasse ihn oben auf der Treppe warten, gehe allein, lasse den Schrank wieder runter, und wir betreten mein Zuhause, den Unterschlupf, meine Höhle, mein Loch, in dem wir nisten wie nächtliche Raubtiere, und ich gehe leichtfüßig, frohgemut, die Jagd war erfolgreich, ich komme mit Beute, Jakub kriegt zu essen, er kriegt richtiges Essen und kann seinen großen, schweren Körper von früher langsam wieder aufbauen. Das ist mein Jakub, ich baue ihn auf, er wird wieder stark sein, wird weiter mein sein, wird für immer mein bleiben, wieder stark und mächtig, und seine wiedergewonnene Macht wird mich beschützen. Jemand anders hätte das anders, falsch machen können, schlecht. Ich habe ausgehungerte Menschen sterben sehen, weil sie plötzlich zu fettes Essen fanden und zu viel in sich hineinstopften, und die Därme verweigerten den Gehorsam.

Ich habe also Beute, und meine Beute trägt ein Mensch, dessen Gegenwart an meiner Seite ein gewisses Risiko darstellt, sicher, der aber auch nützlich sein kann. Drei Menschen – oder zwei, wenn man den in seine eigene Dunkelheit abgetauchten Jakub nicht zählt – vermögen mehr als zwei oder, eben nur ich allein. Sollten wir fliehen müssen, wird dieser dumme Fritze mir mit Jakub helfen, falls er gerade wieder in tiefster Dunkelheit steckt. Ich kann ihn auch als Lockvogel benutzen, um Verfolger abzulenken, und das würde ich ohne Zögern tun.

Als wir meine Höhle betreten, weiß ich noch nicht einmal, wie er heißt. Ich befehle ihm, sich neben Jakub zu setzen, er tut das, ich will nicht, dass er sieht, wie ich meine Falle mit der Granate scharfstelle, was ich sogleich mache und dann bei ihnen bin.

«Ich habe Essen, Jakub», flüstere ich und füge dann hinzu, ganz unsinnig, als wäre ich gerade ins Wohnzimmer unseres Hauses gekommen, das wir nie hatten, als hörte ich in der Küche das Dienstmädchen hantieren, als säße Jakub mit der Zeitung im Sessel, vielleicht in Pantoffeln, vielleicht mit der Brille auf der Nase und einer Pfeife zwischen den Zähnen, und ich käme gerade aus der Stadt zurück, wo ich Erledigungen machte und einen Bekannten traf, den ich nach Hause eingeladen hätte:

«Wir haben Besuch.»

Jakub hebt den Kopf, nur ein Stück, doch sogar diese kleine Bewegung macht mich froh. Er reagiert natürlich nicht auf die Idiotie meines «Wir haben Besuch», doch wichtig ist, dass er den Kopf gehoben hat.

Ich weiß noch nicht einmal, wie dieser Mann heißt, damals weiß ich nicht, wie er heißt, wusste es nicht. Er hockt schon in der Ecke, vorsichtig und unterwürfig, ein Stück von Jakub entfernt.

«Trinken?», fragt er höflich.

«Sprich Polnisch», knurre ich zurück, zerbreche aber mit dem Becher die dünne Eisschicht auf meinem Wasserbehälter, fülle und reiche ihn ihm. Er trinkt. Er langt, langte in seine Manteltasche, und als ich das sehe, greife ich jäh zur Pistole, reiße das Knie des Verschlusses zurück, ziele auf ihn, alles rasch, rasch, das Leben ist rasch entschieden.

«Keine Bewegung!»

Er hebt die Arme, stützt sich an die Wand, verzieht entsetzt das Gesicht und beginnt zu weinen. Er ist noch keine dreißig, das fällt mir erst jetzt auf, jünger als ich, denn ich bin sechsunddreißig, außerdem zählte jedes Kriegsjahr bei mir wie bei einem Hund, bestimmt sehe ich aus wie fünfzig. Und er ist dazu ein ganz hübscher Junge.

«Ein Geschenk. Darf ich?»

Ich nicke, behalte ihn aber weiter im Visier. Er greift langsam in die Tasche, zieht etwas von der Größe einer Schuhcremedose und ähnlicher Form heraus.

«Gut. Dobre. Schokolade.»

Langsam, vorsichtig reicht er mir die Dose.

Ich schalte kurz die Taschenlampe an. Auf dem Metalldeckel der Dose ein deutscher Adler sowie die Aufschrift «Scho-ka-kola» und die Erläuterung «Die stärkende Schokolade». Auf Deutsch.

Ich weiß schon, was das ist. Habe es nie gegessen, aber manchmal tauchte es im Ghetto auf, zu unmenschlichen Preisen, im Schmuggel, entwendet aus deutschen Magazinen. Deutsche Wehrmachtsschokolade mit Koffein. Für Luftwaffenpiloten, für Panzerfahrer, zur Erfrischung.

Ich sollte sie für später aufheben, das wusste ich, doch Schokolade hatte ich das letzte Mal vor der Großaktion gegessen, zu jener scheußlichen Blütezeit Jakubs im Ghetto, und schämte mich damals für jeden abgebissenen Brocken. Diese Schokolade war etwas anderes. Man brauchte sich nicht zu schämen. Ich sollte sie für später aufheben, ich weiß, doch die Versuchung ist so groß, so heftig, ich spüre, wie mir der Speichel im Mund zusammenläuft, wie der Magen sich verkrampft in Erwartung der kostbaren Kalorien, also drehe ich den runden Deckel ab, nehme zwei in durchsichtige rote Folie verpackte Scheiben heraus, zerbreche sie gemäß Etikett vor dem Entfernen der Folie, um nicht die Krümel zu verlieren, die beim Brechen entstehen. Ich öffne die Folie. Ziehe ein dreieckiges Stückchen heraus, lege es in meinen Mund, kaue nicht, erlaube der kalten Schokolade, sich auf meiner Zunge zu erwärmen, langsam zu schmelzen.

Der Fritze schaut gierig auf die Schokolade, die er mir selbst gegeben hat, als Eintrittsgeld, wie ich verstanden habe, traut sich aber nicht zu bitten. Er weiß noch nicht, dass das mit mir so nicht funktioniert. Ich fühle, wie der bittersüße Geschmack sich langsam im Mund verbreitet, schiebe ihn mit der Zunge herum, zerreibe ihn am Gaumen. Der Fritze schaut traurig zu.

Ich strecke ihm eine Folie mit Schokolade hin. Der Fritze nimmt ein Stückchen und isst es sofort. Den Rest tue ich zurück in die Blechdose, schraube den Deckel zu, schiebe das Ganze in meine Tasche. Mit der Pistole weise ich auf den Rucksack. Der Fritze versteht nicht.

«Jedzenie. Essen. Das Essen muss gemeinsam sein.»

Nun versteht er. Er nickt. Öffnet die Kalbsfell-Klappe des Wehrmachtstornisters und leert ihn. Legt vier

Schachteln Zwieback auf den Boden, dazu ein völlig unmilitärisches Säckchen Graupen, sechs Fleischkonserven, zweihundert Gramm eine jede, vier Dosen französischer Sardinen, drei Schachteln Trockengemüse, eine weitere, runde Dose mit Schokolade, ein Päckchen schwarzer Tee, zwei Päckchen Zigaretten, und ganz unerhört, ein kleines Fläschchen Wodka, er hat sogar einen in durchfettetes Papier gewickelten Ring Wurst und kleine Brennwürfel für den Esbit-Kocher dabei. Ein Krösus, ein Kaiser. Das ist ein Vermögen. Leben. Sogar Salz hat er.

Und ein Dummkopf, der mit diesen Gütern bestimmt nicht richtig umgegangen wäre. Er schaut mich angstvoll an, ich weiß, was er fürchtet, ich wusste es. Er fürchtet, dass ich ihn jetzt töte, um mir diesen ganzen Reichtum anzueignen.

Vielleicht sollte ich das tun, sollte mit diesen Gütern zwei Menschen statt drei ernähren. Ihn ausrauben und fortjagen kann ich nicht, der Hunger triebe ihn nur in der Nacht zu uns zurück. Vielleicht sollte ich es riskieren und den Fritzen erschießen. Oder, um keine Kugel zu verschwenden und die Deutschen nicht anzulocken, sollte ich warten, bis er einschläft, und ihm die Kehle durchschneiden. Im offenen Kampf käme ich nicht gegen ihn an, er ist groß und stark, man sieht, dass er nicht hungern musste.

Vielleicht sollte ich das tun, tue es aber nicht, denn so ein Mensch bin ich nicht. Ich ziehe das Magazin aus der Pistole, rucke am Verschluss, um die Kammer zu leeren, lege die Patrone zurück ins Magazin, das Magazin zurück in die Pistole, niemals trage ich eine Waffe mit Patrone in der Kammer. Der Fritz sieht sich das ruhig mit an, er hockt an der Wand, die Hände auf den Knien. Ich begreife, dass er hilflos und erschrocken war und jetzt froh ist, jemanden gefunden zu haben, der klüger ist als er, der sich um ihn kümmert.

Mich.

«Hast du einen Namen …?», frage ich.

«Jorg. Jorg Konopka.»

«Jorg? Was ist das für ein Name? Deutsch?»

«Normal. Jorg. Polnisch Jerzy. Jurek. Deutsch Georg.»

«Wie viele Vornamen hast du denn, Jurek?»

Er lächelt, ich auch.

Ich gehe zu Jakub, hebe seinen Kopf an, stütze ihn auf die zusammengerollte Decke. Sehe mir seine Hände an, die Schwellung ist zurückgegangen.

«Jakub, wir haben zu essen, wir haben richtig zu essen. Es wird lange reichen.»

Er lächelt, nur so ein bisschen, aber immerhin. Er hat schon sehr lange nicht gelächelt. Ich frage mich, fragte, ob ich ihm ein bisschen Schokolade geben kann, ob sein geschwächter Körper sie verdauen, vertragen wird. Schließlich breche ich ein kleines Stück ab, lege es ihm in den Mund; danach beginne ich mit dem Kochen, mache ein kleines Feuer, sage dem Fritzen, er soll eine Dose öffnen, das tut er, ich nehme das Kochgeschirr und stelle es auf das Öfchen, gieße etwas Wasser hinein, schütte Graupen dazu, warte, bis sie aufkochen, der Fritze hat inzwischen die Dose geöffnet, ich nehme sie und schnuppere daran.

Gott, was für ein Duft, Rindfleisch in der Dose, wie das duftet, was für phantastische Fleischstreifen im Fett, in der Sülze. Plötzlich wird mir klar, wie hungrig ich bin, ich weiß, dass ich nicht zu viel auf einmal davon essen darf, nur ein bisschen, und langsam, ich bezwinge den Wunsch, mit dem Messer einfach Fleisch aus der Dose zu pulen und in den Mund zu schieben, ich werfe es in den Kochtopf, gebe nach kurzer Überlegung noch ein wenig getrocknetes Gemüse dazu.

Ich rühre. Es duftet. Wie phantastisch das duftet. Zu stark, ich weiß. Gewiss ist die Gefahr gering, dass jemand von draußen, von unten, diesen Essensgeruch wahrnimmt, aber hier ist sogar diese eine kleine Gefahr zu viel. Aber egal. Nach so vielen Wochen des Müllverzehrs habe ich mir eine richtige Mahlzeit verdient. Die letzte richtige, gute, schmackhafte Mahlzeit habe ich bei Jakubs polnischer Nutte zu mir genommen, noch vor dem Ausbruch des polnischen Aufstands, aber aus den Händen dieser Schlampe schmeckte mir nichts, schmeckte mir das beste Essen nicht.

Ich teile die Mahlzeit in drei Portionen. Reiche dem Fritzen einen Blechteller, er zieht seinen Löffel und fängt an zu essen. Ich esse auch erst allein, denn ich mag es heiß, für Jakub muss es ein bisschen abkühlen. Dann fällt mir der Wodka ein. Ich greife nach der Flasche, als gehörte sie mir, tut sie ja auch, und der Fritze scheint das vorbehaltlos zu akzeptieren. Ich habe zwei Becher, in jeden fülle ich einen Fingerbreit Wodka. Einen reiche ich dem Fritzen, einen nehme ich. Hebe den Becher wie zum Toast, der Fritze lächelt und hebt seinen ebenfalls.

«Prosit», sagt er.

«Gesundheit», antworte ich.

Wir trinken aus, anschließend füttere ich Jakub. Mich überkommen plötzlich positive Gefühle, Optimismus, ein helles Bild von der Zukunft. Ich weiß, das ist Täuschung, mein Körper betrügt mich. Immer schon hatte ich Stimmungsschwankungen von Enthusiasmus bis zur Verzweiflung, und damals, im Dezember 1944, lebte ich schon so lange damit, dass ich wusste, weder Enthusiasmus noch Verzweiflung entsprechen der Wirklichkeit. Ich war sechsunddreißig und wusste, dass nicht die Wirklichkeit sich verändert, sondern etwas in meinem Kopf, das schwankt, pulsiert.

Und jetzt legen wir uns schlafen, auch wenn ich normalerweise tagsüber schlafe. Der Tag von Nachtungeheuern ist die Nacht. Nur in der Dunkelheit kann ich mich und Jakub versorgen, doch jetzt haben wir Essen, viel Essen, ich muss nachts nicht raus. Wir können hier sitzen und müssen nirgendwohin, lange, lange. Nirgendwohin zu müssen, bedeutet Sicherheit. Im Versteck zu sitzen wie Insektenlarven, die sich über den Winter tief in die Erde eingegraben haben, beinahe ohne Leben, und auf den Frühling warten, so wie wir auf die Sowjets.

Nur das Essen muss für den Fall vorbereitet sein, dass Etwas-jemand uns Larven in unserer Höhle, unserem Versteck aufstört. Deshalb stopfe ich alle Vorräte des Fritzen nach dem Abendessen in meinen Sack, ohne mich von seinem jämmerlichen Blick irritieren zu lassen. Ich sage ihm sogar, dass wir alles teilen werden, falls er aber fliehen oder weggehen wolle, werde er nichts bekommen. Das ist dann doch das Wichtigste, das muss das Erste sein, wonach ich greife, wenn wir wegmüssen. Davon hängt unser Überleben ab. Meins und Jakubs, denn das des Fritzen ist quasi nur eine Zugabe.

Ich sage ihm nichts von der Granate am Eingang zu unserem Versteck. Falls nötig, habe ich noch eine als Ersatz. Die habe ich nach dem Aufstand einem toten deutschen Soldaten ohne Rangabzeichen abgenommen. Alles hatte man ihm abgerissen, aber in den Hosentaschen trug er zwei sowjetische Granaten, die aussahen wie Suppendosen mit eingeschraubten Röhrchen, Abzugshebel und Splint, denen im Gegensatz zu den deutschen der hölzerne Stiel fehlte. Aus einer deutschen Granate könnte man übrigens so eine Falle nicht bauen, denn sie wird durch Zug an der Schnur gezündet, die im hohlen Griff versteckt ist und in einem Porzellankügelchen endet, hier muss man also zuerst ziehen; ich brauche aber für meine Falle etwas, das schon scharfgestellt ist, wenn sich der vom Flaschenzug bewegte Stahlschrank über die Schwelle hebt, und das ist die sowjetische Granate: Der Griff hat eine Feder und springt, wenn beim Loslassen der Splint in der Granate fehlt, von allein los, setzt den ersten, den Zeitverzögerungszünder in Gang, und so ist die Granate richtig beschaffen, damit ich sie zwischen Schrank und Deckenrand einklemmen kann.

Der Fritze oder Schlesier, oder was zum Teufel er ist, hat auch ein paar Decken. Ich zeige ihm, wo er sich sein Bett machen soll. Ein kleines Feuer lasse ich in meinem Öfchen brennen, damit uns in der Nacht warm bleibt. Der Fritze legt sich dorthin, wo er soll, und ich lege mich neben Jakub, dann weiß ich plötzlich, was passieren wird, und sobald mir das klar ist, verliere ich keine Zeit. Ich vergewissere mich, dass Jakub schläft, dass er in seiner Dunkelheit versunken ist – ist er. Dann gehe ich zu dem Lager des Fritzen und schmiege mich an ihn an.

Ich brauche einen männlichen Körper. Selten habe ich ihn gebraucht, jetzt ja. Jorg dreht sich zu mir, umarmt mich. Für mich ist er jetzt kein Fritze mehr. Ich mache mir sogar Gedanken, und das ist wirklich lachhaft, wie hässlich ich bin, schmutzig, ich stinke, habe schmutziges, fettes, verklebtes Haar, habe mich das letzte Mal vor drei Wochen gewaschen, aber Jorg ist auch schmutzig, das beruhigt mich ein wenig. Ich küsse ihn.

«Jo … jó habe …», flüstert er ängstlich.

«Jo, jo, was?», antworte ich sanft spöttelnd.

«Ich habe noch nie mit einer Frau.»

Ich ahne mehr, als dass ich verstehe, was er sagt. Ich lächle.

«Macht nichts, Junge. Ich kenne mich damit aus», flüstere ich.

Ich greife nach unten, knöpfe den Hosenstall auf und fühle, dass er schon sehr erregt ist. Ich öffne die Hose ganz, nehme ihn in die Hand und weiß sogleich, dass er nicht gelogen hatte, ich brauchte ihn nur anzufassen, da winselte er plötzlich auf, und feuchte Wärme ergoss sich über meine Hand. Ich hätte aufgelacht, will ihn aber nicht verletzen, also lache ich nicht. Er flüstert etwas, unverständlich.

Ich bin nicht böse. Es stört mich nicht. Ich küsse ihn, führe jetzt seine Hand, zeige ihm, was er tun soll, und er tut es, ungeübt, aber mit Eifer. Ich schließe die Augen, denke an Jakubs Hände und seinen Schwanz, und nach einem langen, langen Augenblick, in dem Jorgs Berührung keinen Moment lang nachlässt, erfüllt Wollust mich und ergießt sich. Ich höre mich schreien, aber der Junge legt mir geistesgegenwärtig die Hand auf den Mund.

Eine Weile verharren wir so, reglos, er schmiegt sich noch enger an mich, murmelt etwas in sich hinein, weint sogar ein bisschen, würde gern so an meine Seite geschmiegt einschlafen, aber es ist genug. Ich schiebe ihn sanft weg, knöpfe seine Hose zu, stehe auf, krieche in Jakubs Lager und lege mich zu ihm, an seinen Leib, er hat meine Wärme verdient.

Jorg liegt ruhig da. Ich höre ihn leise schluchzen, schon das zweite Mal heute. Nie im Leben habe ich einen Mann getroffen, der so geweint hätte. Manchmal hat Jakub geweint, aber anders. Jakub weinte wie ein Tier: Er brüllte, heulte, jaulte, Jakub weinte nie bitterlich. Aber vielleicht war es nur meine Liebe zu ihm, die mich so denken ließ, die Liebe und das Vorurteil, dass ein Mann nicht weinen sollte, vielleicht habe ich, als ich den Mann, den ich liebte, weinen sah, ihm eine andere, in meinen Augen männlichere Art des Weinens zugeschrieben, eine tierische Art.

Nichts wusste ich von diesem Jorg damals, und habe auch früher oder später wenig über ihn erfahren.

Ich wusste nichts von der Welt, aus der er stammte, Welten im Grunde, denn obwohl er zwölf Jahre jünger war als ich, kannte er viele Welten, vielleicht mehr als ich.

Geboren war er in einem schlesischen Dorf. Ich war vor dem Krieg nie in Schlesien gewesen, und selbst wenn ich gewusst hätte, dass er in Pilchowitz geboren ist, hätte ich nicht gewusst, was ich mir darunter vorstellen soll, hätte nicht gewusst, dass das eine völlig andere Welt ist mit ihren Häuschen aus rotem Ziegelstein und mit Männern, die frühmorgens aus diesen Häusern kommen und acht, zehn, zwölf Kilometer weit zur Arbeit marschieren, nicht auf der Scholle, sondern unter Tage, eine völlig andere Welt als das polnische Dorf, das ich auch nicht besonders gut kannte, von dem ich aber immerhin eine Meinung und eine Ahnung hatte, denn ich kannte Polen vom Land, jedenfalls die, die in die Städte kamen, nach Łódź oder Warschau.

Geboren also in Pilchowitz, in einem roten Ziegelhaus, im Jahre 1920, hatte er drei ältere Brüder, sein Vater war Bergmann, ebenso wie sein Großvater und Urgroßvater. Auch Jorg war Bergmann, das erste Mal fuhr er in die Gleiwitzer Grube, als er sechzehn war, und mit neunzehn wurde er in die Wehrmacht eingezogen als einziger der vier Konopka-Söhne. Warum ausgerechnet er und nicht der ältere Wilhelm, Oskar und Josef Konopka? Darüber entschied bürokratische Wahllosigkeit. Der uniformierte Beamte in der Landwehrzweigstelle in Oppeln trug den Vor- und Nachnamen Georg Konopka in die Liste derer ein, auf deren Freistellung vom Wehrdienst die Gleiwitzer Grube nicht bestand, und warum tat er das? Weil eine bestimmte Anzahl Rekruten von ihm verlangt wurde, irgendwen musste er also eintragen, und er entschied sich für den ihm nichtssagenden Vor- und Zunamen Georg Konopka aus Gründen, die ihm selbst nicht bewusst wurden.

Mochte er vielleicht den Namen Georg nicht? Oder mochte ihn gerade besonders? Vielleicht ärgerte ihn dieser vulgäre slawische Nachname Konopka? Vielleicht war ihm aufgefallen, dass es immerhin vier Brüder Konopka gab und es ein Skandal gewesen wäre, wenn nicht wenigstens einer von ihnen den ehrenvollen Dienst für Führer und Vaterland geleistet hätte? Oder vielleicht ist ihm gar nichts aufgefallen?

Georg Konopka, genannt Jorg, nahm es nicht persönlich. Er war neunzehn und noch nie im Leben aus dem Kreis Toszek-Gliwice, damals Tost-Gleiwitz, herausgekommen. Einberufung bedeutete Reisen. Sein Vater, Veteran des Ersten Weltkriegs und aus einem der polnischen Aufstände, trank auf die Nachricht von der Einberufung des jüngsten und Lieblingssohnes eine Flasche Wodka und sprach eine ganze Woche kein Wort, denn das war die einzige ihm mögliche Art, mit heftigen Emotionen umzugehen.

Der alte Konopka war trotz Sympathie für die Polen auf der deutschen Seite der Nachkriegsgrenze geblieben, denn hier besaß er Haus und Arbeit, was ihm viel wichtiger war als die Nationalität, die er für zweitrangig hielt, hatte zudem etwas in der Art von Hobbys (auch wenn er dieses Wort nicht kannte), nämlich Skatspiel und Taubenzucht, dem man sich nach der Tagesfron widmen konnte.

Überaus seltsam, dass ich all das hiermals weiß, obwohl ich damals nie von einem Kartenspiel namens Skat auch nur gehört hatte, überaus seltsam und dennoch natürlich – dass ich hiermals alles weiß.

Unmenschlich ist es, hiermals alles zu wissen, und doch weiß ich und habe gleichwohl nicht aufgehört, ich zu sein, jene zu sein, die ich damals war, und bin gleichwohl kein Mensch mehr, keine Frau, nichts, obwohl ich Ryfka geblieben bin.

Pilchowitz wurde 1936 zu Bilchengrund und der Weiler Welepole – auch Wielepole, Wieligie Pole oder Wielopole genannt, in dem die Konopkas seit den achtziger Jahren des 19. Jahrhunderts lebten – wurde zu Sandhöh. Nach 1922 befand der alte Konopka, es sei besser, in politischen Fragen die Klappe zu halten, später hielt er es überhaupt für am besten, zu den meisten Dingen nichts zu sagen, nicht nur zur Politik, und schwieg deshalb ganz einfach, das bedrückte seine gesprächsbedürftige Frau, was Konopka wiederum kaltließ.

Keineswegs kalt ließ ihn, dass sein Sohn eingezogen worden war, aber auch dazu sagte er nichts, nicht einmal nach der Flasche Wodka, einer für ihn unüblichen Menge. Als Jorg auszog, riet der Vater ihm nur, sich genau an die Befehle und ansonsten die Klappe zu halten, und der junge Konopka folgte dem väterlichen Rat gern.

Auch das habe ich nie gewusst, weder damals noch später, erst hiermals weiß ich es, im Grau, genauso wie ich weiß, dass der Zugführer Shapiro den Kriegsbeginn in den sandigen Weiten und schütteren Kiefernwäldern des nördlichen Masowiens, der Schütze Konopka dagegen im Wald bei Gleiwitz verbracht hat.

Für den Schützen Konopka dauerte der Krieg allerdings viel länger als für den Zugführer Shapiro. Sie holten ihn früher, im Juni noch, zur Schulung. In der Einheit gefiel es ihm ganz gut. Märsche, das Robben, die Hindernis-Parcours, das Gebrüll der Unteroffiziere, das

Waffenputzen, die ersten scharfen Schüsse, all das war erschöpfend, abends in der Kaserne fiel er fast leblos auf die Pritsche, doch was war das im Vergleich zu der Schicht unter Tage, zu der er erst einmal zweieinhalb Stunden zu Fuß zurücklegen musste? Von der Schicht heim kehrte er mit der Schmalspurbahn, der Vater erlaubte ihm nicht, beide Richtungen mit der Bahn zu fahren, das wäre Verschwendung gewesen. Also stand er um zwei Uhr nachts auf, ging um halb drei los, wenn er gerade Frühschicht hatte, war um fünf in der Grube, seine Arbeit als Jungscher war die schlechtest bezahlte, weil am wenigsten qualifizierte, denn er war *ślepry*, Schlepper, verbrachte somit die ganze Schicht mit schwerer, körperlicher Arbeit; er lud mit einer großen, *hercówa* genannten Pfannenschaufel Kohlebrocken in die Waggons und bekam vom Steiger aus geringstem Anlass eins aufs Maul, das verdiente Geld gab er bei der Mutter ab und kam überhaupt nicht auf die Idee zu protestieren, konnte sich also auch kein Fahrrad kaufen, von dem er auf dem morgendlichen Fußweg zur Arbeit träumte.

Und dort, in der Schulung? Gewiss, sie machten sich über sein holpriges Deutsch und sein hartes slawisches «r» lustig und schimpften ihn manchmal einen «kleinen Polacken», aber die Übungen dauerten nicht länger als ein normaler Arbeitstag in der Grube, der Unteroffizier brüllte zwar, gab ihm aber nichts aufs Maul wie die Steiger, und im Vergleich zur mörderischen Monotonie der acht Stunden Kohleladen waren die Übungen auf dem Truppengelände ungleich abwechslungsreicher. Körperliche Anstrengung und lange Märsche war er ja gewohnt.

Die Mutter gab ihm gut zu essen, und die Arbeit im Bergwerk beanspruchte ihn so, dass er die Muskeln eines Athleten entwickelt hatte, die Gymnastik, die seinen Kameraden wie für Akrobaten erdacht schien, fiel ihm so leicht, dass er sich nicht vorstellen konnte, warum sie jemandem schwer vorkommen sollte. Er wurde allseits gelobt für seine körperliche Tüchtigkeit, der für den Sport zuständige Unteroffizier lobte den Schützen Konopka sogar vor versammeltem Zug und erinnerte daran, dass in den Gräben des Großen Krieges – er war Veteran – die an tägliche schwere Arbeit gewohnten und dabei meist still bescheidenen Schlesier, auch wenn sie schlecht Deutsch sprachen, dennoch Mut, Eifer und Hartnäckigkeit bezeigt hätten, vielleicht nicht in spektakulären Taten, für die die Gräben auch nicht der richtige Ort waren, sondern eher in alltäglicher Verbissenheit und Unnachgiebigkeit. Der Schütze Konopka wurde da zum ersten Mal im Leben öffentlich mit anerkennenden Worten ausgezeichnet und war schwer beeindruckt. Es wurmte ihn wohl nur, dass das Lob von einem Seitenhieb auf seine Herkunft vergiftet war, indem der Unteroffizier erwähnte, dass Konopka aus Schlesien kam, was man seinem Namen und seiner Art zu reden anhören könne – als wäre das eine Behinderung, die Konopka durch innere Stärke überwunden habe und dadurch zu einem tüchtigen Soldaten geworden sei, besser als die Kameraden aus der Einheit, die mit solchen Widrigkeiten des Schicksals nie zu kämpfen gehabt hatten. Die Süße des Lobes überwog jedoch die kleine Spitze, gegen die er selbstverständlich nie zu protestieren gewagt hätte, und die Erinnerung an sie nahm in Jorgs unkompliziertem Geist keine konkrete Gestalt an, sie blieb etwas, was ihm lediglich die Annehmlichkeit jenes Lobs ein wenig trübte.

Lob verdiente er sich auch in der Fachausbildung, zu der er sich meldete. Das war die Arbeit mit Pferden. Für Pferde hatte er ein Händchen, auch wenn er zu Hause nicht viel mit ihnen zu tun gehabt hatte. Die Eltern besaßen zwar zwei Morgen Land, auf denen sie Kartoffeln anbauten, was für die Söhne des alten Konopka gewöhnlich bedeutete, dass sie zu manchen Zeiten nach dem Tagewerk in der Grube aufs Feld musste, denn die Mutter allein schaffte es nicht und ein Pferd besaßen sie nicht, denn zwei Morgen lohnten kein Pferd. Den Umgang mit Pferden hatte Jorg auf dem Gut des Grafen von Wengersky gelernt, wo er als Halbwüchsiger im Stall mithalf, und das gelang ihm gut, er hatte sogar reiten gelernt, weil der Stallknecht des Grafen es ihm gestattete. Diese natürliche Begabung hatte nun zur Folge, dass er die Fachausbildung zum Fuhrmann machte, und in dieser Position wurde er nach der Schulung dem 372. Infanterieregiment zugeteilt, das zur 239. Infanteriedivision der Wehrmacht gehörte, welche sich als Einheit der dritten Mobilisierungswelle fast ausschließlich auf den Pferdetransport stützte, ähnlich wie das polnische Infanterieregiment, in dem Jakub diente, und überhaupt – außer einem einzigen – alle polnischen Wehreinheiten.

In dieser Stellung als Fuhrmann fand er sich also, als der Kriegsausbruch ihn im Wald von Makoszowy bei Gliwice antraf, und er lenkte den zweispännigen Kompaniewagen, der Munition und das schwerere Soldatengepäck den ganzen Weg transportierte, den sein Regiment mit der 239. Division vom Wald bis nach Katowice zurücklegte.

Zuerst nahmen sie Kattowitz ein, beinahe kampflos. Hochrufe begrüßten sie in den Kattowitzer Straßen, dort war man glücklich, dass die Stadt wieder dahin zurückgekehrt war, wo sie hingehörte, zu Deutschland, und dem Schützen Konopka gefielen diese Menschenmassen nicht übel, die unter anderem auch ihn hochleben ließen. Ein hübsches Mädchen reichte ihm eine kalte Flasche Bier, als er auf dem Bock seines Wagens durch die Warschauer Straße fuhr, und mit einer Handbewegung gestattete ihm der Feldwebel, sie zu leeren. Eine weitere hübsche Frau, älter als die vorherige, um die dreißig, sprang kurz auf den Wagen, küsste den Schützen Konopka innig und sagte, auf Polnisch, aber in der seltsamen, schlesischen Mundart: Endlich, darauf haben wir siebzehn Jahre gewartet.

All das war sehr angenehm, zudem hatte Schütze Konopka noch kein einziges Mal mit seinem Gewehr schießen müssen, was ihm ebenfalls sehr genehm war, denn Schütze Konopka glaubte noch ein bisschen mehr an den katholischen Herrgott, als es in seiner Gesellschaftsklasse und zu seiner Zeit ohnehin üblich war, und auch wenn die ganze Armee und der Krieg ihm als eine Art Abenteuer sehr gefielen und es schön war, vom Feldwebel gelobt zu werden, schreckte Schütze Konopka doch vor dem Töten von Menschen zurück. Das beichtete er dem Regimentskaplan – der wiederum erklärte dem Schützen Konopka, die Kirche verbiete keineswegs, in einem gerechten Krieg zu kämpfen, und einen Feind zu töten, sei nicht Mord, sondern aufrechter Kampf. Konopka hörte sich das schweigend an, denn so war er erzogen, aber die Rede des Priesters beruhigte seine Zweifel und seine Abneigung gegen das Töten nicht.

Bis Ende des Krieges in Polen schoss er kein einziges Mal mit dem Gewehr, dazu war keine Gelegenheit, auch schoss niemand auf ihn. Stattdessen gab es lange, ermüdende Märsche, er hatte genug zu tun mit den zwei Pferden, erdiente sich keine Auszeichnung, aber auch keine Rüge. Einige Tage nach dem Einmarsch in Kattowitz sah er, wie Soldaten der SS-Verfügungstruppe zusammen mit Soldaten seines Regiments die Synagoge in Będzin anzündeten und dass in dieser Synagoge Menschen waren, Juden, und diese Menschen schrien sehr, weil sie zusammen mit ihrer Synagoge verbrannten. Das gefiel ihm überhaupt nicht, und er meinte, dem Herrgott könne das noch viel weniger gefallen, aber natürlich äußerte der Herrgott seine Meinung nicht dazu, umso weniger also auch Schütze Konopka als Fuhrmann im Tross der dritten Kompanie des ersten Bataillons des 372. Infanterieregiments. Es waren ja Offiziere dabei, was hatte er, Schütze Konopka, da zu melden. Zumal der Herrgott, ranghöher als Schütze Konopka, ebenso wenig auf die Schreie der in der Synagoge verbrennenden Juden zu reagieren geruhte.

Mit Juden hatte Konopka vor dem Krieg nicht viel zu tun gehabt. Im deutschen Schlesien gab es keine solchen Juden wie uns, Jakub oder mich, dort waren alle vorzüglich deutsch assimiliert und glaubten, sie könnten Deutsche sein. Aus jenem Teil Schlesiens, der nach der

Volksabstimmung an Polen gefallen war, wanderten viele Juden auf die andere Seite der Grenze, nach Deutschland, nach Gleiwitz, Beuthen, oder gleich nach Breslau oder Berlin. Ich weiß noch, wie sie später, im November, Dezember 1941 in unser Ghetto gebracht wurden, wie sie sich vor unseren abgerissenen Kaftanjuden ekelten, und sogar später im Zug nach Treblinka meinten sie noch, Deutsche zu sein und damit offensichtlich etwas Besseres als wir, die Jiddisch sprechenden Ostjuden. Ich habe einen älteren Herrn gesehen, der noch im Warschauer Ghetto das Eiserne Kreuz an der Jacke trug, als glaubte er, dieses Kreuz könnte ihm überleben helfen, nein, es half nicht, denn er schwoll an vom Hunger und starb ebenso leicht, banal, unmerklich und unumkehrbar wie andere ohne so ein Kreuz.

Diese schlesischen Juden waren für Konopka nicht zu unterscheiden von den Deutschen, sie sprachen Deutsch, sie sahen auf die slawischsprechenden Bergleute und Arbeiter mit der gleichen Überheblichkeit herab wie die Deutschen, zudem genossen sie in Oberschlesien bis 1937 vollständigen Rechtsschutz infolge der Intervention des Völkerbundes, anders als sonst wo in Deutschland. Bisweilen begegnete Konopka Juden aus Polen, die zum Handeln herüberkamen, bärtig, mit Kaftan und so weiter, und diese wiederum wirkten auf ihn ebenso exotisch, fern, asiatisch wie zum Beispiel die Kamele, die er einmal im Zirkus von Gleiwitz gesehen hatte. Solche Juden sah Konopka während des Krieges in Polen zur Genüge. Er fühlte sich nicht abgestoßen von ihnen, eher waren sie ihm gleichgültig, manchmal fand er sie interessant, die gegen sie verübten Gewalttaten gefielen ihm nicht, und er beteiligte sich an keiner davon, betrachtete sie jedoch als etwas Unvermeidliches, das sich seinem Verständnis nach nicht sehr vom Töten feindlicher Soldaten im Krieg unterschied.

Den September-Feldzug beendeten sie an der slowakisch-ungarischen Grenze; Konopka hatte inzwischen Schnapstrinken und Zigarettenrauchen gelernt. Den Schnaps hatte er früher gemieden, fand den Geschmack abscheulich, ab und zu ein Bier hatte er vor dem Krieg getrunken, doch Vater und Mutter ließen ihn nicht in die Kneipe, und er hatte auch nicht das Geld, deshalb war die Gelegenheit selten. Zigaretten erlaubten sie ihm auch nicht, das sei Verschwendung. «Zigarettenrauchen ist was für Reiche, und du bist keiner!», pflegte Konopkas Mutter in ihrem bizarren Slang zu sagen. Hier jedoch gab es Zigaretten zur Genüge, Alkohol war auch zu bekommen, und um die Sticheleien und den Argwohn seiner Kameraden zu dämpfen, trank und rauchte Schütze Konopka bald wie jeder anständige Soldat.

Vor dem Frankreich-Feldzug blieb die Division, in der Konopka diente, in der Reserve, stationiert waren sie im Kaiserstuhl, einem kleinen Berg am Oberrhein, dann überquerten sie den Rhein bei Breisach und blieben die ganze Zeit in Reserve, was die kriegslustigen Soldaten etwas betrübte, Konopka dagegen sehr freute. Er war ein Stiller, Gehorsamer, beliebt bei Kommandeuren und Kameraden, kümmerte sich vorbildlich um die Pferde und lobte sich das Soldatenleben, was er in seinen auf Deutsch geschriebenen Heimatbriefen zum Ausdruck brachte. Die Arbeit sei viel leichter als in der Grube, schrieb er, die Verpflegung ausgezeichnet, er habe sogar leicht zugenommen, verbringe viel Zeit an der frischen Luft und liebe seine Pferdchen, Paprika und Klaus, mit denen er alle Hände voll zu tun hatte. Aufstehen musste er früher als die anderen, denn zwei Stunden vor Abmarsch brauchten die Pferde Hafer oder das Armeegemisch aus Hafer, Kartoffeln, Heu und Hefe, das in Fünf-Kilo-Blöcken zubereitet wurde, zusätzlich noch Heu, und sie mussten gereinigt werden, damit sie ordentlich aussahen und sich unter dem Geschirr nicht wundrieben. Auch nach dem Marsch hatte er mit den Pferden viel zu tun, zunächst waren die Flanken mit Stroh abzureiben, dann musste er warten, bis sie trocken und ausgeruht waren, sie erneut füttern, entsprechend ihrer Leistung, und mit frischem Wasser tränken, denn abgestandenes mochten sie nicht. Und die ganze Zeit die Sorge: ob die Fesseln nicht geschwollen waren, ob kein kalter Schweiß ausbrach, denn nur ein gesundes Pferd taugt zur Arbeit. Auch den Wagen musste er im Auge behalten, die Bremse prüfen, die Achsen ölen – und all das gefiel ihm sehr, zumal er immer noch kein einziges Mal mit der lästig auf dem Rücken hängenden Mauser hatte schießen müssen, dass übrigens für einen Laien wie mich fast nicht von einem Mausergewehr polnischer Produktion zu unterscheiden war, wie es Zugführer Shapiro im September 1939 auf dem Rücken trug. Am deutschen war der Verschlusshebel krumm, am polnischen gerade, das war alles.

Wegen all dieser Verpflichtungen schlief Jorg durchschnittlich zwei Stunden weniger als die normalen

Schützen, doch störte ihn das nicht. Er mochte seine Arbeit, er war körperliche Anstrengung gewohnt, ermüdete vom Marsch auch weniger als der gewöhnliche Fußsoldat, weil er immer auf dem Bock saß, die Zügel in der Hand.

Nach der französischen Kapitulation, die in der Einheit mit einem großen Gelage gefeiert wurde, bei dem die Unteroffiziere ein Auge zudrückten, kehrte er für einen längeren Urlaub heim nach Pilchowitz, nunmehr Bilchengrund genannt. Seine Schulkameraden, jetzt Bergleute, sahen bewundernd zu, wie Jorg Konopka in grauer Uniform und schönen hohen Stiefeln durchs Dorf paradierte. Er war nun anders, erwachsener, schämte sich nicht, als Brautwerber zu Gisela Tkocz zu gehen, die ihm schon immer sehr gefallen hatte, die er sich aber früher nie anzusprechen getraut hätte, und als er die Zusammenkunft in Gesellschaft ihrer Eltern verließ, folgte sie ihm und küsste ihn in der Laube und versprach, dass sie auf ihn warten und Sehnsucht nach ihm haben werde. Sie also wartete, Konopka kehrte in seine Einheit zurück, und bei uns verschlossen zu jener Zeit gerade Leute in fast identischen Uniformen wie die des Schützen Konopka das Ghetto. Machten es zu, umgaben es mit einer von Glasscherben bekrönten Mauer, stellten Wächter an die Tore und beschlossen, es auszuhungern.

Im Januar 1941 wurde die 239. Division zusammen mit Schütze Konopka, seinem Wagen und den Pferden Paprika und Klaus in die rumänische Bukowina verlegt. Dann beschloss der Führer, Russland zu erobern und Stalin zu besiegen, und der inzwischen zum Oberschützen avancierte Konopka, sein Wagen und die zwei Pferde waren verpflichtet, dem Führer dabei nach Kräften zu Diensten zu sein.

Bei diesem dritten Kriegszug des Schützen Konopka sah nun alles anders aus als früher. Diesmal musste der Schütze Konopka das Gewehr von der Schulter nehmen.

Anfangs war er hauptsächlich damit beschäftigt, hinterherzukommen, so rasch entfaltete, entwickelte sich die Offensive. Sein Regiment kämpfte in der Schlacht bei Uman, später kesselten sie die Sowjets in Kiew ein, und dort bekam Schütze Konopka schreckliche Dinge zu sehen.

Der Tag, an dem Jorg zum ersten Mal das Gewehr von der Schulter nahm, begann damit, dass seine Kompanie in einem kleinen ukrainischen Dorf Weiderast machte. Jorg verwöhnte seine Pferde mit Äpfeln aus einem Garten, als ein Motorrad mit Beiwagen ins Dorf gefahren kam. Dem Beiwagen entstieg ein Offizier, Polizeihauptmann in der verstaubten, grünen Uniform der Ordnungspolizei, und verlangte ein Gespräch mit dem Kommandeur. Der Hauptmann kam zu ihm heraus, sie unterhielten sich, und Jorg hörte mit eigenen Ohren, dass der Offizier vom Motorrad zwanzig bewaffnete Leute, zwei Maschinengewehre und einen Lastkraftwagen verlangte.

Einen Lastwagen besaß die Kompanie nicht, aber der Offizier fuchtelte mit irgendwelchen wichtig aussehenden Papieren, daher stellte der Hauptmann statt des Lastwagens Jorg mit seinem Zweispänner und zwanzig Schützen unter Führung eines Unteroffiziers mit Maschinenpistole ab, Sammlung in einer Viertelstunde. Jorg meldete dem Trosskommandeur, einem Feldwebel, dass die Pferde soeben gefressen hätten, sie könnten eine Hufrehe oder Darmverschlingung bekommen, worauf der abwinkte. Befehl ist Befehl, ganz klar.

Eine Viertelstunde später waren sie schon unterwegs, vom Dorf ging es hinaus in die Steppe, ein Teil der Soldaten auf dem leer geräumten Wagen, ein Teil zu Fuß dahinter, schleppten sie sich dem im Niedriggang kriechenden Motorrad hinterher. Dann erreichten sie den Ort, zu dem der Orpo-Offizier sie führte.

Das Dorf hatten sie aus den Augen verloren. Nichts trübte die reine Ebene der Steppenlandschaft. Jorg auf dem Bock reckte sich und hielt Ausschau über die Wagenplane hinweg; und er sah, dass sie wie auf einem Meer waren, umgeben von Gräsern, von ungemähtem Getreide, mit einigen wenigen Strauchinseln in der Ferne: seine zwei Pferde, der Wagen und zwanzig Uniformierte mit geschulterten Gewehren. Er wusste, dass hinter der sanften Anhöhe, die für ihn den Horizont bildete, die von Feldern zerschnittene Steppe sanft zu einem Fluss abfiel, an dem eine kleine Stadt lag, deren Namen er nicht kannte.

Ich kenne ihn, denke aber hiermals nicht daran.

Sie fuhren noch eine Weile, um an einem in der Steppe ausgehobenen Graben haltzumachen. Er war einen Meter tief, zwei Meter breit und zehn Meter lang. An seinem Rand ein Haufen frischer Schwarzerde, die noch nicht in der Sonne ergraut war, sechs auf den Boden geworfene Spaten, daneben ein Motorrad, identisch mit dem des Orpo-Hauptmanns, sonst nichts.

Jorg sprang vom Bock und warf einen Blick in den Graben. Er spürte irgendwie, dass er dazu weder den

Unteroffizier, der mit ihnen gekommen war, noch den Hauptmann um Erlaubnis zu fragen brauchte. Dort unten lagen sechs Leichen, sechs Männer in erdverschmierten Kleidern, alle erschossen, die Körper bizarr verdreht, Beine und Arme seltsam abgewinkelt. Am Rand der Aushebung sechs Gewehrpatronenhülsen, glänzend in der nachmittäglichen Septembersonne, der Messingschmuck des Todes.

Auch der von der Kompanie entsandte Feldwebel warf einen Blick in den Graben, woraufhin er empört zum Hauptmann ging und fragte, was hier los sei und wozu er seine Soldaten einzusetzen gedenke.

Der Hauptmann antwortete mit standardmäßigem «Maul halten!», worauf der Feldwebel ordnungsgemäß, also mit einem «Jawohl!» antwortete. Mit versöhnlicher Geste zog der Hauptmann vier Literflaschen sowjetischen Wodka und vier Ringe Wurst aus dem Beiwagen des Motorrads und händigte den Proviant, ohne den missmutigen Blick des Unteroffiziers zu beachten, an die Soldaten aus, trinken sollten sie und sich's schmecken lassen.

Sie tranken also Wodka und verzehrten dazu Wurst.

Auch Jorg trank. Der Wodka war nicht gut, aber er hatte sich schon daran gewöhnt, wie alle, dass man von der Führung angebotenen Wodka nicht ablehnte, trotz der Angst, den er hervorruft; so wenig ablehnte wie die Scho-ka-kola. Wenn etwas Gefährliches sich anbahnte, kam meist zuerst der Leutnant und kündigte lächelnd eine Sonderration an, ob nun Scho-ka-kola oder Schnaps, oder einfach zwei Flaschen Bier und so weiter, und danach stellte sich heraus, dass man befestigte Positionen des Feindes stürmen oder unter schwerem Beschuss vorrücken musste. Hütet euch vor Offizieren, die Geschenke bringen, sagte damals ein junger Soldat aus Ulm, in Zivil Student der klassischen Philologie an der Universität Freiburg, niemand verstand die Anspielung auf die Aeneis, aber alle kapierten den Sinn. So tranken sie, mürrisch, nervös, aber sie tranken, und Jorg trank auch, auf dem Bock seines Wagens sitzend, nur der Feldwebel lehnte ab.

Danach warteten sie, aber nur eine Viertelstunde. Nun tauchten Menschen am Horizont auf, eine lange, langsam voranstapfende Kolonne. Bald konnte Jorg schon einzelne Gestalten erkennen. Etwa fünfzig an der Zahl, Frauen, Männer, Kinder, eskortiert von vier Männern in Orpo-Uniformen, drei mit Gewehren, einer mit einer Maschinenpistole, anders als die von Jorgs Kommandeur, so eine mit Holzkolben und Magazin an der Seite. Bei ihnen war auch ein gutes Dutzend Zivilisten, Ukrainer, wie man an ihrem Aufzug erkannte, mit Knüppeln in den Händen.

Die in der Kolonne geführten Menschen hatten Koffer und Bündel dabei, so als wollten sie verreisen, angezogen waren sie graubraun, bis auf eine Frau im blauen Kleid, die sich scharf gegen die rotbraune Steppe abhob, als wäre da Ende September, kurz vor dem Winter noch etwas aufgeblüht. Einige Mütter und einige Väter hielten ihre vom langen Marsch erschöpften Kinder in den Armen, und die Kinder schliefen sogar so ein, doch die Angst ihrer Eltern erreichte die Kinderherzen in einer Art Osmose, als würden Kortisol und Adrenalin von einem Blutkreislauf in den anderen sickern, als wären die Nabelschnüre nicht durchtrennt. Jorg sah diese Angst von weitem. Angst duckt dich nieder, sie presst dir die Arme an den Leib, senkt deinen Kopf, reißt deine Augen auf, der ganze Körper dreht sich, wenn die Angst sich umsieht, um zu erkennen, aus welcher Richtung die Gefahr naht. Also ducken sie sich, und Jorg sieht sie an und begreift – er selbst ist die Gefahr, die ihnen droht:

Er, der bescheidene, stille Schütze Georg Konopka aus Pilchowitz O. S., Jorg Konopka, Bergmann und Fuhrmann, vor dem sein ganzes junges Leben lang niemand Angst gehabt hatte – abgesehen von der zehn Jahre jüngeren Cousine, denn die erschreckte er mit bösen Mienen und Erzählungen vom Gnom Bebok, die er so genüsslich vortrug, wie halbstarke Jungs das tun; die Cousine schrie und fing manchmal sogar an zu weinen, dann schritt Jorgs Mama oder die der Cousine, die Schwester von Jorgs Mama ein, nahm das Mädchen in die Arme, wusch Jorg den Kopf und schimpfte ihn einen Lausbub.

Niemand hatte je Angst vor ihm gehabt, doch jetzt fürchteten ihn diese Menschen, die nicht Jorg sahen, sondern einfach nur seine Gestalt in der grauen Uniform, mit Helm und Gewehr.

Der Hauptmann in Orpo-Uniform brüllt ein Kommando, lässt die zierlichen leichten Maschinengewehre mit perforierten Laufhüllen aufstellen, die ganz anders aussehen als das schwere MG mit dem dicken Rohr des Wasserkühlers, das zur Ausrüstung der Abteilung gehört und dessen Führer zwei Jahre zuvor Jakub war. Die Soldaten klappen also die Zweibeine auf und legen sich zu zweit mit einer Waffe wie angewiesen in Position, heben die Abdeckung, legen die Munitionsgurte zurecht, ziehen den Verschluss zurück. Ihre Gesichter sind grau, die Augen zusammengedrückt, als wollten sie nichts sehen.

Die Schützen drücken mit der linken Hand den Kolben an die Schulter, die rechte umfasst den Griff, Finger dicht am Abzug, die Ladeschützen halten die Patronengurte. Der Hauptmann befiehlt den übrigen Soldaten durchzuladen und zu sichern, die führen den Befehl aus, nicht sehr eifrig, Schlösser und Gewehrsicherungen klacken. Jorg sitzt auf dem Bock und denkt gar nicht daran, nach der Waffe zu greifen, er ist doch nur Fuhrmann, seine Aufgabe ist der Transport. Der Orpo-Hauptmann brüllt und befiehlt Jorg, es den anderen gleichzutun.

Jorg schaut zum Feldwebel hin, der scheint wenig begeistert, bestätigt aber mit einem kurzen Nicken. Jorg zögert, dann klettert er doch vom Bock, nimmt das Gewehr von den Schultern, zieht den Verschluss zurück, nimmt aus der Patronentasche am Gürtel einen Streifen mit fünf Patronen, drückt ihn ins Magazin, aber als er das Schloss mit dem Daumen schließt, drückt er die Patronen so, dass der Verschluss sich über sie hinweg bewegt und die Kammer leer bleibt, auch wenn das Gewehr schussbereit wirkt. Dieses Gewehr mit leerer Patronenkammer sichert Jorg.

Der Hauptmann mit der Pistole in der Hand stellt achtzehn Mann in Doppelreihe auf. Die erste Reihe kniet auf Befehl nieder, als würde sie den herankommenden Unglückseligen die Ehre erweisen, dabei knien sie ja keineswegs aus Ehrfurcht.

Fünfzig Meter von Graben, Motorrad und Wagen entfernt macht die Kolonne halt, sie wird beaufsichtigt von den trichterförmigen Fressen beider Maschinengewehre, die sie anstarren wie Schlangen, wie Drachen.

Der Hauptmann tritt an die Kolonne heran, die Eskorte sortiert eine erste Gruppe aus, befiehlt ihnen, Koffer und Bündel stehen zu lassen und sich in einer Reihe am Grabenrand aufzustellen. Niemand von denen sieht aus wie die orthodoxen Juden aus Polen, die Juden aus meiner Welt, die Jorg bisweilen bei sich sah, wenn sie zum Handel über die Grenze kamen oder während des Krieges in Polen. Gekleidet sind sie ärmlich. Die Männer in braunen Anzügen, dunklen Hosen, Pullovern, abgetragenen Schuhen, einige stehen im bloßen Hemd da, ohne Jacken, auf dem Kopf Schirmmützen, ein älterer Mann mit Brille trägt einen Hut. Die Frauen in abgetragenen Kleidern, in Arbeitsschürzen, eine trägt einen gesteppten Kaftan, obwohl es September ist und noch warm, eine andere eine zu große, weite Herrenhose, eng gegürtet um die schmale Taille.

Der Orpo-Offizier mit der Pistole in der Hand nimmt vor der Zweierreihe der Soldaten Aufstellung. Er hält eine kurze Rede: Man habe hier die lokalen Kommunisten, jüdischen Saboteure, den Schandfleck dieser Erde versammelt, und ihre Rolle als deutscher Soldaten sei es, die Welt von diesem Schandfleck reinzuwaschen. Sie sollten daran denken, dass sie hier Raum für Deutsche schaffen, dass diese fruchtbare Schwarzerde einst deutschen Wehrbauern reiche Frucht tragen werde, und dass die Verdienste bei der Bekämpfung des internationalen, kommunistischen Judentums keinem je vergessen würden. Sieg Heil, Soldaten.

«Sieg Heil!», schallt es aus der bewaffneten Zweierreihe zurück, aber gar nicht laut.

Die Sonne geht schon unter.

Die Kinder auf den Armen der Eltern weinen, jemand betet leise auf Hebräisch, auch aramäische Worte fallen, Jorg kann diese Sprachen nicht unterscheiden, doch hört er solche Gebete nicht zum ersten Mal, einige Male ist er an der großen Synagoge in Gleiwitz vorbeigekommen, und auch, wenn er nie darin war – und es nie sein wird, denn 1938 haben SA-Männer sie angezündet –, hörte er doch den weittragenden Gesang des Kantors, und die Worte hier klangen ihm ganz ähnlich.

Jetzt, irgendwann, steht Jorg in der zweiten Reihe, hält krampfhaft das Gewehr, schwitzt, seine Hände zittern. Er weiß schon, dass die MGs drüben nur die Kolonne der Mordopfer in Schach halten sollen, und beneidet deren Schützen, er weiß schon, dass es die Soldaten in ihrer Reihe sind, die schießen werden, nicht die MGs da.

«Ruhe, Männer, Ruhe ...», beruhigt der Feldwebel sie. Der Offizier brüllt die Kommandos: Entsichern, Ziel, Feuer.

Die Zweierreihe der Soldaten schießt, Jörg drückt auf den Abzug, aber sein Gewehr schießt nicht, er schießt nicht auf die am Rand des Grabens stehenden Menschen, die Zündnadel trifft in der Kammer auf Leere. Trotz der leeren Kammer hat Jorg sogar über den Kopf der mit dem Rücken zu ihm stehenden Frau gezielt, die mit dem verängstigten Mädchen, vielleicht fünf Jahre alt, auf den Armen. Für alle Fälle. Den Fall etwa, dass er sich beim Wegdrücken der Patrone mit dem Daumen vertan hätte und diese doch in die Kammer gerutscht wäre.

Nicht er allein schoss in den Himmel. Dem Herrgott ins Fenster, und der Herrgott stand an seinem Fenster, und deshalb gibt es ihn gar nicht mehr. Ein paar Körper fallen in den Graben, andere stehen weiter da, die Frau mit dem Mädchen steht auch noch und heult, das Mädchen weint, andere liegen verwundet auf dem Boden. Jorg weiß nicht, ob er Menschen betrachtet, die vor ihm stehenden sowjetischen Juden verschwimmen ihm zu einem einzigen Menschen, den er, Jorg, zu ermorden die Aufgabe hat. Der Orpo-Offizier läuft zu den Soldaten und brüllt Flüche, wer in die Luft schieße statt auf die jüdischen Saboteure, brüllt er, komme vors Kriegsgericht. Er befiehlt Durchladen.

Jorg könnte die Patronen erneut mit dem Daumen anhalten, könnte das Gewehr mit leerer Kammer durchladen, doch er hat Angst, er hat schon zu viel Angst vor dieser leeren Kammer.

Sie schießen erneut. Jorg zielt wieder in die Luft, über den Kopf der Frau hinweg und schießt, schießt in die Luft, doch in den Rücken der Frau unter dem abgenutzten Pullover schlägt eine Kugel aus dem Gewehr von einem anderen, und die Frau stürzt zusammen mit dem auf ihren Armen heulenden Kind in den Graben.

Der Offizier der Ordnungspolizei tritt an die Grube heran, schießt acht Mal auf die nur Verwundeten, wechselt das Magazin, schießt erneut. Er ruft um Hilfe, zeigt auf die nächststehenden paar Soldaten, die kommen schließlich zu ihm und stoßen die Leiber nach unten.

Plötzlich reißt sich ein Paar, Junge und Mädchen, beide etwa in Jorgs Alter, aus der von Orpo-Leuten und Zivilisten mit Knüppeln bewachten Kolonne los und rennt weg, durchs hohe Steppengras, und sie rennen, rennen so schnell, als wären übermenschliche Kräfte in sie gefahren. Die MG-Schützen, wie gelähmt, schießen nicht, doch ein Orpo-Mann aus der Eskorte der Kolonne reißt das Gewehr hoch, legt mit geübter Bewegung den Riemen um den linken Unterarm, wie beim Schützenfest, und zielt lange, sorgfältig, wandert mit dem Lauf den rennenden Gestalten nach, kalkuliert einen Intervall für ihre Bewegung ein und schießt. Die erste Kugel trifft das Mädchen, er lädt nach, ohne die Waffe von der Schulter zu nehmen, der zweite Schuss geht fehl, der Junge rennt noch, dritter Schuss, getroffen, der Junge stolpert, macht einen Purzelbaum, steht aber auf, und der Orpo schießt ein viertes Mal.

Es sind nur noch ein Dutzend Juden übrig, unter dem wachsamen Auge von zwei Maschinenschlangen.

Die knüppelbewehrten Ukrainer treiben sie an den Rand der Grube. Vor Jorg steht die Frau im kornblumenblauen Kleid. Unter all dem Geheul und Kinderweinen ist sie die Ruhigste. Alle stehen mit dem Rücken zum Hinrichtungskommando, dem Jorg angehört, sie allein dreht sich um und schaut Jorg in die Augen.

Kommandos, Salve, sie allein steht. Jorg hat nicht abgedrückt.

Der Orpo-Offizier kommt zu Jorg, sieht, dass die Zündnadel in Jorgs Gewehr immer noch gespannt ist, er sieht Jorgs Finger am Abzug, sieht, dass Jorg nicht geschossen hat. Einen Moment lang mustert er Jorg, als fragte er sich, ob dieser kleine Kutscher die Patrone nicht gerade für ihn, den Hauptmann der Ordnungspolizei, aufgehoben habe, aber nein, der Hauptmann der Ordnungspolizei ist ein Menschenkenner, schon eine Sekunde später weiß er, weiß sicher, dass diese Kugel nicht für ihn gedacht ist.

Er steht hinter Jorg und zischt ihm böse, teuflische Worte darüber ins Ohr, was werden würde, wenn Jorg den Befehl nicht ausführt und nicht jetzt auf der Stelle diese bolschewistische, jüdische Saboteurin erschießt.

Auch die Kameraden aus der Kompanie haben Jorg im Auge. Sie haben geschossen und möchten, dass jetzt auch Jorg schießt. Sie wollen keinen Gerechten unter sich. Die Frau in Kornblumenblau schaut Jorg ebenfalls an. Sie hat schwarzes Haar, zu einem Dutt zusammengebunden, schon ziemlich zerzaust. Diese Frau hatte ein Leben, ihr Leben dauerte siebenundzwanzig Jahre und geht jetzt gerade zu Ende. Sie liebte, wurde geliebt, hatte eine Arbeit, hatte einige Männer und mochte die Liebe, hatte ein Kind, hatte einen Vornamen, einen Zunamen, hatte Lieblingslieder und ging gern ins Kino, und das alles weiß ich, jetzt, im Grau, doch Jorg weiß nichts, Jorg sieht nur ihre großen, aufgerissenen dunklen Augen.

Jorg hat den Eindruck, die Frau lächle ihm zu, doch das ist nicht wahr. Die Frau lächelt ihm überhaupt nicht zu. Die Frau denkt an das Leben, das sie hatte, und an das Leben, dass sie nicht mehr haben wird.

«Erschieß sie, Dreckschwein!», zischt der Hauptmann der Ordnungspolizei, der weiß, dass dem kleinen Fuhrmann der Mumm fehlt, statt der Frau am Grabenrand ihn, den Hauptmann der Ordnungspolizei, zu erschießen. Schieß, oder Feldgericht.

Jorg schaut auf das Kornblumenkleid. Die Frau trägt keine Strümpfe, an den Füßen hat sie Sandalen aus dünnen Kunstleder-Riemchen.

Jorg weiß nicht, wann das geschieht, aber seine rechte Hand schließt sich, der Finger drückt den Abzug und das Gewehr schießt, der Kolben schlägt gegen Jorgs Schulter und eine Sekunde vergeht, bis Jorg begreift, dass nicht das Gewehr geschossen hat, sondern er, Jorg, mit dem Gewehr auf die Frau geschossen und sie in Höhe des Brustbeins getroffen hat, die Kugel zerreißt den Herzmuskel mit Wucht, die Frau kippt nach hinten und fällt in den Graben, noch einige Sekunden lang ist sie bei Bewusstsein, schaut in den Himmel, der über ihren Füßen schon dunkel ist, schwarzblau mit ersten hellen Sternpunkten, über ihrem Kopf dagegen rosigorange, eine Spur der untergehenden Sonne.

Dann stirbt sie.

Der Orpo-Offizier weist den Unteroffizier der Eskorte an, den Verwundeten den Gnadenschuss zu geben, dieser tritt an die Grube und gibt einige kurze Serien aus der Maschinenpistole ab. Die Ukrainer legen die Knüppel hin, steigen in die Grube, durchsuchen die Leichen, brechen mit Zangen die wenigen Goldzähne heraus, die gefundenen Kostbarkeiten breiten sie auf einer Zeltbahn am Grubenrand aus.

Der Orpo-Offizier entlässt den Exekutionszug. Sie steigen auf den Wagen, die anderen gehen, Jorg kutschiert. Sie kehren schweigend zur Kompanie zurück.

Hätte ich ihn leben lassen, wenn er mir das erzählt hätte? Wenn er nicht behauptet hätte, er habe nie einen Juden umgebracht? Er hat mir viel erzählt und nie gelogen, aber davon hat er einfach kein Wort gesagt, kein Wort von der Grube, dem kornblumenblauen Kleid, dem Kinderweinen.

Er hat alles erzählt, was später kam. Hat erzählt, wie Paprika, seine geliebte Stute, im ersten Winter verendet ist, und Klaus im zweiten an Hufrehe litt und Jorg selbst ihn erschossen hat. Wie die Division nach schweren Kämpfen aufgelöst wurde, und ich freute mich bei seinen Erzählungen, dass die Fritzen derart Dresche von uns bekommen hatten; er erzählte, wie er, nun nicht mehr Fuhrmann, einer Schützenmannschaft zugeteilt wurde, wo ein Feldwebel den Zug führte, der aus einem Nachbardorf von Pilchowitz stammte, aus Deutsch Zernitz, er hieß Richat Biela und war ein guter Mensch und ein guter Soldat, der ihm viele Male das Leben gerettet hat; und dass sie zusammen bei Stalingrad waren, wo er wenige Wochen vor der Kapitulation selbst am Arm verwundet worden war, dass er Jorg aus Stalingrad herausgeholt habe, indem er am Flugplatz Gumrak vor einem dreimotorigen Flugzeug etwas von Jorgs ungewöhnlichen Fähigkeiten zusammenphantasierte, sodass man sie an Bord ließ, und das habe er getan, weil er diesen kleinen Fuhrmann in brüderlicher Liebe so liebgewonnen hatte wie noch niemanden in seinem Leben. Es gab dieses Gefühl also, die kleine, reine, menschliche Liebe, es gab sie so lange, bis sie verschwand, wie alles andere, und sich in Grau auflöste.

Jorg erzählte mir auch davon, dass er später wieder Fuhrmann wurde und sein Gewehr in die Weichsel warf, weil er nie wieder schießen wollte, dass er desertierte und so viele Lebensmittel aus dem Tross seiner Kompanie stahl, wie er tragen konnte, dass er zwei Wochen zwischen den Fronten umherirrte und dann beschloss, sich in Warschau zu verstecken und dort das Kriegsende abzuwarten; nur das Eine hat er mir nicht erzählt, nur einmal hat er mich belogen.

Und jetzt liegt er neben uns, hat zu weinen aufgehört, atmet ruhig, ich habe mich an Jakub geschmiegt, belogen für alle Zeit, ganz und gar belogen, aber sogar jetzt bin ich froh, dass er gelogen hat, niemals einen Juden umgebracht zu haben, ich bin froh, dass er mir das mit der Frau im kornblumenblauen Kleid nicht gesagt hat, sonst hätte ich ihn umgebracht. So aber lastet dieser kleine Fritze, Fuhrmann aus Schlesien, dieser kleine Oberschütze Konopka wenigstens nicht mir auf dem Gewissen.

Ohne mich von Jakub zu lösen, strecke ich die Hand nach Jorg aus, er spürt das im Schlaf sofort, greift danach und hält sie fest, hält mich bei der Hand.

DAVID

Als das Regiment meines Vaters am dreizehnten Dezember nach Warschau zurückkam, nach Grochów, war der Krieg in der Stadt schon richtig entbrannt. Seit dem ersten September wurde unaufhörlich bombardiert, wir saßen mit Mama zu Hause, sie ließ uns nicht raus.

Am sechsten September abends fluchte sie laut, auf Jiddisch und Polnisch, als sie im Radio den Premier Felicjan Sławoj Składkowski erklären hörte, dass die Regierung aus Sicherheitsgründen gezwungen sei, die Hauptstadt zu verlassen.

Nie zuvor habe ich derart hässliche Wörter aus ihrem Munde gehört. Worte, die Daniel und ich uns gern heimlich zuflüsterten, mit albernem Gekicher, und solche, die wir nicht einmal verstanden, von denen wir jedenfalls keines in ihrer Gegenwart auszusprechen wagten. Mama aber hörte den Premierminister im Radio und stieß Flüche aus.

«Kaffsack, Fotzhobel, Tropfspargel, ausgelutschter, Scheißkerl, Fischficker, Pfaffenkötel, mit schlaffer Rübel im Bordell gezeugt, in Gülle geboren, im Viehstall aufgezogener Fotzenscheißer, schnauzbärtiger Drecks-Goj», solche Wörter hatte Mama nie zuvor benutzt, sie schreckte schon davor zurück, jemanden als Miststück zu bezeichnen, sie ermahnte uns oft, wenn wir von einem Schulkameraden sagten, er sei ein Mistkerl oder Schuft, wir wüssten doch gar nicht, was sich im Innern eines anderen Menschen abspielt, wie sein Leben aussieht, mit welchen Widrigkeiten er zu kämpfen hat, deshalb solle man sich vor derart kategorischen Urteilen hüten.

Keiner von uns wagte es natürlich, Mama an diese Belehrungen zu erinnern, als sie Sławoj Składkowskis Radiostimme verfluchte. Als dieser jedoch von dem unverbrüchlichen Beschluss sprach, nach dem gewonnenen Krieg in die Hauptstadt zurückzukehren, ließ Mama das Fluchen sein, verbarg ihr Gesicht in den Händen und begann zu weinen. Sie musste an die Presse der Vorkriegs- und der frühen Kriegszeit denken, all diese Schlagzeilen, welch schwierige Ausgangsposition die Deutschen hätten, dass sie es nicht wagen, weil sofort die Engländer eingreifen würden, und dass englische und französische Bomber die deutschen Städte bei einem Angriff auf Polen in Schutt und Asche legen würden. Die Zeitungstitel der ersten Septembertage: *Hitler hat keine Chance! Englische Flotte auf dem Weg nach Gdynia.* Und so weiter. Sie musste daran denken, wie Menschen, die vor einem Krieg gewarnt hatten, als Defätisten gebrandmarkt wurden, die den patriotischen Geist vergifteten.

Wir waren verängstigt. Von ihren Flüchen mehr als vom Weinen, und gingen doch beide zu ihr, Daniel und ich, wie immer, wenn wir sie weinen sahen, umarmten sie von zwei Seiten, und Daniel flüsterte sein: «Weine nicht, Mama.»

Das wirkte immer. Etwas war in seiner Stimme, eine geheimnisvolle Süße, Weichheit, etwas Gutes, Beruhigendes und Rührendes, und Mama hörte einfach auf zu weinen. Es genügte auch diesmal.

«Warum bist du so wütend, Mama?»

Sie sah uns an, zog uns zu sich, umarmte uns und sagte nichts. Mein Vater, der selten über seine breite jüdische Nasenspitze hinaussah, interessierte sich für Politik nur dann, wenn sie ihm für irgendwelche Geschäfte nutzte oder wenn sie sein Schicksal zu bestimmen drohte. Mama, im Gegenteil, gehörte zu jener ersten Generation politikbewusster jüdischer Mädchen und nahm am Politischen unmittelbar emotional Anteil: Palästina oder die Situation der Juden in Polen berührten sie ebenso wie das Gemetzel von Nanking vor dem Krieg, von dem sie nur in den Zeitungen gelesen hatte und niemals gedacht hätte, dass ihr einst etwas Ähnliches zustoßen könnte.

Trotz ihrer politischen Aufgewecktheit sagte sie uns kein Wort, wie sehr sie diese ebenso dummen wie feigen Kerle hasste, die in Operettenuniform an der Spitze dieses Operettenstaates standen, der jetzt gerade zusammenbrach. Wie sehr sie sie hasste für ihre Vorkriegs-Unverfrorenheit und die Lügen von einer polnischen Großmacht, von der Kraft der polnischen Armee, in der jetzt ihr Mann kämpfte, genauso treubrüchig und dumm wie jene. Wie sehr sie sie für all diese Paraden und Defilees hasste, für die bunten Ränder der Ulanenmützen und die runden Chevaulegers-Mützen, die Achselbänder und Schulterstücke, Offiziersstiefel und Sporen, dafür hasste, dass sie an ihre eigenen imperialen Phantasien glaubten, und dafür, wie leicht sie sich von den Engländern einwickeln ließen, die sie zum Krieg drängten, sie brauchten ja diesem Trottel Beck nur den roten Teppich auszurollen und sein ohnehin furchtbar aufgeblasenes Ego aufzupumpen, schon tat er alles, was die Engländer verlangten.

Davon sagte sie uns nichts. Als im Radio alle von den englischen und französischen Garantien schwafelten, davon, dass die Franzosen gleich eingreifen würden, sagte Mama nicht, dass sie kein Wort davon glaubte. Vielleicht, weil sie in ihrem Unglauben völlig allein dastand, wovon sie sich überzeugen konnte, als wir drei Tage zuvor den Nowy Świat hinuntergingen, wo sich vor der britischen Botschaft eine begeisterte Spontandemonstration gebildet hatte. Daniel und ich wären gerne bei den Leuten geblieben, die Großbritannien hochleben ließen, Mama aber fragte nur, was wohl wäre, wenn ein Flugzeug käme und diese blöde Menge bombardierte, sie zog uns an den Armen in die Straßenbahn, die am Dritten schon wieder fuhr. Doch kein Wort, dass sie nicht glaubte, dass wir diesen Krieg gewinnen würden.

Sie sagte uns an dem Tag auch nicht, wie sehr sie die Deutschen hasste und ihre Unersättlichkeit, ihre nie befriedigte Gier, ihren Willen, Menschen wie sie und ihre Söhne zu vernichten, nur weil sie als Juden geboren sind, denn sie meinte, davon würden wir im Radio genug hören, auch wenn sie uns den Zugang zum Radio einschränkte.

Dann jedoch stibitzte Daniel ihre Zeitungen, die damals noch erschienen, und las mir, dem Faulpelz, alles vor, was passierte, über den Krieg, in dem unser Papa kämpfte, und obwohl keiner von uns wusste, wo er sich befand und was er tat, wussten und spürten wir irgendwie diese langen Märsche, den von Soldatenstiefeln aufgewirbelten Staub der Wege, das Wiehern der Pferde, die Angst vor den Flugzeugen, das Heulen ihrer Motoren und das Gebell der Maschinengewehre, die Kugeln, die Uniformen und Leiber löcherten. Auf der Puławska, aus den Fenstern unserer Villa, sahen wir die ersten Verwundetentransporte, bandagierte Köpfe, blutgetränkte Uniformen, die Schwerverwundeten auf den Wagen, die leichter Verwundeten dahinter sich schleppend.

Sie sagte uns auch nichts davon, wie sehr sie Vater dafür hasste, dass wir in diesem verfluchten Land, in dieser verfluchten Stadt geblieben waren. Sie sagte es uns nicht, weil wir das ohnehin so sehr gut wussten, auch wenn wir erst zehn Jahre alt waren und sowohl Mama wie Papa, ehe er in den Krieg zog, uns sorgfältig vor solchem Wissen zu bewahren versuchten. Das gelang ihnen natürlich nicht, so etwas gelingt Eltern selten.

Damals, im Schuljahr 1938/39, dem letzten vor Ausbruch des Krieges, begriff ich so langsam, dass wir Shapiros keine normale Familie waren.

Vor allem, weil unser Leben keinen Rhythmus besaß. Aller anderer Leben, wenigstens in den Familien unserer Schulkameraden von der CISzO, waren von einem sehr klaren Rhythmus geprägt. Die Väter gingen dieser oder jener Arbeit nach, kamen abends nach Hause und blieben am Sabbat oder Sonntag daheim, während man bei unserem Vater nie wissen konnte, ob er zu Hause sein würde oder nicht, und wenn ja, in welcher Stimmung, ob er etwa exaltiert zu einem Picknick oder einer Flussfahrt auf der Weichsel aufbrechen wollte, egal ob Mittwoch war, denn für Jakub Shapiro galten die Wochentage nicht; es kam auch vor, dass an einem schönen Maisamstag, wenn normale Warschauer Juden einen Ausflug aufs Land machen, Vater morgens im Schlafrock am Fenster saß, mit fahlem Gesicht, und auf die Frage nach einer Unternehmung den leeren Blick zum Fenster wandte.

Oder er war ganz einfach nicht da, weil er Besseres, Wichtigeres zu erledigen hatte.

Er kaufte uns Geschenke, die wir nicht brauchten, etwa aufziehbare Blechautos oder Lakritzen, die wir hassten. Einmal brachte er ein Pony nach Hause; wir wollten überhaupt kein Pony, weder Daniel noch ich, denn wir wussten, was uns in der Schule dafür blühte, Vater brachte trotzdem ein Pony mit, und erst als Mama ihm den Kopf wusch, suchte er mit ihm das Weite.

Was wir wirklich brauchten, konnte er uns nicht geben.

Von alledem sagte Mama uns nichts, dennoch ahnten wir es, irgendwie.

Am nächsten Tag gingen wir mit Mama in Mokotów Barrikaden bauen. Die Straßenbahnen fuhren nicht mehr, die Läden waren zugesperrt, und als wir vom Barrikadenbauen zurückgingen – man hatte uns fortgejagt, weil Frauen und Kinder dort angeblich nichts zu suchen hätten –, trabte ein durchgegangenes Pferd im Geschirr die Straße entlang und zog die von einem Wagen gerissene Deichsel hinter sich her. Da bekam ich das erste Mal Angst.

Eine Woche nach Kriegsausbruch erreichten deutsche Soldaten das Vorfeld Warschaus. Einen Tag später, am Samstag, tobten die Kämpfe schon in den Straßen von Ochota und Wola. Bomben fielen die ganze Zeit. Wir verließen das Haus nicht. Ich schlich mich aufs Dach, sah eine Vielzahl deutscher Bomber, unterschiedliche Typen, keins unserer Jagdflugzeuge, aber ich sah Bomber, die von der polnischen Flugabwehr heruntergeholt wurden.

Am dreizehnten September erreichte Vaters Regiment Warschau und baute Verteidigungspositionen in Grochów, wovon wir zunächst nichts wussten, aber die Telefone funktionierten noch, und unsere Cousine Tatiana rief an, um uns in ihrem trockenen Ton mitzuteilen, dass die Kinder Warschaus, somit auch unser Vater, in Grochów stünden. Am selben Tag bombardierten die Deutschen unser jüdisches Viertel, in dem wir seit zwei Jahren nicht mehr wohnten, das aber immer noch unseres war. Tatiana rief nicht an.

Mama sorgte sich eine Zeitlang schweigend, dann hielt sie es nicht mehr aus. Sie verbot uns, die Nase aus dem Haus zu stecken, stieg selbst aufs Fahrrad und fuhr ins jüdische Viertel, um mit eigenen Augen zu sehen, was passiert war.

Nach einer Stunde war sie zurück, blass, mit zerzaustem Haar, und sagte, es sei alles unerträglich, woraufhin sie Daniel und mich bei der Hand nahm, uns unsere Lieblingsbücher, Platten und Grammophon, Schachspiel,

Karten und Mensch-ärgere-Dich-nicht einpacken und ihr folgen hieß. Den Rest des Septembers verbrachten wir im Keller. Am Ende sagte sie uns, Cousine Tatiana sei tot, umgekommen bei einem Bombenangriff. Nach Palästina hatte sie es nicht geschafft.

Mama war klug und vorausschauend. Die Bediensteten hatte sie nach Hause entlassen. Wir verfügten über Essensvorräte, am Dreizehnten füllten wir jeden greifbaren Behälter mit Wasser, Mama krempelte die Ärmel hoch, griff sich Werkzeug und reparierte, wir mussten ihr helfen, die elektrische Pumpe, deren Reparatur Vater seit einem Jahr in Auftrag geben sollte; die Pumpe förderte Wasser aus dem Brunnen, das wir vor allem für den Garten nutzten; das Wasser für den Haushalt kam aus der Leitung.

Das Leitungswasser versiegte, später gab es auch keinen Strom mehr, dann ging Mama los und schöpfte mit der Hand Wasser aus dem Brunnen. Wir durften den Keller nicht verlassen.

Uns ging es dort nicht schlecht. Wir hatten uns, Spiele, Musik, wir hatten zu essen, zündeten Kerzen an, wir hatten Mama und ihre ganze Aufmerksamkeit für uns. Mama war es zu verdanken, dass wir fast keine Angst hatten, wenn wir Bomben oder Artilleriebeschuss hörten. Mama sagte, auf unser Haus würde keine Bombe und keine Granate fallen. Sie behielt zufällig recht, wir aber glaubten ihr, als hätte sie das wirklich wissen können.

Später wurde es schlimmer, viel schlimmer.

Während wir im Keller saßen, kämpfte Vater in Grochów.

Den Hauptverteidigungspunkt jenes Abschnitts, der vom zweiten Bataillon des einundzwanzigsten Infanterieregiments gehalten wurde, bildete ein massives, modernistisches fünfstöckiges Mietshaus an der Ecke Washington-/Żymirskiego-Straße, das die Nummer 104 hatte und Chai Froimowicz, Hersz Uszer sowie Boruch und Chai Frydman gehörte, die natürlich nicht gefragt wurden, was sie davon hielten, dass schwere Maschinengewehre in den Fenstern ihres Gebäudes aufgestellt und eine vierhundert Kilogramm schwere Panzerabwehrkanone in den dritten Stock gehievt wurden; niemanden interessierte ihre Meinung dazu, dass ihr erst kürzlich erbautes Eigentum zwangsläufig zum Ziel massiven Beschusses werden würde, da es ja selbst Feuer speien sollte wie eine Festungsbastion. Das Haus wurde sogar «Schanze Kreuzung» genannt, was sehr kriegerisch klang und die Soldatenherzen mit Siegeshoffnung erfüllte, vorausgesetzt, der Soldat war intellektuell nicht gerade so gut bemittelt, um zu wissen, dass von einem Sieg nie die Rede sein konnte.

Es fragte auch niemand die Mieter nach ihrer Meinung, die manchmal gleichwohl enthusiastisch und mit Nationalgefühl reagierten, den Soldaten bereitwillig bei der Einrichtung der Feuernester halfen, bisweilen aber auch entsetzt waren, denn wo sollten sie denn hin, wenn die Deutschen in ihre Fenster schießen würden? Sosabowski ordnete sehr bald die Evakuierung der Mieter an. Besetzt wurden natürlich auch die umliegenden Gebäude, die Soldaten hoben Gräben aus, bauten Bunker in den Keller, stellten spanische Ziegen und Stacheldrahtverhaue auf.

Auf dem Weg nach Warschau fand sich auch Hauptmann Miecznicki wieder ein, der Regiments-Quartiermeister, der im Durcheinander der Front vorübergehend verlorengegangen war. Er schleppte zudem zwei deutsche Kriegsgefangene an, großgewachsene Preußen, die dieser kleine, korpulente Jude ausschließlich durch Drohgebärden mit seiner eigenen, privaten Kleinpistole überwältigt hatte, was ihm die Bewunderung des ganzen Regiments eintrug. Jetzt war er fieberhaft damit beschäftigt, Munitionslieferungen aus der Fabrik «Geschoss» und Verpflegung für die Soldaten und Zivilisten zu organisieren, und machte sich zugleich Sorgen um seine Familie und seine Geliebte am anderen Weichselufer.

Das dem Kommando meines Vaters unterstellte Gewehr wurde im obersten, fünften Stock aufgebaut, auf dem Balkon an der modernistisch gerundeten Eckseite des Hauses. Die am Leben gebliebenen Soldaten der Einheit sicherten die Position mit Sandsäcken, das schwere MG wurde auf ans Fenster gerückte Möbel gestellt, einen Sekretär und eine Kommode, deren Holzfurnier die Ständer des MGs schon beim Aufstellen zerkratzten. Darüber hinaus stellten sie Munition bereit, und der Offizier legte das Schussfeld fest; Vater selbst beschloss, der Patronenschütze zu sein, diese Aufgabe traute er keinem der unter seinem Kommando verbliebenen Soldaten zu. Ich sollte das an ihm bewundern, es war ein mutiger Entschluss, Schütze an einem schweren MG war eine der gefährdetsten Funktionen, die der Soldat ausfüllen konnte, und mein Vater zögerte keinen Augenblick; ich sollte diesen körperlichen Mut bewundern, denn als ich allein zurückblieb, war der körperliche Mut die einzige Eigenschaft, die ich an Menschen schätzte, also sollte ich das auch bei Vater bewundern, aber ich tue es nicht.

Am sechzehnten September bemerkten Beobachter, darunter mein Vater, der das Fernglas eines gefallenen Offiziers benutzte, zwei deutsche Panzer mit weißen Fahnen und einen Geländewagen, der sich hinter ihnen hielt. Sie fuhren die Grochowska vom Szembekplatz herunter und blieben etwa zweihundert Meter vor den Stellungen des zweiten Bataillons stehen.

«Unterhändler», stellte mein Vater fest, was auf der Hand lag, doch er bestärkte dadurch seine Autorität als alter Kämpe bei den ihm verbliebenen jungen Soldaten.

Vater sah, wie die Führer des zweiten Bataillons mit den Deutschen redeten, und fluchte vor sich hin, weil er wusste, dass die Deutschen die bedingungslose Kapitulation verlangten, Sosabowski ihnen diese Kapitulation in Rómmels Namen jedoch verweigerte, was meinem Vater gar nicht recht war.

Er hatte gewiss nichts gegen das Töten der Deutschen da, die ihn zum Juden machten. Auf Antisemiten zu schießen, hat meinem Vater seit jeher Vergnügen bereitet. Subtile Unterscheidungen der Art, ob jeder Deutsche in Feldgrau auch ein Antisemit sei, traf er dabei nicht. Nicht etwa, weil er dafür zu dumm gewesen wäre, mein Vater benahm sich zwar oft wie ein Idiot, für die menschliche Natur jedoch besaß er einen scharfen Blick, scharf genug für jede Subtilität; für Unterscheidungen der genannten Art fehlte ihm einfach die Lust.

Auch den Kampf fürchtete er nicht. Den vorherigen

Krieg hatte er noch lebhaft in Erinnerung. Den jedoch hatten sie gewonnen, während mein Vater am sechzehnten September 1939 wusste, dass sie den jetzigen Krieg nicht gewinnen könnten. Seit drei Tagen sah er zu, wie auf das linksufrige Warschau, wo er ganz richtig Mama, Daniel, mich sowie die ganze ihm teure Welt vermutete, ein Hagel von Bomben und Artilleriegeschossen niederging, er sah die Feuersbrünste, den Rauch.

Er wollte einfach, dass das alles ein Ende hatte. Während er die grauen deutschen Panzer mit weißen Fahnen durchs Fernglas musterte, gab er sich selbst das Versprechen, sobald das hier zu Ende wäre, zu uns zurückzugehen und alles zu tun, um uns aus Warschau herauszubringen. Ab jetzt würde er nicht mehr zögern. Wir würden nach Amerika fahren. Das versprach er sich, aber der Krieg war am sechzehnten September noch nicht zu Ende, und Vater hielt sein Versprechen wie üblich nicht.

Den deutschen Unterhändlern ließ Sosabowski ausrichten, die Antwort des Befehlshabers der Verteidigung von Warschau, General Rómmels, sei negativ; keine bedingungslose Kapitulation, sie könnten über alles andere verhandeln. Rómmel dachte dabei wohl an Erleichterungen für die Zivilisten in der bombardierten Stadt, aber die bedingungslose Kapitulation war das Einzige, was die Deutschen interessierte. Deshalb zuckten sie mit den Schultern und zogen wieder ab, um drei Stunden später, um siebzehn Uhr, zurückzukehren.

Der Rückkehr ging ein Artillerieangriff auf die Schanze Kreuzung voraus. Es gab Todesopfer, doch die in dem massiven Mietshaus dislozierten zwölf schweren Maschinengewehre des einundzwanzigsten Infanterieregiments konnte die deutsche Artillerie nicht zerstören. Die Offiziere brüllten jetzt Befehle, mein Vater schüttelte den Staub ab, stellte die Zielvorrichtung befehlsgemäß auf hundert Meter und verharrte regungslos, die linke Hand auf der Höhentrommel des MG, die rechte am Griff mit dem Abzug.

Die Deutschen kehrten in großer Zahl zurück, sie füllten das Vorfeld zwischen Grochowska und Washington-Allee, gingen ruhig und sicher, in viel zu enger Schützenkette, als erwarteten sie, das Artilleriefeuer würde die Verteidiger vernichten; man hörte sogar die Pfiffe der Offiziere, wie im vorherigen Krieg vor gut zwanzig Jahren, als rückten sie zum Angriff an der Somme oder bei Verdun aus.

Als sie sich bis auf die hundert Meter genähert hatten, riefen die Offiziere der Kinder Warschaus «Feuer!», und die gesamte polnische Linie spie Feuer. Schwere MGs, Maschinenpistolen und Gewehre, Panzerabwehrgeschütze und Mörser schossen gleichzeitig. Auch die im Paderewski-Park stationierte Regimentsartillerie schaltete sich ein.

Vater hat weder uns noch Mama je etwas davon erzählt. Als wir ihn später fragten, nach der Kapitulation, sagte er immer nur, sie hätten mit den Deutschen gekämpft, aber verloren, alles andere zähle nicht. Verloren.

Er dachte oft daran zurück. Dachte an die Deutschen, die sie in dem kurzen Gefecht bei Chrostów getötet hatten, der Kampf damals war wie das Boxen in alten Zeiten: Lauf, Sprung, Tempo, Schläge, Ausweichen, statt der

Fäuste Kugeln. Hier schoss er wie auf dem Schießstand, aus dem Verborgenen, das Gewehr mit eingestellter Feuerlinie eng von Sandsäcken umbaut, denn das Schussfeld war so präzis definiert, dass er keine breiten Traversen brauchte, Vaters Helmrand lag höchstens drei Zentimeter über der Kimme, und die anderen befanden sich auf offenem Feld. Einige gar nicht lange Salven, kurze Traversen, und sie fielen, einer nach dem anderen, einer nach dem anderen.

Die Schützenkette zerstreute sich natürlich.

«Deckung!», schrien die deutschen Offiziere. Die Soldaten sprangen in die tiefen, verschalten Gräben, die sich an der Grenadierów entlangzogen – vor dem Krieg hatte man hier Kanalisationsarbeiten begonnen, von denen die Erdaushebungen geblieben waren. Allerdings boten sie den deutschen Soldaten keinerlei Schutz, denn die Feuerlinie der MGs der Kompanie meines Vaters verlief beinahe parallel dazu, und die Kugeln beharkten sie gnadenlos. Auf die zu Boden Gepressten gingen die Schützen des Regiments los, Granaten und Bajonette kamen zum Einsatz, die Deutschen zogen sich zurück und hinterließen über achthundert Gefallene.

An sie dachte er, an diese achthundert Deutschen, von denen er selbst mit dem MG vielleicht ein gutes Dutzend getötet hatte. An ihre erstklassigen Uniformen, die von seinen Kugeln durchlöchert wurden, dachte er auch am ersten Dezember 1939.

Das war ein besonderer Tag.

Zu der Zeit war er schon zu Hause.

Nach der denkwürdigen Attacke vom sechzehnten

September kämpfte Papa noch zwei Wochen, schwere Kämpfe waren das, das einundzwanzigste Infanterieregiment erlitt Verluste von über tausend Mann, Tote und Verwundete, mein Vater aber kehrte ohne einen Kratzer aus dem Krieg zurück. Am siebenundzwanzigsten September kam es zum Waffenstillstand. Am selben Tag trat Hauptmann Miecznicki auf meinen Vater zu, auch er war mit einem blauen Auge davongekommen. Man wusste, das war jetzt das Ende.

«Herr Shapiro», sprach Miecznicki ihn an, bewusst nicht per «Zugführer», weil er den eher zivilen Charakter seiner Frage unterstreichen wollte. «Ich habe da ein Anliegen. Waffen vergraben.»

«Das tun alle», zuckte mein Vater mit den Schultern, denn so war es. Sosabowskis offizieller Befehl lautete, zwei Drittel der Waffen zu sichern und zu verstecken und nur ein Drittel nach ihrer Beschädigung und Unbrauchbarmachung abzuliefern. Waffen, die sich nicht verstecken ließen, waren zu zerstören.

«Sie irren sich, nicht alle», erwiderte Miecznicki.

«Na gut, Herr Hauptmann, alle in Uniform.»

«Das meine ich nicht, Herr Shapiro. Ich meine, dass die Polen Waffen vergraben. Die Juden tun gar nichts.»

«Sie als perfekter Assimilierter haben plötzlich den Juden in sich entdeckt?»

«Meinen Sie, das macht einen Unterschied für die? Und das sage ich Ihnen als Pole jüdischer Abstammung, wo ich ja keine fünf Worte Jiddisch kann. Jetzt macht das also vielleicht keinen Unterschied. Aber wissen Sie: Alles wird sich ändern, wenn die Deutschen kommen.»

Vater überlegte kurz.

«Was wollen Sie denn mit diesen Waffen anfangen, wenn die Deutschen kommen? Wollen Sie eine Million Gewehre, hundert Panzer und hundert Jagdflugzeuge vergraben? So viel besaß die polnische Armee, vielleicht sogar mehr, und nicht mal das hat gegen die Deutschen geholfen.»

«Es geht mir nicht um den Sieg über die Deutschen, Herr Shapiro. Es geht mir ums Überleben. Dafür kann man Waffen gebrauchen. Selbst wenn man sie dann nicht benutzt, liegen lassen kann man sie immer. Die Sache ist, dass nur wir beide davon wissen dürfen, Herr Shapiro. Wir könnten bei der Gelegenheit auch die Reihen der polnischen Armee verlassen, das sollten wir sogar. Was meinen Sie?»

Herr Shapiro war ohne Zögern einverstanden. In der Nacht holten sie sich einen Trosswagen und zwei Pferde. Miecznicki ging anschließend zu seinem Regimentswaffenmeister, Fähnrich Jeleński, und verlangte als dessen direkter Vorgesetzter die Herausgabe von Waffen gemäß vorbereiteter Liste. Fähnrich Jeleński salutierte und gab die Waffen heraus, zwei Sergeanten luden auf seinen Befehl zehn leichte polnische Maschinengewehre, ein leichtes deutsches Beute-MG mit Zweifuß, zehn Gewehre, eine während der Kämpfe bei einem deutschen Unteroffizier gefundene Maschinenpistole neuen, unbekannten Typs und mehrere Vis-Pistolen auf den Wagen, alles in guten Holzkisten.

Sie packten es ein, blickten aber argwöhnisch, denn besonders nach der Niederlage traute man den Juden nicht über den Weg. Fähnrich Jeleński lief also zum Kommandeur, um Mitteilung zu machen. Sosabowski hatte anderes um die Ohren, entsandte aber seinen Adjutanten, Hauptmann Szarota.

Als der mit gezückter Pistole angerannt kam, saßen Hauptmann Miecznicki und Zugführer Shapiro schon abfahrtbereit auf dem Bock des Wagens. Szarota verstellte ihnen den Weg und brüllte:

«Was ist das hier, eine bolschewistische Verschwörung? Die Juden stehlen Waffen?»

Vater fuhr auf und griff in die Tasche, in der er den ganzen Feldzug über die kleine Pistole getragen hatte, doch Miecznicki legte ihm die Hand auf den Arm.

«Lassen Sie», flüsterte er und sprang vom Bock, ging zu Szaroty und sprach sehr anwaltlich zu ihm, wie nur Rechtbeistände es vermögen, indem er einerseits subtil sein Wissen um gewisse Veruntreuungen der Regimentskasse andeutete, die Szarota zu verantworten hatte und von denen Sosabowski besser nichts erfahren dürfe, und andererseits an Szarotas patriotische Gefühle appellierte, die es doch zweifellos billigen müssten, wenn polnische Patrioten mosaischen Glaubens, gute Polen, den deutschen Aggressor bekämpfen wollten.

Der geballten Wirkung von Erpressung und Patriotismus hatte Szarota nichts entgegenzusetzen, zumal Miecznicki ihm als guter Anwalt gestattete, das Gesicht zu wahren. Szarota schob die Pistole ins Halfter, Miecznicki stieg auf den Bock, sie fuhren los und brachten die Waffen ungehindert über die Poniatowski-Brücke in die Gęsia, zur Hausnummer 91, wo sich später, nach der

Großaktion, der Szop der Gerberei von Weigle befinden sollte.

Dort tat Vaters Vorkriegsautorität noch ihre Wirkung. 1939 wachte in der Gerberei ein alter Jude, Pinkus Iberklajd, ein kleines Männchen mit großem Bart, im alten Kaftan. Vater nahm ihm den Schwur absoluter Verschwiegenheit ab und versprach ihm tausend Złoty dafür. Das Versprechen hielt er, ebenso wie Iberklajd seinen Eid, er überlebte allerdings nicht einmal bis zur Schließung des Ghettos, denn er wurde 1940 beim Märzpogrom von drei polnischen Halbstarken erschlagen. Vaters tausend Złoty waren verschwendet, denn die polnischen Halbstarken raubten Iberklajd alles Geld, das er bei sich trug, und er trug immer alles bei sich, als Wächter besaß er eigentlich nicht viel. Die Tausend waren verloren, aber seit Iberklajds Tod wussten nur noch zwei Menschen von der Kiste, die im Hof der Gerberei an der Gęsia vergraben war: Miecznicki und Papa. Eigenhändig hoben sie die Grube aus, eigenhändig versenkten sie die Kiste darin, schütteten sie eigenhändig zu, traten die Erde fest, ließen den Wagen stehen und die Pferde laufen, dann ging jeder seines Wegs, nachdem sie noch die Telefonnummern ausgetauscht hatten.

Wie nützlich wären diese Waffen am neunzehnten April 1943 gewesen … Doch damals habe ich noch nichts von ihnen gewusst.

In den dreieinhalb Jahren zwischen September 1939 und April 1943 bin ich vom Kind nicht nur zum Erwachsenen geworden, sondern zu einem alten Erwachsenen, einem Greis in jugendlichem Leib.

Ich wusste schon alles. Hatte alles überlebt. Was ich damals erlebt und gesehen habe, begleitet mich heute ununterbrochen, so deutlich wie damals, sogar deutlicher, denn heute sehe und fühle ich klarer.

In den Tagen vor dem Aufstand hatte ich keinen Kontakt zu Vater, wie ja schon lange, ich wusste nicht einmal, ob er lebte, ob er im Ghetto oder auf die andere Seite gewechselt war. Es genügte mir zu wissen, dass Mama und Daniel nicht mehr lebten, und nach ihrem Tod interessierte mich Vaters Schicksal überhaupt nicht mehr. Auf der ganzen Welt gab es nur zwei mir wichtige Menschen, Lejb Passenstein und Hela Warm. Alle anderen hätten tot sein können, wenn nur Hela und Lejb lebten.

Ich arbeitete damals mit Lejb im Kleinen Többen, wir nähten zusammen Uniformen für die Deutschen, aßen zusammen, wohnten zusammen, verbunden in reinster Liebe, und ich gab vor, älter als vierzehn zu sein.

Ich war kein Mitglied der Partei, doch Lejb hatte einen Bekannten, der Anielewicz persönlich kannte, und wenn ich von dieser Schatzkiste voller Waffen gewusst hätte, hätte ich die Nachricht sofort weitergegeben! Was Papa mit Miecznicki in der Gęsia vergraben hatte, wäre für die Partei Gold wert gewesen. Leichte Maschinengewehre, ein deutsches MG, eine Maschinenpistole, Karabiner. Natürlich hätte das den Ausgang des Aufstandes nicht verändert, aber vielleicht hätte Mordechaj überlebt, denn überlebt haben ja schließlich einige. Auch wenn sie später sagten, er habe gar nicht überleben wollen, habe nur in Würde sterben und so viele Deutsche wie möglich mitnehmen wollen. Hätte ich also von der Kiste gewusst, die

Vater und Miecznicki vergraben hatten, dann hätte er noch viel mehr mit sich nehmen können. Gewiss doch, kurz vor Ausbruch des Aufstands hatten sie viele Pistolen und Revolver, angeblich soll jedes Mitglied der Partei eine Handfeuerwaffe und Granaten besessen haben. Aber darüber hinaus gab es nur zehn Gewehre und ein Maschinengewehr. Hätte man noch zehn leichte polnische MGs, zehn Gewehre, das deutsche MG, die Maschinenpistole dazugetan, so hätten sie gut zwölf Schützeneinheiten bilden können, jede mit einem MG, ein oder zwei Gewehren, der Rest mit Pistolen, das wäre das Äquivalent einer gar nicht mal übel ausgestatteten Schützenkompanie gewesen – und hätte schon einen großen Unterschied ausgemacht.

Einen Unterschied, der natürlich nur darin bestand, dass sie etwas länger gekämpft und mehr Deutsche, Ukrainer und Letten getötet hätten, denn das war ihr einziger Triumph: dass sie überhaupt kämpften.

Doch wusste ich nichts davon. Eine Waffe hatte ich mir erst zugelegt, als ich – jetzt allein – ins Ghetto zurückkam und Lejb Passenstein und Hela Warm wiederfand, diese beiden für mich so wichtigen Menschen, an die ich später denken, von denen ich später erzählen werde.

Eine Waffe also hatte ich mir erst nach der zweiten Aussiedlungsaktion und nach der Januaraktion der Partei zugelegt, als Anielewicz und einige Kameraden ein paar Deutsche an der Ecke Niska und Zamenhofa erschossen hatten. In der zweiten Aussiedlungsaktion verlor ich, der ich schon ohne Mama und Daniel dastand, auch noch Hela und Lejb, die von Többens weggeholt wurden, obwohl sie eigentlich gute Papiere besaßen.

Gut oder nicht, jedenfalls wurden sie weggeholt, deshalb beschaffte ich mir einen alten Nagant-Revolver und zwölf Patronen. Ich kaufte ihn nicht für Geld, obwohl ich davon genug besaß, ich bekam ihn von einem alten Juden. Er wollte den Revolver um keinen Preis verkaufen. Ich sagte ihm, meine Augen wären vorzüglich und ich hätte eine sichere Hand, könnte also mit diesem Revolver noch so manchen Deutschen erschießen, während er ohnehin nichts mehr sehen könnte, weil seine Brille zerbrochen war, und außerdem zitterten ihm die Hände.

Der Alte meinte, mehr als an das Töten von Deutschen denke er an einen schnellen Tod für sich selbst, wenn die Zeit gekommen sei. Ich erwiderte, es sei sehr egoistisch, den eigenen Tod wichtiger zu nehmen als das Töten von Menschen, er darauf, hier gebe es jetzt, zwei Jahre nach der Schließung des Ghettos, ausschließlich nur noch Egoisten. Ich dachte an Mama und Daniel, dachte an Lejb und Hela, an die ich jetzt weder denken noch von ihnen erzählen will, ich dachte an Vater und stimmte diesem alten Juden zu. Im Ghetto waren nur noch Egoisten geblieben. Ich bot ihm für den Revolver eine Ampulle mit Zyankali und fünftausend, worauf er antwortete, bitte sehr, hier hätte ich den Revolver, mit dem Gift könne er sich ebenso gut umbringen, das Geld aber solle ich behalten, er könne es nicht mit hinübernehmen. Die Waffe solle ich dazu verwenden, böse Menschen zu töten.

Das versprach ich, und tatsächlich habe mit diesem Nagant während des Aufstandes einen erschossen, aber keinen Deutschen, sondern einen ukrainischen Askari, in

Leszno, kurz bevor ich aus dem Restghetto entkommen konnte.

Danach verbarg ich mich in den Trümmern des vormaligen großen Ghettos, das nach der Großaktion ausgeschaltet worden war, in einem Bunker, den ich aufgrund von Hinweisen fand, die ich vor dem Aufstand, als ich bei Többens arbeitete, von Hela bekommen hatte. Wir hatten drei Plätze in diesem Bunker gekauft und wollten zusammen dorthin, wenn die Deutschen – und daran konnte nach der Großaktion kein Zweifel mehr sein – kommen würden, um alle in Warschau verbliebenen Übrigen von uns zu ermorden. Dort planten wir uns zu verstecken, abzuwarten, bis die Sowjets kämen, doch Hela und Lejb kamen nicht mit mir, denn sie wurden vorher an denselben Ort gebracht, an den man schon Daniel und Mama gebracht hatte.

Ich ging in der Nacht dorthin und benutzte eine elektrische Lampe. Ich orientierte mich an den Hinweisen, die Hela uns, mir und Lejb, eingepaukt hatte. Ich fand den vorzüglich getarnten und gut ausgestatteten Bunker, den die Deutschen übersehen hatten, und in diesem Bunker, der für fünf Juden ausreichte, hielt sich einzig und allein Miecznicki auf.

Ich kannte Miecizniki. Besser gesagt, ich erkannte ihn wieder. Im November 1939 war er einige Male bei Vater gewesen. Was sie flüsterten, wusste ich damals nicht. Heute weiß ich, dass Miecznicki mit Vater den Plan besprach, mit Hilfe von gefälschten amerikanischen Pässen aus Polen zu fliehen. Besorgen sollte die ihm ein alter Bekannter, der vor dem Krieg mit einer Angestellten des amerikanischen Konsulats schlief, die im September 1939, anders als das ganze diplomatische Korps und die Ausländerkolonie, Warschau nicht in jener langen Kolonne prächtig beflaggter Autos verlassen hatte, die übrigens sowohl Vater als auch Miecznicki mit eigenen Augen gesehen hatten. Diese Konsulatsangestellte hatte angeblich Zugang zu Blankopässen; ob man damit als US-Bürger in das Land der Freiheit hätte einreisen können, ist fraglich, auf jeden Fall hätten sie aber ausgereicht, um das besetzte Polen zu verlassen.

Doch Vater zögerte und zögerte so lange, bis sich dieses Fenster in eine Zukunft auf dramatische Weise schloss. Auch dafür machte er sich später Vorwürfe, in diesem Falle allerdings grundlos. Weder Vater noch Miecznicki konnten das wissen, aber die Angestellte war nur vorgeblich Konsularbeamtin, in Wirklichkeit war sie eine gemeine Nutte aus Powiśle, vielleicht nicht von Berufs wegen, aber ganz gewiss vom Charakter her, und diese gemeine Nutte aus Powiśle besaß tatsächlich einen Blankopass. Den hatte sie noch im September auf der Straße vor dem unter deutschem Artilleriebeschuss liegenden amerikanischen Konsulat gefunden. Sie schmiedete daraufhin mit dem ebenso falschen Bekannten Miecznickis den schlauen Plan, diesen Blankopass, statt ihn nur einmal zu verkaufen, als Köder zu benutzen, um den Juden US-Pässe in beliebiger Zahl zu versprechen und diese Juden um ihre Millionen zu erleichtern, mit denen sie als Todgeweihte ohnehin nichts mehr anfangen konnten, sodass diese Erleichterung nicht einmal eine Sünde war, was der Nutte ein gewisser Priester, der seit langem nicht mehr an Gott glaubte, dafür aber die Juden aufrichtig hasste und dem derlei Scherze im Beichtstuhl die mühevollen dunklen Tage erhellten, bestätigte, wenngleich erst nach längerer Bedenkzeit.

Hier erwies sich Vaters Schwanken also einmal als nützlich. Später sah ich Miecznicki noch ein paar Mal im Ghetto, sah ihn schrumpfen und kleiner werden. Dass eine deutsche Bombe seine belarussische Geliebte getötet hatte, schon im September, wusste ich damals nicht, er selbst hatte das in Erfahrung gebracht, als er nach der Kapitulation in ihre Wohnung gegangen war. Er wusste selbst nicht, was er von alledem halten sollte, als die in der zerstörten Wohnung entblößten Beweismittel eindeutig bezeugten, dass die im eigenen Bett von einem Splitter getötete Belarussin außer Miecznicki noch vier weitere Freier gehabt haben musste. Seine Trauer minderte das nicht.

Später, nach der Schließung des Ghettos, trat Miecznicki wie viele andere Anwälte in den Jüdischen Ordnungsdienst ein und diente dort, so gut es ging, sodass er sich weiter in die Augen schauen konnte. Er sagte sich immer wieder, dass er das für Frau und Töchter tue, und es gelang ihm, sich bis zum Ende korrekt zu benehmen, doch als Szeryński am ersten Tag der Aktion die Polizei einspannte, um die Juden zum Umschlagplatz zu führen, und Miecznicki sah, wie ein vormaliger Unterinspektor der polnischen Polizei sich auf der Rikscha lümmelte und langweilte, sich langweilte bei dem Anblick, wie die Juden zum Verderben geführt wurden, da spürte Miecznicki, dass er Mütze, Armstreifen und Nummer nicht weiter tragen konnte und warf das alles auf der Stelle fort. Eine Weile hielt er noch durch, doch später befahl Lejkin, der Szeryński ersetzte, auf Weisung der Deutschen jedem Polizisten, er habe täglich fünf Personen zum Umschlagplatz zu bringen. Ein gewisser, Miecznicki bekannter Polizist aus demselben III. Bezirk, der verzweifelt nach seinen fünf Juden suchte, erblickte den Herrn Anwalt, wie er die Smocza hinabeilte, und ihm fiel ein, dass Miecznicki seine Mütze weggeworfen hatte und die vermutlich schutzlose Familie Miecznickis deshalb ausgezeichnet für vier von fünf Geforderten herhalten konnte. So verlor Anwalt Miecznicki die Ehefrau und drei schöne Töchter, denn während er selbst wie von Sinnen zum Szop lief, um Nummern zu besorgen, die ihm, seiner Frau und den Töchtern des Leben retten sollten, drang besagter Polizist in seine Wohnung ein, gab vor, im Auftrag Miecznickis zu handeln, holte die so tadellos assimilierte Frau und die Fräulein Miecznicki ab und brachte sie zum Umschlagplatz, wo er sie schließlich, bevor Miecznicki intervenieren konnte, mit schuldbewusster Miene in den Zug nach Treblinka setzte. Ihm tat das leid, andererseits war er froh, selbst einen Tag Leben gewonnen zu haben.

Miecznicki nahm diesen Verlust hin wie Hiob. Ein Hiob, der weder an Gott noch an die Menschen glaubt, sehr wohl aber an den Anstand im allgemeinsten Sinne in einer Welt, in der es weder Gott noch Anstand gab, und doch war an den nicht vorhandenen Anstand leichter zu glauben als an den Allmächtigen.

Er verfluchte weder den Polizisten noch Adonaj noch irgendeine Gottheit oder einen Menschen, in seiner Abgestumpftheit verfluchte er nicht einmal Szeryński, Lejkin oder die Deutschen, er beschloss weiterzuleben, und so habe ich ihn gefunden, stumpf und doch voller Lebenswillen, gefunden in diesem Bunker, der für fünf Menschen gedacht war, sodass wir Vorräte genug hatten, um zu zweit mehrere Monate hungernd zu überleben.

Miecznicki war beim Einstieg in den Bunker auf der Kellerleiter ausgerutscht, abgestürzt und hatte sich das Bein gebrochen. Er scherzte später sogar, dass er den Septemberfeldzug, das Ghetto, die Großaktion, die Liquidierung ohne einen Kratzer überstanden habe, um sich dann das Bein auf einer Leiter zu brechen, und natürlich gebe es keinen Gott, falls aber doch, dann müsse er den Charakter eines boshaften kleinen Kobolds haben.

Ich kümmerte mich um den Herrn Anwalt, so gut ich konnte; schiente das Bein, fütterte ihn, half ihm beim Pinkeln und Scheißen, doch in dem Bein entwickelte sich eine Gangrän, bald stank es scheußlich, vergiftete den ganzen Körper, Miecznicki fragte mich, ob ich in der Lage wäre, das Bein zu amputieren, so sehr wollte er leben. Ich verstand nicht, weshalb er an diesem Leben hing, was war so großartig daran, ohne Bein, in einem Bunker, Erdlurchen gleich, und fragte ihn das.

«Der Krieg wird irgendwann zu Ende sein, mein Sohn, und die Deutschen werden ihn verlieren, dann wird es gut sein, ans Licht zu kommen und wieder Mensch zu sein», sagte er.

«Auch ohne Bein?»

«Ja. Ich bin Anwalt, mein Sohn. Mir reicht ein Bein, wichtig ist der Kopf. Das Bein kann ich durch eine Prothese ersetzen, den Kopf nicht. Holzkopf funktioniert vielleicht bei einem christlichen Richter, aber nicht bei einem jüdischen Rechtsanwalt. Bedarf an Juristen mit einem guten, nicht hölzernen Kopf wird es immer geben. Hauptsache also, bis zum Ende des Krieges überleben, zurück an die Arbeit gehen, sich aufpäppeln, und wenn der Bauch wieder rund ist, sich bei einem ordentlichen Schneider einkleiden, eine Prothese anfertigen lassen, ins normale Leben zurückkehren, zu normalem Essen, sich nachts an eine Frau kuscheln, sie küssen, ihren Hintern kneten, also schneid mir dieses faulige Bein ab, mein Sohn, denn ich will leben.»

«Und wenn Sie bei dieser Amputation draufgehen? Schließlich bin ich kein Arzt.»

«Wenn du es mir nicht abschneidest, sterbe ich mit Sicherheit. Unter Qualen und im Gestank, und ich mag keinen Gestank. Wenn du es abschneidest, werde ich leiden, aber vielleicht überleben, dann hat das Leiden wenigstens einen Sinn.»

Ich zögerte noch immer und war erst einverstanden, als er drohte, sich das selbst zu machen, obwohl ich ja wusste, dass das unmöglich ist, und er wusste es ebenfalls.

Und damals sagte er mir, ich müsste etwas wissen für den Fall, dass er stirbt, und erzählte mir von der Kiste, die er mit meinem Vater auf dem Hof der Gerberei in der Gęsia 91 vergraben hatte. Die werden wir noch gemeinsam ausgraben, erwiderte ich, ich würde ihm eine hübsche Krücke und eine Prothese zimmern. Er lachte und sagte, er werde noch auf meiner Hochzeit tanzen, was mir einen Stich gab, denn eine Hochzeit ohne Lejb und Hela auf dieser Welt konnte ich mir nicht vorstellen. Mieczницki schenkte meinem betretenen Schweigen keine Beachtung, er meinte, ich solle endlich anfangen.

Ich bereitete also das Werkzeug vor. Ich hatte ein Messer, eine ziemlich scharfe und verrostete Säge, Miecznicki zeigte mir, an welcher Stelle ich den Schenkel abschnüren sollte, leerte eine Flasche Wodka, die er für besondere Anlässe aufgehoben hatte, zum Beispiel sowjetische Panzer auf den Straßen Warschaus. Nun trank er in raschen Schlucken, danach gab er Weisung, ihn zu fesseln. Und zu schneiden. Wir waren uns einig, dass es das Beste sei, wenn ich ihm die Arme an den Leib binde und danach den ganzen Körper mit einer Schnur umwickle, die die weitsichtigen Erbauer des Bunkers für alle Fälle dort hinterlassen hatten, ihn an die Pritsche fessele, um seinen Bewegungsraum so weit wie möglich einzuengen, um dann sein gebrochenes Bein auf einer eingerollten Decke zu lagern, damit ich von allen Seiten herankäme.

Anschließend schob ich Miecznicki einen Holzkeil in den Mund, er biss kräftig darauf, und ich band den Keil noch um den Kopf herum fest, damit er ihn nicht ausspucken konnte. Ich entzündete drei Petroleumlampen, um möglichst viel Licht zu haben. Die Säge hatte ich schon gereinigt und erhitzt, das Messer an einem flachen Stück Sandstein geschliffen, so gut es ging, jedenfalls rasierte es das Haar vom Unterarm. Ich bereitete einen abgekochten Faden vor, die Nadel hatte ich mehr oder weniger so gebogen, wie mir chirurgische Nadeln in Erinnerung waren. Im Öfchen machte ich ein ordentliches Feuer, es war Nacht, deshalb bereitete mir der Rauch keine Sorgen, und erhitzte in dem Feuer einen Metallstab, mit dem ich die Wunde kauterisieren wollte. Ich hatte keine klare Vorstellung, ob ich die am Stumpf verbleibende Haut hochziehen und vernähen oder sie kauterisiert lassen würde, niemand konnte mir einen Rat geben, ich hatte kein Buch zur Hand, dem ich hätte entnehmen können, wie man im Halbdunkel ein Bein amputiert, also musste ich improvisieren.

Ich fragte noch einmal, ob ich schneiden solle. Er nickte. Tränen liefen ihm aus den Augen.

Das Bein stank schon sehr. Ich ging an die Arbeit. An den Schenkel legte ich einen Druckverband aus einem dicken Seil, verdrehte dieses mit Hilfe eines Stöckchens und befestigte dann dieses Stöckchen mit einem anderen Stück Schnur, das den Verband straff hielt. Zuvor waren Miecznicki und ich uns einig geworden, dass man dort schneiden müsse, wo das Fleisch noch gesund war, oberhalb des Knies, denn das Knie selbst war auch schon gedunkelt. Ich zog das Messer über die Haut, sie gab sofort nach, öffnete sich bereitwillig, als hätte sie nur auf diese Klinge gewartet. Miecznicki zuckte so heftig, dass die Metallpritsche wackelte, und mir wurde angst und bange bei dem Gedanken, was ihn noch erwartete.

Ich schnitt weiter. Er wollte sich losreißen und heulte durch den Knebel, doch die Fesseln waren eng und hielten. Nach dem Schnitt durch den ersten Muskel, oberhalb des Knies, der sich beim Schneiden plötzlich zusammen- und in die Tiefe des Schenkels zurückzog, bäumte Miecznicki sich auf und erschlaffte dann plötzlich. Er war ohnmächtig geworden. Ich schnitt also weiter, es blutete nicht sehr stark, der Verband hielt gut, ich wusste nur nicht, was werden würde, wenn ich ihn am Ende lockerte, denn das würde ich irgendwann müssen. Im Licht der Lampe suchte ich die Schlagadern, die ich kauterisieren wollte, doch das Innere des Beines erschien mir wie eine einzige blutige Masse.

Ich griff nach der Säge und stellte gleich darauf fest, dass Miecznicki nicht atmete. Ich fühlte den Puls, es gab keinen. Er war gestorben, meine chirurgische Mühe vergeblich gewesen.

Aus Respekt vor der Leiche vernähte ich die aufgeschnittene Haut und zog Miecznicki noch vor dem Eintritt des rigor mortis eine saubere Hose an, damit er nach dem Tod die Würde wahrte, die er zu Lebzeiten nicht verloren hatte. Dann fragte ich mich, was ich mit der Leiche anstellen sollte, die sehr bald verwesen würde, auch wegen der Gangrän. Ihn aus dem Bunker zu ziehen, würde ich nicht schaffen. Mir wurde klar, dass ich eine Zeitlang eben mit der Leiche würde leben müssen. Der Bunker war zu gut getarnt, hatte zu viele Vorräte, als dass ich ihn nur deshalb verlassen wollte, weil eine Leiche darin lag. Schließlich war ich mit Leichen ganz gut vertraut.

Er hatte mir zwar von der Waffenkiste erzählt, dorthin machte ich mich aber erst nach dem polnischen Aufstand auf, Ende Oktober 1944. Zu meinem Erstaunen gelang es mir, obwohl vom Ghetto nur Trümmer geblieben waren, sie auszugraben. Das kostete mich drei Nächte, denn ich arbeitete nur nachts und sehr leise, auch wenn die Deutschen sich ohnehin nicht mehr in dem blicken ließen, was vom Ghetto geblieben war. Wozu auch. Dennoch zog ich mich bei jedem Geräusch hinter die Mauerreste zurück.

Am Leben lag mir nichts.

Ich bedauerte, nicht im Aufstand gestorben zu sein, ganz gleich welchem, und als ich die Waffen gefunden hatte, beschloss ich sofort, dass ich Deutsche, Ukrainer und polnische Denunzianten töten würde, jeden, der jemals einem Juden etwas angetan hatte.

Sicher hätte auch mein Vater sie ausgraben können, doch meinen Vater interessierten damals weder Waffen noch das Leben noch Rache noch das Töten noch ich. Er wusste nicht, dass ich überlebt hatte, und als ich im Ghetto zurück war, lag mir überhaupt nichts daran, dass er davon erführe. Seit Mama ihn verlassen hatte, lebten wir getrennte Leben, auch wenn unsere Schicksale sich nicht sehr unterschieden.

An die Deutschen, auf die er mit dem Maschinengewehr geschossen hatte und die am sechzehnten September in grauer Strecke auf dem Vorfeld der Schanze Kreuzung zwischen Grenadierów- und Washington-Straße lagen, dachte er an jenem denkwürdigen Tag zweieinhalb Monate später, am ersten Dezember 1939.

Das war ein besonderer Tag.

Ich war damals noch ein Kind von zehn Jahren. Fünf Jahre später, als ich die Kiste ausgrub, war ich schon alt. Erfahren, verbittert, zynisch und alt.

Am ersten Dezember 1939 kam Mama nach Hause, das war damals noch die Villa in der Puławska, und zwar sehr spät. Sie betrat die Halle, hängte sorgfältig ihren Mantel weg, zog die Schuhe aus und Hausschuhe an, um sich dann ins Wohnzimmer zu begeben, wo wir saßen, Vater und wir. Vater las Icyk Mangers Buch *Dos buch fun Gan Ejdn*, wir spielten Schach. Daniel war im Vorteil und sehr bemüht, mich gewinnen zu lassen, ohne dass ich es merkte. Mama legte wortlos zwei Armbinden aus weißem Stoff mit hübsch aufgestickten blauen Davidsternen auf den Tisch.

«Was ist das?», fragte mein Vater.

«Die Jungs müssen es noch nicht tragen», antwortete sie. «Erst ab zwölf. Sie haben noch zwei Jahre.»

«Wovon redest du …?», fragte Vater.

Mama sah ihn nur an, durchdringend, schwer, voller Wut, und dieser Blick sagte alles, sie sprach kein Wort, ließ die Binden auf dem Tisch liegen und ging nach oben in ihr Schlafzimmer. Wir alle hörten, wie sie ihre Tür abschloss.

RYFKA

Hätte ich ihn am Leben gelassen, diesen kleinen Fritzen, wenn er nicht gelogen hätte, dass er nie einen Juden getötet habe? Wenn er mir die Wahrheit von dieser Frau im kornblumenblauen Kleid erzählt hätte, der er das Herz durchschossen hat?

Und wenn er kein deutscher Soldat gewesen wäre, sondern nur einer der Ukrainer, die mit Knüppeln am Graben standen und sich später hinuntergleiten ließen, um die Goldzähne aus jüdischem Zahnfleisch zu brechen?

Einer Leiche den Goldzahn auszureißen, ist nicht leicht. Aber es geht. Man nimmt ein kleines Brecheisen oder etwas, das als Hebel dienen kann, in die linke Hand. Gut geeignet ist zum Beispiel ein Reifenlöffel. In der rechten – wenn man Rechtshänder ist – hält man die Zange. Das Eisen oder einen anderen Hebel schiebt man zwischen die Zähne der Leiche, stützt sie gegen den Gaumen und drückt mit Kraft nach unten, um die Kiefer zu öffnen. Wenn die Leiche gerade den rigor mortis hat, braucht das viel Kraft. Manchmal springt der Unterkiefer aus den Gelenken, aber einer Leiche macht das nichts aus. Befinden die Goldzähne sich vorn, so ist der Hebel zur Seite zu schieben, in den Mundwinkel, festzuhalten, mit der Zange herauszureißen, was auszureißen ist, und bei den Deutschen abzuliefern. Gibt es goldene Plomben, wird die Zange in die Tasche gesteckt und die Spicknadel zu Hilfe genommen, nicht zu groß, gerade so, dass man präzis mit ihr operieren kann.

Die Technik, die die zur Arbeit getriebenen Ukrainer beim Auspulen der Zähne im Steppenloch einsetzen, unterschied sich nur wenig von der, die das Sonderkommando in Treblinka benutzte. Das Ziel war das gleiche – Gold abliefern bei den Deutschen, zum Einschmelzen.

Wäre es einer dieser Ukrainer gewesen, zum Beispiel Miron Maslanczuk, der den Juden die Goldzähne ausriss, während Jorg Konopka, mein neuer Freund, schon auf dem Bock seines Fuhrwerks saß und auf dem Weg zurück zu seiner Kompanie war, und hätte das Schicksal nicht Konopka, Bergmann aus einem Dorf bei Gleiwitz, ins verbrannte Warschau verschlagen, sondern Maslanczuk, Landwirt aus einem Dorf bei Kirowohrad, und hätte Miron nicht gelogen: Hätte ich ihn dann umgebracht, so wie ich Konopka umgebracht hätte? Was für ein Unterschied ist zwischen beiden?

Sie begegneten sich an einem in der Steppe ausgehobenen Graben und schenkten sich keine Beachtung.

Für Miron Maslanczuk war Jorg Konopka einfach ein Deutscher, ein Anonymus in graugrüner Uniform, der durch eine Fügung dieser bizarren Lotterie, welche die

Welt ist, nun eben Spender von Gewalt war und nicht ihr Empfänger. Es sind gegensätzliche Rollen, bisweilen austauschbar, bisweilen auch nicht, aber konstant in der ganzen Geschichte des Menschengeschlechts, wenn man denn an eine solche glauben will.

Für Jorg war Maslanczuk einfach ein anonymer Iwan, Jorg Konopka konnte Ukrainer von den Russen nicht unterscheiden, die Iwans teilten sich für ihn in die in hellgrünen Uniformen, die auf ihn schossen, und die ohne Uniform, die nicht schossen, weitere Kategorien brauchte er nicht.

Maslanczuk war so alt wie mein Jakub, geboren 1900 in einer orthodoxen Bauernfamilie im Gouvernement Cherson als Untertan desselben Zaren wie mein Jakub und auch ich; er war geboren in einem Dorf nahe der Stadt, die sich damals Jelisawetgrad nannte, später, als Maslanczuk vierundzwanzig war, zu Zinowjewsk wurde, dann zu Kirow und schließlich zu Kirowohrad, doch bevor diese Serie von Namensänderungen begann, hatte Maslanczuk schon die Gewalt erlernt, pünktlich zum achtzehnten Geburtstag.

Natürlich hatte er davor nicht in einer gewaltlosen Welt gelebt. Mirons Vater prügelte ihn und alle seine Geschwister außer dem jüngsten Töchterchen, das er mochte, der Vater wiederum bekam vom zaristischen Gendarm in die Fresse, dieser Gendarm von seinem Vorgesetzten und so weiter, Miron dagegen nahm, wenn er von seinem Vater Dresche bekommen hatte, einen Stock und prügelte den an die Hütte gefesselten Hund, nur den durfte er prügeln, und dem Hund blieb nichts, als an seiner Kette zu reißen, so sehr, dass der stählerne Halsring ihn bis aufs Blut scheuerte, das in schmutzigen Büscheln antrocknete, unbändig zu bellen und nach jedem Lebewesen zu schnappen, das in Reichweite seiner Zähne kam.

Maslanczuk schlug den Hund nicht deshalb, weil er böse gewesen wäre: ganz im Gegenteil, er war er ein sensibles und zartes Kind, sein Vater Mykola war auch nicht böser als jeder andere in der Gegend, er liebte all seine vielen Kinder und prügelte sie nun mal eben, hier prügelte jeder jeden, und ringsum war Steppe, und auf der schweren Schwarzerde gedieh der Weizen bis zum Horizont.

Zu seinem achtzehnten Geburtstag trat Miron in die Armee des Ataman Matwij Hryhorjew ein und bekam den Krieg zu schmecken. Er schoss, marschierte, hob Gräben aus, schoss erneut, marschierte wieder, schlief auf Posten, requirierte, was man zu requirieren ihm befahl, verlor seine Unschuld an ein sehr williges Mädchen, bis der Leutnant sich dieses Mädchen nahm und Miron erneut marschierte. Als die Hryhorjewzen im Mai 1919 in Jelizawetgrad ein Pogrom veranstalteten und viele Juden ermordeten, fand Maslanczuk, dass er die Gewalt satthabe und sich das weder mit ansehen noch daran teilnehmen wollte, also desertierte er, wenn man die Quittierung des Dienstes in einem Heer, das fast ausschließlich aus Deserteuren bestand, so bezeichnen kann. Ob Desertion oder nicht, jedenfalls floh er aus Hryhorjews Soldateska in sein Heimatdorf und nahm ein Gewehr mit, das er und sein Vater mittels Säge und Metallfeile in eine abgesägte Flinte verwandelten.

Während des Hungers, der zur Jahreswende 1919 und 1920 kam, erkrankte und starb sein kleines Schwesterchen, die übrige Familie überlebte, denn sie hatte zwei Kühe als Ernährerinnen.

Dann fanden die Bürgerkriege, ausländischen Interventionen, Bauernaufstände und sonstigen anderen Unruhen ein Ende, die großartige Ära der Neuen Ökonomischen Politik brach an, und es war ein gutes Leben auf dem ukrainischen Dorf, ein sehr gutes, besser sogar als unter dem Zaren. Die Bolschewiken ließen sie nach den Konfiszierungen von 1919 in Ruhe, in der Schule wurde Ukrainisch unterrichtet, man konnte fast normal zur Kirche gehen, die Adventssänger bastelten einen Stern mit der Muttergottes auf der einen und Hammer und Sichel auf der anderen Seite und drehten ihn entsprechend der Ansichten des Hausherrn, zu dem sie kamen. Miron Maslanczuk fand zu NÖP-Zeiten ein gutes Mädchen, dem er in der Kirche die Krone aufsetzte, er schlug sie überhaupt nicht, machte ihr dafür aber rasch drei hübsche, dicke und rotwangige Kinder. Die Geschwister zogen in die Städte, nach Charkow, Kyiv und Cherson, nach Odessa sogar, während Miron auf dem Hof seines Vaters blieb, und sie hatten mehrere Jahre lang ein gutes Leben, es fehlte ihnen nicht an Speck, nicht an Solomacha, nicht an Brot und Milch und Fleisch, und dann kam die Kollektivierung, und alles war zu Ende.

Zu Miron kamen Leute vom Komniezam, dem Komitee der nichtvermögenden Bauern, und erklärten, als Kulak habe er aus seinem Haus auszuziehen. Das Haus der Maslanczuks war das schönste im Dorf. Miron lachte sie aus und warf sie hinaus, kräftig gebaut und stark, wie er jetzt war, und drohte mit der abgesägten Flinte, die er seit zehn Jahren griffbereit hatte. Er hätte nicht zur Waffe gegriffen, wäre er nicht vollkommen überzeugt gewesen, dass das ganze Dorf wie ein Mann hinter ihm stehen würde, denn die Maslanczuks waren beliebt und anerkannt; die Leute vom Komniezam wussten das ebenfalls, sie zogen unverrichteter Dinge wieder ab.

Danach aber kam das Aufgebot der Fünfundzwanzigtausend.

Sie sprachen Russisch. Einige von ihnen, keineswegs die Mehrzahl, sahen eher jüdisch aus. Lausejuden, Russkis, so flüsterte man im Dorf über sie. Bolschewiken. Jüdische Bolschewiken. Unter der Führung der Fünfundzwanzigtausender plünderten die im lokalen Komniezam vereinten Armen des Dorfes Maslanczuks Gut und schlugen Miron Maslanczuk für die vorherige Schmähung zwei Vorderzähne aus. Die Plünderung war gründlich, auch wenn sie ihnen das Haus stehen ließen. Die Waffe hatte Miron zuvor auf dem Feld vergraben können, sie suchten vergeblich danach. Sie nahmen das gesamte Inventar mit, die zwei Ernährer-Kühe, das Pferd, sogar die Hühner, Pflüge und Eggen nahmen sie auch, und am Ende zogen sie Miron, nachdem sie ihm die Vorderzähne ausgeschlagen hatten, noch die hohen Schaftstiefel aus, an denen er seit dem Bürgerkrieg Gefallen gefunden hatte, denn bei ihnen war das ähnlich wie bei uns im Ghetto seinerzeit, ohne Schaftstiefel war der Mensch kein *Mensz.* Diese Stiefel brachten sie letztlich auch zu der schweigenden Übereinkunft, dass Maslanczuk ein Kulak sei, auch wenn er nie

Knechte gehabt und den Hof gemeinsam mit seinem Vater bewirtschaftet hatte, zudem nicht sehr viel Land besaß und die zwei Kühe wie das Pferd ihn höchstens als Mittelbauer qualifizierten. Aber wer sonst sollte auf dem Dorf in Schaftstiefeln herumlaufen, wenn nicht ein Kulak?

Maslanczuk war nicht dumm, er hatte im Leben einiges gesehen, deshalb lief er, als die Kolchose gegründet wurde, gleich hin und ließ sich eintragen – doch in der Kolchose, das war kein Leben. So sagte er zu seiner Frau, das Leben in der Kolchose ist schlimmer als der Tod, sagte er, denn er ahnte nicht, was noch kommen und wirklich schlimmer sein würde als der Tod.

Was kam, war der Hunger, drei Jahre später. Erst kamen Leute mit langen Stahlspießen und stocherten im Stroh in den Scheunen herum und wühlten in den Öfen und Schornsteinen auf der Suche nach Essen, das unverzüglich der Sowjetmacht abzugeben war, sie kamen in einer langen Wagenkolonne und nahmen alle Vorräte mit, danach kamen sie noch einmal und nahmen die Vorräte mit, die die Bauern aus Maslanczuks Dorf hatten verstecken können, und später kamen sie noch einmal. In das Haus Maslanczuks, der als ehemaliger Kulak bekannt war, kamen sie auch, einer von ihnen warf Maslanczuks siebenjährige Tochter zu Boden, setzte seinen Stiefel auf ihren Kopf und drohte, wenn Maslanczuk nicht sage, wo er das Essen habe, werde sein Stiefel springen, bis dieses helle Köpfchen zerplatze wie ein rohes Ei. Also rückte Maslanczuk den letzten Sack groben Buchweizenmehls heraus, den er im Ofen eingemauert hatte, und von nun an hatten sie gar nichts mehr zu essen.

Maslanczuks kleine Töchter quollen auf und starben als Erste, da konnten sie sich noch so sehr anstellen, er und seine Frau, konnten Eicheln sammeln, mahlen und Brot daraus backen wollen, den Mädchen gekochtes Gras und Brennnesseln geben. Auch Hunde hätten sie gegessen, aber es gab keine mehr, die Roten Brigaden hatten alle Hunde im Dorf getötet. Die Mädchen starben also als Erste.

Nach den Mädchen starben Maslanczuks alte Eltern. Danach floh Miron mit seiner Frau ins vormalige Jelizawetgrad, das jetzt Kirow hieß, doch auch dort gab es nichts mehr zu essen, so lang sie auch vor den Torgsin-Devisen-Läden bettelten, schließlich quoll auch Mirons Frau auf und starb und blieb einfach auf der Straße liegen, er hatte keine Kraft, sie zu beerdigen, also ließ er den Leichnam seiner Frau auf der Straße und kehrte mit letzter Kraft in das Dorf zurück, wo er wie durch ein Wunder überlebte, und zwar deshalb, weil eine Lehrerin der örtlichen Schule ihn fütterte.

Die Lehrerin war Jüdin und darüber hinaus Parteimitglied. Als Nicht-Bäuerin war sie auch nicht betroffen von den Zwangsablieferungen, zu ihr kamen also die schrecklichen Menschen mit den Spießen nicht, sie hatte außerdem Familie in Moskau, die ihr Essen schickte, und Familie in Lemberg, die ihr Dollars schickte, mal zwei, mal fünf, einmal sogar zehn Dollar, für die sie sich Essen im Torgsin in Kirow kaufen konnte. Sie beschloss, Miron zu retten, denn alle konnte sie nicht retten, ihn aber kannte und mochte sie und hielt ihn für einen guten, anständigen Menschen.

Dank ihr überlebte Miron Maslanczuk also den Holodomor. Später heiratete er sie, weil ihm sonst nichts anderes einfiel. Sie zogen vom Dorf nach Kirow. Wohnten zusammen, hatten keine Kinder, weil sie nie miteinander schliefen, liebten sich auch nicht, schätzen sich jedoch, Miron war gut zu seiner zweiten Frau, sprach aber nicht viel mit ihr, er saß hauptsächlich am Fenster, trank ein bisschen, rauchte, wenn es was zu rauchen gab. Er arbeitete nicht, denn er hatte Arbeitsverbot, die Lehrerin unterhielt ihn von ihrem bescheidenen Gehalt, und so lebten sie, sehr karg, denn zu essen gab es nicht viel, aber biologisch immerhin waren sie am Leben, obwohl Miron innerlich schon tot war, so tot wie seine Töchter, seine Eltern und seine Frau.

Dann fiel Jorg Konopka auf seinem Kutschbock in der Ukraine ein, und mit ihm Hunderttausende anderer Deutsche, auch Ungarn, Rumänen und Italiener. Miron Maslanczuk sah zum ersten Mal seit 1920 Kommunisten auf panischer Flucht, ein Anblick, der ihm ganz außerordentlich gefiel, denn die Kommunisten hatten ihm sein gutes, ehrliches Leben weggenommen, an das er in den letzten acht Lebensjahren, die kein Leben mehr waren, unaufhörlich zurückdenken musste.

Als also die Deutschen in Kirowohrad einmarschierten, ging Maslanczuk mit anderen auf die Straßen und freute sich ebenso wie sie, freute sich zum ersten Mal seit Jahren und hatte zum ersten Mal seit Jahren wieder Gefühle. Er sah Parteimitglieder, die in Panik auf einen Lastwagen sprangen, der dann davonraste, und von seiner Ladefläche wehten weiße Papiere herunter. Dokumente flatterten auch aus den Fenstern des Komitees, als die Bewohner Kirowohrads rachedurstig das von den Funktionären verlassene Gebäude stürmten.

In dem Dorf bei Kirowohrad hatten die Bauern eigenmächtig die Kolchose aufgelöst und sich ihr Land zurückgenommen. Miron jedoch kehrte nicht dorthin zurück, er wollte weder sein altes Haus sehen, in dem er die Leichen seiner Eltern zurückgelassen hatte, noch die Felder, auf denen er die gedunsenen kleinen Leichen seiner Töchter vergraben hatte, er hätte den Pflug nicht mehr in der Schwarzerde versenken wollen, zu der ihre Körper geworden waren, hätte diese Erde weder eggen noch auf ihr säen noch ernten wollen, was auf ihr gedieh.

Andere Ernten standen ihm jetzt im Sinn.

Als die Deutschen sagten, die Juden seien Kommunisten, allerdings die schlimmsten, musste Miron Maslanczuk ihnen zugeben, dass sie recht hatten: Er wusste noch, dass während der Kollektivierung unter den Fünfundzwanzigtausendern Juden gewesen waren, ja, da waren diese anderen, nichtslawischen Gesichter. Er konnte sich nicht mehr erinnern, ob er sie selbst gesehen oder nur davon gehört hatte, «Juden und Russkis» hatte es geheißen, «Russkis und Juden», aber darüber dachte er nicht lange nach. Seine Frau war auch Jüdin und Kommunistin, und eines Tages stand er einfach vom Tisch auf und verließ ihre Wohnung, ohne etwas mitzunehmen, er hatte ja nicht viel, nicht einmal die hohen Stiefel, nur sich selbst nahm er mit, seine Güte und den Respekt, den er ihr nicht länger geben wollte, weil er zu dem Schluss gekommen war, sie als Jüdin und Kommunistin trage eine

Kollektivschuld: für jene Fünfundzwanzigtausender, die ihm das väterliche Feld, die hohen Stiefel und das gute Leben geraubt hatten, und für die Leute mit den langen Stahlspießen, denen er den letzten Sack Buchweizenmehl gab und derentwegen seine zwei entzückenden Töchter erst bis auf die Knochen abmagerten, dann aufquollen und schließlich auf seinen väterlichen Knien starben, während er nur zusehen und nichts dagegen tun konnte, sie baten ihren Papa um Essen, doch er hatte nichts, also starben sie. Und die Schuld für die Leiche seiner ersten, wahren Frau, die er einst liebte, streichelte und küsste in der Nacht und die er dann leblos auf den Straßen Kirows liegen ließ, und die Passanten gingen um sie herum mit derselben Gleichgültigkeit, mit der ich selbst um Leichen in der Pawia oder Dzielna herumgegangen bin.

Als man nun die Kirowohradzer Juden aus den Wohnungen holte und die Deutschen Helfer brauchten, meldete Miron sich freiwillig.

In die Wohnung seiner zweiten Frau ging er nicht, aber er meldete ihre Adresse, und jemand anders ging dorthin. Er kaufte sich wieder hohe Schaftstiefel aus Chromleder. Die Deutschen waren zufrieden mit ihm, daher nahm der Einsatzgruppenführer ihn zu neuer beschwerlicher Arbeit mit, und so begegneten sie sich, mein kleiner Bergmann, der Soldat und spätere Deserteur Jorg Konopka, der jetzt schläft, damals schlief im Dezember 1944 neben meiner und Jakubs Schlafstatt, und der Landwirt Miron Maslanczuk, sie begegneten sich einen kurzen Augenblick an der Grube in der Steppe, Jorg marschierte kurz darauf ab, und Miron ging daran, Goldzähne aus jüdischem Menschenzahnfleisch zu reißen und Goldplomben mit einer eigenhändig und eigens zu diesem Zweck angefertigten Spicknadel herauszupulen, in dem Graben, in dem Menschen ruhten, die nun wirklich gar nichts mit mir verband, denn keinem von ihnen war ich je begegnet, hatte keinen von ihnen je geküsst oder geschlagen, keinen von ihnen angefasst, sie weder geliebt noch gehasst; der einzige Faden zwischen ihnen und mir ist einer, den es nicht gibt, an den zu glauben wir uns nur geeinigt haben – unser Judentum, das ihre ebenso verwaschen und fragwürdig wie meines. Damals dachte ich nicht so, damals war ein Jude für mich etwas wesenhaft anderes als ein Pole, und ein Pole etwas wesenhaft anderes als ein Deutscher, auch wenn ich es nicht in diese Worte hätte fassen können, und nie hätte ich das Adjektiv «wesenhaft» benutzt. Doch unbewusst habe ich genau so gedacht, habe mir im Kopf die Bilder zurechtgelegt. Jude, Pole, Deutscher, Russki, jeder etwas anderes und nur ich etwas außerhalb dieser Kategorien, ich allein als eine Besondere, Unabhängige.

Wir sahen doch sogar anders aus. Ein Pole unterscheidet sich nicht von einem Deutschen aus Brandenburg, aber schon diese großen, blassen Rothaarigen und Blonden aus dem Nordwesten, von der Nordsee, die den Holländern oder Dänen ähnelten, fielen auf den Warschauer Straßen sofort auf, selbst wenn sie keine graue Uniform trugen, sondern in Zivil unterwegs waren. Man konnte sich natürlich irren, es gab keine wirklichen Regeln, manchmal sah sogar ein gewöhnlicher Jude aus dem Nordbezirk aus wie ein polnischer Junker, groß, schlank, hellhaarig, manchmal hatte so ein polnischer Junker einen länglich germanischen Schädel und einen kantigen Kiefer, und vor dem Krieg und während des Krieges herrschte die Überzeugung, all diese Regeln und Attribute seien real und echt und strukturierten die Wirklichkeit.

Blut und Rasse. Als ob Sprache und Kultur im Blut kreisen würden. Ja, im Blut – warum gerade im Blut und nicht im Bindegewebe, in der Spucke oder im Knochen? Da gibt es also Gene, die mit Hilfe von Schwanz und Gebärmutter an die nächste Generation weitergegeben werden, Gene, die zum Beispiel darüber entscheiden, dass weder ich noch Jakub ein gutes, arisches Aussehen hatten. Da sind auch die Sprache, die Kultur, die Religion mit all ihren Konventionen, die den Juden zum Juden, den Polen zum Polen machen.

Zwischen diesen Genen und Konventionen kommt es bisweilen zu einer nicht besonders engen Korrelation, die uns damals, als das Wichtigste in meinem und Jakubs Leben geschah, so real und objektiv vorkam wie Steine oder Bäume.

Selbst die Worte Jude, Pole, Deutscher – schienen Wirkliches zu benennen. Jude, Stein, Wasser, Pole. Dabei gibt es weder Polen noch Juden jenseits dieser von Menschen getroffenen Übereinkunft, jemanden für einen Polen oder einen Juden zu halten, abgesehen von der flüchtigen, statistisch schwachen Korrelation zwischen Genen und einer keineswegs stabilen Kultur. Die Polen unserer Zeit glaubten, etwas mit den Polen, sagen wir, der frühen Piastenzeit gemeinsam zu haben. Was konnte der Arbeiter einer Warschauer Fabrik mit dem Landmann der Piastenzeit gemeinsam haben außer vielleicht ein paar Genen? Seine Sprache hätte er nicht verstanden, die ganze Welt sieht, beurteilt, versteht er anders. Der Warschauer Arbeiter steht dem Arbeiter aus Manchester oder Leningrad näher als dem Landmann unter den Piasten, dennoch denkt dieser Arbeiter lieber von sich als Pole und glaubt an eine trügerische Verbindung mit früheren Generationen von Polen.

Polen und Juden existieren nicht mehr als Rotkäppchen und Gott, Letzterer natürlich erst recht nicht.

Nur ich bin da und existiere, im Grau.

Existieren aber auch andere? Miron Maslanczuk zum Beispiel, existiert der? Vielleicht existiert Miron Maslanczuk jetzt genau so, ruht irgendwo in dieser idealen Einsamkeit, so wie ich ruhe, und sieht jetzt die, die ich damals war und nicht die von jetzt, so wie ich den Maslanczuk von damals sehe. Ich sehe nicht, denn ich habe keine Augen, auch keine Ohren, Hände, Zunge oder Nase, ich habe nichts außer dem Denken, ich sehe, fühle und erfahre nicht, es ist die vollkommene Einsamkeit. Mag sein, dass dort im Nirgendwo weiterhin Miron Maslanczuk ist, der zu Lebzeiten Jorg Konopka begegnete, in ein Schulungslager in Trawniki kam und im schwarzen Mantel des Askari mit der Bahn nach Warschau fuhr, um dort zu tun, was er zu tun hatte.

Ich sah ihn vom Fenster, auch wenn ich ihn nicht ins Auge fasste, sah ihn vom Fenster in Solec, aus der Wohnung von Jakubs polnischer Nutte, die uns ein Versteck organisiert hatte, nachdem wir auf die andere Seite gegangen waren. Ich sah die Viererkolonne der kleinen schwarzen Soldaten in langen schwarzen Mänteln, gespickt mit geschulterten Gewehren, zum brennenden Ghetto marschieren, und einer von ihnen war Miron Maslanczuk.

Hätte ich damals gewusst, dass einer dieser ukrainischen Askaris zwei Jahre zuvor einem gewissen deutschen Soldaten aus Schlesien begegnet war, auf der ukrainischen Steppe, an einem Graben voller getöteter Juden, und dass ich nach anderthalb Jahren diesen deutschen Deserteur in einem zertrümmerten Labor treffen würde, hätte ich das bestimmt für einen Wink des Schicksals gehalten.

Hiermals, in meinem Grau, weiß ich nicht, wie ich damals solch ein Zeichen hätte deuten sollen, ich sah nur eine lange Reihe schwarzer Mäntel und Gewehre und kannte die Geschichte der Menschen nicht, die die Gewehre trugen, ich schaute und war ganz Hass, keine Zeichenseherin. Vielleicht hätte ich gedacht, dass es doch einen Gott gibt und er mir hier ein Zeichen sendet, dass ich diesen hübschen deutschen Soldaten töten soll? Oder eben nicht töten?

Damals aber, am fünften Dezember 1944, wenn ich plötzlich erfahren hätte, dass ich einige Monate zuvor Miron Maslanczuk vom Fenster aus gesehen habe, wie er lief, um meine Brüder und Schwestern zu töten, jenen Maslanczuk, der Monate zuvor in der ukrainischen Steppe an einem Graben voller toter Juden Jorg Konopka begegnet war, hätte ich das gewiss nicht für einen simplen Zufall gehalten. Und ebendiese Vorstellung wäre mir unerträglich gewesen. Ich hätte den Gedanken nicht ertragen, dass die Welt nichts als Chaos ist und somit auch unser Leiden keinerlei Bedeutung hat.

Ungewöhnliche Zufälle ereignen sich gewöhnlich nur in Büchern, hätte ich damals gedacht, wenn sie aber in Wirklichkeit geschehen, dann müssen sie eine Bedeutung haben, einen Sinn.

Jetzt aber, im Grau, weiß ich besser als je, dass das Chaos weder Ordnung noch Sinn besitzt. Aus ihm folgt nichts.

Maslanczuk und Konopka sind sich an einem Graben voller ermordeter Juden im Herbst 1941 begegnet, wie zwei Sandkörner am Strand, bis die Flut sie trennt, auf dass sie sich nach einem oder einer Million Jahren wieder begegnen. Damals glaubte ich, dass so etwas, das wider alle verschwindende Wahrscheinlichkeit zu ereignen sich erdreistet, die kurzzeitige Offenbarung einer unsichtbaren Ordnung sein müsse, die Epiphanie einer Harmonie, die sich sonst im Dunklen verbirgt.

Wie meine Liebe zu diesem bösen Menschen, der jetzt neben mir liegt. Auch diese Liebe erschien mir wie die Epiphanie einer verdunkelten Ordnung und verlieh mir deshalb ein Gefühl der Ruhe, selbst wenn es eine Ruhe wie die Hiobs war. Hiob, von Gott geprüft, wusste zumindest, dass es Gott gab und konnte so aus seinem Leiden Ruhe schöpfen. Ich, als meine Liebe mir das Herz brach, wusste zumindest, dass es die Liebe gibt.

Erst hat ihn mir dieses gepuderte Advokatentöchterchen weggenommen, und er warf mich fort wie abgenutztes Zeug, weil er Kinder wollte. Danach diese polnische

Nutte, denn ihretwegen ist er in Warschau geblieben, nicht meinetwegen. Dann der Krieg, die Deutschen hetzen die Polen gegen uns auf, die uns hassen; dann das, was Jakub im Ghetto getan hat – doch all das konnte meine Liebe zu Jakub nicht zerstören.

Meine Liebe zu ihm gab mir Kraft, Kraft wider alles.

Hiermals weiß ich, dass meine Liebe zu Jakub auch nichts anderes war als jene Begegnung Konopkas und Maslanczuks an dem Graben voller ermordeter Juden und später meine Begegnung mit beiden.

Maslanczuk stieß aus den Reihen der unser Warschauer Ghetto pazifizierenden Askaris zu der wie ein Fraktal knospenden, blühenden Reihe ukrainischer Einheiten, und als ich Jorg Konopka begegnete, kämpfte Maslanczuk gerade gegen slowakische Partisanen in der Gegend von Žilina. Da war er, obgleich lebendig, nur noch eine Schale von Mensch, toter als seine erste Frau, die einzige, die er geliebt hatte, toter als seine Töchter, als die zweite Frau, als seine Eltern, denn sie alle waren leiblich gestorben, er dagegen in seinem weiterlebenden Fleisch, und ich im Grau weiß nicht einmal, ob er mehr Henker gewesen ist oder mehr Opfer.

So wie mein Jakub. Auch böse Menschen sind bisweilen Opfer. Ist denn ihr Opfer weniger wert als die Opfergabe von guten Menschen, unschuldig wie das berühmte Lamm, das zum Brandopfer wurde? Oder ist der Henker, der früher ein Opfer war, weniger Henker, wenn er andere quält und tötet? Maslanczuk zog kein Vergnügen aus dem Tod, an den er sich seit dem Holodomor gewöhnt hatte und der ihn seit dem Herbst 1941 auf Schritt und Tritt begleitete, in den Konzentrationslagern, bei Erschießungen, im Ghetto. Wenn er auf eine Reihe nackter Frauen schoss, die ihrer Kleidung entblößt und durch nichts vor dem schrecklichen Blick seines Gewehrs geschützt waren und die mit ihrem jungen oder alten Körper die noch unreifen Leiber der Mädchen, Töchter, Enkelinnen zu decken suchten, war er genauso stumpf, wie wenn er an den Hängen der Tatra auf slowakische Partisanen schoss, die mit dem MG auf ihn und andere Askaris feuerten, oder wenn er in Warschau auf unsere Jungs und Mädchen aus der Partei schoss, die ihn in der Gęsia, am Muranowskiplatz, in der Zamenhof ins Visier nahmen und sich dabei selbst vor seinem tastenden, bewehrten Blick verbargen. Ein junger Bursche hat ihn sogar getroffen, mit dem Nagant an der Schulter verletzt, und hiermals weiß ich, dass dieser Bursche Jakubs Sohn David war, aber auch das ist keine Offenbarung einer verborgenen Ordnung, sondern Chaos, Begegnung von Sandkörnern.

Miron Maslanczuk nahm es nicht übel, dass man auf ihn schoss und ihn traf, ihn verletzte.

Er hasste weder die einen noch die anderen. Der erste Reflex des Judenhasses schmolz rasch in ihm hinweg und verschwand, wurde begraben in einem der Steppengräben, und kein Hass war in ihm. Kein Hass der ganzen Welt hätte so viel Tod und Gewalt tragen können, wie Maslanczuk vom Herbst 1941 an freigebig verteilte. Nur Stumpfheit und Leere.

Hätte die Welt ihn in Ruhe gelassen, Miron Maslanczuk hätte säend und pflügend sein Leben gelebt, in der langen Reihe seiner Vorfahren, wie gute Menschen es tun.

Es war ihm verwehrt. Wessen Schuld ist es also, dass er Goldzähne herausriss, ohne dafür unter Androhung des eigenen Todes gezwungen zu sein?

In dem Graben, an dem sich Maslanczuk und Konopka begegneten, ruhten gute Menschen, ruhten auch böse Menschen und welche dazwischen. Unter den dort ermordeten Juden befanden sich ein Mörder, der während des Bürgerkriegs zwei Menschen getötet hatte, eine Frau, die zwei Nachbarinnen beim NKWD denunziert hatte, ein Vergewaltiger sowie ein Mädchen, das in der Schule eine schwächere Kameradin getreten und ihr die Süßigkeiten weggenommen hatte. Wer von ihnen hat den Tod verdient?

Hat Jakub, mein Jakub, den Tod verdient?

Dieser Meinung war die Partei. Es kam ein Moment nach der Großaktion, als sie ihn erschießen wollten, doch bevor sie dazu kamen, waren erst noch andere an der Reihe, und mein Jakub blieb unerschossen.

Er hatte ja den Tod auch gar nicht verdient. Für das, was er tat, verdiente er etwas viel Schlimmeres, er verdiente das ewige Leben, die einzig wahre Hölle.

Ich spüre jetzt auf der einen Seite meines Leibs Jakubs Körper und auf der anderen Jorg Konopkas Hand in der meinen und ließ mich, lasse mich endlich einschlafen, gleite in die Tiefen des Traums, als fiele ich in ein weiches, gutes Schwarz – bis mich plötzlich Schreie aus diesem Schwarz herausreißen, als hätte jemand eine Harpune mit Widerhaken in mich geschossen und zerrte daran, risse mich an den Rippen aus dem Schlaf, ins Wache, ins Sein.

Die Deutschen.

Unten.

Ich, und doch nicht ich, reiße mich hoch, reißt sich, riss sich vom Lager, Rucksack, stößt Jakub an, steh auf, die Deutschen, wir müssen weg, stößt Jorg, verfluchte Schlafmützen, diese Kerle, sture Ochsen, doch Jorg Konopka wird schon wach, ich, sie hält ihm den Mund zu, in völliger Dunkelheit, leise, leise, die Deutschen, wir müssen weg, leise, jetzt Jakub, Lieber, Liebster, steh auf, steh auf, wir müssen fliehen.

Sie hört ihre Stimmen, sie, denn das bin nicht ich, diese tierische Angst bin nicht ich. Im Grau spüre ich nicht, dass ich das bin, als das Gehirn plötzlich beschleunigt, plötzlich die Wirklichkeit zehn Mal schneller analysiert als sonst, und sie kennt diesen Zustand sehr gut, kennt ihn und kann ihn fürs Überleben nutzen.

Die Zeit entschleunigt die drei deutschen Soldaten vom Sprengkommando nicht, nicht entspannt sind sie, als sie nachts das Gebäude der Elektrotechnischen Fakultät durchstöbern, befinden sich aber auch nicht in unmittelbarer Lebensgefahr, jedenfalls wissen sie nichts davon.

Sie weiß es, sie hört die drei Stimmen, die deutschen Worte, hört, wie sie am Eingang ihres Verstecks hantieren, mit ihren Lampen leuchten, was suchen sie hier in der Nacht? Nachts werden keine Sprengungen durchgeführt, also sind sie gewiss auf eigene Faust hier, zum Plündern oder Rauben. Ist ihr Versteck aufgeflogen? War es der Duft des Essens, oder etwas anderes? Spuren im Schnee? Ja, sie müssen die Spuren gesehen haben. Der Essensgeruch verflog rasch.

Jakub sitzt auf dem Bett. Konopka packt seine Sachen. Das Wichtigste ist das Essen. Der Rucksack. Ryfka, ich gucke, wo der Rucksack mit dem Essen ist. Da. Auf dem Rücken. Jetzt die Schnurleiter. Hat Jakub Stiefel an? Konopka ist fertig. Sie hört den Stahlschrank beben, der den Eingang barrikadiert, hört, wie das Seil des Flaschenzugs knirscht. Die Leiter ausrollen, vom Fenster, mit einem Knall. Sie lädt die Pistole durch.

«Los!», flüstert sie.

Als Erster Jakub. Sie eskortiert ihn, schwankenden Schritts geht er ans Fenster. Die Deutschen ziehen an der Schnur. Ryfka weiß, was gleich passieren wird. Jakub steigt mit großer Mühe durchs Fenster, klettert langsam hinunter, Konopka folgt ihm, sie steht mit der Pistole in der Hand.

«Zieh! Zieh!», schreit eine deutsche Stimme. Der Schrank geht in die Höhe. Ryfka hört den Splint der Granate abspringen und wie die Granate dann fröhlich tanzend vor die Füße der Deutschen kullert, die an dem Stahlseil ziehen. Konopka, schon auf der Leiter, steigt hinunter.

«Gran–», schreit ein Deutscher, kommt aber nicht zu Ende, denn die Granate explodiert. Die Wände vervielfältigen ihr Krachen. Vor diesen drei Deutschen braucht Ryfka keine Angst mehr zu haben. Selbst wenn die Explosion sie nicht getötet hat, werden sie nicht mehr in der Lage sein, sie zu verfolgen.

Nein, getötet hat die Granate keinen von ihnen auf der Stelle. Einem hat sie ein Bein abgerissen, der ist nach einer Viertelstunde gestorben, die beiden anderen, die etwas entfernt standen, sind nur betäubt, es hat ihnen die

Trommelfelle zerfetzt, einem drei Finger abgerissen. Das weiß hiermals ich, Ryfka im Grau, aber Ryfka damals, aus dem Gebäude der Elektrotechnischen Fakultät fliehend, wusste es nicht. Sie konnte sich nur so etwas denken, den Schreien zufolge. Ich weiß sogar, wie die beiden, die die Explosion überlebt haben, später gestorben sind, oder könnte es wissen, wenn ich meine Aufmerksamkeit auf sie richten würde, doch ich lasse es.

Die Ryfka dort muss vor jenen auf der Hut sein, die eine Explosion anlocken kann. Sie ist schon auf der Leiter, steigt hinunter.

Jakub, schon unten, kniet auf allen vieren, er ist zu schwach, um aufzustehen. Konopka daneben.

Ich weiß, wohin. Ich bin nicht dumm. Sonst wäre ich längst tot. Nachtungeheuer müssen in einem Versteck schon ans nächste denken, ein Versteck ist zu wenig. Ich hatte längst ein anderes im Blick.

Es liegt nicht weit von hier. Man muss durch das ausgebrannte Knabengymnasium an der Śniadeckich, ich kenne den Weg, habe ihn mir zurechtgelegt, und weiter durch den Schutt ins Hintergebäude des ausgebrannten Mietshauses an der Koszykowa, dem das Dach geblieben ist, vor allem aber ein vorzüglicher Keller, dessen Eingang ich für alle Fälle schon tarnen konnte.

Es ist also kein Augenblick zu verlieren. Rennen, über die Noakowskiego, durch trümmerübersäte Straßen, so dicht wie möglich an den Hausmauern entlang, um sich nicht abzuzeichnen vor dem helleren Himmel.

Da wird mir, wurde mir klar: Er wird nicht gehen. Sein Organismus hat es geschafft, die Leiter runterzuklettern, dafür reichte der Blutzuckervorrat in den schwindenden Muskeln dieses Mannes, der einmal ein Sportchampion war. Doch mehr schafft er nicht. Die eine gute Mahlzeit, die ich ihm gestern verabreichen konnte, hat Jakub nicht auf einen Schlag seine Kräfte zurückgegeben. Dafür hätte es zwei, drei Wochen vorsichtige Erhöhung der Kalorienzufuhr gebraucht, um die Verdauung umzugewöhnen, bis er wieder normal essen kann, und dann vielleicht ein Jahr mit reichlich Essen und Bewegung: anfangs Spaziergänge, später behutsame Übungen, um langsam wieder an seine Leistungsfähigkeit heranzukommen, die Muskeln dieses einst großen, mächtigen Körpers wieder aufzubauen, dessen süßes Gewicht mir so gut in Erinnerung ist.

Der nächste Gedanke: Schicksal. Das Schicksal hat mir diesen Deutschen gesandt. Ohne diesen kleinen Jorg würde ich mit Jakub auf allen vieren liegen bleiben, im Schnee, ich hätte ihn nicht wegtragen können.

Also doch eine Offenbarung der Ordnung, die sich hinter dem Chaos der Wirklichkeit verbirgt – dachte ich damals.

Heute weiß ich, dass es nichts gibt als Chaos, und das hat keine Bedeutung.

Heute weiß ich, dass die Menschen nicht existieren, nur menschliche Gedanken und das Leiden existiert, vor allem das Leiden. Und das Böse, das die Menschen so gern tun. Vom Bösen gibt es am meisten, es wirkt am stärksten. Das Böse ist die Existenz der Welt, und es ist meine Existenz, so denke ich in diesem ewigen Nirgendwo und Jetzt, im Grau.

Jetzt aber, als Ryfka steht, ich im Schnee stehe in der Nacht, im Dezember 1944, nachdem ich über die selbstgebastelte Leiter aus meinem Loch geflohen bin, dem Versteck der Nachtungeheuer, jetzt glaube ich ganz fest daran, dass es Schicksal war, nicht Gott, an Gott glaubte ich damals eben so wenig wie heute. Obwohl, heute weiß ich es eher, als dass ich nicht glaube. Damals, jetzt, als ich im Schnee stehe, an der Mauer des Gebäudes, in dem unser Versteck sich befunden hatte, glaube ich, dass dieser kleine Deutsche mir gesandt war von einem Etwas, das sich unter der Oberfläche der Wirklichkeit verbirgt und irgendwann dafür sorgen wird, dass Gerechtigkeit auf der Welt herrscht.

Dass die Bösen bestraft werden. Die Guten belohnt. Dass dies das erste Aufblitzen jener Ordnung ist, seine bescheidene Epiphanie. Und sie zeigt sich ja auch darin, dass es Dezember 1944 ist, seit dem Einmarsch der Deutschen in Warschau sind fünf Jahre vergangen, und zwei Monate vergehen jetzt auch noch – und ich lebe noch, ich habe verdient zu leben. Aber haben die, die nicht mehr leben, die mehreren hunderttausend Warschauer Juden, die es nicht mehr gibt, das nicht verdient? Hat das Schicksal, hat diese unter der Oberfläche des Chaos verborgene Ordnung, die mich, wie ich glaubte, behütete, sie bestraft?

Nein. Ich fühlte mich nicht als etwas Besseres. Ja, ihr Tod ließ mich verzweifeln. Und dennoch, meine Existenz, mein Überdauern erschien mir als das leuchtende Zeichen einer unter der Oberfläche einer scheinbar chaotischen Wirklichkeit verborgenen Ordnung.

Denn so hat die Welt mich erzogen, die Straßen von Łódź, die Baracken in Żoliborz, der Pate, die Männer, das Geld: dass im Grunde das einzige Leben, dessen Fortdauer ich für würdig und wichtig hielt, mein eigenes war.

Meins und Jakubs, den ich liebte und liebe, wie einen Teil von mir.

Es ist nicht, dass ich andere Menschen gehasst hätte, meine Brüder und Schwestern in dem mir aufgezwungenen Judentum.

Hassen konnte ich die Deutschen. Verachten tat ich viele Menschen, solche, die Freunde verrieten, ich verachtete auch Illoyalität und verachtete Männer, die zu feige zum Gehen waren und sich langsam entfernten. Deshalb gab es eine Zeit, in der ich Jakub verachtete, als ihm klarwurde, dass ich nicht die Richtige war, mit der er aufbauen könnte, was seine männliche Welt damals von ihm zu verlangen schien, dass er mit mir kein Haus, keine Kinder, Dienstmädchen und Familienfrühstück haben würde, dass ich keine jiddische Mamme bin, und das nicht nur deshalb, weil mein Schoß unfruchtbar war.

Ich hätte keine Kinder kriegen wollen, selbst wenn ich gekonnt hätte. Meine Unfruchtbarkeit hat mir das Leid und die Gefahren erspart, die mit Kindern verbunden sind; ich hätte sie abgetrieben, wäre ich nicht unfruchtbar gewesen.

«Nimm ihn», sage ich. «Pack ihn mit mir unter den Armen und los.»

Und wir, der kleine Deutsche und ich, nehmen Jakub unter die Arme und tragen ihn, so rasch wie möglich, Jakub zwischen uns lässt die Beine schleifen, wir hinterlassen Spuren im Schnee, egal, verweht bis zum Morgen, und wenn nicht, verliert der Verfolger diese Spuren, sobald wir die Ruinen betreten.

Wir gehen so rasch wie möglich, kommen zwischen den Gebäuden des Polytechnikums durch, queren die Noakowski, dann die Śniadeckich, betreten das Gymnasium, ich habe den Pfad zwischen den Trümmern längst erkundet, weiß, wie wir gehen müssen, wir erreichen den früheren Hof, wieder Schnee, nicht gut, dann ein Zaun, ein Loch darin, der Hinterhof des Mietshauses an der Koszykowa, ausgeschlagene Fenster, aus den Rahmen gerissene Türen, weiße, winterliche Dunkelheiten, doch ich kenne den Weg, wir kommen rein und nach unten, zur getarnten Kellertür.

Mit dem Deutschen führe ich Jakub weiter, dort unten habe ich einen einfachen Ofen vorbereitet, ein wenig Brennholz, zwei Schlafstätten mit Decken. Wir sprechen nicht, jedes Wort ist überflüssig. Konopka lernt schnell.

Wasser fehlt, darum kümmere ich mich später. Ich könnte zu meinem Brunnen in den Kellern der Elektrotechnischen Fakultät zurück, nachdem sie das Gebäude durchsucht haben. Obwohl, wenn sie den Brunnen finden, schütten sie ihn zu, und wenn nicht, vergiften sie ihn.

Wenn alle Stricke reißen, gehe ich nachts an die Weichsel, fülle Wasser in eine Milchkanne. Und wenn ich das jede Nacht tun müsste. Etwas wird mir schon einfallen.

Im Ofen brennt es schon, Jakub liegt sorgfältig zugedeckt, und es wird etwas wärmer hier unten, ich sehe, dass Jorg sich auch schon zum Schlaf gebettet hat, auf einmal irgendwie sehr zutraulich, als wäre er schon immer an meiner Seite. Ich gehe den Eingang sichern, baue eine Falle mit der letzten mir verbliebenen Handgranate.

Ich weiß, ich muss einen zweiten, einen Notausgang aus diesem Keller vorbereiten und ein anderes, nächstes Versteck finden, möglichst ein besseres, jedenfalls einen Ort, an den ich mich zurückziehen kann; doch später, später, jetzt muss ich ausruhen.

Ich hätte gern, dass jemand sich um mich kümmert, ich könnte etwas Fürsorge gebrauchen, das wird mir plötzlich klar.

Ich hätte gern, dass Jakub sich um mich kümmert.

Aber Jakub ist ja nicht einmal in der Lage, sich um sich selbst zu kümmern, das ist schon lange so, schon seit dem Ghetto, seit dem Bürstenmacher-Szop. Um mich kümmert er sich schon gar nicht. Vielleicht wird er das nie mehr tun, aber meine Liebe zu ihm ist stärker als meine Kraftlosigkeit.

Nur bei ihr, bei dieser polnischen Nutte, ist ein bisschen Leben in ihn gekommen, als sie uns in ihrer Wohnung eingeschlossen hat wie in einem Käfig, versorgt hat wie Haustiere. Am merkwürdigsten waren die ersten Tage, das weiß ich noch.

Für Jakub erschien sie wie auferstanden von den Toten. Wir lebten in Zeiten, in denen die Toten sich als lebendig erwiesen und die Lebenden als tot, das hätte ihn nicht wundern sollen. Er konnte es dennoch nicht glauben, als sie die Tür hinter uns schloss und uns empfing, als wäre kein Krieg und als hätte sie Gäste, keine Verfolgten. Als wir in ihrem Wohnzimmer Platz nahmen, ging sie Tee kochen, und Jakub saß da mit gerunzelten Brauen, plötzlich belebt. Er überlegte und analysierte wie früher, als hätte er einen Augenblick das Advokatentöchterchen und die Jungs vergessen, die er mit ihr gezeugt hatte.

Bei ihr, bei dieser polnischen Nutte, vergaß er immer gern alles andere. Und ich konnte ihm dieses leichte Vergessen nie vergessen, weder hiermals noch damals.

Sie kam mit einer Teekanne und drei Porzellantassen auf einem Tablett ins Wohnzimmer zurück, stellte alles auf den Tisch und goss Tee ein, wobei sie den Deckel der Kanne mit anmutiger Geste hielt; sie stellte eine Zuckerdose mit echtem Zucker hin, dazu ein Körbchen mit Keksen. Jakub sah sie die ganze Zeit ungläubig an.

«Du lebst ... Wie? Du bist doch ...», stammelte er endlich.

«Hast du wirklich fünf Jahre lang geglaubt, mein Bruder hätte mich erschossen?», lachte sie. «Er wäre dazu fähig gewesen?»

«Er war fähig dazu, meinen Bruder und seine Verlobte umzubringen», erwiderte Jakub böse.

«Das ist etwas anderes: jemandes Bruder umbringen oder die eigene Schwester, nicht wahr?», warf ich ein, und Anna Ziembińska zwinkerte mir zu, als wäre kein Krieg und sie wolle ein frauliches Bündnis gegen diesen begriffsstutzigen Mann andeuten, doch ich ließ mich von ihrem Blick nicht irremachen.

«Immerhin bist du verschwunden. Spurlos», sagte Jakub in einem Ton, der mir gar nicht gefiel. Seine sehnsüchtige Traurigkeit ärgerte mich enorm.

Ich hatte mich vorhin sofort gefragt, wie wir hier übernachten würden. Das Wohnzimmer war mit dem kleinen

Esszimmer verbunden, in dem wir saßen; außerdem gab es eine Küche und zwei Schlafzimmer. Das ganze Dekorum eines geselligen Beisammenseins, das die Ziembińska verbreitete, hatte Konsequenzen, die mir noch weniger gefielen als Jakubs Ton. Ich spürte ihre Ausstrahlung, erinnerte mich an die Lehren der Madame von Regel, auch hier würde ich der Gastgeberin nichts abschlagen können. Indem sie sich zur Gastgeberin machte und uns zu ihren Gästen, wurde sie auch unsere Herrin.

Ich wünsche keine Herrin. Mein ganzes Leben ist eine fortlaufende Befreiung, ein Weg zur Freiheit von Herrinnen und Herren. Um jeden Preis. Mit allen Mitteln.

«Ja, ich bin verschwunden. Dachtest du tatsächlich, wenn ich gleich nach dem Selbstmord dieses Dreckskerls von Vater gestorben wäre, hätte man in der Presse, in der Stadt nichts davon gehört?», sagte sie.

«Ich glaubte, dein Bruder hätte alles vertuscht …», erwiderte Jakub und fiel sofort, konfrontiert mit der eigenen Naivität, in sich zusammen. Ich meinte schattenhafte Nachbilder um ihn zu sehen, die langen Schatten des Mannes, der er einst gewesen war.

«Mein Bruder ist zu dumm, um irgendetwas zu vertuschen. Wir sind weggefahren. Ich habe ihn gezwungen. Nach Paris.»

Ich schwieg weiter.

«Nach Paris …? Und seid zurückgekehrt?»

«Andrzej ist zwei Wochen vor dem Krieg zurück. Ich vor einem halben Jahr.»

«Vor einem halben Jahr? Aus Paris? Wieso?», wunderte sich Jakub.

«Einfach, so. Aus London, nicht aus Paris.»

Großartig. Heldenmütige polnische Adlige, gleich wird sich auch noch herausstellen, dass sie mit dem Fallschirm abgesprungen ist, Emissärin dieser lächerlichen Londoner Operettenregierung, als hätte sie mir sonst nicht schon genug voraus.

Ich hüstelte, Jakub begriff nichts. Weder was es bedeuten musste, dass sie vor einem halben Jahr aus London zurückgekehrt war, noch mein vielsagendes Hüsteln. Anna begriff.

«Entschuldigen Sie, Ryfka, ich erzähle ganz unnötig von den alten Dingen.»

«Aber nicht doch, durchaus nötig», antwortete ich in einem Ton, von dem mir selbst schlecht wurde. Denn es war der Ton spießbürgerlicher Konversation, des geselligen Geplauders zum Aperitif. Und Tuwim, was halten Sie von dem? Ach, Tuwim, was soll man sagen – ein Genie. Ich persönlich ziehe allerdings Leśmian vor ... Ich sprach zu ihr in einem Ton, als lebten wir nicht seit dreieinhalb Jahren einen Halbtod, als gingen vom Umschlagplatz nicht Züge voll jüdischen Fleisches ab, als täte ich nicht alles, was ich getan hatte, nur um zu überleben und um ihn am Leben zu erhalten.

Als wäre im Osten nicht gerade Stalingrad gefallen, als erstreckte sich trotz dieser Niederlage das Deutsche Reich nicht noch immer von den Pyrenäen bis zum Kaukasus, vom Polarkreis bis nach Kreta; wir plauderten, als wäre nichts, als hätte Jakub nicht verloren, was er über alles liebte, seine Söhne, sein entzückendes Advokatentöchterchen und die Stadt, in der er auf düstere Weise

König sein konnte. Ich plauderte nur deshalb in diesem Ton mit ihr, weil es ihr gelungen war, unserem Gespräch ebendiesen Ton aufzuzwingen. Es war ihr ohne Drohungen gelungen, so zwanglos, wie man sich ein Tuch über die Schultern wirft.

Sie bot uns einfach Tee an. Als könnte dieser köstliche, nach Jasmin duftende Aufguss im dünnwandigen Porzellan die dreihunderttausend ermordeten Warschauer Juden wegwischen oder mich vergessen lassen, dass im Restghetto noch immer einige zigtausend Sklaven zur Arbeit für die Kriegsmaschinerie des Reiches gezwungen wurden.

Weil in den Tassen Tee war.

«Wo werden wir schlafen?», fragte ich, um dieses unerträgliche Getue zu zertrümmern, und bereute sogleich, das nicht noch brutaler getan zu haben.

Jakub starrte stumpf in seinen Tee. Die Ziembińska schwieg irritiert, gut so, es war meine Absicht: sie zu irritieren. Sie wandte den Blick ab, stand auf, holte eine Flasche Cognac aus der Anrichte, als könnte Cognac hier irgendein Problem lösen, nahm drei Gläser.

Im ersten Moment wollte ich ablehnen. Wollte das Glas wegschieben, das sie vor mich hingestellt hatte, protestieren, ich bin nicht zum Trinken hergekommen, sondern zum Überleben, ich suche Zuflucht vor der deutschen Grausamkeit und der Gemeinheit deiner Landsleute, du dumme Nutte, ich will hier mit Jakub das Kriegsende abwarten, und wenn du denkst, du kannst ihn mir wegnehmen, dann irrst du dich, das haben schon andere als du Luder versucht.

Er ist mir schon einmal entglitten, weil er etwas brauchte, was ich ihm nicht geben konnte, aber entfernt hat er sich nie von mir, immer blieb er in meiner Nähe, zum Greifen nah, hatte immer etwas zu erledigen, womit er nur zu mir kommen konnte, jetzt aber habe ich ihn für mich allein, und niemand wird ihn mir wegnehmen. Weder Hitler noch Stalin noch Hans Frank noch Anna Ziembińska.

Das alles wollte ich rausschreien, das Glas wegstoßen oder an die Wand schmeißen, die Pistole aus der Jackentasche nehmen, ihr drohen oder sie sogar erschießen, ja, erst das Glas an die Wand, dann ein böses Wort, verschwinde, Nutte, und dann auf ihre Stirn gezielt, diesen Augenblick kurz genossen, dann abgedrückt und zugesehen, wie ihr Gehirn an die Glastür der modernistischen Anrichte spritzt.

Das alles wollte ich tun, als sie mir Cognac eingoss, doch tat ich nichts, auch wenn ich die Hand immer noch fest am Griff der Parabellum hatte, ich tat es nicht, weil ich doch lieber trinken wollte – und die Entscheidung war richtig, der Cognac schmeckte ganz ausgezeichnet.

DAVID

Wenn deine Mama Armbinden mit dem Davidstern nach Hause bringt, die jetzt alle Juden über zwölf Jahre tragen müssen, dann ist man schon besser ein Kind. Man ist besser ein Kind und versteht nicht, und weil du nicht verstehst, fühlst du dich weder gedemütigt noch erniedrigt.

Mama also brachte diese Armbinden, legte sie auf den Tisch und zog sich zurück, nach oben. Ich sah mir die Binden an. Sie gefielen mir sehr, ich mochte die Verbindung von Weiß und Blau, und mir gefiel der Davidstern.

Damals dachte ich, ganz fröhlich, das sei mein Stern, denn David, das war ja ich. Ich bedauerte, dass Daniel und ich sie noch nicht tragen konnten, weil wir keine zwölf waren. Ich wollte unbedingt auch so eine Armbinde. Redete die ganze Zeit davon, bis Mama, von meiner Sturheit zermürbt, schließlich meinte, es sei ja egal, und am nächsten Tag an einem Marktstand auch für mich eine Binde kaufte. Vater, das sah ich, wollte reagieren, wollte etwas sagen, reagierte aber schließlich doch nicht und sagte nichts. Er tat nichts. Ich war einen Augenblick lang sehr stolz, dass ich meine eigene Armbinde mit Davidstern hatte. Aber als ich dann mit Daniel allein war, sagte der mir, diese Binde sei ein Schandmal.

Ich verstand nicht.

«Magen David ist doch ein Zeichen jüdischen Stolzes», entgegnete ich ihm und vergaß für einen Augenblick, wie viel klüger er war als ich. «Papa hat sich den Schild Davids auf das Hemd sticken lassen, das er im Ring trug. Wieso soll es jetzt ein Zeichen der Schande sein, das sind doch unsere jüdischen Farben, das bringen sie uns in der Schule bei ... Weshalb sollte ich mich schämen, dass ich das Zeichen des jüdischen Stolzes am Arm trage? Jeder Jude sollte so eine Binde tragen.»

David jedoch war so viel erwachsener als ich damals, obwohl er später, im Gegensatz zu mir, nie aufhörte, Kind zu sein.

«Mit Stolz tragen kannst du nur ein Zeichen, das du dir freiwillig anziehst», sagte er, allzu klug für einen Zehnjährigen. «Was du trägst, weil du es musst, wird immer ein Schandzeichen sein. Ein Mal. Gebrandmarkt werden Tiere, die Menschen suchen sich ihre Zeichen freiwillig aus.»

Ich wollte ihm nicht zustimmen, aber ich spürte, dass er recht hatte.

Mein Zwillingsbruder kam mir damals überhaupt nicht wie ein Gleichaltriger vor. In meinen Augen zählte er eher zur Welt der Erwachsenen. Ich nahm die Armbinde schließlich ab und legte sie erst zwei Jahre später, im Ghetto, wieder an. Ungefähr zur gleichen Zeit beschloss

Hitler, Stalin zu schlagen, was auf den Straßen des Ghettos mit sehr gemischten Empfindungen aufgenommen wurde: einerseits der Hoffnung, dass Hitler von den Bolschewiken endlich eins auf die Nase bekommen würde, andererseits der schnell wachsenden Sorge, diese Hoffnung könnte vergebens und er bald Herr der ganzen Welt sein. Was würde dann aus uns werden? Wir wohnten damals nicht mehr mit Vater, ich war schon erwachsen, gerade eben waren wir noch Kinder gewesen.

Abgesehen von der Sache mit der Armbinde, um die ich die Eltern erst beneidete und die ich dann, nach dem Gespräch mit Daniel, nicht mehr tragen wollte, waren die ersten zwei Monate nach der Niederlage reich an recht angenehmen Ereignissen. Papa kam nach Hause zurück und verbrachte viel Zeit mit uns, für seine Verhältnisse jedenfalls. Er hatte natürlich auch zu tun, traf sich mit fragwürdigen Typen, klamüserte etwas mit Miecznicki aus, der oft bei uns herumsaß und nun noch viel öfter kam als vor dem Krieg.

Das war der letzte Moment meiner Kindheit, in dem mein Vater präsent war und sogar ein paar alte Versprechen einhielt. Die dreimotorige Junkers wollte er zwar nicht mit mir basteln, aber er half mir endlich beim Bau eines Pappmodells der Lockheed Electra. Ein paar Wochen lang saßen wir über dem Pappkarton, zeichneten die Formen nach, schnitten, klebten und malten. Die Materialien und Pläne hatten wir noch vor dem Krieg besorgt, wir kamen nur langsam voran, aber etwas nahm da auf meinem Schreibtisch Gestalt an. Sogar die Fenster hatten wir ausgeschnitten und klebten Scheibchen aus ganz dünnem Plexiglas hinein, die wir eigens dafür gekauft hatten.

Im Oktober gab es wieder Strom. Zum Wasserholen musste man immer noch zu den Hydranten, aber für Daniel und mich war dieser Gang ein vergnügliches Abenteuer. Später stieg der Druck in den Leitungen wieder an, Wasser kam aus den Hähnen, die Straßenbahnen fuhren wieder, am 15. wurden die Schulen geöffnet, unsere auch, was uns überhaupt nicht freute; zum Glück aber wurden unsere, das heißt die jüdischen Schulen, nach kaum einem Monat wieder geschlossen. Von da an bin ich nie mehr im Leben zur Schule gegangen.

Damals machte ich mir natürlich nicht klar, dass ich nie mehr in einer Bank sitzen, nie mehr auf das Läuten warten, mich nie mehr in den Pausen mit Kameraden prügeln würde, auch mir nichts mehr über Palästina oder die Arbeiterklasse oder die Geschichte der Juden anhören müsste, geschweige denn, Teile von Słowackis *König Geist* auswendig zu lernen oder Brüche zu multiplizieren.

Hätte ich mir das damals klarmachen können, hätte mir gewiss ein tiefes Bewusstsein des Verlusts das Herz zerrissen, ich aber war nur ein zehnjähriger jüdischer Junge aus reicher Familie, mich interessierten Flugzeuge, ich liebte meine Mutter sehr, etwas weniger meinen Papa, oder vielleicht gar nicht weniger, sondern nur anders – womöglich ersehnte ich seine Liebe mehr als die der Mutter, weil er weniger davon für mich hatte? Womöglich hatte er aber gar nicht weniger davon für mich, sondern nur nicht gelernt, diese Liebe zu geben, vielleicht loderte sie in ihm, wie alles in ihm loderte, und fand nur keinen Ausweg, weil solche Dinge ihm unbekannt waren.

Ich war also ein gewöhnlicher zehnjähriger jüdischer Junge aus reicher Familie, hatte nie zuvor Hunger gehabt, niemand hatte mich geschlagen oder bespuckt, ich hatte nie zuvor Angst erlebt, und damals, am fünfzehnten November 1939, als Mama, sich die Nase schnäuzend, sagte, sie hätten unsere Schule geschlossen und wir würden nicht mehr hingehen, freute ich mich bloß, dass ich die ganzen kühlen und regnerischen Herbsttage lang in meinem Zimmer sitzen und den *Sohn des Bärenjägers* von Karl May lesen konnte.

Es war eine der besten Zeiten meines Lebens, die zweite Oktoberhälfte, November und Dezember 1939.

Ja, ich sah die Betrübnis und Furcht meiner Eltern, doch waren sie zusammen, zusammen in einer Art Harmonie, in der ich sie nie zuvor und auch später nicht wieder gesehen habe. Etwas brachte sie damals näher aneinander, die äußere Bedrohung oder vielleicht die Verantwortung für uns – und eine kurze Zeit war zwischen ihnen alles gut.

Danach ging alles in die Brüche.

Früher hatten Mama und Vater einen Kokon um uns gesponnen, der nur Spuren der Realität zu uns durchließ. Ja, wir hörten: Es war Krieg. Polen hatte verloren, die Herren Minister, Obersten, Premiers, der Präsident, sie alle waren abgehauen, wohin der Pfeffer wächst.

Die Stadt wurde erheblich zerstört, ein Teil der Häuser war verbrannt, auf den Straßen standen Barrikaden, die Menschen hatten ihre irdischen Güter verkauft, es kam zu Erschießungen, überhaupt war der Schock des verlorenen Kriegs noch nicht überwunden. Uns jedoch betraf das nicht, von den meisten dieser Dinge ahnten wir höchstens, denn unsere Eltern behüteten uns davor, jedenfalls solange sie dazu in der Lage waren.

Schließlich wohnen wir in einem guten Viertel, in der Villa, die wir nach zwei Jahren als unser Haus zu betrachten gelernt hatten. In diesem Haus lebten unsere Eltern, behüteten uns und schützten uns vor dem, was da draußen viele jüdische Halbwüchsige betraf. Da wurde zum Beispiel nicht weit von uns, in der Puławska, ein Kino eröffnet, wovon wir im Garten von Nachbarkindern erfuhren. Wir setzten Mama zu, mit uns in dieses Kino zu gehen, doch Mama wollte nicht, denn sie wusste, was wir nicht wussten, dass an den Türen dieses Kinos stand: «Juden – Zutritt verboten». Mama wollte uns diese Erniedrigung ersparen und sagte, in diesem Kino laufe nichts Gutes, nur Filme über Hitler. Einen Film über Hitler wollten wir tatsächlich nicht sehen.

So gingen die ersten Verfolgungen auf den Straßen an uns vorüber. Weder ich noch Daniel mussten mit ansehen, wie unserem Vater auf der Straße mit stumpfer Schere der Bart geschnitten worden wäre, und das nicht nur, weil unser Vater nie einen Bart getragen hat; manch einer unsere Kameraden aus der Schule hat solche Dinge mit eigenen Augen ansehen müssen.

In diesen glücklichen Monaten haben uns weder polnische Hooligans noch deutsche Soldaten geschlagen. Niemand hat uns beschimpft. Niemand uns zugesetzt. In der kurzen Zeit, als noch Schule war, fuhren wir in der Kutsche oder mit einer Fahrradrikscha dorthin, die damals in einer Vielzahl in Warschau auftauchten, und immer begleitete uns Mama. Die Warschauer Straße sah schrecklich aus, und wir bekamen Angst: vor den abgebauten Barrikaden, dem Straßenhandel, den kreuzweis verklebten Fenstern und den Schaufenstern ohne Glas, aber all das huschte so am Rande unseres Blicks vorbei, am Rande unserer Welt, denn danach kehrten wir nach Hause zurück, und dort fehlte nichts; sogar bevor es wieder Strom gab, saßen wir gern mit Mama und Vater bei Petroleumlampe und Kerzen, dann kamen der Strom und das Wasser zurück und die Straßenbahnen auch. Als sie dann erneut die Schule schlossen, gab es eigentlich keinen Grund mehr, aus dem Haus zu gehen, oder zumindest weiter als bis in unseren Garten, also ließen wir es.

Im Garten spielen Daniel und ich, warm angezogen, Indianer und Cowboy, auch wenn Mama uns bald unsere eisernen Spielzeugrevolver wegnahm und sagte, sie würde sie aufbewahren und nach dem Krieg zurückgeben, ohne zu erklären, warum. Warum? Sie hatte gehört, dass man für Waffenbesitz hingerichtet werden konnte, wovon wir natürlich nichts wussten. Zurückgegeben hat sie sie uns nie, weil sie das Ende des Krieges nicht erlebte. Als Ersatz für diese Blechrevolver schnitzten wir uns genauso gute aus Apfelzweigen, dazu bastelten wir aus geradegewachsenen Haselnussruten und Schnur Pfeil und Bogen, jeder von uns hatte sowohl Pfeil und Bogen wie Revolver, und die Bögen schossen wirklich, und auch wenn unsere Pfeile, gleichfalls aus dünnen Nusszweigen, weder Spitze noch Federn hatten, flogen sie doch ein paar Meter weit.

Warschau hungerte und fror, uns aber, Söhnen aus reichem Haus, mangelte es weder an Essen noch an Heizmaterial. Es ging uns gut, und wir waren glücklich, denn wir hatten alles, was zehnjährige Jungs brauchen. Bis dann alles kaputtging.

Zunächst, im Dezember, kamen die Armbinden. Im Januar dann wurden alle Synagogen geschlossen, was uns eigentlich nicht interessieren sollte, weil wir nicht religiös waren, uns aber doch anging – denn wie Mama zornig zu Vater sagte: dass sie den Synagogenbesuch verbieten, sei für sie einmal ein Grund, dorthin zu gehen.

Sie tat es dann nicht.

Der erste Kriegswinter war ungewöhnlich eisig, dennoch war uns nicht kalt, die Shapiros hatten zu heizen. Fast ein Meter Schnee fiel, Daniel und ich bauten einen Iglu im Garten und ließen es mit Indianer und Cowboy sein, von jetzt an waren wir Eskimos und begrüßten uns durch Nasenreiben.

Dann las Daniel im «Neuen Warschauer Kurier», dass es den Juden ab dem achten Februar verboten sei, mit der Bahn zu fahren. Das traf uns sehr, denn wir fuhren fürs Leben gern Bahn. Bahnfahren hieß in Urlaub fahren. In derselben Zeitung stand, die Juden seien schmutzig und übertrügen Typhus; wir ärgerten uns, denn wir waren doch nicht schmutzig, auch wenn wir es gern gewesen wären, wie alle Zehnjährigen mit ihrer Abneigung gegen die täglichen Reinlichkeitsrituale.

«Warum schreiben sie hier, wir sind schmutzig, Mama», fragte ich. «Warum schreiben sie hier, ich bin schmutzig, wenn ich mich doch jeden Morgen waschen und abends zusehen muss, dass ich saubere Fingernägel habe, und überhaupt. Ich wäre ja lieber schmutzig, statt mich so viel zu waschen, aber in der Zeitung hier schreiben sie trotzdem, wir seien schmutzig.»

Mama erwiderte, sie schrieben so, weil sie selbst schmutzig sind. Das war schon jene Zeit, in der die Wirklichkeit allmählich durch den Schirm drang, den sie und Vater um uns aufgespannt hatten. Damals begriff ich zum ersten Mal, dass die Tatsache, dass ich Jude bin, echte Bedeutung für mein Leben haben könnte. Dass sie über mein Leben entscheiden könnte.

Unseren Eltern wurde allmählich klar, dass sie nicht in der Villa bleiben konnten. Wir hörten sie darüber reden.

Mama nahm unsere Plüschbären und nähte darin Geld und ein bisschen Gold ein. Sie und Vater erklärten uns sehr ernsthaft, dass wir dafür verantwortlich seien und das sehr, sehr wichtig sei. Sie ahnten beide etwas. Den Rest des Vermögens versteckte Vater außer Haus. Er sprach auch mit dem neuen Besitzer unseres alten Mietshauses, der kündigte jetzigen Mietern und hielt eine Wohnung für uns vor, für alle Fälle. Immer öfter war davon die Rede, dass das jüdische Viertel abgesperrt werden könnte. Unsere Eltern wussten, dass Vater, ohne das Aussehen und dazu noch ziemlich bekannt, nicht bleiben konnte; nicht einmal mit arischen Papieren und mit arischen rosa Lebensmittelkarten würde es bei ihm klappen.

Im März kam dann Bernard Goldstein zu uns nach Hause. Sogar Daniel und ich wussten, dass er jemand

Wichtiges im Bund war, allerdings war er kaum wiederzuerkennen. Denn um der Verhaftung zu entgehen, hatte er sein Aussehen geändert, sich einen dichten Bart stehen lassen. Mama, als linke Zionistin, konnte ihn, den Bundisten, nicht gut leiden.

Sie schlossen sich zu dritt in Vaters Arbeitszimmer ein, und ich lauschte an der Tür.

Damals verstand ich nicht viel von ihrem gedämpften jiddischen Flüstern, im Grau verstehe ich jedes Wort: In Praga, so begann die Geschichte, hatten polnische Halbstarke einen alten frommen Juden belästigt und wollten ihm unbedingt Bart und Peies ausreißen. Zufällig kam ein alter Bund-Kämpfer vorbei, den mein Vater gut von vielen Vorkriegsdemonstrationen kannte, der Genosse Friedman.

Friedman war eins fünfundneunzig groß, wog einhundertdreißig Kilogramm, und das war kein Speck, es waren mächtige Muskeln, die Friedman eine geradezu übermenschliche Kraft verliehen. Er arbeitete in der Schlachterei, wo er Tag für Tag Teile von toten Kühen und Ochsen mit einem Gewicht von Dutzenden Kilo hin und her warf, ganze Hammel und Ziegen, und in der Schlachterei erhielt er auch Fleischrationen, davon gab es dort genug. Die schwere Arbeit und das koschere Fleisch ließen ihn stark und mächtig werden. Kämpfen konnte er wie ein wahrer Makkabäer. Er trainierte kein Boxen, wie mein Vater, und trieb überhaupt keinen Sport, er war ein Mann der Arbeit. Kampfgeschick und -technik hatte er sich in der Praxis erworben, auf der Straße, bei Demonstrationen und Gegendemonstrationen. Die polnischen Faschisten fürchteten ihn und mieden ihn wie das Feuer. In der berühmt gewordenen Schlägerei auf dem Bankenplatz 1938, von der sogar auf unserer Schule alle wisperten – und die Kinder dort waren aus ganz anderen Kreisen –, soll Genosse Friedman einen mittelgroßen Nationalisten der ONR gepackt und in die Luft gehoben haben wie ein Ochsenviertel, um ihn dann in seine Gruppe zurückzuwerfen. Anschließend habe er mit Fußtritten und Fäusten diverse Rippen und Kiefer gebrochen, sogar ein Schienbein.

Er und mein Vater waren sich in einer Art respektvoller, kühler Distanz verbunden. Friedman war zehn Jahre älter als Vater, er hatte seine Karriere des Parteischlägers im Jahre 1905 begonnen, als er mit anderen Bundisten jüdische Luden in Wola verdroschen hatte. Seit jener Zeit hasste er die jüdischen Gangster sogar noch mehr als die christlichen, war er doch der Meinung, jeder Jude sei, mehr noch als ein Christ, zur Anständigkeit verpflichtet (was für ihn im Grunde bedeutete, Sozialist zu sein). Meinen Vater, der ja als Krimineller bekannt war, schätzte er trotzdem. Dafür, dass er der Kampftruppe nie die Hilfe versagte, auch dafür, dass er Antisemiten öffentlich demütigte, und dafür, dass er bei allem Banditentum den sogenannten kleinen Mann von der Straße nie vergaß. Vater hat umgekehrt mehrfach versucht, Friedman in seine Truppe zu holen, doch den Genossen interessierte Geld nicht, der Genosse Friedman wollte anständigen Lohn für anständige Arbeit, er war ein guter Sozialist und loyaler Bundist; und dass er meinen Vater schätzte, hieß nicht, dass er ihm hätte dienen wollen.

Als die Rabauken aus Praga kurz vor den Feiertagen Laune bekamen, den alten Juden zu quälen, hatten sie das große Pech, dass Genosse Friedman, unterwegs nach Praga in einer wichtigen Mission der Partei, gerade aus der Haustür trat. Er war gute fünfzig, aber immer noch in bester Form, was er sofort unter Beweis stellte: Drei der vier polnischen Hooligans verprügelte er aufs Übelste, einer von ihnen lag am Ende bewusstlos und mit gebrochenen Armen auf dem Boden, zwei robbten weg, blutend wie die Schweine und nicht sicher, welche Knochen im Leib noch heil waren. Der vierte aber konnte fortlaufen. Er alarmierte seine Kumpel, die fielen über Friedman her, der ebenfalls ein paar Prager Juden zu Hilfe rufen konnte, und jetzt begann die Schlägerei wirklich. In dem Moment kamen zwei Autos mit deutschen Gendarmen angefahren, wie sie in Warschau nicht ganz treffend genannt wurden. Die Hooligans, die vor dem Krieg niemals den Bullen was gesteckt hätten, befanden mittlerweile, dass die alte Welt vergangen sei und die Zeiten sich geändert hätten. Die Deutschen verhafteten Friedman, brachten ihn in Richtung Otwock, erschossen ihn vor der Stadt und ließen das, was von dem großen Schlachter, Sozialisten und Kämpfer übrig geblieben war, im Graben liegen. Vorher hatten sie die Hooligans ermuntert, sich auf eigene Faust Recht zu verschaffen, was die mit dem größten Vergnügen taten. Die Unruhen verlagerten sich rasch von Praga ins Nordviertel, aufs andere Weichselufer: Die Polen machten Hatz auf fromme Juden in den Straßen, zertrümmerten Scheiben und ganze jüdische Geschäfte und gingen allen in derartigen Situationen üblichen Verfolgungen nach. Die Deutschen beteiligten sich nicht. Sie sahen von weitem zu, intervenierten nicht, dokumentierten dafür alles, filmten und fotografierten.

Als somit die Pogrome im Nordviertel begannen und Bernard Goldstein sogar aus seiner Wohnung in der Nowolipie 12 sehen konnte, was auf der Straße geschah, wurde ihm klar, dass er reagieren musste. Genosse Goldstein beschloss, die Juden vor den polnischen Hooligans zu schützen, dazu fühlte er als Bundist sich in der Pflicht, und erschien im Hause meines Vaters, denn er suchte jede nur mögliche Hilfe.

Vater wurde natürlich nicht nur wegen seiner mörderischen Rechten und anderer Boxkünste gebraucht, auch nicht wegen diverser Straßentricks – der bänderzerreißenden Tritte seitlich ins Knie, durch die Faschisten wie gefällte Bäume fielen und dann bis ans Lebensende humpelten, der teleskopartig ausziehbaren Stahlknüppel, die Unterarme brachen, oder der über dem Knie auf den Oberschenkel geschnallten, Rasierklingen-gespickten Brettchen, mit denen man den Freiern im Straßenclinch den Bauch aufschlitzte oder das Kinn, wenn einer sich unvorsichtig aufs Knie runterziehen ließ.

Das war natürlich alles nützlich, aber in solchen Dingen bewanderte Kraftmeier gab es unter den Hunderttausenden Warschauer Juden zur Genüge.

Wichtiger waren für Goldstein Vaters großes Netz in der Halbwelt, seine logististische Gewieftheit bei Straßenkämpfen, seine Autorität unter den jüdischen Gangstern und der Respekt, den er genoss. Darum bat er Vater, und der verweigerte sich nicht und ging hin.

In diesen wenigen Tagen des Osterpogroms wurde mein Vater plötzlich wie ganz früher. Die Pistole nahm er nicht mit: Goldstein hatte sich ausbedungen, dass es zur Vermeidung deutscher Vergeltungen keine Messer und Pistolen geben werde, nur Fäuste und Knüppel, um die Mistkerle zu verdreschen, aber nicht umzubringen. Vater war auch gar nicht scharf aufs Schießen, obwohl er sich seit seinem zwanzigsten Lebensjahr nie von der Waffe getrennt hatte. Jetzt aber häuften sich deutsche Bekanntmachungen über Erschießungen wegen Waffenbesitzes, es waren zu viele, um das Risiko einzugehen. Vater hatte sich natürlich niemals um eine Waffenerlaubnis bemüht, hätte sich nie erniedrigt, einen Bullen oder Gemeindevorsteher darum zu bitten, ihm gnädig das Tragen der Pistole zu erlauben; so hatte er also auch im alten Polen die Waffe illegal besessen. Aber die Deutschen – das war nicht die polnische Polizei, die man, wenn man mit illegaler Pistole in der Tasche geschnappt wurde, stets bestechen oder einschüchtern konnte, mittels Geld oder durch Beziehungen. Jetzt war es anders, und Vater wusste das.

Selbstverständlich dachte er nicht daran, den Deutschen seine Waffen abzuliefern, deshalb versteckte er neben dem, was er mit Miecznicki vergraben hatte, noch im Oktober all seine persönlichen Waffen an verschiedenen Orten, eine Pistole vergrub er im Garten unserer Villa in Mokotów, den Rest verteilte er auf mehrere Verstecke im Nordviertel, in seiner alten Heimat.

So ging er in das Nordviertel, mit Binde um den Arm und Teleskop-Knüppel in der Manteltasche, saß erst bei einer strategischen Vorbesprechung in Goldsteins Wohnung in der Nowolipie, Haus Nummer 12, dann übernahm er die Führung einer von drei Gruppen der jüdischen Selbstverteidigung, wie sie sich nannten. Die Gruppe meines Vaters operierte im Bereich Chłodna, Hala Mirowska und Żelaznej-Bramy-Platz, Gebieten also, die später wie eine lange Zunge des arischen Warschau ins Ghetto schnitten und das kleine vom großen trennten. Goldstein mobilisierte alle: die kräftigen jüdischen Träger, die Schächter, die Parteimitglieder, und dank Vaters Kontakten reihte sich auch die halbseidene Szene ein, jüdische Gangster, Diebe und Luden, die sich mit den Bundisten normalerweise weniger gut verstanden.

Die Straßenkämpfe dauerten zwei Tage und waren von wechselndem Erfolg. Am zweiten Tag schlossen sich, ein Erfolg meines Vaters, auch einige wenige christliche Arbeiter aus Wola der jüdischen Selbstverteidigung an, alte sozialistische Genossen. Die Deutschen griffen nicht ein, sie sahen sich die Unruhen aus der Ferne an und dokumentierten sie filmisch, die kleinen Kameras der Kriegskorrespondenten ratterten fröhlich, hoch aus den Türen der Militärfahrzeuge gehalten.

Vater blühte auf. Endlich rannte er wieder, schlug sich, schrie Befehle, anders, besser als im Krieg, Straßenbefehle, keine militärischen, wieder krachten unter Knüppeln die Knochen und flogen Zähne raus, wieder spürte er, dass er lebte, trotz der Armbinde, spürte, dass das Leben einen Sinn hatte, aber dann ging die Schlägerei zu Ende.

Alle hatten Angst vor einer Strafaktion der Deutschen, aber die erfolgte nicht. Die Kämpfer suchten Schutz bei den Untergrundstrukturen des Bundes.

Vater kehrte nach Hause zurück. Drei Tage später fuhr ein schönes Auto vor der Villa vor, ein flacher, langer schwarzer Citroën, und aus dem Citroën stiegen zwei Männer: auf der Fahrerseite ein hagerer, nicht sehr großer Deutscher in graugrüner Polizeiuniform, auf der anderen Seite ein großer, beleibter Ziviler im gestreiften Dreiteiler, mit blond-rötlicher Gesichtsfarbe, Wangen wie rote Bete und weizenblondem Schnurrbart unter dem gewaltigen Zinken.

Ich sah sie durchs Fenster. Ich sah auch, wie sie zur Tür gingen, und hörte das Läuten. Meine Eltern öffneten gemeinsam.

«Sie sind Juden, sehe ich das richtig?», sagte der Dicke in freundlichem Ton auf Polnisch und wies sich damit als Pole aus.

Mama und Vater blickten sich an.

«So ist es», erwiderte Mama schroff. «Noch ist das nicht verboten.»

«Aber nein, natürlich nicht», lachte der Dicke. «Sie haben fünfzehn Minuten, um dieses Haus zu verlassen. Es ist beschlagnahmt. Zehn Kilo Gepäck pro Erwachsenen, fünf Kilo pro Kind. Bin ich richtig informiert, dass in der Garage ein Automobil der Marke Buick steht?»

«Es geht Sie einen Dreck an, was in unserer Garage steht. Mit wem haben wir das Missvergnügen?», fragte Mama.

«Was den Dreck angeht, so irren Sie sich, und mit wem Sie das Missvergnügen haben, geht Sie nichts an. Fünfzehn Minuten, habe ich gesagt.»

«Mit welcher Begründung wird das Haus beschlagnahmt?», erwiderte Mama ruhig, und ihre Stimme zitterte nicht einmal.

«Die Begründung lautet, meine Liebe, dass ich Ihnen sage: Verpissen Sie sich. Und dieser sympathische deutsche Polizist hier sagt: ‹Raus›», antwortete ihr der Dicke und blickte Mama unbeirrt lächelnd weiter in die Augen. Der hinter ihm stehende Deutsche lächelte ebenfalls.

«Habt ihr euch etwa gedacht, wir lassen die Juden in so einer Villa wohnen, in so einer Gegend, und dann noch mit Autos rumkurven», fuhr der Dickwanst fort. «Die Villa wird für den militärischen Bedarf des Deutschen Reiches requiriert. Und Sie haben hier in einer Viertelstunde verschwunden zu sein.»

Er zog die Mundwinkel noch ein weiteres Mal nach oben und trat dann ein, wobei er Mama sanft aus dem Weg schob.

Hinter Mama stand Vater, Daniel und ich sahen von der Treppe aus zu.

Vater war gespannt, das linke Bein vorn, in Boxerposition, schaute misstrauisch, die Arme hängend, aber die Schultern angespannt. Sogar Daniel und ich sahen auf den ersten Blick, dass er diesen schnurrbärtigen Dicken in fünf Sekunden erledigen hätte können. Vater war so was einprogrammiert, er sah es schon vor sich, hatte sich früher jeden bevorstehenden Kampf ausgemalt. Auch jetzt sah er schon, wie er nach kurzer Finte mit der Linken das Kinn mit einem schrecklichen rechten Haken treffen und dann nicht zurückspringen, sondern nach vorn gehen würde, ihn umgehen und nach dem Knockout von hinten umfassen, mit dem rechten Arm um den

Hals packen, mit dem linken den Nacken blockieren würde, um sich dann auf den Rücken zu werfen, mit dem eigenen Gewicht den Leib des Fettwanstes zu Boden drücken, sodass der sich nicht aus der tödlichen Umarmung befreien könnte, seinen Rumpf mit den Beinen umfangen und dann die Arme zudrücken würde, der Dicke würde noch kurz zucken, dann erschlaffen, und Vater würde seinen Druck nicht lockern, das nicht mehr durchblutete Gehirn des Dicken würde schneller absterben als dieser große, weizenblond-beeterote Rüpel gebraucht hätte, um ein Bockwurstbrötchen zu verspeisen.

So hätte es kommen können, kam es aber nicht, denn hinter dem Dicken stand der deutsche Polizist, nicht hochgewachsen und auch nicht von hohem Rang, ein Wachtmeister, der angesichts meines Vaters, seiner Größe, der breiten Schultern und seines wütenden Blicks mit der Rechten an die linke Hüfte griff, wo er eine kleine Pistole am Gürtelhalfter trug.

Mein Vater sieht diesen Reflex und macht dem Dicken Platz. Der Dicke schiebt meine Mama beiseite: Das ist nicht direkt Gewalt, er schlägt sie nicht, er legt ihr einfach die speckige Hand auf die Schulter und schiebt sie weg, sanft, so als wollte er die Bestie nicht provozieren, die hinter ihr steht, also meinen Vater. Am kleinsten seiner dicken Finger trägt der Fettwanst einen Siegelring mit eingraviertem, spiegelverkehrtem Wappenbild, und heute im Grau sehe ich ganz deutlich diese speckige Hand auf der grauen Wollweste, auf Mamas Armen, den goldenen Siegelring und das Adelswappen von Leliwa darauf, Stern, Halbmond und Helm, die Umrandung.

Das aber war später. Vorher war die füllige Hand auf Mamas Schulter und der schnauzbärtige, wappenbewehrte Dickwanst auf dem Weg in unser Wohnzimmer, der sie wegschob, und mein Vater hinter ihr, wütend und ohnmächtig, und der Deutsche in grüner Polizeiuniform, die Hand am Halfter, ein Deutscher, den der Dickwanst als Drohung und Waffe in einem mitgebracht hatte. Und dann saßen und sitzen sie weiter, sitzen für immer in unserem Wohnzimmer, hingefläzt auf die Sessel, Beine auf dem Tisch, so zufrieden: der Deutsche im Gedanken an die vom Dicken versprochene Belohnung, der Dicke im Gedanken an das Haus, in dem er von jetzt an wohnen würde, aber auch im Gefühl, dass er Ordnung und Gerechtigkeit wiederherstelle in einer Welt, in der es unwürdig und ungerecht und ungeordnet zuging, weil in solch einer Villa nicht nur Leute wie mein Vater und meine Mutter wohnten, nicht nur Juden also, sondern demonstrativ nicht assimilierte Juden, keine späten Enkel der Frankisten, seit Generationen polonisiert, polnischer als die Polen, auch kein frischer Assimilant vom Typ Miecznickis, sorgfältig von seinem Judentum gesäubert, wie abgeschrubbt, sondern in seinen Augen unverschämt und demonstrativ jüdische Juden, wenn auch weltlich.

Hier gehörten die nicht her, und auch deshalb wollte sich der Dicke mit Genugtuung ansehen, wie wir in fünfzehn Minuten hektisch unsere Sachen packen, durchs ganze Haus rennen und das Wertvollste zusammensuchen, und sie würden danach durchsehen, was wir mitnehmen wollten, und die Kostbarkeiten selbst einstecken, warum auch nicht?

Im Flur macht Vater eine stumme Geste zu Mama – bestechen wir sie? Versuchen wir es?

Gewiss doch, so passiert das ständig, sie kommen zu reichen Juden, drohen, sie aus dem Haus zu werfen, und ziehen, gut bezahlt, wieder ab.

Meine Mama aber war klüger als mein dummer, böser Vater.

«Gehen wir, Jakub», flüstert sie. «Das ist sowieso nicht unser Haus. Hier gehören wir nicht her. Gehen wir, so wie wir sind. Wir wussten, dass dieser Moment kommen würde.»

Wir hatten uns in unserem Zimmer im ersten Stock versteckt, versteckt vor diesem schrecklichen Menschen in unserem Wohnzimmer. Mama rief uns wie zu einem Spaziergang, kommt, Jungs, und da begriffen Daniel und ich, dass jetzt unsere Kindheit zu Ende ging. Also zogen wir die Mäntelchen an, schnürten unsere Schuhe zu, nahmen unsere Teddybären mit dem eingenähten Geld und erschienen an der Tür, bereit zu gehen. Auf einmal waren wir brav und gehorsam wie nie. Auch Vater hatte seinen Mantel mit der Armbinde angezogen, einfach so, er war plötzlich ruhiger, als würde er denken: Eine verlorene Schlacht ist noch kein verlorener Krieg. Oder was man sonst so denkt, wenn man gerade verliert. Er nahm uns bei der Hand. Mama blieb neben uns stehen.

«Sie gehen einfach so, ohne irgendwas? Dann war unser Besuch hier wohl nicht unerwartet …», sagte der Dicke leicht besorgt.

«Wissen Sie, auf Niedertracht muss man immer gefasst sein, zumal in Ihrem beschissenen Land», erwiderte Mama.

«Heute geht's ja mal lustig zu. Eine Judenschlampe will mich belehren, was Niedertracht ist ... Die Hausschlüssel und Autoschlüssel legen Sie bitte auf diese entzückende Konsole da vorn an der Tür. Und wenn es Ihnen in diesem beschissenen Land nicht gefällt, dann hätten Sie freiwillig abhauen sollen, als es noch ging», riet der Dicke gutmütig. Der Deutsche sah sich gerade das in der Anrichte aufbewahrte Rosenthal-Geschirr an, wendete die Teller zwischen seinen Pfoten und prüfte die Marke an der Unterseite.

Als Vater die Worte «freiwillig Abhauen» hörte, zuckte er, als hätte ihm die Erinnerung daran, was er getan hatte, einen Schlag versetzt: das wendende Flugzeug, die Gedanken an ein Leben, das sie hätten haben können, die weißen Straßen Tel Avivs, Palmen, Sand, stattdessen das, was sie jetzt hatten und was für immer bleiben würde.

Mama erwiderte nichts. Sie überlegte einen Augenblick, ob sie dem wappentragenden Dicken die Schlüssel in sein weizenhell-rübenrotes Gesicht schleudern sollte, doch das hätte ihre Niederlage besiegelt, nicht seine, deshalb tat sie, wie befohlen, und legte die Schlüssel auf die Konsole. Und wir gingen.

Mir war klar, dass wir nicht mehr hierher zurückkehren würden.

Es tat mir leid um alles, was in der Villa zurückblieb. Das Auto, in dem ich so gern gefahren war, seit Kriegsbeginn unberührt. Meine Bücher. Karl May vor allem. Meine Flugzeugmodelle. Die eifrig gesammelten drei kompletten Jahrgänge des «Geflügelten Polen». Nur eine einzige Ausgabe nahm ich davon mit, die letzte, ich schob sie hinten in den Gürtel, unter dem Mantel, und das Taschenmesser mit dem Perlengriff steckte ich ein, Papas Geschenk.

Es tat mir leid um den Garten, den Daniel und ich liebgewonnen hatten. Den Rasen, auf dem wir Fangen und Kibbel-Kabbel spielten und manchmal mit Mama ein Picknick machten. Leid um unsere Verstecke, das Schlupfloch im ausladenden, verwilderten Apfelbaum. Auf seinen dicken Ästen hatten wir uns ein Lager gebaut für die geschnitzten Haselstockpfeile und Bögen, für bunte Steine und Gläser, die orangenen Federn der Eichelhäher und die schwarzen der Dohlen, wir hatte begonnen, uns Federbüsche zu basteln, die wir nun nie mehr fertigstellen würden.

Um all das tat es mir leid.

Ich schniefte.

«Mama, ich habe gestern mein Äffchen im Gartenversteck gelassen …», sagte Daniel, dem plötzlich sein Plüschtier einfiel.

Mama zog ebenfalls die Nase hoch.

«Das sind nur Sachen, Jungs. Nur Sachen, nichts weiter. Sachen sind nichts. Wir kaufen uns neue, und euch auch. Oder auch nicht. Uns wird es viel leichter sein ohne all das, ihr werdet sehen.»

Sie ließ so viel mehr zurück als wir. Auch ihr tat das weh, doch wenn man elf ist, denkt man eher an seinen eigenen Kummer, nicht an den der Eltern. Das Leid der Eltern nimmt man in dieser Zeit nur staunend wahr, aber es ist eine untrainierte Empathie, die in rascher Flamme verbrennt, in einem Wort wie «arme Mama» verhaucht.

Doch Mama atmete erleichtert auf.

Mama war voller Hoffnung.

Als wir das Haus verließen, stand draußen ein Straßenbengel, derselbe, dem mein Vater, als er in den Krieg zog, das silberne Zigarettenetui geschenkt hatte. Er sah zu uns herüber und grinste, grinste sehr breit.

«Abhauen, Judenpack, aber zack!», rief er uns hinterher.

Mein Vater zuckte und drehte sich auf dem Fuße um. Er wird ihn töten, dachte ich.

«Lass, Jakub ...», sagte Mama.

Und Vater ließ es.

Warum ließ er es, wenn er sich wenige Tage zuvor doch noch mit Hooligans und polnischen Faschisten auf der Straße geprügelt hatte? Vielleicht, weil er kurz zuvor noch derselbe Jakub Shapiro war, zu dem er 1937 wurde, nach Kaplicas Tod, als er das Auto und die Villa übernommen hatte wie Thron und Schloss der Warschauer Unterwelt.

Ich glaube, damals, an genau diesem Tag, hat mein Vater aufgehört, König dieser Stadt zu sein, und hat angefangen zu sterben. Alles konnte er ertragen: die Schützengräben beider Kriege, den Hunger, das Gefängnis, die Peitsche des Wärters im Gefängnis von Łomża – was er nicht ertragen konnte, war Ohnmacht. Sein ganzes bisheriges, vierzigjähriges Leben war ein Weg von der Schwäche zur Stärke gewesen. Ihm seine Kraft zu rauben bedeutete, ihm alles zu nehmen – und gegenüber dem wappenbewehrten Dickwanst war Vater genau das, machtlos, nur weil plötzlich dieser Papierstaat zerfiel, in dem einer mit Wappenring natürlich schon immer viel stärker als Vater gewesen war, gleichwohl hatte mein Vater sich im Rahmen dieser Wirklichkeit seine eigene Macht meißeln können.

Wäre der Dickwanst ein Jahr früher zu Vater gekommen, er hätte diesen Abend nicht mehr erlebt, auch wenn er damals schon jedem zweiten Warschauer Juden ungestraft eins in die Fresse geben konnte. Aber nicht meinem Vater. Das hatte Vater sich erkämpft. Mit Schläue, mit seinen Fäusten, Messer, Pistole, Gelassenheit, Zorn, mit allem. Niemand durfte ihm eins in die Fresse geben. Als aber dieser Papierstaat in Flammen aufging, verflüchtigte sich mit ihm auch Vaters mühsam erarbeitete Macht, zerfiel zu Asche nur deshalb, weil Vater keine Vorhaut hatte.

Deshalb war Mama zugleich erleichtert. Und voller Hoffnung. Denn der Wunsch meines Vaters nach Macht und Selbstbestimmung waren der Grund für alles Übel, das unsere Familie traf, und Mama war hoffnungsfroh beim Gedanken an ihren kraftlosen Mann, der endlich das schreckliche Rennen verliert, bei dem er mit der ganzen Welt konkurrierte und der ganzen Welt die eigene Bedeutung und Wichtigkeit beweisen musste.

So war sie frohen Mutes, als wir uns ins jüdische Viertel aufmachten.

Ein Stück weiter, in der Puławska, hielten wir eine Kutsche an und legten darin den Rest des Weges zu unserer alten Wohnung in der Nalewki, im Haus Nummer 40, zurück.

Wir hatten Glück, heute weiß ich das, dass wir wenige Monate vor der Schließung des Ghettos dorthin gezogen sind. Meine Eltern kamen deshalb glimpflicher davon, es geschah mit weniger Aufruhr und unter geringerem Druck. Später spielten sich hier geradezu danteske Szenen ab, als mehrere zigtausend Menschen innerhalb Warschaus umzogen, ihr Hab und Gut transportierten, eine Wohnung finden mussten und sich oft zwei Familien in einem Zimmer drängelten. Wir hatten unsere alte Wohnung, und noch immer ganz für uns allein.

Wir hatten also Glück, doch heute sehe ich, dass zwischen diesem unserem Glück und dem Unglück anderer gar kein Unterschied ist. Fast alle fanden schließlich das gleiche Ende.

Uns war seltsam zumute in diesen hallend leeren Zimmern, bevor Mama nicht alles eingerichtet hatte und uns das warme Netz von Möbeln, Nippes und Büchern umhüllte, die man in unserem Viertel fast nachgeworfen bekam, alle wollten ja ihren Besitz veräußern. Mama fand sogar eine Gouvernante, die zu uns nach Hause kam und uns, zu unserem Widerwillen, zum Lernen zwang. Wir übten Polnisch, Mathematik und Hebräisch, und Mama trieb uns auch an, Englisch zu lernen, das die Gouvernante beherrschte, doch darin machten wir wenig Fortschritte.

Dann kam der Tag, als Megaphone die Schließung des Ghettos bekanntmachten. Damals verschwand Vater, blieb zwei Nächte weg und kehrte betrunken zurück, um Mama zu sagen, dass er der jüdischen Polizei beitreten werde. Anschließend stritten sie sich, Mama setzte ihn vor die Tür, und er ließ sich rauswerfen. Das war es gewesen mit unserer Familie.

RYFKA

In der Kälte, in Dunkelheit und Furcht hat die Schlaflosigkeit einen ganz besonderen, ausgeprägteren Geschmack, so als äße man einen Esslöffel Salz, kaute darauf und schluckte alles, ohne nachtrinken zu können, ohne Speichel und ohne Hoffnung.

Beide Männer schlafen, als vertrauten sie darauf, dass ich wache. Konopka wimmert leise, im Schlaf, ruft nach seiner Mutter, der arme Junge, denke ich damals, weil ich nicht weiß, was ich im Grau weiß, ich weiß es nicht und werde es nie erfahren, dass er auf das an der Grube stehende entsetzte Mädchen geschossen hat.

Jakub schläft still. Er weint nicht.

Ich habe damals Sehnsucht nach ihm, hatte, habe Sehnsucht nach dem Mann, der er einmal war, sogar nach dem feigen Schweinehund, der er auch manchmal sein konnte. Am meisten aber habe ich Sehnsucht nach dem Jakub, der mir aus unseren hellen, schönen Tagen vor zwanzig Jahren in Erinnerung ist, Tagen, an die ich kaum mehr denke als etwas, das sich ereignet hat, sondern eher wie an etwas nur Erzähltes, Geträumtes, von verwaschener Gestalt, das sich fern in der Erinnerung spiegelt. Jetzt ist meine Erinnerung anders, durchsichtig und hart.

Sorgen macht mir unser neues Versteck. Sorgen machen mir die Spuren, die wir hinterlassen. Und dass gleich Tag und die Spuren zu sehen sein werden. Ich bin sehr erschöpft.

Sorgen macht mir noch etwas anderes, und es ist absurd, sich über dergleichen zu sorgen, wenn man auf der Grenze des Überlebens balanciert, und dennoch.

Ich bin sechsunddreißig Jahre alt. Das Leben hat mir nichts erspart, schon vor dem Krieg, vor fünf Jahren, sah ich fünf Jahre älter aus als meine damals einunddreißig Jahre, besonders mein Gesicht alterte rascher, mit der Zeit. Und heute? Ich habe weder Spiegel noch Licht noch die Muße, um meinen Körpers mit der nötigen Aufmerksamkeit zu studieren, mit jener Wachheit, mit der ich mein Gesicht und meinen Körper vor dem Krieg studierte und auch danach noch, wenn auch weniger sorgfältig.

Das letzte Mal ganz nackt habe ich mich bei dieser polnischen Nutte gesehen, vor dem Aufstand. Der Spiegel im Badezimmer war nicht sehr groß, das Bad aber geräumig und recht hell, sodass ich mich im Ganzen betrachten konnte, wenn ich von diesem Spiegel zurücktrat. Ich betrachtete mich also, sowohl en face wie im Profil, meinen hageren Leib und die langsam welkende Haut, betastete Schenkel, Brüste, untersuchte den Bauch, der nie von einer Schwangerschaft gedehnt worden war. Ich versuchte einzuschätzen, wie schlaff die Hinterbacken schon waren, indem ich sie in eine Höhe hob, auf der sie sich, wie ich meinte, befinden sollten, und dann sah ich mir mein Gesicht an, traurig und hasserfüllt.

Mit umso größerer Trauer und größerem Hass, als ich nun häufiger ihr Gesicht vor Augen hatte, das von Anna Ziembińska, die so verflucht schön, jung und arisch war, mir in allem überlegen.

Als sie mir das erste Mal Cognac einschenkte und ich mich entschied, lieber zu trinken als sie zu erschießen, wusste ich, weshalb sie beschlossen hatte, Jakub und mich zu retten. Sie hatte es beschlossen, weil sie ihn für sich wollte. Und es war ihr angenehm, in mir eine tatenlose Zeugin zu haben.

Wir aßen und tranken, Anna Ziembińska unterhielt uns mit flachen Anekdoten über die gute alte Zeit, verlor aber kein Wort darüber, weshalb sie vor zwei Wochen hergekommen war, aus London, und mit welchem Transportmittel, kein Wort über eine Landung auf einem fackelbeleuchteten Feld oder von einem Fallschirmsprung; und weil die konspirative Anna darüber nicht sprach, klang das alles noch lauter, noch echter, als hätte sie es in allen Einzelheiten erzählt.

Nach einstündiger höflicher Plauderei, die ich kaum ertragen hätte, hätte ich nicht vor ihren Augen fast die ganze Flasche Cognac geleert, verkündete die Ziembińska mit prinzessinnengleichem Charme, es sei nun Schlafenszeit, und wies uns unser Schlafzimmer. Als ginge sie davon aus, großherzig und elegant wie sie war, dass Jakub zu mir gehört.

Ich aber wusste, warum sie das tat, ich wusste sogar sturzbetrunken, was ich mir für diese Großherzigkeit kaufen konnte, was sie bedeutete und warum sie sie zeigte.

«Wir werden für unseren Aufenthalt hier zahlen», sagte ich. «In Gold und Dollar, keine Gorallen, nur harte Währung. Sie tragen die Kosten und das Risiko, das muss beglichen werden.»

Das sagte ich zum einen, um ihre Großherzigkeit zunichte zu machen, und zum anderen hatte ich nicht vor, hier von ihren Gnaden zu leben.

«Aber nicht doch, ihr seid meine Gäste», protestierte sie.

«Wir sind nicht Ihre Gäste. Gäste können gehen, wann es ihnen gefällt oder wenn es sich ziemt. Ein Gast wird nicht erschossen, wenn er mal hinunter auf die Straße geht», erwiderte ich eisig. «Und so dankbar wir Ihnen für die Unterkunft auch sind und sein werden, so wenig wollen wir sie Ihnen verdanken. Bitte das zu respektieren.»

Sie überlegte kurz und blickte mir in die Augen. Ich hielt diesem Blick stand, kniff die Lippen zusammen und sah sie an, als schliffe ich ein Messer. Schließlich nickte sie nur.

In dieser Nacht schlief Jakub mit mir, das erste Mal seit der Zeit vor der Großaktion, und so wie er mich in dieser Nacht gefickt hat, hatte er mich überhaupt seit langem nicht gefickt, seit den guten Zeiten vor dem Krieg, vor Emilia und den Kindern, vor allem. Ich war betrunken, ich dachte nicht viel dabei, ich ließ ihn mit meinem

Körper anstellen, was er früher am besten gekonnt hatte, so wie kein anderer, mein Jakub vor fünfzehn Jahren, plötzlich wiedergefunden, als wäre immer noch 1928, das letzte Jahr, in dem ich glücklich gewesen bin.

Da war ich zwanzig, war hübsch und war stark, hatte das Gefängnis durchgemacht, und kein Freier konnte mir was, im Gefängnis hatte ich lesen und schreiben gelernt und las nun plötzlich wie besessen, alles, dann lernte ich den phantastischsten Mann Warschaus kennen, verliebte mich, er liebte mich auch, und ich war glücklich, wir waren glücklich, dann ging alles kaputt, sie tauchte auf, ihre Kinder und der ganze Rest.

Nie hat er aufgehört, mit mir zu schlafen, auch wenn er mich manchmal ein Jahr lang nicht anrührte, am längsten wohl zwei Jahre nicht, und so lag in dieser seltenen körperlichen Liebe doch eine Beständigkeit.

Danach im Ghetto schlief er wieder mit mir, schon, doch es war nur ein ferner Abglanz meines früheren Jakub, dick war er, verdorben, gebrochen, ein Riss in ihm, und fast immer betrunken. Er wurde nur selten hart, da vermochte meine ganze alte Kunst nichts, er schlief manchmal mit dem Schwanz in meinem Mund ein und schnarchte los. Ich schlief deshalb damals mit anderen, ihre Gesichter und Namen habe ich leichten Herzens vergessen, nur die Körper und Genitalien sind mir in Erinnerung. Sie alle waren ausgehungert nach Liebe. Hiermals könnte ich mir die Namen und Gesichter hervorrufen, könnte sie denken, doch wozu.

Damals jedoch, in der ersten Nacht bei der Ziembińska in Powiśle, nahm er mich so, als wäre er wieder der Jakub von 1928, und ich, betrunken, glaubte nur zu gern, dass er wieder der Alte sei, und diese Nacht musste mir für lange, lange Zeit genügen. Vielleicht hatte ich sogar recht damit, dass er wieder er selbst war, denn er nahm meinen Körper, nicht mich.

Als ich am Morgen mit einem scheußlichen, fast einem Vorkriegskater erwachte, war die Ziembińska nicht mehr da. Sie hatte uns Vorräte und ein höflichst formuliertes Brieflein hinterlassen, dessen Anweisungen, ins normale Polnisch übersetzt, lauteten: keinen Lärm machen, das Treppenhaus nicht betreten und erst recht nicht nach draußen gehen, sich nicht am Fenster zeigen, möglichst leise auftreten, nur flüsternd sprechen, überhaupt so tun, als wären wir gar nicht da. Und beim Essen sparen, denn sie wisse nicht, wann sie wiederkomme.

Als Jakub begriff, dass sie nicht da war, sank er sofort in sich zusammen, als wäre der vorübergehende Lebenswille, den er gestern gezeigt hatte, wieder ganz aus ihm entwichen. Diese Nacht schliefen wir nicht miteinander. Unterhaltung bot er mir auch keine, aber wenigstens brauchte ich mich nicht um ihn zu kümmern, er lag einfach nur da, und Trinken und Essen hatten wir genug. Aus Langeweile las ich Bücher aus der hervorragend sortierten Bibliothek, ich habe nie schnell gelesen, jetzt verschlang ich einen Roman nach dem anderen. Jakub starrte währenddessen an die Wand.

Zwölf Tage später kam die Ziembińska zurück, als wäre nichts gewesen. Es war Abend, sie hatte zwei volle Tüten Proviant, zwei Flaschen Wodka, und nun mussten wir die Tage nicht mehr schweigend verbringen. Ich gab ihr ein paar Goldrubel, die sie mit angemessen gesalbter Verlegenheit, aber dennoch annahm, um dann in ihre Komödienrolle als Gastgeberin und Hausherrin zurückzufallen. Entgegen früheren Instruktionen stellte sie sogar den Phonographen an, legte Musik auf, ich fragte mich gar nicht erst, was sie so vertrauensselig machte, und bitte, schon saßen wir wieder am Tisch, aßen und tranken und lachten sogar laut, nicht nur Jakub und sie, sogar ich lachte, laut und lauter, Wodka, Musik, wir tanzten, als wäre nicht Krieg, als hätte Montgomery nicht gerade erst Rommel in Tunesien den letzten Stoß versetzt, als hätte Feldmarschall von Manstein nach der Wiedereroberung von Charkow und Siegen über Golikow und Rokossowski nicht gerade die Situation an der Ostfront gerettet, nach dem Fall Stalingrads.

Ich gönnte mir diesen Abend ohne Krieg, ohne den Krieg da draußen und ohne den Krieg, den ich mit der Ziembińska führte, so wie mit der ganzen Welt, seit ich denken kann.

Ich gönnte mir das, dabei war die Ziembińska doch meine Feindin. Dennoch lachte ich, trank Wodka und tanzte, nicht nur mit Jakub, ich tanzte sogar mit ihr und weiß, in welchem Moment ich einen Fehler beging: als ich zuließ, dass sie mich küsste. Ich ließ das zu, weil ich müde war, hundemüde, und die Müdigkeit machte mich unvorsichtig.

Sie schlummerte etwas später betrunken auf der Couch, und ich ging mit Jakub, der wieder voller Leben war, in unser Schlafzimmer, zog erst ihn, dann mich aus, und Jakub nahm mich von hinten, und währenddessen erschien sie in der Tür, auch nackt, und sah uns zu, und wir sahen sie an.

Ich war betrunken, jedoch nicht so, dass ich nicht wahrgenommen hätte, wie schön, gesund, weder vom Krieg noch vom Alter angegriffen noch von schlechter Geburt wie meiner, ihr blasser, weißer Leib war, die breiten Hüften, festen Brüste, das dichte Schamhaar. Sie sah sogar mehr mich an als ihn, sah mich an, und ihre Lippen standen lüstern offen, und ich, da ich mich vorher von ihr hatte küssen lassen, da wir getanzt hatten und sie uns das Leben rettete, stand nicht auf und knallte die Tür zu, brüllte nicht, sie solle verschwinden, nein, ich streckte die Hand zu ihr aus und lud sie zu uns ein.

Sie war erstaunlich, geradezu verblüffend schüchtern, was natürlich zur Folge hatte, dass diese Konstellation plötzlich sogar für mich erregend wurde, als sie flüsterte, mit einem Mal verlegen, so etwas habe sie noch nie gemacht, was ich, erfahren in allen möglichen Konstellationen weiblicher, männlicher und sogar gemischter Körper, ihr ohne weiteres glaubte.

Jakub brummelte betrunken, und seine Hände wanderten über ihren Körper und meinen Körper, und ich ließ es zu, dass er sie von hinten nahm, und bot ihr meine Hüften, und sie saugte sich mit jäher Hingabe an mir fest, so bewegt davon, wie viele Hände sie berührten, und davon, dass sie, glaube ich, zum ersten Mal einen anderen weiblichen Körper als den eigenen auf diese Art berührte.

Schon da begriff ich, was vorging. Ich begriff, dass ich dabei war, ihn zu verlieren. Dass ihr Körper ihn mir wegnahm mit jener ganz selbstverständlichen, alltäglichen

Leichtigkeit, mit der die Jugend immer über die Reife siegt.

Danach schlief Jakub ein, sie dagegen blieb noch immer unbefriedigt, und wir lagen lange auf dem dicken Teppich am Boden, ich mit dem Kopf zwischen ihren Schenkeln, bis schließlich ein Schauder ihren Leib durchlief und sie bebte, stöhnend, sehr lange, ihre Hände in mein Haar verkrallt. Gleich darauf zog sie die Decke vom schnarchenden Jakub auf uns herunter, und so schliefen wir auf dem Boden, ineinandergeschmiegt, ein.

Wir wachten alle gegen Mittag auf, Jakub weiterhin im Bett, Anna nun bei ihm, an seinen großen Körper geschmiegt, während ich auf dem Boden geblieben war, unter der Decke, die ich nicht selbst über mich gebreitet hatte.

Als sie die Augen öffnete, lächelte sie mich an, mit einem herzlichen, wohlwollenden, vielleicht sogar liebenden Lächeln, doch wusste ich, dass es vor allem ein Lächeln des Triumphs war.

Wir frühstückten in beklommenem Schweigen. Dann ging die Ziembińska, kam abends zurück, und an diesem Abend tranken wir keinen Wodka. Als aber Schlafenszeit war, sah Jakub mich reumütig an, mit diesem entschuldigenden Blick, den ich nur zu gut kannte, oft genug hatte er mich so angesehen, deshalb sagte ich nur hau ab und drehte mich zum schwarzen Rechteck des verdunkelten Fensters, während er das Schlafzimmer verließ und in das andere ging, wo sie schon auf ihn wartete und ihn einließ, um dann sorgfältig die Tür zu schließen, so leise wie möglich, ganz sanft, nicht mit ostentativem Knallen;

und dieses stille Türenschließen verletzte mich tiefer als das Drehen des Riegels und die Geräusche, die später aus dem Schlafzimmer drangen.

Ich wusste, ich kann nur eins tun: Warten, so wie ich immer auf ihn gewartet habe.

Am nächsten Tag war sie nicht mehr da, Jakub allerdings blieb im anderen Schlafzimmer, in das Anna immer ging, wenn sie bei uns vorbeikam, und das tat sie alle paar Tage, bis alles vorbei war. Wodka tranken wir nicht mehr zusammen, bis sie einmal Mitleid mit mir bekam und erneut Flaschen mitbrachte, wieder der Phonograph, wieder tanzen und wieder, wieder ließ ich mich von ihr küssen. Ich goss beiden freizügig ein, vermied es aber, selbst zu trinken.

Anna, endlich einmal redselig, erzählte von ihrer konspirativen Arbeit.

Sie hatte also ein Training in London und Schottland absolviert, dann hatte ein englisches Spitfire-Jagdflugzeug mit polnischem Piloten sie von London hergebracht, sie war nachts mit dem Fallschirm abgesprungen, über Warschau, auf der Poniatowski-Brücke gelandet, und arbeitete jetzt in der Heimatarmee. Sie bearbeitete deutsche Offiziere in Warschau.

Jakub schwieg. Am Tage zuvor hatten wir Artillerie und entfernte Schüsse aus Faust- und Maschinenwaffen gehört. Ich fragte danach.

Sie sagte uns, das Ghetto kämpfe. Die Juden kämpften.

Ich erwiderte, das Ghetto liege im Sterben, vielleicht mit der Waffe in der Hand, aber es sterbe, es kämpfe nicht. Sie zuckte mit den Schultern.

Als sie mich in ihrer beider Schlafzimmer einlud, lehnte ich so dezent ab, wie ich konnte, ohne meine eigene Zurückhaltung zu verstehen. Nackt und betrunken schliefen beide ein, zu betrunken für die Liebe, ich deckte sie fürsorglich zu, dann ging ich raus und schloss die Tür hinter mir.

So ging das lange.

Dann, im Winter, kamen plötzlich solche Leute. Ich sah nie, wer es war, denn ich und Jakub mussten uns dann in dem großen Schrank verstecken, der in meinem Schlafzimmer stand, was für mich völlig einsichtig war, deshalb nahm ich es widerspruchslos hin. Jakub rümpfte die Nase, und so saßen wir also idiotisch und absurd zwischen den nach Mottenpulver riechenden Mänteln, Anzügen und Pelzen, die Menschen gehörten, die ich nicht kannte, denen ich nie begegnet war, die womöglich, dachte ich damals, gar nicht mehr lebten, hiermals weiß ich, dass sie tatsächlich nicht mehr lebten. Die Ziembińska bat uns hundertmal dafür um Entschuldigung, aber sie schloss den Schrank jedes Mal ab, damit nicht zufällig jemand auf uns stieß.

Ich akzeptierte das. Wir saßen zusammen, einander gegenüber, unter diesen Mänteln und Pelzen, und wechselten kein Wort, nicht nur aus konspirativen Gründen, sondern auch deshalb, weil wir uns nicht viel zu sagen hatten.

Beim dritten Mal blieben Ziembińskas Gäste länger, zwangsläufig blieben auch wir, nur eben im Schrank. Aus dem Wohnzimmer hörten wir gedämpfte Stimmen eines Empfangs, polnische und deutsche.

«Ich bin dreiundvierzig, war der Boxchampion von Warschau, war der König von Warschau, habe im Cristal mit Hundert-Złoty-Scheinen um mich geworfen, und jetzt sitze ich eingeschlossen im Schrank bei dieser polnischen Nutte und kann nicht raus, weil sie Gäste hat», flüsterte Jakub im Dunkeln, und ich zuckte im Dunkeln mit den Schultern. Ich fragte mich, was die Deutschen hier suchten, ob das die Offiziere sein sollten, die sie bearbeitete.

Nach zwölf Stunden sperrte sie den Schrank auf, verkatert und leicht zerknittert. Sie kündigte an, es sei nicht ausgeschlossen, dass wir künftig ein bisschen mehr Zeit im Schrank verbringen müssten. Deshalb habe sie eine Idee. Hinter der Küche befinde sich eine kleine Speisekammer, an die Wand grenzend, an der der Schrank steht. Die Tür zu der Kammer lasse sich leicht tarnen, indem man eine der beiden Anrichten davorschiebe. Wenn man vom Schrank die Rückwand abbaut und ein Stück Mauer raushaut, könnten wir viel länger versteckt bleiben, und weitaus komfortabler.

Genau so hat sie gesagt – weitaus komfortabler.

Das Versteck richteten sie und Jakub her, ich rührte keinen Finger. Sie sägten die Rückwand aus dem Schrank und brachen die Mauer ein, Anna trug die Ziegel weg, die Jakub aus der Wand pulte. Im Ergebnis führte ein enger Durchgang vom Schrank in die nun von der anderen Seite getarnte Speisekammer. Dort war gerade genug Platz für ein Schlaflager zu zweit. Jakub musste die Beine anziehen, weil er zu lang war. Sie legten dort sogar Strom und hängten eine Glühbirne auf, sodass wir nicht mehr im Dunkeln sitzen mussten.

In diesem Versteck verbrachten wir immer mehr Zeit, immer weniger in der Wohnung. Und die Ziembińska hatte immer häufiger Gäste, wir hörten ihre Stimmen jetzt deutlicher. Sie sprachen gewöhnlich Deutsch, manchmal Polnisch. Über Politik redeten sie nicht, jedenfalls nicht in der Küche. Sie tranken, spielten Musik vom Phonographen, amüsierten sich, und von Osten her näherten sich allmählich die Sowjets. An Essen fehlte es uns nicht, nur an Hoffnung.

Jakub taumelte langsam wieder in die Apathie, die ihn vorher, in Többens Szop, befallen hatte. Die Ziembińska lud ihn nicht mehr in ihr Schlafzimmer. Wodka tranken wir auch nicht mehr zusammen, dazu war keine Gelegenheit, wir waren kaum mehr allein. Wenn sie uns aus dem Versteck ließ, stets mit Entschuldigungen, dass es so lange gedauert hatte, verließ sie bisweilen selbst die Wohnung, blieb ein, zwei Tage weg, und wir konnten die Nachttöpfe und Deckeleimer leeren, die uns während der klaustrophobischen Tage als Abtritt dienten, konnten baden, die Glieder strecken, bis Anna zurückkam, wieder unter Entschuldigungen, und uns in den Schrank und die Speisekammer sperrte, weil erneut Gäste kamen.

Mir war ganz klar, weshalb sie das Interesse an Shapiro verloren hatte. Mir war klar, weshalb sie ihn sich am Anfang der Zeit in der Wohnung in Solec nehmen wollte. Mir war auch klar, warum sie sich einmal in ihn verliebt hatte.

Als sie ihn kennenlernte, 1937, war Shapiro ein Wolf, König von Warschau. Er war die reine Kraft und der reine Wille. Auch wenn er mal verlor, verlor er Mannhaftigkeit und Würde nicht. Später dann war er ein gebrochener, versoffener Mann ohne Lebensgeister und Lebenswillen.

Weshalb also hat sie ihn sechs Jahre später wieder genommen, besiegt und gebrochen wie er war? Sie hat ihn sich genommen, um mir zu zeigen, dass sie es konnte. Ich war das Ziel und der Grund der Auffrischung dieser Liebe. Nachdem sie mir das bewiesen hatte, brauchte sie diesen großen, leeren Mann nicht mehr. Dennoch behielt sie uns weiter bei sich, immer weniger interessiert an uns, und hielt uns am Leben. Ich wusste damals nicht warum, hiermals weiß ich es.

Aber eines Tages, ich wusste damals nicht, welcher Tag war, wir hatten die kalendarische Zeitrechnung verloren, hiermals weiß ich, dass es der einunddreißigste Juli 1944 war, zudem ein Montag, was lang schon keine Bedeutung mehr hatte, für uns unterschieden sich weder die Wochentage noch die christlichen Sonntage oder jüdischen Sabbats – eines Tages passierte doch etwas.

Wir saßen den vierten Tag hintereinander in unserem Schlupfwinkel, hungrig und durstig, der überfüllte Nachttopf stank, und in der Kammer war es furchtbar heiß. Die Ziembińska hielt sich in der Wohnung mit einem Deutschen namens Simon auf. Manchmal ließ sie ihn allein mit für uns unsichtbaren und unhörbaren Gästen. Es sah so aus, als wäre der Deutsche praktisch bei ihr eingezogen.

Am späten Montagabend kamen sie in die Küche, Anna Ziembińska brühte echten Kaffee auf, den der Deutsche ihr mitgebracht haben muss, denn das war damals eine Seltenheit, der Duft zog bis in unser Versteck und reizte mich ungemein. Sie unterhielten sich auf Deutsch, die Ziembińska redete völlig ungezwungen, so als hätte sie uns vergessen, als wären wir gar nicht mehr da. Man hörte, dass sie schon betrunken waren, der Kaffee sollte sie wohl auf die Beine bringen, wir verstanden alles, denn wenn man Jiddisch spricht, versteht man auch Deutsch, und im Ghetto musste man sich ins Deutsche hineinhören, ob man wollte oder nicht.

In der Küche erzählte Anna dem Deutschen von einer Aktion «Sturm», von der polnischen Legion der Waffen-SS, davon, dass ihre Familie immer den Bolschewismus bekämpft habe und es Zeit sei, dass Polen und Deutsche Schulter an Schulter stehen, die Reihen schließen und einen Damm gegen die bolschewistische Sintflut errichten. Der Deutsche stimmte zu. Dann bedauerte er, dass die polnisch-deutsche Verständigung durch all die unnötigen deutschen Grausamkeiten erschwert werde, die Polen ertragen müsse. Er sei dagegen, die Polen und überhaupt die Slawen an sich für eine niedere Rasse zu halten, schließlich seien die Slawen ebenso Indogermanen wie die germanischen Völker. Das Problem sei ein semitisches, der jüdische Bolschewismus, dem gegenüber Polen und die Polen immer feindlich eingestellt gewesen seien. Anna nickte vermutlich, fügte selbst nichts hinzu.

Sie redeten, tranken Wodka, verließen die Küche und gingen ins Schlafzimmer.

Ich hatte es satt, das dachte, spürte ich, ich ertrug das Versteck nicht länger, ertrug nicht, dass es Anna Ziembińska gutging, dass sie mit Deutschen flirtete, Wodka trank, rumvögelte und lebte, einfach lebte, während wir unser Dasein fristeten, im vegetativen Sinn. Und dieses Gefühl wurde plötzlich unwiderstehlich, es verdrängte alle anderen, jeden Gedanken und machte das Bewusstsein wehrlos, so wie der Stuhldrang wehrlos machen kann, wenn es wirklich nicht mehr auszuhalten ist.

Habe ich geplant, was dann kam? Nicht einmal hiermals bin ich sicher, ob es nur Emotionen waren oder eine kaum bewusst rationale Entscheidung, ob mich der reine Hass getrieben hat oder ob ein Element von rationalem, wenn auch unbewusstem Lebenswillen darin enthalten war?

Mein Entschluss hatte viele Beweggründe. Gewiss, es war Krieg, und unser biologisches Überleben gefährdet, doch der Entschluss, den ich damals fasste, hatte nichts Militärisches. Er hatte vor allem etwas mit Liebe zu tun.

Ich verzieh ihm, dass er mich für eine Frau verlassen hatte, die ihm Söhne schenkte. Das war mein – wenn auch unverschuldeter – Schwachpunkt. Er wollte Kinder, und die konnte ich ihm nicht geben, deshalb nahm ich es ihm nicht übel, dass er die andere nahm, die es konnte. Ich verzieh es ihm, weil ich seinen Entschluss verstand und, auf eine mir pervers schadende Weise, auch fand, dass dieser Entschluss richtig war.

Ich verzieh Jakub und der Mutter seiner Kinder, doch mir selbst konnte ich nicht verzeihen, dass ich die Ziembińska nicht erschossen hatte, als ich das hätte tun sollen und noch konnte, und dass ich sie damals nur deshalb unter meine Fittiche genommen habe, weil sie eine von den seinen war, ich kümmerte mich so um sie, wie ich mich um eins seiner Kinder gekümmert hätte, wenn es zu mir gekommen wäre.

Aber sie war nicht sein Kind, und ich hätte sie einfach erschießen sollen damals, 1937, als die Zeit dafür war. Sie hätte uns dann nicht aus dem Ghetto geholt, klar, aber ich hätte einen anderen Weg gefunden. Wenn ich sie damals erschossen hätte, wäre er dann nach Palästina gefahren? Vielleicht ich mit ihm? Das bleibt mir verborgen. Es gibt nur eine Welt, in der ich lebe und die ich denke, einen Zeitstrang, es gibt kein «was wäre wenn».

Ich hätte sie ja erschießen oder mit dem Messer abstechen können, als sie mit Jakub fickte. Ich hätte, habe es aber nicht getan, weil ich es hingenommen habe, dass Jakub mit einer anderen fickt, ich habe das fast mein ganzes erwachsenes Leben hingenommen. Ich konnte es nur nicht ertragen, wenn Jakub, den ich mehr begehrte als irgendetwas anderes auf der Welt, von einer Frau verlassen wurde.

Und schließlich dieser Deutsche. Mit dem sie in der Küche über den gemeinsamen Kampf gegen den Bolschewismus redet. Für solches Gerede gibt es sogar in der polnischen Konspiration eine Kugel in den Kopf.

Kollaborateurin, ein Wort wie eine Kugel.

Natürlich, sogar damals war mir irgendwie unterhäutig klar, was ich heute mit Sicherheit weiß, dass ich mir etwas vormachte, mir absolut etwas vormachte. Die Deutschen waren mir widerwärtig, und ich hasste sie, aber die Polen waren mir ebenso widerwärtig, und ich hasste sie genauso. Hasste sie anders und für etwas anderes, aber ihre Schuldzuweisungen und Dispute, ob gute Polen mit den Deutschen zusammenarbeiten dürften, in welchen Lebensbereichen und wo nicht, interessierten mich nicht im Geringsten.

Jedenfalls wünschte ich ihr den Tod nicht deshalb, weil sie mit den Deutschen kollaborierte. Das war mir egal. Und ich war ja nicht einmal sicher, ob sie wirklich kollaborierte oder ob es eine Finte war, ob sie den deutschen Offizier hier nicht auf Befehl und im Dienste der polnischen Heimatarmee verführte.

Das alles war mir gleichgültig. Ihren Tod wollte ich, weil sie den Mann geringschätzte, der sie mir vorzog. Ich wünschte jedem den Tod, der mich geringschätzte.

Und ich habe sie getötet.

«Der fickt sie dort, weißt du?», flüsterte ich in der verborgenen Speisekammer Jakub zu, der reglos neben mir lag. Er antwortete nicht, doch er wusste es ja selbst sehr gut.

«Der Mann, den ich geliebt habe, der Mann, der du einst warst, hätte gewusst, was zu tun ist», fügte ich hinzu, und das war nicht wahr.

Es war deshalb nicht wahr, weil alles, was er geworden ist, schon in ihm steckte, er selbst hat sich zu dem gemacht, der er wurde. Nichts in ihm hat sich verändert, im Versteck hinterm Schrank war er derselbe Jakub Shapiro wie 1938, als er im roten Chrysler des Paten vor dem Adria oder dem Bristol vorgefahren kam, groß, frisch rasiert, in englischem Flanell, im Kamelhaarmantel mit Karakulkragen, duftend, pomadisiert, schwer und furchteinflößend wie ein alter Tiger.

Als er dem Garderobier den Mantel hinwarf, als die

Kellner sich vor ihm verbeugten, als er Hummer bestellte, der noch am Morgen in der Adria geschwommen war, als er die Spießer damit provozierte, dass er bei Simon und Stecki mit jüdischen Nutten einkehrte und mit diesen Nutten laut und schallend Jiddisch sprach, trank, aus vollem Hals lachte, und wer ihn schief ansah, der konnte schon einmal den Teller mit Hühnersuppe ins Gesicht kriegen – da war er schon genau wie dieser am eigenen Hochmut und der eigenen Dummheit zugrunde gegangene Mann, der nun im Schrankversteck die eigene Feigheit vor der deutschen Grausamkeit und der polnischen Gemeinheit versteckte.

All das war schon immer in ihm gewesen. Seine grenzenlose Selbstüberschätzung ließ dort nicht nach, in diesem Schrank, denn sie erwuchs aus der Tiefe seines Charakters, daraus, wer und wie er war. Jakub Shapiros Selbstüberschätzung war eine Folge seiner panischen Angst, jemand könnte ihn geringschätzen, und das Ergebnis war der unablässige Zwang, allen seine Bedeutung beweisen zu müssen.

Aus dem Schlafzimmer, in dem die Ziembińska sich neulich Jakub hingegeben hatte, zeugten eindeutige Laute jetzt davon, dass sie sich dem anderen hingab, mit dem sie eben erst in der Küche Deutsch gesprochen hatte.

«Gib mir die Pistole», flüsterte Jakub.

Ich gab ihm die Waffe, er lag einen Augenblick still auf dem Bettzeug, die Parabellum in der Hand, dann sprang er auf, drückte gegen den Schrank, wollte die Tür eintreten, ich hielt ihn davon ab – es war besser, den Deutschen zu überraschen. Also hebelte er behutsam den Schlossbeschlag aus und öffnete den Schrank.

Unsere Schlafzimmertür stand offen, er stürzte in den Flur, dann in ihr Zimmer.

Die Ziembińska kniete nackt auf dem Bett, das Gesicht zur Tür, den Hintern rausgestreckt, und der massige Deutsche mit breiten Schultern, großem Bauch und aufgedunsener Schlachterfresse stand da und fickte sie von hinten, die hohen Stiefel hatte er noch an, die grüne Uniformhose bis zu den Knien runtergelassen, auf dem Stuhl daneben die Polizeijacke.

Der Deutsche keuchte, die Ziembińska quietschte, sie sah Jakub erst nach ein, zwei Sekunden und zuckte zusammen, der Deutsche, auf ihren Arsch starrend, bemerkte Jakub überhaupt nicht, er bog sich in einem wollüstigen Krampf, Jakub schoss mit meiner Pistole und traf den Deutschen in die Brust, ins Brustbein, in Höhe des Herzens, der fiel nach hinten, bäumte sich ein paar Mal auf und blieb liegen, halbnackt und tot, ohne zu wissen, dass er starb und wer ihn getötet hatte.

Die Ziembińska erstarrte so, wie wir sie angetroffen hatten. Sie blickte genau in den Lauf der Pistole in Jakubs Hand und wagte nicht, sich zu rühren.

«Ich habe euch gerettet, euch versteckt …», flüsterte sie, ohne den Blick von der Waffe zu wenden.

Auf dem Nachttisch lag ein braunes Halfter, offenbar von dem Deutschen. Daneben stand, an die Wand gelehnt, eine Maschinenpistole mit Holzkolben und Seitenmagazin, so eine, wie Blösche sie im Ghetto trug. Anna warf einen kurzen Blick auf diese Waffe.

«Schieß!», zischte ich.

Und er schoss. Die erste Kugel traf nicht, und die Ziembińska warf sich auf die Maschinenpistole ihres Liebhabers. Jakub schoss ein zweites Mal und traf diesmal ihre Schulter, sie fiel in die Spalte zwischen Bett und Wand. Jakub trat hin, schob mit dem Fuß die Maschinenpistole des Deutschen weg.

«Die Spitfire ist ein Jagdflugzeug für einen Mann Besatzung», sagte er dumpf.

«Was?», fragte Ziembińska verständnislos, und ich verstand ebenso wenig.

«Ein Jäger. Für einen Mann. Habe ich im ‹Geflügelten Polen› gelesen, das hatte mein Sohn vor dem Krieg abonniert.»

«Ja und?», fragte sie weiter oder tat in ihrer Angst vielleicht nur so, als verstünde sie nichts.

«Fallschirmspringer springen nicht von einer Spitfire ab. Sie springen von Verbindungsflugzeugen, Transportflugzeugen oder Bombern, aber nicht von Spitfires. Du bist nicht aus London oder von sonst wo gekommen.»

Ich hatte natürlich schon lange vergessen, dass sie einmal etwas von einem Flugzeug erzählt hatte, dessen Namen mir weder etwas sagte noch mich interessierte, Jakub dagegen hatte sich aus dieser Lüge die Begründung gebastelt, die er brauchte, um die Ziembińska zu erschießen. Ich schieße hier auf eine faschistische Kollaborateurin, kein Wunder, wenn man bedenkt, aus welcher Familie sie stammt – indem er sie jedoch eine deutsche Nutte schimpfte, vergaß er selbst die Mütze und die Armbinde, die er noch vor kurzem getragen hatte.

«Du bist ein Idiot, Shapiro», stöhnte die Ziembińska, Shapiro schoss und traf sie in die Stirn, wobei er sich vormachte, er selbst hätte das getan, er hätte den Entschluss gefasst und sie getötet, in Wirklichkeit war ich es, die beschlossen hatte, dass sie sterben muss. Nicht er. Ich habe sie getötet.

«Erledigt», sagte ich.

«Sie hat es verdient, hat sich mit den Deutschen gemeingemacht», sagte Shapiro.

Ich drehte mich zu ihm, wie vom Stromschlag getroffen.

«Und du, hast nicht jedem Wachmann gehorsam salutiert und dieser Zirkusmütze nachgehechelt, hast du dich nicht mit den Deutschen gemeingemacht, du Fettwanst?», schrie ich beinahe. «Hast plötzlich polnisches Ehrgefühl geleckt? Nur Schweine sitzen im Kino? Tod den Kollaborateuren? Dass die Partei dich für genau das Gleiche erschießen wollte, hast du das vergessen?»

Mit einem Schlag war die Luft aus ihm raus.

«Gib mir die Pistole zurück», forderte ich und strecke die Hand aus.

Er gab sie mir nach kurzem Zögern.

Nein, es gefiel mir nicht, wie sie mit diesem Deutschen über die Bolschewiken gesprochen hatte, denn die Bolschewiken und ihr Vorrücken waren unsere einzige Überlebenshoffnung. Doch abgesehen davon wollte ich seine Ausreden nicht akzeptieren. Ihr Tod war eine Strafe, richtig, aber nicht für irgendwelche einer polnischer Phantasie entstammenden Kollaborationsverbrechen. Für etwas anderes hatte ich sie bestraft.

Dafür, dass sie meinte, in allem besser zu sein als ich. Höher geboren. Diese Haltung hatte sie nicht einmal bewusst trainiert oder gehegt, sie war ihr eingeschrieben, eingedruckt. Sie meinte, etwas Besseres als ich zu sein, so wie sie wusste, dass abends die Sonne untergeht. Dafür wollte ich sie und im Grunde eine jede von ihresgleichen bestrafen, und ich hatte es getan.

«Was jetzt?», fragte Jakub.

Schwer lehnte er mit dem Rücken an der Wand und rutschte dann daran hinunter auf den Boden.

Was für eine Sehnsucht hatte ich nach den Zeiten, als er solche Fragen nicht stellte, weil er selbst ganz Handeln war und immer wusste «was jetzt», Zeiten, in denen das «jetzt» sein Lebenselixier war, Zeiten, in denen in ihm der Wille kochte, die Energie, der Lebenshunger.

Doch diese Zeiten waren vorbei. Jetzt hatten wir zwei Leichen vor uns und konnten die Wohnung wegen unseres Aussehens nicht verlassen, wir hatten eine Maschinenpistole, von der ich hiermals weiß, dass es eine MP 28 war, die wir damals allgemein und irrtümlich als Bergmann bezeichneten, wie jene Maschinenpistole mit Holzkolben, im Unterschied zu der sehr begehrten Schmeisser, einer Frontwaffe mit Bakelitgriff und zerlegbarem Metallkolben, die vor dem polnischen Aufstand nur selten in Warschau zu sehen war.

Wir hatten also zwei Leichen, eine Maschinenpistole und drei Magazine, eines mit zwölf und zwei mit dreißig, zusammen also achtzig Patronen, die auch in meine Parabellum passten, dazu die Pistole des Deutschen auf dem Nachttisch, die, wie sich später herausstellte, wenig taugte, eine Kleinkaliber sieben, und außerdem – ich sah nach – Proviant für eine Woche zum Sattessen und für zwei Wochen nicht satt. Wir mussten entscheiden, was nun.

Ich musste entscheiden. Jakub saß auf dem Fußboden und starrte auf die Leiche der Ziembińska, und ich sah ganz deutlich, wie er wieder zerfiel, den Halt verlor und so rasch in die Dunkelheit abglitt, wie das dunkle, fast schwarze Blut aus ihrem toten, nackten Körper floss.

Damals verstand ich diese bizarre Konfiguration nicht, sie Polin, wir Juden im Versteck hinter dem Schrank, der Deutsche in der Küche, im Schlafzimmer und in ihr, Gespräche über den gemeinsamen Kampf gegen die Bolschewiken: als hätte eine polnische Nutte und ein Fritze, Wachtmeister der Ordnungspolizei, irgendetwas mitzureden über den Kampf gegen die Bolschewiken.

Damals verstand ich das nicht, hiermals verstehe ich es. Aber sogar damals, obwohl ich beschlossen hatte, sie mit dem Tod zu bestrafen, habe ich sie nicht verurteilt. Gut, sie hielt sich für etwas von Natur aus Besseres als eine wie ich, aber war das ihre Schuld oder eher die Schuld ihrer Kreise, ihrer Klasse, in der sie zur Welt gekommen und herangereift, sie selbst geworden war?

Diese Lehre hatte ich schon viel früher erhalten, noch in der Baracke in Żoliborz, bei Madame von Regel. Ständiger Refrain ihres Unterrichts war, dass man niemanden beurteilen dürfe, den man nicht inwendig kenne, denn man könne nie wissen, mit welchen Widrigkeiten jemand zu kämpfen habe, welche inneren Kriege er ausfechte.

Woher nahm Madame von Regel diese für ihre Kreise untypische Überzeugung? Aus der Erfahrung ihres Leides. Mich selbst hat viele Jahre später mein eigenes Bordell in dieser Haltung bestärkt. Deshalb mochten die meisten Kunden mich vielleicht und schätzten mich, weil sie, unabhängig davon, wie viel Geld sie bei mir ließen, auf eins rechnen konnten – dass ich sie nicht beurteilte.

Für viele war der Bordellbesuch so normal wie eine Droschkenfahrt, mit dem Unterschied, dass sie mehr Respekt für den Droschkenkutscher hatten als für die Frau, deren Körper sie nahmen, aber selbst darüber urteilte ich nicht, wenn sie mir nur die Mädchen nicht verdarben. Denn wie sollten sie in der Hure eine Frau sehen, wenn schon der Vater oder Onkel die jungen Männer ins Bordell brachten, damit sie ihre Unschuld verloren und vor der Hochzeit lernten, wie es geht? Wenn den Männern so tief eingestanzt war, dass das Wichtigste an der Frau ihre Ehre sei, diese von Männern erdachte und männlichen Interessen dienende, illusionäre Reinheit, die die Frau selbst und der sie behütende Mann wahren müssten, woher sollten sie dann den Respekt vor einer Frau nehmen, die ihren Körper für Geld hergibt? So eine gehörte für sie nicht einmal zur selben menschlichen Gattung wie ihre Ehefrauen oder Töchter, solche waren Nichtmenschen in menschlicher Gestalt, genauso übrigens wie ihre Dienstmädchen oder Bauernmägde auf dem Gehöft, das sie vielleicht vor der Stadt besaßen. Gleichwohl gab es sogar unter denen, für die meine Mädchen sich kaum von Haustieren unterschieden, denen, die durch die Ausbeutung der Armen reich geworden waren, von Generationen von

Bauern gemästet, oder unter den Neureichen, polnischen oder jüdischen Kapitalisten, die an dem gediehen, was die Proletarier in ihren zu Fabriken aufgeblasenen Werkstätten produzierten, sogar unter diesen gab es auch gute Menschen. Auch sie waren Produkte ihrer Klasse und ihrer Epoche, aber gute, auf ihre Weise edle Menschen, und manchen, den intelligentesten, gelang es sogar, die Beschränkungen der Gesellschaftsformation, in der sie aufgewachsen waren, zu durchbrechen.

Es gab allerdings auch solche, die ohne die triumphale Selbstsicherheit der Herren von Welt in mein Etablissement kamen, kleine Beamte, Gesellen, Studenten aus armen Familien, Verkäufer, die sich beim Eintreten ängstlich umsahen, den Hut in den Händen kneteten und an die Brust drückten, statt Zylinder, Spazierstock und Handschuhe mit einer Geste in den Raum zu strecken, in der die unausgesprochene Annahme zum Ausdruck kam, in diesem Raum müsse sich wie selbstverständlich eine dienstbare Hand finden, die ihnen Zylinder, Handschuhe und Stock abnehmen, während andere Hände von fast Unsichtbaren den Mantel von den erlauchten Schultern ziehen. Diejenigen, die ihre Hüte kneteten, reagierten auf jedes dienstbare Angebot mit einem schüchtern «aber nicht doch, nicht nötig», nannten die käuflichen Mädchen «Töchterchen», und wenn die nicht selbst die Initiative ergriffen, dann hätten sie wohl nicht einmal die Hose ausgezogen und die ganze bezahlte Zeit verlegen auf dem Stuhl gehockt.

Besucher dieser Art entwickelten eine Bindung an die Mädchen, sie verliebten sich sogar manchmal, was ich im Interesse der Mädchen zu verhindern suchte, nicht immer erfolgreich. Sie kamen regelmäßig wieder, wann immer ihr Haushalt es erlaubte, oft zudem erdrückt vom Schuldgefühl, weil sie bei mir Geld ließen, das sie ihrer eigenen Kinderschar absparten. Oft waren es auch wahrhaft gläubige Menschen, überzeugt davon, dass sie hier sündigten und in die Hölle kommen würden, Bußsakrament hin oder her. Manche liebten ihre Ehefrauen, die ihnen das Bett verweigerten, ehrlich und litten an der Schuld, weil sie hier den Treueeid brachen, und so weiter, und wenn gerade ein ruhiger Tag war und nicht die zylinderreichenden Herren oder die Leute des Paten und Shapiros die Bar besetzten, dann lud ich bisweilen einen an die Bar ein, wo er dann manchmal eine ganze Stunde saß, drei Bier oder einige Gläschen trank. Den Netten gab ich manchmal sogar einen aus, und die meiste Zeit schwiegen sie, oder, wenn sie sich sicher fühlten, machten Geständnisse, begannen gar zu weinen, und ich hörte zu, nickte, streichelte manchmal einem übers Haar. Wenn dann Kaplica und Shapiro hereinstürmten, die für einen verheulten Studi oder schniefenden kleinen Verkäufer natürlich nichts als Verachtung hatten, nahm ich ihn vor ihnen in Schutz, und das tat ich so, dass die Schutzbefohlenen sich nicht gedemütigt fühlten, weil eine Frau das tat, es oft nicht einmal mitbekamen.

So war das, und so wenig wie ich diese zaghaften Burschen, nervösen jüdischen Anwälte, Bankiers und Kaufleute, aufgeblasenen polnischen Grundbesitzer oder deutschen Industriellen beurteilte, so wenig verurteilte und verdammte ich auch Anna Ziembińska. Ihr Urteil fiel wegen der Liebe, meiner Eigenliebe ebenso wie meiner Liebe zu diesem großen, gebrochenen Mann, der damals an der Wand saß und weinte, während er ihre Leiche betrachtete.

«Was jetzt?», fragte er ein zweites Mal unter Tränen, und ich weiß hiermals, dass er weinend, hilflos, besiegt keineswegs schwächer war als zu jener Zeit, als er durch die Stadt flatterte und im Adria, im Cristal oder in der Oaza mit Hundert-Złoty-Scheinen um sich warf, die er speziell für diesen Zweck gesammelt hatte, er warf sie voller Verachtung für alle, die ihre Hundert-Złoty-Scheine geerbt hatten, ein echter Held, der die Phantasie des hauptstädtischen Proletariats inspiriert. Er war genau so. In ihm war die gleiche Kraft wie damals, und damals war in ihm die gleiche Schwäche, die in der Wohnung der Ziembińska zutage trat, wie zwei Seiten derselben Münze, Kopf und Zahl des Jakub Shapiro, des einzigen Mannes, den ich geliebt habe.

«Ich weiß nicht, was jetzt, Jakub», antwortete ich.

Wir hatten zwei Leichen, ein paar Waffen, hatten die Hoffnung und die Furcht, schließlich waren drei Schüsse gefallen, die Nachbarn mussten etwas gehört haben, jemand konnte die Fritzen holen oder die blaue Polizei, doch niemand tat es.

Und sie? Sie tat mir in dem Moment schon leid, auch wenn ich sie gerade durch Jakubs Hand getötet hatte, und hiermals könnte ich sogar ihren Tod bedauern, wenn solches Sentiment denn irgendeinen Sinn hätte.

Ich könnte ihren Tod bedauern, denn hiermals weiß ich, wie die letzten sechs Jahre ihres Lebens ausgesehen hatten, jetzt habe ich Einblick in ihr Leben, damals hatte ich ihn nicht.

Nachdem Jakub mit ihrer Hilfe ihren Vater, Staatsanwalt Ziembiński, der Selbstmord beging, gedemütigt und kompromittiert hatte, stand Anna ihrem Bruder gegenüber, der zielte mit der Pistole auf sie, und die Ziembińska lachte über den auf sie gerichteten Lauf, denn weder hatte sie Angst vor dem Tod noch hielt sie es für möglich, dass Andrzej Ziembiński auf sie schießen könnte.

Und er konnte nicht. In seiner hilflosen Wut schoss er in die Wand neben ihr und ging, und danach sind sie sich nie wieder begegnet. Anna ging auch, nahm aber noch eine ordentliche Summe Geldes und Goldrubel aus dem Schreibtisch ihres Vaters, um nach Paris zu reisen, denn ihr war klar, dass ihr Vater sich entwürdigt hatte, wie keine Schandtat ihn je hätte entehren können, und etwas davon würde auf sie abfärben. In Paris gab sie sich scherzeshalber als polnische Gräfin aus und stellte sich als Comtesse Ziembińska de Sas vor. Mit ihrer Schönheit, ihrem Geld und ihrer Belesenheit fand sie leicht Eingang in die Schriftsteller- und Intellektuellenkreise der Action française und brach dort einige Herzen. Sie versuchte, Robert Brasillach zu verführen, was ihr nicht gelang, denn Brasillach war an Frauen eher nicht interessiert; dafür verführte sie einen seiner Freunde oder besser, der verführte sie, auf jeden Fall ehelichte er sie, bestahl sie dann und verzog nach unbekannt, konkret nach Amerika, wohin er das gesamte Vermögen der Gräfin Ziembińska de Sas mitnahm. Ihrer Lebensgrundlage beraubt, kehrte sie im Frühjahr 1939 nach Warschau zurück, wo sie zwecks Unterhalt einen vermögenden Liebhaber auftrieb, einen Großgrundbesitzer aus der Radom'schen Gegend, der häufig geschäftlich nach Warschau kam und sich bis zum Wahnsinn in die tiefe Gefühle vortäuschende Ziembińska verliebte. Er war es, der ihre Wohnung in dem anständigen Mietshaus in Solec bezahlte, in der wir dieses gute Dutzend stickiger Monate verbrachten.

Die Ziembińska wollte Malerei an der Akademie der Künste studieren, kam aber nicht dazu, denn der Krieg brach aus. Der Großgrundbesitzer kam nicht mehr nach Warschau, und die Ziembińska suchte, um zu überleben, die Nähe der konspirativen Organisation Schwert und Pflug. So überdauerte sie, existierte diese fünf Jahre im Graubereich zwischen dem deutschen Sicherheitsapparat mit seiner komplexen Organisation und der polnisch-nationalistischen Verbindung. Sie balancierte irgendwo zwischen antikommunistischem und antideutschem Ressentiment, nahm teil an Vereinigungsgesprächen mit der Heimatarmee und pflegte gleichzeitig gesellige, bisweilen amouröse Kontakte mit Offizieren und Unteroffizieren von Gestapo und Orpo. Zwischen den sich bekämpfenden, seltener kooperierenden Männern fand sie eine Nische für sich, jonglierte geschickt mit dem bei ihnen erworbenen Wissen, hetzte bisweilen unmerklich die einen gegen die anderen auf, gab den Deutschen einen Tipp zu diesem Untergrundmann oder lieferte jenen niederrangigen Funktionär an den polnischen Untergrund aus, sie warnte vor einem geplanten Anschlag oder half mit, jemanden aus der Szucha rauszuholen. Sie war intelligent, geschickt und skrupellos, stolz darauf, überlebt zu haben und in dieser schwierigen Stadt sogar ganz gut über die Runden zu kommen. Ich hätte sie damals bewundert, wenn ich das gewusst hätte. Die Motive, aus denen sie uns mit Hilfe ihrer Kontakte zur polnischen Konspiration aus dem Ghetto geholt hatte, waren indes vielfältig.

Sie hatte etwas für meinen Jakub übrig, das zum einen. Zweitens war die Ziembińska nicht dumm und wusste um die Jahreswende 42/43 schon sehr gut, dass die Deutschen den Krieg verlieren würden, daher waren die in einer ihrer drei Wohnungen versteckten Juden eine ganze gute Absicherung in die Zukunft, egal was werden würde. Sie war auch selbst keine Antisemitin und hielt antisemitische Befangenheit für ein Zeichen intellektueller Schwäche, übrigens wie jedes ideologische Engagement. Sie glaubte einzig an die Substanz des Daseins, an das Überleben und das Lustprinzip. Sie starb ohne Groll.

Wir dagegen blieben am Leben, jedenfalls ich, denn Jakub wankte auf der Grenze zwischen Leben und Tod. Und nachdem er die Ziembińska erschossen hatte, neigte er sich in dieser Balance deutlich in Richtung Tod, nicht biologisch, aber in seiner Seele.

Es tagte. Ich hielt es für besser, die Wohnung zu verlassen. Wegen unseres nichtarischen Aussehens konnten wir das nicht tagsüber tun. Wir würden abends losgehen, uns auf die andere Seite der Weichsel schlagen, uns irgendwo im Wald verstecken und auf die Sowjets warten. Das war meine Idee, doch am Nachmittag begann der polnische Aufstand, und ich beschloss, dass wir die Wohnung einstweilen nicht verlassen. Wir würden abwarten. Von den Polen hatten wir nichts Gutes zu erwarten. So saßen wir also in der Wohnung. Am ersten Tag des Aufstands waren vereinzelte Schüsse zu hören, am zweiten Tag begann eine heftige Schießerei aus der Richtung vom Elektrizitätswerk, die stärker wurde. Wir rührten uns nicht. Wir schauten nicht einmal aus dem Fenster, Jakub interessierte sich keine Spur für den Aufstand. Sehnsüchtig dachte ich an die Zeiten zurück, als Jakub vor Erregung gebebt hätte bei dem Gedanken daran, dass auf der Straße geschossen wurde, dass es zur Sache ginge, dass Jagden bevorstanden, die ihn vor dem Krieg unfehlbar anstachelten und dies sogar im September 1939 noch taten, als er sich in Grochów mit den Deutschen schlug.

Jetzt lag er auf dem Bett und hielt sich bei jedem lauteren Krachen die Ohren zu.

Am dritten Tag begannen die Leichen der Ziembińska und ihres Liebhabers, des Orpo-Wachmanns, ordentlich zu stinken. Zum Glück war es nicht schwül, und es regnete seit einigen Tagen, daher gingen wir einfach nicht in das Schlafzimmer und legten eine zusammengerollte Decke vor die geschlossene Tür, damit der Gestank nicht durchdrang. Die Deutschen begannen, die Stadt zu bombardieren, ich hörte das Geheul der Stukas und das Donnern der Bomben. Aufständische fuhren mit einer Megaphon-Patrouille durch Solec. Von dem zweirädrigen Wagen erklang laut die polnische Hymne, der ein Aufruf an die Warschauer Bevölkerung folgte, den Aufstand zu unterstützen. Schüsse waren von überall zu hören, mal lauter, mal leiser. Jakub lag meist im Bett in unserem Schlafzimmer, ich konnte ihn nicht überzeugen, dass es sicherer wäre, sich in den Schlupfwinkel hinter dem Schrank zu verstecken, wo ich schlief, ohne mich von meiner Parabellum und der Maschinenpistole zu trennen, deren Bedienung ich mehrfach repetiert hatte, es war nicht besonders schwierig. Wenigstens konnte ich ihn dazu bringen, die Siebenmillimeter aus dem Halfter des Wachmanns zu nehmen, ich zweifelte aber, ob er die Kraft finden würde, sie notfalls auch zu benutzen. Meine Zweifel waren berechtigt, denn in der Nacht vom siebten auf den achten August, also am siebten Tag des polnischen Aufstands, kam Gendarmerie des polnische Aufstands in unser Versteck, in die Wohnung der Ziembińska.

Ich schlief im Versteck, Jakub im Schlafzimmer. Ich hatte keine Ahnung, wer da unter dem Getöse der eingetretenen Tür in die Wohnung eindrang, ich hätte es auch nicht gewusst, wenn ich ihre gelben Tücher gesehen hätte, denn ich hatte keine Ahnung, dass diese das Kennzeichen der Aufstandsgendarmen war.

Es waren zwei. Hiermals weiß ich, dass einer von ihnen Mitglied der nationalistischen Untergrundorganisation NSZ war, der andere ein blauer Polizist, damals wusste ich nichts über sie.

Zuerst fanden sie Jakub, er leistete keinen Widerstand. Sie identifizierten ihn sofort als Juden, erkannten aber nicht den Vorkriegsstar in ihm, den Boxer und Banditen Jakub Shapiro. Sie stellten ihn im Flur an die Wand, einer der Aufstandsgendarmen durchsuchte ihn, nahm ihm die Pistole ab, die ich ihm gegeben hatte, und behielt ihn im Visier seines Revolvers.

Dann fanden sie die faulenden Leichen. In die Wohnung waren sie gekommen, um die Kollaborateurin Ziembińska zu verhaften. Als sie diese tot fanden, so aufgedunsen, dass sie mit Mühe zu erkennen war, und bei ihr den ebenso toten deutschen Liebhaber, vernahmen sie Jakub.

Sie verlangten seine Papiere. Er hatte keine.

Sie fragten nach seinem Namen, er antwortete nicht.

Sie fragten, wer die Ziembińska und den Deutschen getötet hatte, er antwortete nicht.

Sie fragten, was er hier tue, woher er komme, ob er im Ghetto gewesen sei. Er sagte kein Wort.

Sie berieten sich kurz. Sie wussten nicht, wer das war. Eine Waffe besaß er. Vielleicht ein Spion. Ein Kommunist. Bolschewik. Saboteur. Vielleicht sogar ein sogenannter *Taubenzüchter*? So nannten sie deutsche Scharfschützen, die auf den Dächern lauerten. Ach hör auf, Mietek, ein Jude als Taubenzüchter? Dann eben nicht. Aber ein Kommunist könnte er sein. Möglich. Hierlassen können wir ihn nicht. Mitnehmen ist schwierig. Dann müssen wir ihn abknallen.

«Hörst du, Lausejude?», fragte einer von ihnen, der, der vorher bei der blauen Polizei gedient hatte. «Rück raus damit, wer du bist, sonst knallen wir dich ab.»

Während sie ihn vernahmen, ging ich im Versteck leise von der ehemaligen Speisekammer in den Schrank. Ich nahm die Maschinenpistole des Deutschen mit, zog den Verschluss zurück, hoffend, von hier würden sie das leise Klacken, mit dem er in hinterer Position am Abzugshebel anklickt, nicht hören – und sie hörten es tatsächlich nicht. Ich überlegte kurz, wie ich vorgehen sollte, ließ dann das

Überlegen sein, denn ich wusste, wenn ich nicht sofort etwas tue, wird Jakub gleich tot sein, und ich hatte ihn nicht deshalb aus dem Ghetto geholt, um ihn von irgendwelchen Scheißpolacken umbringen zu lassen.

Ich warf mir den Rucksack über, den ich immer fertig gepackt dastehen hatte, mit allem, was zwei Juden im Versteck brauchen, um noch ein bisschen weiterzuleben, Essen, Zucker, eine Flasche Petroleum, ein Feuerzeug, solche Sachen eben, dann trat ich gegen die Tür und sprang aus dem Schrank, sah durch die offene Zimmertür die Aufstandsgendarmen, und sie sahen mich. Ich hätte sie erschießen können, wollte es aber nicht. Nicht, weil ich nicht töten wollte – ich hatte nichts dagegen, Schweinehunde umzubringen, die auch keine Skrupel hatten, uns zu töten. Ich wollte einfach nichts riskieren.

«Keine Bewegung!», rief ich und hoffte, überzeugend zu klingen. Sie hatten sich gerade in Bewegung gesetzt, mein Schicksal und Jakubs entschied sich in diesem Sekundenbruchteil, die Aufstandsgendarmen mussten jetzt die Lage einschätzen und konnten sich lediglich auf flüchtige Details stützen. Hätte ich schießen müssen, dann hätte ich wohl einen erwischt, aber der andere hätte mich getötet. Ich musste es riskieren. Obwohl ich weder zuvor noch später je mit einer Maschinenpistole geschossen habe.

In dieser Nacht vom siebten auf den achten August 1944 habe ich auch nicht geschossen, gleichwohl lag es an der Maschinenpistole, dass wir überlebt haben. Erstens, wenn ich auf sie geschossen hätte, hätte einer von ihnen, bestimmt der NSZ-Mann, vermutlich ebenfalls geschossen. Der dicke, perforierte Laufmantel der Bergmann hat in dieser Sekunde, in der sie überlegten, den Ausschlag gegeben: Sie schossen nicht, und wir erstarrten alle drei, aufeinander zielend, lebendes Bild der Irrationalität und menschlicher Angst. Denn das Sicherste, wenn man so nah aufeinander zielt, wäre gewesen, auf den Kopf zu halten und abzudrücken. Die Überschallkugel schlägt schneller im Schädel ein, als man die Bewegung des Fingers am Abzug bemerkt, schneller, als das Gehirn selbst diese Information verarbeiten und reagieren kann. Dennoch schießt nur selten jemand so, die Menschen zielen auf ihre Körper, und auch jetzt war es so, denn damals wusste ich nur wenig von dem, was ich hiermals weiß.

Ich wusste gleichwohl, dass ich die Situation auflösen musste.

«Ihr seid hergekommen, um die Ziembińska festzunehmen. Sie lebt nicht mehr», sagte ich. «Also habt ihr hier nichts mehr verloren. Geht einfach. Lasst uns in Ruhe.»

«Bolschewistische Saboteure? Damit ihr eure Wühlarbeit hier fortsetzen könnt?», fuhr der ehemalige Polizist auf, dessen Dienst bei der blauen Polizei ich erraten konnte, denn er trug die weiß-rote Armbinde auf dem Ärmel der blauen Uniform, obwohl er statt der Polizistenmütze einen rostigen polnischen Helm aufhatte, mit ganz offensichtlich erst vor kurzem darangeschraubtem, weil poliertem, großem polnischem Adler.

«Wir sind keine Bolschewiken. Wir verstecken uns. Wir wollen einfach überleben. Lasst uns allein.»

«Und die Waffen, woher habt ihr die?», knurrte der NSZ-Mann, dessen Zugehörigkeit zur NSZ ich nur ahnen konnte, doch das Chrobry-Schwert am Aufschlag des zivilen Jacketts verhieß nichts Gutes.

«Gefunden. Geht, dann gebe ich euch diese Bleispritze. Ihr könnt sie besser brauchen als wir. Könnt damit auf die Deutschen ballern.»

Sie verstummten. Beide blickten begehrlich auf die Bergmann, weiter mit ihren Pistolen auf mich zielend.

«Lassen Sie die Waffe sinken, meine Herren. Schießen hat doch keinen Zweck. Geht einfach, und ihr bekommt die Bleispritze. Ihr geht in eure, wir in unsere Richtung. Wir verschwinden, und ihr seht uns nie wieder.»

Sie ließen die Waffen sinken. Ich auch. Wir sahen uns an. Sie trauten mir nicht, klar, doch das Geschäft schien ihnen verlockend, für beide Seiten. Sie fürchteten bestimmt, dass ich im letzten Moment versuchen würde, sie zu erschießen, und überlegten wohl, mich zu erschießen, sobald ich ihnen die Waffe abgegeben hätte.

«Ich stelle die Bergmann hier an die Wand», schlug ich vor. «Danach gehen wir nach unten und verziehen uns. Ihr beide durchsucht in Ruhe die Wohnung. Sie hat vielleicht Papiere, die wichtig für euch sind. Ihr Galan, dieser Fritze, vielleicht auch. Ihr nehmt die Bleispritze. Und seht uns nicht wieder.»

Sie zögerten.

«Eine Schießerei bringt nichts. Rein gar nichts», redete ich weiter auf sie ein. «Lohnt nicht.»

Den Ausschlag gab, glaube ich, dass ich damals eine Frau war. Und es peinlich war, sich vor einer Frau zu fürchten, selbst wenn sie eine Waffe hatte.

Bin ich hiermals, im Grau, immer noch eine Frau?

Ich bin ganz Gedanke, hiermals berühre ich mit diesem Gedanken den Körper nicht, der ich damals war, und bin doch da, denn irgendetwas verbindet meine Gedanken hiermals mit jener von damals, der sechsunddreißigjährigen Ryfka Kij, die mit der Maschinenpistole in der Hand in der Wohnung in Solec steht, in einer gegürteten Herrenjacke, und einem Rucksack mit Vorräten auf dem Rücken. Also, irgendwie existiere ich.

Der Aufstandsgendarm in der Polizistenuniform steckte seine Pistole ins Halfter. Der NSZ-Mann zögerte kurz, dann tat er es ihm nach. Ich nahm das Magazin heraus, löste den Verschluss, der Abzug klackte, und ich legte die unschädlich gemachte Bergmann an die Wand. Schob die Hand in die Tasche der Herrenjacke und umklammerte den Pistolenkolben, nur so vermochte ich meine Nerven zu beruhigen, mit dem kalten Stahl des Pistolenkolbens. So sieht Friede zwischen Juden und Polen aus. Harmonie.

«Und wohin wollt ihr jetzt?», fragte der Polizist.

«Ins Ghetto.»

«Es gibt kein Ghetto mehr.»

Ich wusste, dass es das Ghetto nicht mehr gab. Aber nicht, was genau das bedeutet, denn ich hatte noch nicht mit eigenen Augen gesehen, dass man eine Stadt nicht nur metaphorisch, sondern im Wortsinne dem Erdboden gleichmachen kann.

«Heute haben die Deutschen die Altstadt und das Ghetto vom Zentrum abgeschnitten. Es gibt keinen Übergang mehr», erwiderte der Polizist.

«Wir kommen schon durch. Nicht euer Problem.»

Sie wechselten Blicke.

«Dann geht jetzt», sagte der Polizist. «Aber falls was ist, haben wir euch nicht gesehen.»

«Falls was ist. Klar. Komm, Jakub», sagte ich und ging einfach los, und er hinter mir her, gehorsam, als hätte er keinen eigenen Willen. Die Aufstandsgendarmen fragten nicht nach Magazinen für die MP, deshalb gab ich sie ihnen auch nicht und hatte somit sechzig Patronen, die auch in meine Parabellum passten. Wir traten hinaus in die Nacht, in die dunkle, unerleuchtete Stadt, und die Dunkelheit war uns von Nutzen.

Wir gingen nach Westen, langsam, achteten auf Aufstandspatrouillen, zuerst die Tamka bis zur Kopernika, durch die schwarze, unerleuchtete Stadt, suchten Schutz in Hauseingängen vor jeder menschlichen Gestalt. An den Straßen hingen weiß-rote Flaggen, doch ich musste zurück ins Ghetto, nur dort konnte ich mich verstecken. Ich hatte vor, in den Ruinen den Eingang zu einem der sechs Bunker zu suchen, von deren Existenz ich wusste.

Ich musste zurück, und ich ging zurück. Wir stiegen über Barrikaden, vorbei an Polen, vorbei an Deutschen und wieder Polen, und kamen zurück ins Ghetto, das sich vorübergehend in polnischer Hand befand. Unter den Trümmern fand ich einen Bunker, den dritten, dessen Position und Zugang ich in Erinnerung hatte. Er war verlassen, wir glitten unter die Erde, wie Würmer, fernab von polnischen und deutschen Blicken.

Die Deutschen eroberten das zerstörte Ghetto drei Tage später zurück, und ich wurde zu jenem Nachtungeheuer, das ich seit damals bin, umso mehr im Dezember 1944 bin, als ich in unserem unvollkommenen Versteck im Keller an der Koszykowa wache, während ganz in der Nähe zwei Männer schlafen, Jakub und der kleine deutsche Deserteur Jorg Konopka.

Ich bin, ich war damals todmüde.

Damals wollte ich schlafen und würde auch hiermals gern schlafen, doch das Hiermals ist ein ewiges Wachen, aus dem es kein Entkommen gibt.

Ich würde sehr gern schlafen, doch ich wache, wenn sie ruhen. Ich muss wachen.

Schließlich schlafe ich ein. Ich will nicht, doch mein Körper ist schwächer, als ich gern hätte, ausgemergelt, abgemagert, hungrig und müde von der Flucht, also schlafe ich ein. Und schlafe.

Eine sanfte Berührung weckt mich. Es ist bereits hell. Ich muss lange geschlafen haben. Zu lange.

Ich öffne die Augen, drehe mich von der Seite auf den Rücken. Über mir eine dunkle, nicht sehr große Gestalt.

Am Ende habe ich verloren – so mein erster Gedanke nach dem Erwachen.

Ein Gewehrlauf berührt meine Stirn.

DAVID

Sie holten uns alle drei auf den Umschlagplatz, Mama, Daniel und mich, am dreizehnten Tag der Großaktion.

Wo warst du damals, Dreckskerl?

Wo warst du, als ein Typ mit der gleichen Mütze wie du, vielleicht sogar dein Untergebener, in unsere Wohnung kam und uns befahl, sofort rauszukommen und uns der Gruppe anzuschließen, die er gemeinsam mit deutschen Gendarmen zum Umschlagplatz führen würde, und wir die Wohnung verließen und zum Umschlag gingen, wo wir lange standen, und du kamst nicht, um uns herauszuholen, du kamst nicht, uns zu retten, warum?

Wo warst du? Du hättest uns doch retten können. Der Umschlag war noch nicht das Ende, nicht für Menschen, an denen jemand etwas lag; wer die Mittel hatte, konnte einen vom Umschlag herausholen, und du hattest die Mittel, hattest Geld und Einfluss, und bist dennoch nicht gekommen, hast uns nicht herausgeholt. Obwohl wir darauf warteten.

Als sie uns zum Umschlag holten, wohnten wir nicht mehr in der Nalewki 40. Hätten wir dort gewohnt, dann hätten wir Glück gehabt, jenes bisschen unnötige Glück wie damals, als wir vor der Einrichtung des Ghettos von Mokotów in die Nalewki gezogen waren, Glück, weil sie aus der Nalewki noch keinen abholten, doch das hatten wir nicht, was macht es auch für einen Unterschied, Glück oder kein Glück, einige Tage oder einige Wochen, was zählt das?

Für manche zählt es schon. Einen weiteren Tag überleben. Und dann noch einen. Sogar für mich war es Glück. Jeder Tag Leben war alle Reichtümer der Welt wert. Sogar das Leben damals. Jetzt denke ich nicht mehr so, jetzt weiß ich mehr.

Mama warf also zuerst Vater aus dem Haus, und danach, bald darauf, zogen wir in die Pawia 50. Mama brach jeden Kontakt zu Vater ab und verzichtete auch auf Vaters Einkünfte. Sie hatte selbst ein bisschen Gold und Dollars, rührte sie aber nicht an, weil sie glaubte, sie könnten uns eines Tages das Leben retten.

Ja nun, das haben sie nicht getan.

Da wir nun von reichen Leuten, genauer gesagt, der Familie eines reichen Mannes, zu eher armen Schluckern geworden waren, passte diese große Wohnung, die ein ganzes Stockwerk des Mietshauses einnahm und die mein Vater gleich nach meiner und Daniels Geburt gekauft hatte, nicht mehr zu uns. Arme Schlucker wohnen nicht in solchen Wohnungen. Arme Schlucker hausen in kleinen Zimmerchen, insbesondere im übervölkerten Ghetto. So wohnten wir dann in der Pawia auch zu dritt in einem bescheidenen Zimmer, immerhin möbliert. Beim Umzug nahmen wir fast nichts mit, nur ein bisschen Kleidung.

Vater hatte Mama rausgeworfen, lange bevor sie uns auf den Umschlag brachten.

Er war betrunken nach Hause gekommen, eine blau gerandeten Mütze auf dem Kopf, in hohen Stiefeln und einem hellen Mantel, der auf halber Schenkelhöhe gekürzt war und von einem Armeegürtel über dem prallen Bauch gehalten wurde, mit Polizeibinde am Arm und einer Nummer, die er als Funktionär nicht auf der Kleidung tragen musste, deshalb hatte er sie in der Tasche.

Sie stritten damals fürchterlich.

Mama sagte ihm kluge und auch ein paar dumme Sachen, Vater schwieg zunächst. Den Vorsitzenden des Judenrats, Czerniaków, konnte Mama nicht ausstehen, für sie war er ein vielfacher Verräter, ein Assimilant, der sich den Deutschen anbiederte. Sie versuchte, Vater klarzumachen, dass er sich mit dem Eintritt in den Ordnungsdienst zu einem von denen machte, die uns in das Ghetto gesperrt hatten, er werde wie Czerniaków zu einem Schinder seiner Brüder, was Czerniaków weder gerecht wurde noch zutreffend war. Aber Vater hörte ihre Worte ja gar nicht, was spielte es also für eine Rolle? Dann schrie sie ihn an, im Grunde wundere sie das auch gar nicht, er sei ja sein ganzes Leben schon ein Schinder der eigenen Leute gewesen.

Vater knurrte zur Antwort, das habe sie ja die zehn, fünfzehn Jahre, die sie zusammen seien, gar nicht gestört, Hauptsache, sie konnte für das Geld, das er durch

Schinderei der eigenen Leute heimbrachte, ein Leben auf dem Niveau führen, wie sie es aus ihrem Elternhaus gewohnt war.

Mama schlug ihm daraufhin ins Gesicht und sagte, sein Geld könne er sich in den Arsch stecken.

Vater steckte sich weder das Geld in den Arsch noch gab er ihr die Ohrfeige zurück, denn er hat sie überhaupt nie geschlagen. Er erwiderte lediglich, dank seines Geldes und seiner Aufopferung würden sie überleben, bis zum Ende des Krieges, und auswandern.

Mama sagte, dank seines Geldes hätten sie schon in einem Flugzeug gesessen, das sie nach Palästina hätte bringen können, in ein normales Leben, stattdessen würden sie nun durch seine Dummheit und seinen Hochmut hier verrecken, und jetzt kämen noch Verrat und diese Zirkusuniform hinzu – denn hätte der große Jakub Shapiro vielleicht als gewöhnlicher Jude herumlaufen sollen, ohne den Nimbus von Macht und Gewalt?

Darauf antwortete Vater nicht, also redete Mama weiter. Sie habe ihn immer geschätzt und geliebt, trotz aller Gemeinheiten, die er begangen habe, weil sie das Gefühl hatte, er hätte so etwas wie Ehre, eine bizarre, perverse Art von Rechtschaffenheit – und ja, sie wisse, wie idiotisch das Wort «Rechtschaffenheit» für einen Banditen klinge, der das Blut Unschuldiger an den Händen und auf dem Gewissen habe – und dennoch, Rechtschaffenheit. Sie habe ihn immer geschätzt, weil sie glaubte, da gebe es eine Art Ehrenkodex, anders als andere, aber doch ein Ehrenkodex, den er, Jakub Shapiro, stets befolge. Es spiele keine Rolle, dass nur er diesen Kodex kenne, auch sie, Emilia, habe um diesen Kodex gewusst. Aber ein jüdischer Bulle in deutschen Diensten zu sein, das sei gewiss mit diesem Kodex unvereinbar.

Vater fragte darauf leise, ob sie früher jemals so etwas wie einen jüdischen Polizisten gesehen habe, einen echten jüdischen Polizisten. Mit Davidstern auf der Mütze. Polen habe dies den Juden nie zugestanden, keinerlei Form der Selbstverwaltung.

Eine jüdische Selbstverwaltung könne es nur in Palästina geben, erwiderte Mama, nicht im Ghetto, das man bei Todesstrafe nicht verlassen dürfe. Am Arm trage er noch einen Davidstern, er könne sich ja wohl schwer für den einen schämen und auf den anderen stolz sein. Es sei denn, er wäre ein Idiot. Aber das sei er wohl so oder so, wenn er glaube, der Judenrat diene der jüdischen Selbstverwaltung und sei nicht nur ein Mittel, mit dem Juden den Deutschen noch helfen, sie selbst in den Tod zu schicken. Was für ein Tod, schrie Vater da, was soll das Gerede, woher diese Ideen, die Vorstellung, die Deutschen würden die Juden in den Tod schicken, sie sind grausam, das schon, manchmal erschießen sie einen, aber hätten die Polen das nicht auch getan? Und die Russen? Und die Österreicher? Ganz zu schweigen von den Bolschewiken? Wenn Krieg sei, gebe es Erschießungen. Und Pogrome. Pogrome habe es immer geben, die einen seien gefoltert, die anderen umgebracht worden, aber noch niemand habe alle umgebracht. Deshalb genau gehe er zur Polizei – um die Juden vor Pogromen zu beschützen, so wie er sie während der Osterunruhen und überhaupt sein ganzes Leben lang beschützt habe. Vor den

Polen, vor den Deutschen, was wäre der Unterschied. Das Ghetto, ja, die Armbinden, Lebensmittelkarten, stimmt alles, aber Transporte in den Tod? In Warschau gebe es vierhunderttausend Juden, und alle vierhunderttausend sollten ermordet werden? Wie denn bitte schön? Was für ein Unsinn. Die Politik habe ihr wohl den Kopf verdreht.

Mama sagte daraufhin, es sei Schluss, und er solle gehen. Früher hatte sie ihm nie so etwas gesagt, denn Mama neigte nicht zu rhetorischer Übertreibung.

Vater verstand plötzlich den Ernst der Situation, er erschrak und wurde demütig, nahm die idiotische Mütze ab und sagte wenig geistreich, sie solle es doch gut sein lassen. Er entschuldige sich.

Doch bei Mama war etwas übergelaufen, etwas war plötzlich, aber endgültig zerbrochen. Innerhalb einer Sekunde endete ihre Liebe.

Ja, sie sah und wusste mehr, als vermutlich irgendjemand sonst im ganzen Ghetto sah und wusste. Sie wusste mehr als selbst Czerniaków, auch wenn sie in ihrem Hass gegen ihn ungerecht sein mochte. Es war ein Wissen, das aus ihrer Liebe zu uns, zu mir und Daniel, folgte. Diese Liebe gab ihr etwas ein. Dank dieser Liebe ahnte Mama etwas und war ebenso ratlos angesichts dieser Ahnung, wie Vater vor Monaten ratlos gewesen war, als man uns aus der Villa in Mokotów geworfen hatte. In ihrer Beziehung zu ihm jedoch war sie nie ratlos gewesen, und deshalb beschloss sie, diese Ratlosigkeit und die Angst um unsere Zukunft zu betäuben und zu handeln, wo sie noch handeln konnte.

Was damals in ihr zerbrochen war, als Vater mit der idiotischen Mütze des jüdischen Polizisten nach Hause kam, war nicht nur wegen dieser Mütze zerbrochen.

Die jüdische Polizistenmütze, die Vaters große, massige Gestalt krönte, war auch der Gipfel all dessen, was er in den Jahren ihrer Ehe angestellt hatte.

Mama verzieh ihm die Nutten, zu denen er ging, denn sie wusste, wen sie geheiratet hatte, und dass sie sich mit ihrer Eifersucht nur lächerlich machen würde.

Mama verzieh ihm das Blut an seinen Händen, denn sie wusste, wen sie geheiratet hatte. Sie verzieh ihm das Blut der Unschuldigen, das von armen Ladenbesitzern und Händlern auf dem Kercelak erhobene Schutzgeld, sie verzieh ihm den Luxus, mit dem er sich gern umgab, die Anzüge und Autos, denn auch sie hatte an diesem Luxus teil, mehr als sie sich selbst zugeben mochte. Sie verzieh ihm auch deshalb, weil seine Kraft, nicht nur die körperliche, ihr imponierte und sie auch mehr anzog, als sie selbst eingestand.

Sie verzieh ihm das Trinken und das Kokain, denn sie wusste, wen sie zum Manne genommen hatte, und auch deshalb, weil er selbst volltrunken nie die Hand gegen sie oder uns erhob. Das war eine wichtige Stütze ihrer Liebe zu ihm, die absolute Gewissheit, dass sie nie eine von ihm geknallt bekommen würde. Damals, als sie ihn aus dem Haus warf, mag sie sich gefragt haben: Ob das wirklich reicht? Reicht es, dass er sie nicht schlägt?

Sie verzieh ihm, dass er nie dieses dünne und doch zähe Band zerriss, das ihn mit Ryfka verband, verzieh ihm, dass Ryfka seine erste große Liebe gewesen und sie es war, über die die Apachen von Warschau Lieder sangen, und dass er sie, Emilia, nie so geliebt hatte wie Ryfka. All das verzieh sie ihm und tröstete sich damit, dass er sie einfach anders liebte, besser vielleicht. Nicht mehr, aber besser. Reifer, weiser.

Sie verzieh ihm, wie ihr und später auch unser Leben aussah, dem jede Regelmäßigkeit und jede Sicherheit fehlten; sie verzieh ihm, dass er selten Vater war und wenn, dann unersättlich.

Sie verzieh ihm, dass sie sich jeden Abend, an dem er nicht zu Hause war, fragte, ob sie am anderen Morgen auf dem Titelblatt «Unserer Rundschau» lesen würde: *Jakub Shapiro erschossen.*

Sie verzieh ihm schließlich sogar, dass er dieses verfluchte Flugzeug zur Umkehr gezwungen hatte, das uns weit weg von hier hätte bringen können, in eine Welt, die sie gleich nach dem Kriegsausbruch im Kino sah, in einem kurzen Film von Romuald Gantkowski. Wir saßen neben ihr, und Mama weinte, als sie den Zina-Dizengoff-Platz in Tel Aviv auf der Leinwand sah, die weißen, modernistischen Wohnhäuser und den Springbrunnen in der Mitte.

All das verzieh sie ihm, und genauso hätte sie ihm diese Zirkusmütze des jüdischen Polizisten mit der Silberschnur rund um den blauen Rand verziehen und den silbernen Stern vorne drauf, denn mein Vater war mit dem Eintritt zur jüdischen Polizei sofort zum Offizier befördert worden. Sie hätte ihm diese zusätzliche gelbe – neben der schmachvollen weiß-blauen – Armbinde verziehen, die man so trug, als würde sie einen Teil der

Schmach der gewöhnlichen jüdischen Armbinde wettmachen, als wäre man damit unter lauter Entehrten etwas weniger entehrt.

Dabei hob die gelbe Armbinde die Schmach der weißen ja keineswegs auf, in den Augen meiner Mutter verstärkte sie diese Schmach sogar noch, denn jemand, der so etwas anlegte, klatschte seiner eigenen Entehrung sogar noch Beifall. Er war nicht nur wehrloses Opfer dieser Entehrung, er trug auch selbst dazu bei.

Die Armbinde und die Mütze hätte sie ihm verziehen – hätte sie denn aus der langen Reihe der vergebenen Taten und Untaten auch nur eine einzige streichen können. Aber das konnte sie nicht. Diese eine Mütze mit dem blauen Rand war zu viel. Als Vater die Mütze absetzte und sie bat, es doch gut sein zu lassen, tat Mama das keineswegs.

«Es ist Schluss, Jakub. Es reicht. Das ist das Ende. Geh jetzt. Ich will dich nie mehr sehen», wiederholte sie und sagte kein weiteres Wort zu ihm, nie mehr im Leben. Und Vater, obwohl er noch nicht wusste, dass Mama nie mehr ein Wort zu ihm sagen würde, begriff, das war jetzt wirklich das Ende, und fühlte plötzlich, was er verlor, und fühlte, dass er sich sofort betrinken musste, um zu betäuben, was da in seinem Kopf aufheulte wie eine Luftalarmsirene, mit diesem schmerzenden, durchdringenden, entsetzlichen Ton. Er muss trinken, um zu betäuben, was da in seinem Kopf losbrüllt wie tausend in statischem Knacken knisternde Radioempfänger, also drehte er auf dem Fuße um und lief aus der Wohnung und fand Trost und stillte dieses furchtbare Heulen, erst ein bisschen, später richtig, für immer.

Wir, Daniel und ich, waren entsetzt. Damals war ich noch nicht der, der ich einige Monate später war, als ich vom Kind zum Greis wurde. Solange ich Kind war, gefiel mir Vaters Uniform ganz gut, besonders die Mütze und die hohen Stiefel. Er sah würdevoll aus. Fast wie ein richtiger Polizist. Besser als in der polnischen Militäruniform. Ich wusste noch nicht, was diese Uniform bedeutet.

Vater wusste, wann Mama scherzte und wann nicht, er versuchte nie, zurückzukommen oder sie wiederzugewinnen. Damals hassten wir ihn dafür. Heute weiß ich, es war nicht so, dass es ihm egal gewesen wäre, wie Daniel und ich damals meinten, sondern er wusste, er hatte keine Chance, nicht die geringste.

Als sich im Ghetto die Nachricht verbreitete, der große Jakub Shapiro sei von seiner Frau verlassen worden, tippten sich alle an die Stirn. Einen Polizisten verlassen – das wollte niemandem in den Kopf, und noch weniger, den großen Jakub Shapiro zu verlassen. Jakub Shapiro ist das eine; aber ein Polizist mit arischen Lebensmittelkarten, mit Geld, das er quasi offiziell als erhobene Steuern auf den Schmuggel einnahm, mit der Gewissheit, dass er bei keiner Razzia fürs Arbeitslager geschnappt werden würde; ein Polizist, egal wie nieder sein Rang, wie hässlich, wie dumm, wie widerlich, war eine Partie, die man im Ghetto nicht zurückwies, und nicht etwa, weil man ein Schwein war, sondern weil man leben, überleben wollte. Ehefrau eines Polizisten zu sein, bedeutete Sicherheit und einen vollen Bauch, bis zum Ende der Großaktion. Im Ghetto half jedes Kapital beim Überleben, auch das erotische, selbst wenn es nicht so genannt wurde. Jeder

Mann, der nicht aufgedunsen war, der nicht auf unsicheren Beinen in der Schlange vor einer der Volksküchen anstand, jeder in hohen Stiefeln hatte freie Wahl unter den Frauen, und viele nutzten das aus.

Später, nach der Großaktion, änderte sich das, so wie auch die Sozialstruktur im Ghetto abflachte. Nach der Großaktion, nachdem man uns zum Umschlag gebracht hatte, gab es unter denen, die dank ihrer Nummern oder irgendwie sonst im Ghetto zurückgeblieben waren, fast keine Klassen mehr; es waren eben alle einfach Sklaven, und unter diesen Sklaven blühte plötzlich unverhofft die Liebe auf, doch das ist eine ganz andere Geschichte. Es ist ja nicht so, dass der große amouröse Erfolg, den Polizisten oder Schmuggler im Ghetto hatten, etwas sehr viel Dreckigeres gewesen wäre als die Tatsache, dass Frauen ohnehin reichere Männer den ärmeren vorziehen, und Männer lieber hübsche als hässliche Frauen haben. Das ist einfach so.

Es liegt etwas Ungerechtes und Unwürdiges darin, wie die Menschen einander auswählen. Jeder Mensch, ob Mann oder Frau, beleidigt durch seine Entscheidung für jemanden, den er lieben mag, den ganzen Rest der Menschheit, jede Liebe ist eine Schmähung all jener, die von dieser Liebe nicht bedacht werden.

Mama aber entschied sich für niemanden, sie ersetzte Vater durch keinen anderen.

Mama befand, dass sie allein überleben werde, und das tat sie, nicht allein, sondern dank mir und meiner Schmuggelei und überhaupt meines Daseins, wie es sich im Laufe dieser gut zehn Monate zwischen unserem zweiten Umzug in das Zimmerchen in der Pawia ereignete, sie überlebte bis zu dem Moment, in dem sie uns zum Umschlag holten, am dreizehnten Tag der Großaktion.

Sie umstellten das ganze Viertel zwischen der Gęsia, Pawia, Smocza und der Lubeckiego. Jüdische Polizisten kamen in die Wohnungen und führten uns hinaus auf die Straße, dort übernahmen schwarz gekleidete Askaris, Ukrainer und Letten und führten uns in einem langen, jammernden Reigen auf den Umschlagplatz.

Dort wurden wir herzlich empfangen von Szmerling, einem großen, grausamen Vorkriegsboxer in einer Uniform wie deiner, wenn auch von niedrigerem Rang.

Wo warst du damals, du Dreckschwein?

Wo warst du, als wir die Lubeckiego und die Niska entlanggingen und auf dem Umschlag standen, inmitten von weggeworfenen Koffern und Kleidungsstücken? Warum kamst du nicht, um uns herauszuholen? Weil sie dich verlassen hatte? Weil sie dich verstoßen hatte, und man einen Jakub Shapiro nicht verstößt?

Wo warst du, als sie uns in den Waggon stießen, auf eine Art, durch die wir, Mama und ich, sofort begriffen, dass wir zur Hölle fuhren, nur Daniel schien immer noch zu glauben, uns könnte etwas Gutes geschehen, wir dagegen verstanden. Wie Fleisch stieß man uns in den Zug, wie Ware, eine Sache, stopfte uns hinein, bis der Waggon voll war, so als hätte das Wort «Mensch» nicht mehr Bedeutung als das Wort «Stein» oder «Vieh», und als voll war, so voll, dass wir fast keine Luft mehr bekamen, schoben sie hinter uns die Türen zu und verriegelten sie.

Wo warst du?

Ich weiß, mein Vater, wo du warst.

Nein, du warst nicht bei der jüdischen Polizei. Die Mütze hattest du vorher weggeworfen, aber nicht einmal weggeworfen wie Miecznicki, in einem moralischen Reflex. Du bist einfach nicht mehr zum Dienst erschienen, sodass sie dich schließlich von der Liste der Polizisten gestrichen haben. Du warst in der Finsternis. Warst mit einer anderen Frau, mit Ryfka, vergraben in ihre Zimmer, geborsten und schwach.

Das Sirenengeheul und statische Rauschen von Tausenden Radioempfängern in deinem Kopf, seit Mama dir gesagt hatte, es ist Schluss, ließ sich nicht betäuben. Nicht betäuben von den mageren Leibern der Frauen, die dir zu einer einzigen Masse von Titten, Arschbacken und Fotzen verschwommen, nicht betäuben durch Suff in der Nowoczesna, von den Nutten im Britania oder den Geschäften mit erwachsenen Schmugglern, die du im *Fröhlichen Seemann* tätigtest, wo ich dich damals sogar sah, ohne selbst bemerkt zu werden. Das Geheul stieg an, entwickelte sich, wurde immer lauter, das statische Rauschen von Tausenden Radioempfängern übertönte deine eigene, innere Stimme, jene Stimme, die die Geschichte unseres Lebens erzählt und im Grunde der tiefste Kern des Menschseins ist, mehr Mensch und mehr Person als alles andere in uns, und diese Stimme wurde für dich und somit auch für sich selbst unhörbar, Worte, gesprochen in finsterster Dunkelheit; da half nichts, da half kein Alkohol, kein Opium, und am Ende warst du selbst dieses Heulen und Rauschen, warst dein eigener, stummer und tauber schwarzer Schrei, der nichts mehr zu durchdringen vermochte.

Hinter uns schlugen die Türen zu, der Zug fuhr an. Der Waggon füllte sich mit Gebrüll, und niemals zuvor habe ich ein solches Gebrüll gehört, wie mehrere hundert Kehlen zur gleichen Zeit in einen Schrei ausbrechen und Worte, Flehen und Flüche ausstoßen, brüllen vor Angst und Wut, auf engem, dunklem Raum, im Gestank, mit dem wir schon in den Waggon gestiegen waren und der zunahm, je mehr der Sauerstoff schwand.

Es gab vier kleine Fensterchen in dem Waggon, hoch unter der Decke, vergittert. Sie sorgten nicht für ausreichende Lüftung, Atemluft für einige hundert Menschen, wie Ware, wie Sachen zusammengestopft, aber wir waren ja dort auch nicht hineingestopft worden, um zu atmen.

Wir überquerten die Weichsel. «Wenn Otwock kommt, dann fahren wir nach Majdanek, um Gottes willen nicht nach Treblinka, nur Majdanek, in Majdanek kann man leben, Majdanek ist gar nicht so schlecht, also gebe Gott, dass wir über Otwock fahren und nicht über Wołomin, wenn Otwock kommt, dann geht es nach Majdanek, Leben, nicht Treblinka», flüsterten die Menschen.

Doch wir kamen nicht durch Otwock.

«Ah, Zielonka, wir fahren nach Wołomin, nach Wołomin», schrie jemand, und damit war klar, dass wir auf der Bahnstrecke 6 fuhren, die nach Białystok führte, also in den Tod.

Gott hatte es nicht gewährt. Gott hatte nicht beschützt. Hatte sich seiner Kinderchen doch nicht erbarmt, man weiß, warum.

Doch Treblinka.

Sehr seltsam, wie sich in mir dieses Fragment meines damaligen Dauerns verwischt. Nichts anderes verwischt, nur dieses. Es verschwindet nicht, bleibt aber verschwommen, wie hinter Milchglas. Alles andere sehe ich durchsichtig und klar, nicht wie Erinnerungen, die von Natur aus falsch sind, entfernte Abbilder der Wirklichkeit; hier sehe ich alles so durchsichtig, wie es sich in mir niedergeschlagen hat – was immer dieses «ich» auch sei, denn sicher kann ich mir da jetzt nicht mehr sein, auch wenn es damals, als ich lebte, fraglos und selbstverständlich für mich war und ich mir diese Frage nicht stellte. Jetzt stelle ich sie und finde keine Antwort, denn ich weiß jetzt, dass es mehrere Ich gab, und heute halte ich die Überzeugung, diese Ich hätten sich zu einem einzigen Menschen zusammengefügt, für ein Vorurteil, typisch für jene seltsame, verwehende Form des Dauerns, die wir als Leben bezeichnen.

Also waren wir vielleicht mehr, mehr Ich als einer.

Der Siebenjährige, der die Flugzeuge auf dem Flugplatz bestaunte, mit Onkel Moryc und seinem Bruder, dieser Siebenjährige war ein anderer Mensch als der Zehnjährige, der die Flugzeuge Bomben auf Warschau abwerfen sah. Waren sie schon verschieden, so ist der Dreizehnjährige, der im unmenschlichen, aus Menschen gemachten Gedränge des Zuges nach Treblinka steht, neben seiner Mutter und seinem Bruder, schon so anders, dass er in nichts mehr an die anderen erinnert. Er ist gereift, geradezu alt, erschöpft und zynisch. Die Grausamkeit fällt ihm leicht, Grausamkeit nicht in Taten, sondern in reiner Teilnahmslosigkeit. Das Leiden der Nächsten rührt ihn nicht im Geringsten, er hält überhaupt die Menschen nicht mehr für Nächste, Nächste sind für ihn nur noch sein Zwillingsbruder und seine Mutter. Er kann sich schon vergnügen, wie sich früher nur die Erwachsenen vergnügten, er hat die Annehmlichkeiten des Körpers kennengelernt, ohne eine andere Art der Liebe als die Sohnes- und die Bruderliebe zu erfahren.

Und das bin ich? Das soll ich sein? Der Siebenjährige auf dem Flugplatz mit Onkel Moryc und dieser für sein Alter gut entwickelte, mutige, skrupellose Junge im Zug, das soll ich sein? Und ich hiermals, ich, der auf das Ich von damals schaue, das soll auch ich sein? Gewöhnlich haften Menschen für die Entscheidungen, die sie einmal getroffen haben, vor zwanzig oder mehr Jahren, aber sind es auch noch dieselben Menschen? Sie selbst gehen zwar davon aus, dass ihr Menschsein im Jahre 1937, 1939 und 1942 ihre Identität bezeichne, aber ist diese Annahme nicht zu verwegen, stützt sie sich nicht auf eine irregehende Intuition, ein falsches Zeiterleben?

Je mehr ich mich aus dem Grau selbst betrachte, desto deutlicher wird mir, dass «der Mensch» eine Illusion ist. Etwas ist da, eine Serie von Erscheinungen, die sich selbst zu denken und zu verstehen suchen, eine Vorstellung von sich zu gewinnen suchen, doch die Form, die diese Phänomene in ihren Gedanken annehmen, ist nicht die Form, die sie in Wirklichkeit haben.

Die Welt ist eine andere, als die menschlichen Phänomene sich vorstellen. Hiermals weiß ich das, da ich mir selbst (soweit ich es bin) als Dreizehnjährigem im Zug nach Treblinka zusehe.

Wir fahren und wissen, wohin es geht.

Mama hält uns an der Hand. Mama hat Wasser und ein bisschen Essen mitgenommen und gibt uns zu essen und zu trinken. Ich muss ganz doll pinkeln, am anderen Ende des Waggons soll ein Eimer dafür sein, aber es ist aussichtslos, ihn bis hierher durchzureichen oder sich selbst durch die Menschen zu drängen, also pinkele ich einfach vor meine Füße. Daniel muss auch, aber ihm ist es natürlich zu peinlich.

Ich sehe, dass Mama einen Plan hat. Sie lässt unsere Hände nicht los. Sie ließ nicht einmal los, als ich pinkelte, deshalb benutzte ich nur eine Hand. In den neunzehn Monaten des Ghettos hatten wir nicht schlecht gegessen, vor allem dank meiner Arbeit. Daniel und ich waren ordentlich gewachsen und schon fast so groß wie Mama, und das ist unser großes Glück, denn wir stehen in so dichtem Gedränge, und – damals weiß ich das noch nicht – in unserem Waggon sind nach der Weichselüberfahrt schon vier Kinder erstickt, drei Mädchen und ein Junge, die kleiner als ich und Daniel waren und deshalb keine Luft mehr bekamen, als sie mit ihren Gesichtern an knochige Rücken und hungergedunsene Bäuche gedrückt wurden. Daniel und ich dagegen sind groß genug, um über den Schultern der zusammengequetschten Menschen zu atmen. Deshalb leben wir.

Mama dagegen hat einen Plan. Wir schieben uns vorwärts. Drei Zentimeter. Fünf. Das ist schwer zwischen den gewaltsam zusammengepressten, gestopften Menschen, aber wenn man geduldig ist, geht es, und Mama ist geduldig. Auf diese Weise drängen wir uns durch, quetschen uns, langsam, aber unnachgiebig, erst setzt Mama einen Fuß fünf Zentimeter nach vorn, dann verlagert sie ihr Körpergewicht und zieht den anderen nach. Niemand protestiert, denn niemand hat die Kraft zu protestieren, alle spüren Druck von allen Seiten, jeder drückt jeden, und Mama ist stark, auch gut genährt, ihre Muskeln haben nicht an Spannkraft verloren, Mama hat Glykogenvorräte in den Muskeln, sie ist stärker als die anderen, dank dem Essen, das ich immer in unser Zimmer in der Pawia brachte, und deshalb hält sie jetzt die Muskelspannung und Drahtigkeit ihrer ganzen Figur besser aufrecht als andere, was ihr erlaubt, sich vorwärtszuschieben, langsam, langsam, schließlich haben wir es nicht eilig, und nach zwei Stunden sind wir endlich an der Wand, direkt unter einem Fensterchen.

Es ist gefährlich, an der Wand zu stehen. Gefährlich deshalb, weil man zwischen den Menschen, vom Wogen der Menge eingeklemmt, sich wenigstens noch rühren, gegen die anderen andrücken kann, die Wand dagegen ist unnachgiebig, da kann man zerdrückt, in die rohen, feuchten Bretter des Waggons geplättet werden. Gefährlich also ist es hier, aber dafür gibt es mehr Sauerstoff unter dem Fensterchen, man kann besser atmen. Doch Mama ging es gar nicht um den Sauerstoff.

«Hast du das Taschenmesser?», fragte sie, und ich hörte ihre Stimme durch den Lärm, durch das Winseln und Brüllen, durch das Rattern der Räder und das Keuchen der Lokomotive.

Ich hatte es dabei, wie immer, das Taschenmesser, das einmal Onkel Kaplica gehört hatte und das Papa mir geschenkt hat, als er in den Krieg zog, das kleine Taschenmesser mit der Perleneinlage und zwei Schneiden, einer längeren und einer kürzeren, mit der Gravur «Sozialismus oder Tod» auf der längeren. Auch wenn es ein Geschenk von Vater war, den ich damals, im Zug nach Treblinka, schon längst hasste, hütete ich es, habe es nie weggeworfen oder gegen ein anderes getauscht.

Ich gab es Mama, die versuchte, an das Gitterfensterchen unter der Decke zu kommen. Jetzt verstand ich, warum wir uns an die Wand geschoben hatten. Doch das Fenster war zu hoch. «David, klettere auf meine Schultern, dann kommst du ran, komm, versuch, mit dem Taschenmesser das Holz um das Gitter wegzukratzen», sagte Mama und half mir auf ihre Schultern, so wie damals, als Papa mich huckepack nahm, sie hielt mich, während ich mich mit einer Hand am Gitter festhielt und mit der anderen begann, das weiche, stellenweise schon morsche Holz mit dem Taschenmesser herauszukratzen. Es dauerte nicht lange, bis die Juden ringsumher bemerkten, was ich tat. Sofort begannen lebhafte Diskussionen. Manche unterstützten mich hitzig: «Ja, ja, soll der Junge nur machen, das Gitter raushebeln.» Andere riefen: «Der Junge soll aufhören, die Deutschen werden böse! Er macht ja den Waggon kaputt!» Darauf die Ersten: «Wir fahren sowieso in den Tod, nach Treblinka, was können sie uns denn sonst noch anhaben!» Darauf die anderen wieder: «Von wegen in den Tod! Nicht in den Tod! Zur Arbeit fahren wir. Wozu hätten sie den Freiwilligen denn

Brot und Marmelade angeboten, wenn wir in den Tod fahren?»

Ich schenkte ihnen keine Beachtung. Ich pulte und pulte, bis die lange Klinge brach und von «Sozialismus oder Tod» nur der «Sozialismus» blieb. Ich klappte die kürzere aus und pulte weiter, bis schließlich, nach zwei Stunden Arbeit, in denen der Zug stand und eine Weile fuhr und dann wieder stand, weil er vermutlich Wehrmachtstransporte durchlassen musste, die alles nach Osten brachten, was die Truppen des Dritten Reichs benötigten, und pulte so viel Holz heraus, bis das Gitter, als ich daran ruckte, aus der Waggonwand sprang.

Die Juden schrien, toller Junge, oder: durch mich würden sie umkommen, Mama hob mich von ihren Schultern, beugte sich zu uns, zu mir und Daniel, und sagte:

«Ihr müsst euch retten. Wenn wir durch einen Wald kommen, müsst ihr springen.»

«Und du?», fragte Daniel.

«Mama passt nicht durch das Fenster, Mensch», nahm ich ihr die Antwort ab.

«Ich habe mein Leben gehabt, Kinder. Viel davon und lange. Ich hatte alles. Ihr braucht meine Obhut und meine Hilfe jetzt nicht mehr. Ihr könnt noch leben. Könnt überleben. Dieser Krieg wird irgendwann zu Ende gehen. Und ihr überdauert. Ihr wandert aus diesem verfluchten, bösen, furchtbaren Land aus. Fahrt nach Palästina, in das Land, das eures sein wird. Und ihr werdet leben, ihr werdet Juden sein.»

Damals wusste ich: Ich sehe sie zum letzten Mal. Ich wollte sie nicht zum letzten Mal sehen. Es war richtig, ihrer Obhut bedurfte ich schon lange nicht mehr, es war eher andersherum, dass ich mich um sie beide kümmerte. Aber ich brauchte ihre Liebe.

«Ohne dich gehen wir nicht, Mama. Du musst es probieren. Wir reißen noch mehr Bretter raus, damit du springen kannst», sagte ich.

«Dafür ist keine Zeit, David. Es ist keine Zeit. Ihr müsst bei der nächsten Gelegenheit raus.»

«Geh, David», sagte Daniel leise. «Ich bleibe bei Mama. Dir würde ich nur zur Last fallen. Ich würde es nicht schaffen. Kehr zu deinen Freunden zurück, zu Lejb und Hela.»

Es stimmte. Er wäre mir zur Last gefallen.

Wir waren sehr unterschiedlich. Daniel war zu zart, zu gut für das Ghetto. Ohne mich hätte er schon nicht mehr gelebt, aber er hatte mich, und ich war bereit, alles dafür zu geben, dass er und Mama leben konnten, denn ich fand, dass von allen Menschen auf der Erde sie das Leben am meisten verdient hatten.

«Ich gehe nicht ohne euch», sagte ich und wusste, dass ich lüge.

«Geh. Zu zweit schaffen wir es nicht. Allein kommst du durch. Und ich bleibe bei Mama.»

«Ich will nicht ohne euch», sagte ich noch mal, und das war wahr.

Ich wollte ohne sie nicht weiterleben. Aber ich wusste auch, dass ich, wenn sie beide mich darum bitten, nicht ablehnen könnte. Und ich würde versuchen zu überleben. Mir selbst zuwider. Für Lejb und Hela, die auf mich im Ghetto warteten, diese Hoffnung hatte ich wenigstens.

«Geh, David», sagte Mama leise, so leise, wie man nur

sprechen konnte in diesem Waggon. «Geh. Daniel wird bei mir bleiben.»

Empfand sie Erleichterung, dass Daniel bei ihr sein würde? Oder eher Entsetzen bei dem Gedanken, dass auch ihren geliebten besten Sohn dasselbe Schicksal treffen würde wie alle anderen?

«Geh, David. Geh», wiederholte sie und gab mir ein Päckchen mit Essen. Geld hatte ich selbst, aber Mama gab mir noch alles, was sie hatte.

«Uns wird es nicht mehr viel nützen, David. Nimm, Mäuschen. Geh, kehr zurück zu deinen Freunden.»

Sie hoben mich beide an. Zuerst schob ich meine Beine nach draußen, dann den Rumpf, am Ende hielt ich mich noch mit den Händen am Fenster fest. Ich stieß mich ab und flog in die Dunkelheit und war nicht mehr im Zug, nicht mehr unterwegs nach Treblinka, sondern flog langsam, sehr langsam mit sinkender Geschwindigkeit durch die Luft, erst mit fünfzig Stundenkilometern, denn so schnell fuhr der Zug, dann immer langsamer, in großem Bogen nach unten, bis ich schließlich auf den Steinen des Bahndamms aufschlug, mit Schultern und Kopf, das Bewusstsein verlor und das Essenspaket von mir fiel, und anschließend in einen mit hohem Gras zugewachsenen Graben rollte, wo ich bewusstlos, aber lebend unter dem bestirnten schwarzen Himmel liegen blieb, im Wald, im ehemaligen Kreis Ostrowa, in der ehemaligen Woiwodschaft Białystok, damals Generalgouvernement, und, was das Schlimmste war, noch immer im verfluchten, verfluchten, dreimal verfluchten Polen, dem übelsten Ort, an dem man sein kann.

Bewusstlos, aber lebend blieb ich also in der Dunkelheit liegen, aus einer Wunde am Kopf sickerte Blut. Gott sah nicht auf mich herab, denn es gibt ihn nicht, und Menschen schauten nicht, denn Menschen gibt es auch nicht, und weder Tod noch Leben haben einen Sinn, sie haben nur einen Lauf.

Mama und Daniel blieben im Zug und fuhren weiter, zum Tod und in den Tod, ich lebte und lag fühllos unter dem schwarzen Himmel, unter den Sternen, im Gras, und war weiter bewusstlos, als zwei Menschen über mir stehen blieben: ein Mann und ein Junge.

Der Mann trug hohe Stiefel mit hineingestopfter Hose, eine Weste über dem Hemd und eine Schirmmütze, hinter den Gürtel hatte er eine abgesägte Flinte geschoben, ein altes Morsin-Gewehr mit abgeschnittenem Kolben und auf ein Minimum verkürztem Lauf. Der Junge war barfuß, in abgewetzter Hose und im Hemd, doch das sah ich gar nicht, denn infolge des Aufpralls gegen die Steine war mein Gehirn eingeschläfert.

«Ein Rotzjude», sagte der Junge.

«Klar Rotzjude, was sonst, Türke ja wohl kaum», erwiderte der Mann und zog die abgesägte Flinte aus dem Gürtel, lud durch, mehr, um der Situation den nötigen Ernst zu verleihen, als aus Furcht vor einem kleinen Rotzjuden, der vom Zug in den Tod gesprungen war. «Lebt er noch?»

Der Junge kniete über mir, fasste an meinen Hals, tastete nach dem Puls, und ich wachte nicht auf.

«Ja. Ohnmächtig.»

«Durchsuch ihn.»

Der Junge begann mit fachmännischer Übung, meine Taschen zu durchsuchen, prüfte sorgfältig die Nähte und ertastete die in der Kleidung eingenähten Wertsachen, und ich wurde nicht wach.

«Er hat Geld. Ziemlich viel. Und Gold. Gute Kleider», sagte er.

«Muss ein besserer Rotzjude sein. Wir ham's gut getroffen», erwiderte der Mann, und ich wurde nicht wach.

«Was machen wir mit ihm?», fragte der Junge.

Der Mann überlegte einen Augenblick, und ich wurde nicht wach. Der Mann hatte vor, mich zu berauben, und fragte sich nur, ob es sich lohne, mich danach den Deutschen auszuliefern, in der Hoffnung auf eine Belohnung. Dazu hätte er erst seine Flinte verstecken müssen, das hieße, zurück zu seiner Hütte, ein ziemlicher Aufwand. Bei einem armen Judenschlucker hätte es sich gelohnt, doch angesichts der offenbar beträchtlichen Beute war es schade um die Zeit.

«Wir nehmen das, was ihm nicht mehr zusteht, und gehen weiter.»

«Lassen ihn lebend hier?»

Der Mann überlegte wieder, und ich wurde nicht wach. Es ist immer sicherer, keine Zeugen zu hinterlassen. Er hätte mich mit der Flinte erschießen können, der Schuss hätte Lärm gemacht, ein Risiko. Mir den Hals umzudrehen wie einem Katzenjungen oder mir den Schädel mit dem Kolben einzuschlagen, war ihm zu widerlich. Liegen lassen oder erschießen.

«Nimm, was uns zusteht, ich erledige ihn im Weggehen», entschied er, und in dem Augenblick wurde ich wach, tauchte aus der Dunkelheit auf, ließ es mir aber nicht anmerken, mein Gehirn hatte schon genug Adrenalin ins Blut gepumpt, als hätte es unterhalb meines Bewusstseins wahrgenommen, was geschah. «Und schau nach, ob er Goldzähne hat, zum Ausreißen.»

Der Junge nahm Streichhölzer, zündete eins an und öffnete mir den Mund, was ich noch zuließ, als ich aber seine Finger an meinen Lippen, Zähnen und am Zahnfleisch spürte, schloss ich die Kiefer mit aller Kraft, er wollte die Hand zurückreißen und brüllte, doch meine Zähne zerschnitten das Gewebe, und zwei Fingerstücke blieben mir im Mund. Der Junge brüllte los, und ich, ohne etwas zu denken oder zu planen, packte ihn an den Schultern und zog ihn an mich. Der Mann schoss. Ich spürte den gewaltigen Stoß, als das Geschoss aus der Flinte in den Rücken des auf mir liegenden Jungen einschlug. Sofort stieß ich ihn, der schon tot war, von mir, sprang auf und rannte in die Dunkelheit. Der Mann mit der Flinte fluchte, wollte mir nachsetzen, stolperte aber über die Leiche – ich hörte ihn aufheulen: Er heulte, weil er verstanden hatte, dass er sein eigenes Kind erschossen hatte. Ich hörte ihn noch blind ins Dunkel schießen, mich aber verschluckte die Finsternis bereitwillig und tief.

Ich lief durch einen Wald, die Zweige schlugen mein Gesicht, aber ich lief, bis ich endlich ins Grün stürzte, ich stürzte atemlos und wusste schon, dass ich entkommen war, mein nächster Gedanke aber war, dass mir von solchen Menschen noch viele, sehr viele begegnen würden. Und dass ich nach Warschau zurückmusste, zurück in die Hölle, die ich gut kannte, in die Hölle, in der ich mich zu bewegen wusste, ich musste zurück, um zu überleben; wenn sie schon sterben würden, musste ich leben.

Ich beschloss, an den Gleisen entlang zurück in die Stadt zu gehen, irgendwie über die Weichsel zu gelangen, und wenn ich schwimmen müsste, es war warm, um mich dann im Ghetto zu verstecken und das Kriegsende abzuwarten.

Das wusste ich damals, auch wenn ich erst dreizehn war, ich war trotz meiner dreizehn Jahren schon erwachsen, und wären wir gläubig gewesen, hätte ich schon Bar-Mizwa gehabt, und ich erinnerte mich fast gar nicht an das Leben vor dem Krieg, das Leben vor dem Krieg erschien mir nicht realer als ein Traum. Der Krieg, das Ghetto, die uns mordenden Deutschen, die uns den Deutschen ausliefernden Polen, das war mein Leben, das ganze Leben, das ich kannte. Andererseits dachte ich viel nach, las Zeitungen und Bücher und zweifelte nicht daran, dass Hitler der geballten Macht der Sowjetunion unterliegen und der Krieg zu Ende gehen würde. Noch vor Stalingrad habe ich das gewusst. Ich wollte das Ende dieses Krieges abwarten, und Warschau war der einzige Ort, an dem mir das gelingen konnte. Nur in Warschau kannte ich ein paar Polen, die bereit waren, mir zu helfen; hier, auf den Dörfern und in den Kleinstädten, würde mich jeder, da war ich sicher, entweder umbringen oder an die Deutschen ausliefern. Natürlich konnte man überall auf Menschen treffen, die aus unergründlicher Herzens- oder Gewissensgüte plötzlich bereit waren, uns Nichtmenschen zu helfen, doch darauf zu hoffen, wäre ebenso irrational wie die Hoffnung bei einem russischen Roulette mit sechs Patronen und einer leeren Kammer.

Nur in Warschau hatte ich meine Wege und Pfade zwischen den Menschen und Gebäuden, meine Orte und Schlupfwinkel. Nur in Warschau konnte ich damit rechnen, dass die Patrone bloß in einer der sieben Kammern der Trommel steckt.

Ich musste zurück in die Hölle, mich verstecken, mich nie wieder auf den Umschlag bringen lassen und leben, das war ich Mama und Daniel schuldig, die nicht aus dem Zug gesprungen waren.

Der einzige mir bekannte Weg dorthin führte entlang der Gleise. Die zweigleisige Bahnstrecke Nr. 6 bildete den einzigen Pfad, der mich nach Warschau führen konnte. Sie war aber zugleich gefährlich, denn an der Strecke lagen Bahnhöfe und darin nicht wenige Wärter, vor allem aber Menschen, die auf solche Juden wie mich lauerten, Juden, die aus dem Todeszug gesprungen waren.

Doch ich schaffte es bis Warschau. Zu Fuß brauchte ich eine Woche, immer nachts. Im Morgengrauen suchte ich mir einen Schlupfwinkel, meist im Gestrüpp, und wartete dort den Tag über ab, reglos. Ich trank Wasser aus Pfützen, wie ein Tier auf dem Feld, ich aß grüne Früchte aus den Obstgärten, bis ich schließlich die Weichsel erreichte, mich auszog und sie in der Nacht durchschwamm. Das Bündel mit den Schuhen und Anziehsachen war schließlich so vollgesogen, dass ich es loslassen musste und am Ende fast nackt ans andere Ufer kam, nichts am Leib als die nasse Unterhose. In der Nacht schlich ich mich in die Trümmer, die vom Ghetto übrig geblieben waren, und fand in Többens Szop die Menschen, die mir helfen konnten, Menschen, mit denen ich nach unserem Umzug in die Pawia auf Schmuggelgänge gezogen war, Menschen, die mir am teuersten auf der Welt waren. Ich fand als ersten Lejb Passenstein, den Sohn eines berühmten jüdischen Chirurgen, der längst vergessen hatte, dass er der Sohn eines berühmten jüdischen Chirurgen war, denn seinen Vater hatte man noch vor der Abriegelung des Ghettos erschossen.

Nachdem ich Lejb gefunden hatte, fand ich auch die von ihm und vorher von mir unzertrennliche Hela Warm und freute mich sehr, dass beide am Leben waren, mit Nummern bei Többens, waren es doch die letzten nahestehenden Menschen, die mir auf der Welt geblieben waren.

Jetzt will ich von Hela und Lejb erzählen. Erst jetzt, auch wenn ich hiermals, im Grau, unaufhörlich an sie denke, nicht nur, weil ich hiermals, im Grau, mein ganzes Leben denke und zugleich alle darin vorkommenden Menschen. Sie, Hela und Lejb, denke ich mehr als andere, nicht mehr als Daniel und Mama, aber mehr als den ganzen Rest.

Ich lernte sie kennen, als wir aus der Nalewki in die Pawia gezogen waren, wie man sich auf der Straße kennenlernt. Daniel war bei Mama geblieben, ich zog los, um mich nach etwas Essbarem umzusehen. Ich hatte noch ein bisschen Geld, doch ich wusste, wie schnell das Geld im Ghetto zu Ende sein kann, wenn man Hunger hat.

Lejb war ein Jahr älter als ich – als ich aus dem Zug nach Treblinka geflohen und nach Warschau zurückgekehrt war, war er vierzehn, kennengelernt hatten wir uns also, als er zwölf war. Er hatte ein vorzügliches, arisches Aussehen, war groß für sein Alter und blauäugig, dunkles Haar und sehr blasse Haut, sah absolut unjüdisch aus, eher wie ein polnischer Junge aus gutem Hause.

Hela war in meinem Alter, sah semitischer aus als Lejb, aber noch nicht so, dass sie auf einer arischen Straße aufgefallen wäre, sie hatte große braune Augen und dunkle, wenngleich nicht rabenschwarze, zu zwei straffen Zöpfen geflochtene Haare.

Sie standen beide an der Ecke Pawia und Smocza und waren sich so ähnlich, dass ich anfangs glaubte, sie wären Geschwister, erst später erklärte mir Lejb, dass Hela seine Cousine war. Beide waren gut angezogen, zu gut für Kinder, die im Ghetto auf der Straße herumlungern, Lejb hatte einen ganz erwachsenen Mantel, einen Anzug aus dickem Flanell und hohe Schnürschuhe an, eine karierte Radfahrermütze auf dem Kopf. Hela trug Schafpelz und Stiefel, denn das war noch, bevor den Juden befohlen wurde, alle Pelze abzugeben.

Ich war auch zu gut gekleidet für ein Kind im Ghetto, aber ich war noch wie ein Kind angezogen und hatte nie zuvor auf der Straße herumgelungert, das war mein erstes Mal. Vermutlich fiel ich ihnen deshalb auf, während ich geradewegs auf sie zuging, weil ich ihren ziemlich aufdringlichen Blick bemerkt hatte, und ich war ein mutiger Junge.

«Neu hier?», fragte Hela, und mir fehlten auf Anhieb alle Wörter, polnische, jiddische, hebräische; kein einziges brachte ich hervor.

«Und?», nervte sie.

Ich sah ihr ins Gesicht und schwieg weiter, mir fehlten die Worte angesichts nicht nur ihrer, sondern auch angesichts einer Wirklichkeit, die ich bis dato nicht gekannt hatte. Seltsame Ströme durchliefen meinen Leib und ließen mir die Härchen auf den Unterarmen stehen. Hela wirkte in ihrer Schönheit unmenschlich auf mich, weder einem Kind ähnlich noch einer erwachsenen Frau, und in dieser Schönheit zugleich ungewöhnlich, magnetisch interessant.

«Gehst du nach draußen?», fragte Lejb. «Du könntest, das Aussehen hast du.»

Ich schüttelte den Kopf, er nickte verstehend, und in diesem Nicken lag alles, später verstand ich es, hiermals verstehe ich es am besten: Aus meinem Polnisch, meiner Kleidung, meinen Manieren folgerten sie mehr oder weniger, dass ich aus sogenanntem gutem Hause war, so als hätte mein Vater keinerlei Spuren an mir hinterlassen, als wäre allein meine Mutter für meine Erziehung verantwortlich gewesen. Aus meiner Anwesenheit auf der Straße schlossen sie zugleich, dass es mit dem Wohlstand dieses guten Hauses gerade zu Ende gegangen war, denn andernfalls hätte mich wohl niemand ohne konkretes Ziel, ohne eine Besorgung hinausgelassen.

Er sah Hela wie fragend an. Hela lächelte zustimmend.

«Wir werden mal gucken, was du draufhast», sagte er in einem Ton, der nicht Befehl war und dennoch keinen Widerspruch duldete. «Komm. Es geht durchs Gericht. Ich bin Lejb. Und das ist Hela.»

Ich ging also mit Lejb und Hela, denn ich hatte nichts Besseres zu tun, wir gingen die Smocza hinab, dann, um nicht in die Karmelicka zu kommen, durchquerten wir Mietshäuser und Hinterhöfe und kamen an der Leszno heraus, gleich vor dem Gebäude des Amtsgerichts, das sich offiziell im arischen Teil befand, das aber auch Juden nutzen konnten. Die Arier gelangten durch einen engen Durchgang dorthin, der das große vom kleinen Ghetto trennte, vom Eisernen-Tor-Platz über den Mirowski-Platz und die Chłodna, von der an der Einmündung in die Elektoralna die Biała abging.

Vor dem Eingang zum Gericht stand ein polnischer, ein blauer Polizist. Wie unsichtbar passierten wir ihn, dank einer Berührung seiner Hand mit der Helas, ihre Blicke trafen sich nicht, nur die zehn Złoty aus ihrer Hand blieben in der des Polizisten. Drinnen grüßte Lejb einen vielleicht zehnjährigen Jungen – jedenfalls trug er noch keine Armbinde –, indem er fast militärisch die Hand an den Schirm seiner Radfahrermütze legte. Später erfuhr ich, dass dieser Junge als Beobachter fungierte, der sagen sollte, ob man gefahrlos durch die Flure des Gerichts kam; wir stiegen daraufhin in den dritten Stock, dort erhielt ein Mann, der als Türsteher vor dem Garderobenzimmer stand, fünf Złoty. Wir gingen hinein.

«Die Armbinden», kommandierte Lejb.

Beide nahmen sie ab, ich auch, dann gingen wir über eine Seitentreppe wieder hinunter ins Parterre und dort hinaus auf die arische Seite, in die Biała, ohne Armbinden, gut gekleidet und gut genug aussehend, um auf der Straße als Christenkinder durchzugehen.

«Wir gehen zur Hala Mirowska», kommandierte Lejb. «Das heißt, wir fahren. Mit der Straßenbahn.»

«Liefern die Polen uns nicht aus?», wagte ich zu fragen.

«Diese Bengel da sind bezahlt.» Hela zeigte auf ein paar Halbwüchsige, die in der Nähe standen. «Und weiter nehmen wir eben die Straßenbahn. Denn Juden fahren nicht Straßenbahn. Also kein eingezogener Kopf, kein Starren auf die eigenen Füße, du guckst fest geradeaus, als hättest du nichts zu fürchten.»

«Habe ich denn?»

«Zu fürchten gibt es immer etwas», sagte sie und grinste.

So fuhren wir mit der Straßenbahn 21 und stiegen an der Hala Mirowska aus. Die Tram hatte alles Jüdische von uns abgewaschen, wir traten ein.

«Hast du Geld?», fragte er.

«Zwanzig Złoty.»

«Kauf dafür acht Kilo Brot und einen Rucksack, um es zu tragen. Bei uns bekommst du für das Brot etwa einhundertzwanzig. Zwanzig gibst du uns, weitere zwanzig für das Schmiergeld im Gericht, bleiben dir achtzig.»

«Und das Risiko …?»

«Das Risiko ist, dass sie dich erschießen.» Er lächelte. «Aber sonst ist es auch kein Leben, also was soll's.»

Lejb und Hela tätigten viel größere Einkäufe. Sie hatten ans Mantelfutter aufgenähte Taschen, jeder nahm gut fünfzehn Kilo Lebensmittel. Dann fuhren wir mit der Straßenbahn zurück zur Kreuzung mit der Biała, zahlten die nötigen Leute und kehrten ins Ghetto zurück.

«Jetzt musst du das alles ausgeben. Sonst wird das Pech dich verfolgen. Das ist die Regel. Den ersten Schmuggellohn muss man vertrinken», erklärte Hela.

«Ich habe noch nie Alkohol getrunken», jammerte ich. «Außerdem muss ich das Geld meiner Mama geben.»

«Sie kriegt das nächste. Du wirst noch mehr verdienen. Komm mit uns.»

Ich ging mit ihnen, denn ihre Stimme duldete ebenso wenig Widerspruch wie die Stimme Lejbs. Ebenso wenig und doch anders. Ich ging mit ihnen, weil ich wollte. Das Café Hirschfeld lag an der Ecke Sienna und Sosnowa, direkt an der Südgrenze des kleinen Ghettos.

Niemals zuvor war ich an einem solchen Ort gewesen. Später bin ich oft an solchen Orten gewesen, damals noch nie. Später habe ich sogar meinen Vater bei Hirschfeld gesehen, von weitem, er mich nicht, er wollte nicht oder hat mich nicht erkannt, denn ich hatte mein Haar strohblond gefärbt, slawisches Blond, um mein ohnehin gutes Aussehen noch zu verbessern, und er war betrunken. Neben dem Café Hirschfeld gingen wir später auch ins Hotel Britania mit seinem Dancing Casanova, in die Nachtbars Arizona und Colombina, wo die ganze Dreizehn abhing und die übelsten Konsorten des Ghettos; im Sommer gingen wir ins Café Bajka, das an der Stelle errichtet worden war, wo sich keine Spur mehr fand von dem im September bombardierten Mietshaus. Dort zog man Badeanzüge an und konnte für zwei Złoty im Liegestuhl liegen, fast, als wäre man ans Meer gefahren. Wir gingen ins Odeon am Tłomackieplatz und das anrüchige Café in der Nowiniarska, wo es ein Telefon gab, mit dem man diverse Geschäfte mit der arischen Seite machen, Spielmänner bestellen und Schmiergelder vereinbaren konnte, wo die Agenten rumhingen, über die man Versicherungen für ungewöhnlich große Schmuggelaktionen abschließen konnte, wo auch eine informelle Börse betrieben wurde, an der Schmuggel ebenso gehandelt wurde wie davon abgeleitete Geschäfte, zum Beispiel diese Versicherungen. In keinem dieser Lokale wurden wir wie Kinder behandelt. Wir waren auch keine, wir waren einfach kleinere Erwachsene, und für den Ghettoschmuggel waren wir Zwölf- und Dreizehnjährige ungemein wichtig, geradezu unverzichtbar: Ohne den Schmuggel wiederum wäre das Ghetto innerhalb eines Monats ausgestorben, denn die offizielle Versorgung deckte nicht mal ein Zehntel des Kalorienbedarfs der im Ghetto eingepferchten mehreren hunderttausend Menschen. So spielten wir die Partner für die alten jüdischen Ganoven, und viele von ihnen waren Bekannte meines Vaters, die in mir dennoch nie den Sohn des legendären Shapiro erkannten, denn auch der legendäre Shapiro, mein Vater, sah nur noch aus wie ein Schatten der eigenen Legende, und das wussten alle. Als großer Fisch in der jüdischen Polizei und Mann mit Vorkriegsverbindungen hätte er auch zum König des Ghettos werden können, mächtiger als der Judenrats-Vorsitzende Czerniaków, mächtiger als die Polizisten Szeryński und Lejkin, als Gestaposcherge Gancwajch, als Kohn und Heller zusammen, aber er wurde es nicht. Er war nur Polizist im ersten Bezirk. Zu mehr reichte sein Ehrgeiz nicht.

Vielleicht war ihm klar, dass ihn selbst als König des Ghettos jeder beliebige Deutsche in einem Wutfanfall erschießen oder, schlimmer noch, ihm eins in die Fresse hauen, ihn mit Peitsche oder Spitzrute schlagen konnte.

Vielleicht, nein, ganz bestimmt wollte er deshalb nicht Ghettokönig werden, weil sowieso jeder hergelaufene Wachmann über ihm stand.

Stattdessen hatte er seine Uniform, sein Revier, wo er Geld vom Schmuggel einnahm, und genau deshalb arbeitete ich nie in diesem Revier, ich mied den Grzybowskiplatz und die Straßen, durch die er ging.

Das alles geschah später, aber dieses allerwichtigste erste Mal war eben im Café Hirschfeld. Ein geräumiges Lokal, üppig und geschmacklos dekoriert, es gab ein Klavier, auf dem nicht Szpilman selbst, aber einer spielte, der ihm technisch nicht sehr viel nachstand, ein junges Mädchen, schön trotz der übers ganze Gesicht verlaufenden Narbe, sang dazu polnisch und englisch, die Gesellschaft war halbseiden, reich, gut angezogen und wohlgenährt, die Luft schwer von Rauch, Schweiß, Angst, Gier und Hoffnung. Das Brot konnte ich sogar teurer verkaufen, als Lejb versprochen hatte, nach Abzug von allem blieben mir fast hundert Złoty, fünfzig legte ich trotz Helas und Lejbs Zureden für Mama zurück, für vierzig Złoty bestellte ich bei dem eleganten Kellner einen Teller unvergleichlicher Graupensuppe. Lejb gab am Ende klein bei und bestellte dazu einen zweiten Gang, Kalbsschnitzel mit Kartoffeln und eine Flasche Wein, die uns anstandslos gereicht wurde und die wir zu dritt leerten.

«Tanz mit mir», forderte Hela mich auf.

Wir tanzten ungeschickt, einen Kopf kleiner als die übrigen Tanzpaare, doch niemand störte sich an unserer Größe und unserem kindlichen Alter.

Dann kehrte ich nach Hause zurück und sagte Mama

und Daniel, sie sollten ruhig sein, ich würde für sie sorgen, gab Mama die fünfzig Złoty und den Laib Brot, den ich für sie aufgehoben hatte. Daniel drückte mich, Mama weinte, aber keineswegs vor Glück oder Stolz.

So wurde ich Schmuggler und verschmolz mit Hela und Lejb zu einem unverbrüchlichen Dreier. Von dem Tag an, an dem wir uns kennengelernt hatten, kamen wir uns ungewöhnlich nahe und erlebten zusammen mehr als viele Menschen in ihrem ganzen Leben.

Schmuggeln gingen wir bis zum Ende, bis zur Großaktion. Anfangs benutzten wir dafür häufig die Straßenbahn 10, die noch durchs Ghetto fuhr. Zuerst wechselten wir auf die arische Seite, bezahlten dort den Auftrag, dann stiegen die vorher telefonisch benachrichtigten arischen Hehler auf ihrer Seite ein. Vor der Miła drosselte die Tram ihr Tempo ein wenig, der Fahrer läutete sogar, die gekauften polnischen Polizisten guckten in eine andere Richtung, und Päckchen flogen aus den Fenstern, wir schickten die Bengel los, die schon auf dem Sprung waren, die Pakete für uns aufsammelten und in unser Versteck brachten, wo wir die Ware auspackten und über die Bengel weiter disponierten.

Dann jedoch wurde der Straßenbahnverkehr eingestellt, und wir schmuggelten erneut über das Gericht, über die Dächer, durch das Gebäude des ehemaligen Finanzministeriums in der Elektoralna, über den Friedhof an der Okopowa, durch den Mostowskich-Palast und viele andere Orte. Wir schlichen nicht an den Häuserwänden entlang, denn das war etwas für kleine Kinder, Hosentaschenschmuggler, Sieben- und Achtjährige, die drei Semmeln oder ein Pfund Kartoffeln herüberbrachten, um ihre hungernden Eltern und Geschwister durchzubringen. Auf solche schossen die Gendarmen oft. Wir bemühten uns, Situationen zu vermeiden, in denen Frankenstein uns aufs Korn nehmen konnte, auf uns wurde nur ein paar Mal geschossen, einmal streifte eine Kugel Lejb am Arm, zum Glück nicht gefährlich.

Im Frühjahr und Sommer 1941 verdienten wir schon ein Mehrfaches. Manchmal tausend Złoty pro Kopf und Tag, manchmal mehr. Wir hielten zusammen, wir drei, wir wurden als unzertrennlich wahrgenommen, zwei elegante Burschen und ein Fräulein, wir bildeten eine Einheit.

Hela, Lejb und ich hatten uns so rasch befreundet und waren uns so nahe, das ich mir Vorwürfe wegen Daniel machte. Er und ich hatten uns plötzlich voneinander entfernt, nicht aus Abneigung, sondern weil ich jetzt ein Leben führte, zu dem er nicht gehörte, in dem er nicht vorkam und nicht vorkommen konnte, nicht nur, weil er mit seinem semitischen Aussehen keine Viertelstunde auf der arischen Seite überlebt hätte.

Lejb war unser Anführer, aber seine Autorität war von sanfter Art, wir ließen uns von ihm führen als dem Ersten unter Gleichen. Jeder von uns hatte besondere Fähigkeiten, in die sich die beiden anderen nicht einmischten.

Im Sommer 1941, als Hitler beschloss, dass Stalin nicht mehr sein Kumpel sei, und als, nur zum Beispiel, in Radziłów in Podlesien die Polen nach dem Einmarsch der Deutschen fünfhundert Juden in einer Scheune verbrannten, denen es dort, in dieser brennenden Scheune, verdammt viel schlechter ging als uns in Warschau, verdammt viel schlechter als jedem Warschauer Juden und ganz gewiss schlechter als uns dreien, die wir dank unseres Aussehens ungehindert auf die andere Seite wechseln konnten – in diesem Sommer beschlossen Lejb, Hela und ich, eine gemeinsame Kasse zu führen, denn das Aufrechnen zwischen uns nahm zu viel Zeit in Anspruch. Ich war damals schon ihr gleichberechtigter Partner. Der Kasse entnahmen wir Geld für den Unterhalt unserer Angehörigen: Ich hatte Mama und Daniel, Hela hatte zwei alte Tanten, bei denen sie wohnte, denn ihre Eltern waren bei derselben Geiselerschießung ermordet worden, bei der auch Lejbs Eltern erschossen worden waren, vor der Schließung des Ghettos. Lejb selbst hatte niemanden, will heißen, er hatte nur uns. Wir teilten nicht gleich, Lejb nahm aus unserer gemeinsamen Kasse nicht so viel wie Hela und ich für den Unterhalt der unsrigen.

Schließlich zogen wir sogar zusammen, und ich warf mir ewig vor, dass ich Mama und Daniel verließ, um mit Hela und Lejb zu wohnen. Daniel sagte, ich solle mir keine Gedanken machen, ich bräuchte die Gesellschaft meiner Freunde, und schließlich versorgte ich ihn und Mama, sodass Mama nicht mehr arbeiten musste. Und er kümmere sich schon um Mama.

Mama musste tatsächlich nicht arbeiten. Sie sagte mir das. Sie sagte, sie würde das Geld von mir nehmen, denn sie habe auch böseres, blutiges Geld von meinem Vater angenommen. Dafür würden wir jetzt alle bestraft, und das würde sie sich nie verzeihen. Dadurch, dass ich sie und Daniel unterhalte, könne sie anderen etwas Gutes tun. Und das tat sie. Sie arbeitete ehrenamtlich in der Küche der Poale-Zion-Linken in der Zamenhofa 9, deren Zweck, wie aller Küchen dieser Art, das körperliche, biologische Überleben der Aktivisten war. So hatten der Bund, Haszomer Hacair und Dror ihre eigenen Küchen, auch die Orthodoxen, die Literaten und Journalisten, und Mama war schon immer mit den linken Zionisten verbunden gewesen, also putzte sie und kochte, teilte wässrige Suppen an alte und junge Aktivisten und ihre Familien aus, die zusehends abmagerten. Daniel ging gewöhnlich mit ihr dorthin und half, so gut er konnte, kümmerte sich um die Kinder, veranstaltete Lesungen aus Abenteuerbüchern, gemeinsame Abende und gab Hebräisch-Unterricht. So ein Ort war für ihn ideal, an so einem Ort konnten seine Güte, sein Edelmut und sein Aufopferungswille sich am besten verwirklichen.

«Durch deine Hilfe, David, können Mama und ich dort helfen», sagte er. «Durch deine Hilfe müssen wir uns nicht um unser eigenes Überleben kümmern, weil du das tust. Also mach dir keine Sorgen um uns. Geh zu deinen Freunden. Es sind gute Menschen.»

Ja, Lejb und Hela waren gute Menschen, doch waren sie viel mehr für mich als nur Freunde.

Ich weiß nicht, wie ich unsere Beziehung nennen soll. In den Sprachen, die ich damals kannte, gab es keinen Namen dafür. Wir liebten uns, ohne Zweifel, alle. Ich liebte Lejb und liebte Hela. Hela liebte Lejb und mich, Lejb liebte sowohl mich wie auch Hela.

Wie ist es möglich, dass in so einer Dreiecksbeziehung keine Eifersucht aufkommt, kein Wunsch nach Besitz, nach Ausschließlichkeit? Wir waren zu jung dafür und zu schrecklich die Zeiten. Wir riskierten jeden Tag unser Leben, und unsere Liebe war das Einzige, was uns aufatmen ließ. Sehr bald, im Sommer 1941, als wir schon gemeinsames Geld hatten, begannen wir, auch unsere Körper miteinander zu teilen.

Es begann mit Zärtlichkeiten, mit Küssen, mit einem Kuscheln in der Nacht, dann gingen wir weiter. Unsere Körper waren schön, trotz Krieg und Hunger gut genährt, trainiert durch Läufe und Sprünge über Dächer und Mauern, zwölf- und dreizehnjährig, vorzeitig gereift, mit erstem Haar am Leib und in den Achseln. Lejb und ich hatten schon kräftige Schultern, Hela hatte schon Brüste.

Ein Geschlecht gab es für uns nicht, es gab nur die Liebe. Lejb und Hela blieben oft allein, wenn ich bei Mama und Daniel war, und ich empfand keinerlei Eifersucht, ich fürchtete nichts, was sie einander zuflüstern mochten, denn ich wusste, dass sie beide Sehnsucht nach mir hatten und ohne mich nicht ganz wären. Genauso war es, wenn ich mit Lejb allein blieb, weil Hela Zeit bei ihren Tanten verbrachte, oder allein mit Hela bei jenen seltenen Gelegenheiten, wenn Lejb ein Auge auf irgendeine Sache in der Stadt haben musste. Unsere Berührung war dann unvollständig, unsere Zärtlichkeiten bruchstückhaft, selbst die Lust war nicht die, wie wir sie zu dritt empfanden, verflochten in Konstellationen, die von Nacht zu Nacht vollkommener wurden; bisweilen studierten wir mit großem Ernst, geradezu weihevoll unsere Körper und die Wege der Lust, bisweilen küssten wir uns unter Scherz und Lachen.

Am Schmuggel verdienten wir jedenfalls einen Haufen Geld. Wir waren reich und verwegen. So verwegen und unseres Aussehens und makellosem Polnisch so sicher, dass wir manchmal länger auf der arischen Seite blieben, ins Kino gingen oder zur Weichsel, auch wenn Hela ständig in Sorge war. Sie meinte, sie selbst sei vielleicht sicher, aber mich und Lejb könne jede Bande polnischer Straßenjungs, falls ihnen irgendetwas an unserem Verhalten auffiel, ganz einfach enttarnen, indem sie uns die Hosen auszogen. Doch in diesen anderthalb Jahren hatten wir gelernt, unerkannt in der polnischen Menge aufzugehen, es kam sogar vor, dass wir mit der Straßenbahn bis Otwock fuhren, um dort im Ghetto Geschäfte zu machen.

Das beim Schmuggel verdiente Geld teilten wir so großzügig wie möglich. Nicht gemäß der Lehren meines Banditenvaters, der wusste, dass man die Unterschicht nur für sich gewinnt, wenn man freigebig mit dem zuvor sorgsam von Untergebenen und «beschützten» Geschäften eingetriebenen Geld haushaltet, das Vermögen also nach unten weiterreicht, anstelle eines wenig sozialistischen Staates. Eher gemäß dem, was Mama und Daniel mich lehrten. So finanzierten wir die Küche der Poale-Zion-Linken mit, auch die des Bundes, denn Lejbs Eltern und Helas Eltern waren Bundisten gewesen, soweit Hela, die ihnen immer ferner rückte, und Lejb sich erinnerten, am meisten aber gaben wir den Küchen von Centos, die für obdachlose Kinder kochten. Wir waren also nicht so wie die Reichen, die auf dem Weg ins Britania, ins L'Ours oder Asasel auf der Straße über am Hunger oder Typhus gestorbene Kinder hinwegstiegen wie über Pfützen.

So entkamen wir den Kugeln deutscher Gendarmen, entkamen polnischen Denunzianten, den Knüppeln jüdischer Polizisten und den Intrigen der Schweinehunde von Gancwajch, wir lebten, versorgten das Ghetto und verdienten daran, und abends, wenn wir nicht gerade in einem Lokal oder Theater waren oder sogar einem arischen Kino, dann lagen wir nackt und glücklich auf dem großen Ehebett, das den größten Teil unseres Zimmers einnahm, rauchten Zigaretten, tranken Wein, hörten Musik vom Phonographen, liebten uns und waren glücklich. Nichts dort draußen, nichts als wir selbst war dann wichtig für uns, ich vergaß für einen Augenblick sogar Daniel und Mama, denn sie waren für mich die Familie, die man verlässt, von der man sich löst, indem man erwachsen wird und eine eigene, neue Familie gründet, und ich war nun erwachsen, und Lejb und Hela waren mein Mann und meine Frau, und wir waren für uns die ganze, vollkommene Welt. Träume oder Ideale hatten wir keine. Sicher, wir hassten die Deutschen, die Polen und die jüdische Polizei, aber wir lebten so, als würden dieses Leben, das Ghetto und der Schmuggel für immer existieren. Wir führten lange Diskussionen, zum Beispiel: Warum gibt es die Armen, wenn das Geld so leicht zu verdienen ist? Wozu glauben die Menschen an Gott? Wie viel Geld kann man höchstens haben? Wofür kann man sein Geld ausgeben? Besser Weißwein oder Rotwein?

Nicht dagegen fragten wir uns, wann der Krieg zu Ende gehen würde, ob wir überleben und was wir nachher tun würden, warum die Deutschen uns so behandelten, wie sie es taten, warum die Polen uns hassen. Das waren

Dinge, die zu unserer Welt gehörten wie die Auf- und Untergänge der Sonne. Die Zukunft existierte nicht für uns, Vergangenheit gab es keine, da war nur das Jetzt, die Liebe und das Adrenalin, wenn wir auf die arische Seite wechselten und nach Laune zurückkehrten, kleine Götter der Nacht.

Später war es vorbei damit, weil die Deutschen es für angebracht hielten, das süße, wunderbare, ewige Jetzt von Hela Warm, Lejb Passenstein und David Shapiro zu beenden. Die Großaktion begann, ich, Mama und Daniel wurden abtransportiert, bis ich aus dem Zug floh, den Polen entwischte und nach Warschau zurückfand, zu Többens, zu Hela und Lejb und wir noch ein bisschen zusammenlebten, ein bisschen anders, aber zu dritt, nunmehr ohne Schmuggel von früheren Ausmaßen, aber immer noch reich, immer noch jung, unaufgequollen, ohne Typhus, sogar ohne Läuse, immer noch schön und völlig ineinander verliebt.

Wir wussten inzwischen, dass keiner von uns ewig war. Was wir nicht wussten war, dass dieses Hiermals von ewiger Dauer sein würde, ewiges Grau, doch wussten wir gut, dass die Welt, in der wir so schnell leben gelernt hatten, sich verändert hatte, untergegangen war, daher waren wir auch sicher, dass die Welt des Restghettos, von Többens Szop, des Uniformnähens und dieses ganzen Sklavendaseins untergehen und sich ändern würde.

Aus diesem Grund begann uns die Politik zu interessieren, die Parteien, der Kampf. Lejb und Hela neigten zum Bund, ich, eingedenk meiner Mutter, zur Poale-Zion-

Linken, aber wir nahmen diese Spaltungen weniger ernst als die Erwachsenen. Wir wollten kämpfen, Waffen besorgen und mit der Waffe in der Hand fallen oder irgendwie aus der Stadt herauskommen, uns jüdischen Partisanen anschließen, keine deutsche Grausamkeit noch polnische Gemeinheit fürchten. So sahen wir uns.

Wir wollten kämpfen und wussten, dass es nach der Liquidation im Ghetto Leute gab, die ebenso dachten wie wir. Nach dem Attentat auf den jüdischen Polizeikommandanten Szeryński, bei dem dieser nur verwundet wurde, sagten alle, das seien bestimmt Polen gewesen, vielleicht von der PPS, denn niemand konnte glauben, dass die Juden mit der Waffe in der Hand kämpfen würden. Wir jedoch wussten, dass es die Partei gewesen war, die auf Szeryński geschossen hatte. Wir wollten kämpfen und wollten leben, deshalb hatten wir die Plätze im Bunker gekauft, in dem ich später überlebt habe.

Als der erste, kleine Aufstand, später Januaraufstand genannt, ausgebrochen war, als Anielewicz und die anderen auf die Deutschen und auf die polnischen Polizisten geschossen hatten, konnten wir uns nicht mehr gemeinsam darüber freuen und gemeinsam vom Kampf träumen. Denn eines Nachts kam ein deutscher Gendarm in unser Zimmer und nahm Hela und Lejb mit, und das war's gewesen mit unserer Liebe. Sie zeigten ihm die Papiere, gute Papiere, starke Papiere, er zerriss sie, warf sie auf die Erde und nahm Hela und Lejb mit. Mich nahm er nicht mit.

Er nahm mich nicht mit, weil ich gerade auf dem Abort saß, nur deshalb.

Sie hat er mitgenommen.

Später kaufte ich den Revolver, zahlte mit einer Ampulle Zyankali dafür, dann schlug ich mich in wildes Gelände, fand den Bunker, traf Miecznicki darin, der mir verriet, wo die Waffenkiste vergraben war, ich versuchte, ihm das Bein abzuschneiden, und er starb, danach lebte ich einen Monat lang mit einer Leiche im Bunker, bis ich schließlich fand, ich könnte das nicht länger aushalten, ihn aus dem Bunker trug und in der Nähe vergrub, unter Trümmern, und selbst noch ein Dutzend Monate in diesem Bunker lebte.

Ganz in der Nähe brach unser Aufstand aus und erlosch. Später brach der Aufstand der Polen aus, entflammte und erlosch, während ich überdauerte, das Essen rationierte, am Essen sparte, Gewicht verlor, aber lebte. Ich lebte am Rande des Wahnsinns, aber ich lebte.

Ich hatte kein einziges Buch dabei, nichts, um mir die Zeit zu vertreiben, ich harrte in der Dunkelheit, ohne die Tage zu zählen. Kaum je verließ ich den Bunker, hatte ja Vorräte genug, die waren schließlich für fünf Menschen angelegt. Ich musste oft daran denken, dass ich Helas und Lejbs Essen aß. Sowie das von Anwalt Miecznicki und jenem Fünften, mir Unbekannten.

Nach dem polnischen Aufstand gingen meine Vorräte zur Neige. Zu jener Zeit, im Oktober, holte ich mir die Waffen, von denen Miecznicki erzählt hatte, genauer gesagt, einen Teil davon, denn mit leichten MGs oder deutschen Maschinengewehren konnte ich nichts anfangen. Ich nahm zwei polnische Vis-Pistolen mit Halfter und Ersatzmagazinen aus der Kiste, nahm eine deutsche

Maschinenpistole, Typ Schmeisser, die vor dem Aufstand in Warschau selten gewesen war, ein kurzes Kleingewehr, leicht verrostet, aber noch im besten Zustand von allen, nahm viel Munition und kehrte zum Bunker zurück mit dem Vorsatz, von nun an auszuziehen und Deutsche zu töten sowie jeden, der mich aufhalten wollte, schließlich hatte ich keine Angst zu sterben und zum Leben keinen Grund.

Ich dachte an Kapitän Nemo, den einsamen Rächer im Unterseeboot, und verstand, dass einer wie ich, der alles rächen will, was es auf der Welt zu rächen gibt, nicht einfach David Shapiro heißen kann. Ich brauchte einen Kriegsnamen. Zuerst dachte ich an Makkabäus, dann fand ich, dass die Bezeichnung allzu häufig verwendet wird, außerdem war mein Vater früher einmal, vor tausend Jahren, Sportler im Club Makabi Warschau gewesen.

Das Nächste, was mir einfiel, war der Name des griechischen Kriegsgottes. So beschloss ich, mich von nun an Ares zu nennen.

RYFKA

Ich erkannte ihn.

Nicht auf Anhieb, aber doch nach einer Weile, auch wenn in seinem schmalen Gesicht jugendlicher Bartflaum wuchs und unter der Wollmütze und dem weiß angemalten deutschen Helm schulterlange, zottlige Locken herausfielen.

Ich erkannte ihn. Ab und zu hatte ich ihn im Ghetto auf der Straße oder in einem der Lokale gesehen, immer mit zwei Freunden, sie trieben Schmuggel, zu dritt, gut gekleidet und selbstsicher, weil sie Geld in der Tasche hatten. Er kam also sehr gut zurecht, und trotzdem hatte ich den Eindruck, dass er nicht verdorben war, so wie andere, die gut zurechtkamen, wir. Ich habe mit Jakub nicht über ihn gesprochen, wir haben überhaupt sehr wenig über seine Familie gesprochen, und über sein Leben von früher überhaupt nicht.

Als er jetzt über mir stand in meinem Ersatzversteck, im Hinterhofkeller des Mietshauses an der Koszykowa, trug er einen Tarnanzug, bestehend aus einem weißen Laken, das in der Taille eine Schnur zusammenhielt; an den Füßen hatte er ordentliche Schnürschuhe mit Militärfutter, über der Schulter eine Maschinenpistole, in der Hand hielt er das Kleingewehr, dessen Lauf er unbedacht gegen meine Stirn drückte. Unbedacht, weil man immer genug Abstand wahren sollte, wenn man jemanden mit der Waffe in Schach hält, damit dieser Jemand einem die Waffe nicht aus der Hand reißen kann.

Eine Sekunde lang hatte ich das vor. Hochschnellen, den Lauf wegschlagen, ihn zu Boden werfen, nach meiner Pistole greifen und schießen. Doch das riskierte ich nicht – er hatte den Abzug schon über den ersten Widerstand gezogen, ein Zucken hätte gereicht, mir den Kopf wegzuschießen.

«David, bist du es?», fragte ich, denn wenn jemand dich beim Namen nennt, ist es nicht mehr so leicht, auf ihn zu schießen, und ich wollte nicht, dass er auf mich schießt.

«Nein», antwortete er.

«Ich sehe es doch», ich versuchte zu lächeln. «Wie bist du um die Granate herumgekommen?»

Ich war ganz sicher, dass er es war. Auch im Halbdunkel, unter dem Helm, mit dem schulterlangen Haar, älter und magerer als damals, als ich ihn das letzte Mal im Ghetto gesehen hatte, eine Woche, bevor wir auf die arische Seite gingen.

«Ich bin Ares», sagte er. «Und die Granate habe ich mir genommen. Kann ich noch gebrauchen.»

«Du bist Ares?»

«Ich bin der Gott des Krieges», erklärte er, und ich verstand, dass er nicht scherzte. Ich verstand auch, dass er ganz bestimmt nicht zufällig hier war.

«Der Ares, von dem es heißt, er töte Deutsche und schreibe seinen Namen mit ihrem Blut an die Wand? Ich habe diese Geschichten gehört, aber nie so eine Schrift gesehen», sagte ich.

Er nahm den Finger vom Abzug, ließ den Gewehrlauf sinken, trat sinnigerweise sofort zwei Schritte zurück und zielte auf meine Brust. Ich warf mich nur deshalb nicht auf ihn, weil er zurückgetreten war. Er schwieg, wir verharrten in diesem Schweigen, denn schließlich hatte ich ihm nichts Besonderes zu sagen, ich fühlte nicht einmal Hass auf ihn.

Früher einmal habe ich diese Kinder von Jakub gehasst, vor sehr langer Zeit, als er mich ihretwegen verlassen hatte. Ich hasste sie tief und still. Ich mochte überhaupt keine Kinder, Kinder fand ich abstoßend, ärgerlich und unerträglich, vielleicht weil ich selbst nie Kind hatte sein dürfen. Ich war kein Kind mehr, als ich zehnjährig, gleich nach dem Ende des großen Krieges, vor den Fabriken bettelte, auf Kleingeld von den Armen hoffend, nie von den Reichen, nur die Armen gaben einem Wesen etwas ab, das weniger wert war als eine herrenlose Katze, so wie ich mit zehn Jahren. Ich war kein Kind mehr, als ich beim Heulen der Fabriksirene hochfuhr, weil dann, bei Schichtende, die Masse der Spinnerinnen aus den Fabriken strömte, ich die Hand ausstreckte und diese Frauen flehentlich anblickte, ohne ein Wort, ich bat allein mit dem Blick, und manchmal fielen ein paar Groschen in meine Hand, und ich war damals überzeugt, das Beste, was einem Menschen passieren kann, sei Spinnerin zu sein, zu arbeiten, und zwar nicht für eine Schüssel Essen, sondern für Geld, regelmäßig gezahltes Geld, nur acht Stunden zu arbeiten für bares Geld, und ich träumte von nichts anderem. Jeden Tag von neuem musterte ich meine dreckigen Hände, ob die Finger lang genug werden würden, damit ich in die Fabrik aufgenommen würde? Denn so sagte man damals: dass man lange Finger brauche, um Spinnerin zu sein, dass der Meister zuerst auf die Hände gucke, wenn er die Frauen anstelle – nur die mit den langen Fingern bekommen Arbeit, die mit den kurzen können Hungers verrecken.

Ich wusste damals nicht, dass jeder Monat auf der Straße meine Chancen verringerte, meinen Traum, Spinnerin zu werden. Für den Webstuhl nahmen sie gern arme Mädchen vom Land, die auf der Suche nach Freiheit von ihren heimischen Höfen in die Stadt geflohen waren und die sogar bei dieser harten Arbeit und in den überfüllten Stuben der Holzbaracken, in denen sie wohnten, mehr Freiheit fanden als vorher, zu Hause. Auf dem Land war die Arbeit genauso schwer, nur zahlte niemand dafür. Auf dem Land kam man nie von der Arbeit nach Hause, denn zu Hause, das war die Arbeit, und es gab immer etwas zu tun. Gewiss, dort in Łódź waren die Mädchen den Meistern auf Gedeih und Verderb ausgeliefert, aber selbst so waren sie in einer besseren Position als gegenüber ihren Vätern, Onkeln, Brüdern und später Ehemännern. Ebensolche wurden für die Arbeit gesucht – kräftige, gut genährte Landmädchen, nicht abgemagerte minderjährige Straßengören, wie ich eine war.

Ich weiß, was mein Ende gewesen wäre, hätte der Pate mich nicht von der Straße geholt. Ich weiß, ich war nicht wie die anderen Kinder, auch wenn ich in deren Schar die Łódzer Straßen durchstreifte, und deshalb hatte ich zwei Kriege überlebt: den Ersten Krieg und den bolschewistischen, damals schon auf der Straße, weil meine Mutter an Grippe gestorben war; ich habe dann den Paten überlebt, die Baracken, Serbien, Jakub und seinen Verlust und seinen Wiedergewinn, und das Ghetto, den Aufstand und die Leere nach dem Aufstand, und alles. All das habe ich überlebt, weil ich mich mit Klauen und Zähnen ins Leben verbissen habe wie eine Ratte, denn wie sie, wie ein Nachttier bin ich intelligent, gerissen, skrupellos, und wenn der Pate mich damals nicht von der Straße geholt hätte, aus einer Laune heraus, zu seinem seichten Vergnügen, dann hätte mein Lebenswille nicht ausgereicht, alle Intelligenz, Gerissenheit und Skrupellosigkeit nicht, um die Welt zu besiegen, ich wäre umgekommen wie andere, verreckt an Hunger und Kälte, am Typhus, an Grippe, an Syphilis, ich hätte meinen zwanzigsten Geburtstag nicht erlebt und nein, Spinnerin wäre ich nie geworden, Mädchen wie ich wurden nicht Spinnerin.

Vielleicht deshalb habe ich Daniel und David gehasst, diese Zwillinge in ihren teuren Matrosenanzügen, mit sauberen Händen und Mäulchen, ihrem Geruch nach Kindergarten, Bundisten-Schule und sorgfältig eingepacktem zweitem Frühstück, früher einmal habe ich sie gehasst, später konnte ich sie nicht mehr hassen, weil sie ihre Portion Leid abbekommen hatten, so wie ich.

Zudem war ich seit jeher an den Schmerz gewöhnt,

und mein Leiden erschien mir daher weniger wert als ihres; Hunger, Angst und Tod hatten mich begleitet, seit ich denken konnte. Sie dagegen waren nicht darauf vorbereitet.

Ich empfand also nicht einmal Hass auf ihn, als er da so über mir und gleich darauf vor mir stand, schweigend, im Halbdunkel, mit Gewehr und Helm, der so wenig zu ihm passte wie einem Kind.

«Keinen Einzigen habe ich umbringen können», sagte er dann. «Aber wenn ich jemandem begegnet bin, habe ich von Ares erzählt. Ich habe mir diesen Ares ausgedacht. Ich wollte Ares sein, aber habe es nicht geschafft. Ich habe immer nur von ihm erzählt.»

«Ich habe einige getötet oder wenigstens verwundet», sagte ich.

«Wie?»

«Sind in meine Falle geraten. Meine Handgranate hat sie in die Luft geblasen. Weiß aber nicht, ob einer getötet wurde. Ziel nicht auf mich. Ich bin nicht dein Feind.»

Er ließ das Gewehr sinken.

«Ich habe sie gesehen, ich habe die Falle gesehen. Daher konnte ich mir denken, dass du auch hier eine anlegst. Ich bin dir seit ein paar Tagen auf der Spur. Was diese Deutschen betrifft: Einer ist tot, die anderen verwundet. Du bist Ares, nicht ich.»

«Ich will nichts als leben. Mit deinem Vater.»

«Wer ist der andere, der dir geholfen hat, ihn zu tragen?»

«Niemand. Ein Deutscher. Deserteur. Woher wusstest du, dass das dein Vater ist?»

«Ich war in deinem vorherigen Versteck, im Polytechnikum, als du weg warst. Hab ihn mir angesehen. Hab ihn erkannt. Ich bin gekommen, um ihn zu töten. Den Deutschen werde ich dann auch töten», sagte er, und ich wusste, dass er nicht log.

Konopka rührte sich auf seinem Lager, er war wach geworden, stützte sich auf.

«Wer ist das?», fragte er, noch verschlafen.

David Shapiro schwieg. Er stand mit schussbereitem Gewehr da und sagte nichts. Konopka sah ihn an, erschrocken. Beim Anblick der Waffe, des weißen Helms und des Lakens hielt der kleine Fritze ihn im ersten Moment für einen deutschen Soldaten und erstarrte wortlos.

«Du musst ihn nicht töten, David. Das ist sinnlos. Das Leben ist für ihn eine größere Strafe als der Tod, selbst ein Tod aus deiner Hand. Er wird nicht einmal wissen, dass er stirbt.»

Aber ich verstand schon, warum er ihn töten wollte. Ich dachte an all die Momente zurück, in denen mir klarwurde, dass er immer, wenn er bei mir war, nicht bei ihnen sein konnte, und es hatte überhaupt keine Bedeutung, dass sie ihn verlassen, sie ihn nicht mehr gewollt hatte, nicht er sie.

Jakub stand für all das Böse im Ghetto.

Ich kam nicht zu Ende. David Shapiro riss das Gewehr an die Schulter und zielte auf seinen schlafenden, im Stupor versunkenen Vater. Im selben Augenblick warf der kleine Deutsche, Jorg Konopka, sich auf ihn. David schoss, und die Kugel, für Jakub gedacht, traf Konopka in die Brust. Der junge Shapiro riss am Gewehr, versuchte durchzuladen, doch der verrostete Verschluss gab nicht nach, ich war schneller.

Ich wollte ihn nicht töten. Ich nahm ihm nicht einmal übel, dass er Konopka getötet hatte, auch wenn ich damals nichts von der Frau in Kornblumenblau am Rand des Steppengrabens wusste. Auch hiermals nehme ich es ihm nicht übel, doch glaube ich genauso wenig, dass diese Kugel, die David aus dem Gewehr schoss, mit dem 1939 einer der Soldaten des einundzwanzigsten Infanterieregiments geschossen hatte, im Namen einer unbekannten Gerechtigkeit abgefeuert worden wäre, denn ich weiß hiermals, dass es so etwas wie Gerechtigkeit nicht gibt.

Ich wollte ihn nicht töten, doch konnte ich auch nicht zulassen, dass er den einzigen Menschen tötet, den ich liebte, ich griff also zu meiner Pistole, zielte gut und schoss, traf ihn am Arm, die Kugel streifte ihn nur, aber er ließ das Gewehr fallen, ich sprang, warf ihn um und entwaffnete ihn.

«Ich will dich nicht töten. Aber ich lasse nicht zu, dass du ihn tötest, verstehst du?», flüsterte ich und dachte daran, dass wir jetzt fliehen sollten, zwei Schüsse waren gefallen, mitten am Tag, gleich würde jemand auf die Idee kommen, er müsse mal nachsehen, wer da geschossen hatte und warum.

«Warum?», fragte er, plötzlich ganz ruhig. «Dich hat er noch übler behandelt als Mama und uns. Er ist ein böser Mensch.»

Ich saß auf ihm und drückte seine mageren Arme mit meinen Knien an den Boden.

Neben ihm starb Jorg Konopka, das war's gewesen mit seiner Flucht vor dem Krieg. Mir wurde klar, dass dieser seltsame kleine Deutsche aus Schlesien Jakub das Leben gerettet hatte, und dachte, ohne von der Frau in Kornblumenblau oder anderem zu wissen, dass er, sollte er eine Schuld tragen, diese gesühnt hatte, doch hiermals weiß ich, dass keine Schuld sich sühnen lässt, auch nicht durch noch so eine edle Tat, so wenig der Meißel den Stein kleben kann, den er zuvor gespalten hat. Die Schuld lastet weiter, und lächerlich naiv erscheinen mir hiermals die Christen, die glauben, was sie getan haben, würde sich nicht für alle Ewigkeit ins Gewebe der Wirklichkeit brennen, sie könnten ihre Taten und Worte und Gedanken einfach auswischen.

Niemand kann das. Jede Tat ist für alle Zeit, nichts vergeht, nichts wird entwertet, nichts verziehen, denn selbst wenn jemand sich findet, der vergisst oder ohne Vergessen verzeiht, wird sich nicht auch nur ein Sandkorn in dem verändern, was geschah, sich ereignete, nichts lässt sich daran ändern, nicht einmal mit dem größten, edelsten Herzen. Die Mutter, die dem Mörder des eigenen Kindes vergibt, ändert nichts daran, dass das Kind ermordet worden ist.

Jorg Konopka starb, weil er einen Menschen hatte retten wollen, mit dem er nie ein Wort gewechselt hatte. Hiermals weiß ich, dass er sein Leben keineswegs für ihn geben wollte, jedenfalls hat er sich nicht in dieser Absicht auf David gestürzt. Er tat das, weil er fand, dass er zu mir gehört und mich und alles, was mein ist, verteidigen müsse. Er tat das, weil ich ihm Güte erwiesen hatte. Er tat das, weil ich bei ihm gelegen hatte wider die Welt, wider den Krieg, wider Hitler und Stalin, wider Bor-Komorowski, wider Rola-Żymierski, wider Wanda Wasilewska, wider seinen Vater und seine Mutter und wider die Pfarrer Kubis und Kolarczyk aus Pilchowitz, er hat es getan aus Liebe zu diesem Schatten einer Frau, der ich war, den er kennengelernt hatte, und das war's auch schon mit ihm. Seine Eltern, der alte Konopka und die alte Konopczyno haben nie erfahren, wo und wie ihr Sohn ums Leben gekommen ist, sie haben auch nie von dem jüdischen Mädchen in Kornblumenblau erfahren, das er umgebracht hat, auch nichts von dem gebrochenen, in der Seele toten jüdischen Boxer, dem er diesen Dreck gerettet hat, der weiterhin Leben genannt werden sollte.

«Er ist ein böser Mensch», sagte David noch einmal über seinen Vater, und ich wusste, er hat recht, es änderte nur nichts. Ich erlaubte ihm nicht, ihn zu töten, ich konnte ihm das nicht erlauben.

«Egal wie er war, und zu wem, ich habe ihn geliebt und werde ihn lieben. Du aber bist genauso wie er, David», flüsterte ich beinahe, während ich ihn immer noch zu Boden drückte.

«Bin ich nicht!», schrie er, wollte sich losreißen, doch ich ließ ihn nicht. Ich lächelte blass.

«Ich bin überhaupt nicht wie er», sagte er, nun leiser, und ich sah, wie die Tränen ihm in die Augen traten.

«Still. Schrei nicht. Wir müssen gleich fliehen.»

«Ich bin nicht wie er», wiederholte er.

«Nein? Wo ist denn jetzt dein Bruder? Wo ist deine Mutter?»

Er schwieg.

«Solche wie du, wie dein Vater, überleben immer. Das sehe ich dir jetzt an und sah es damals an dir, im Ghetto, als du mit deinen Freunden zugange warst. Wo sind deine Freunde, David? Du bist Blut von seinem Blut, und dieses Blut kocht in dir und wird kochen, so wie es in ihm kochte, und eines Tages wirst du gewiss so sterben wie er, wenn er sterben wird.»

Er weinte, versuchte, es gar nicht mehr zu verbergen, er weinte wie ein Kind, plötzlich ganz ein Kind. Ich stieg von ihm herunter, trat sein Gewehr zur Seite. Ging zu Konopka, betastete seinen Hals, kein Puls mehr, auf seiner Brust hatte sich ein großer Blutfleck ausgebreitet. Ich zog ihn zur Seite, auf seine Schlafstatt, für einen Mann war er leicht. Ich schloss ihm die Lider und bedeckte das Gesicht mit einem Lappen. Jakub lag reglos auf seinem Lager. Ich fragte mich, ob er noch am Leben sei. Ging und überzeugte mich, dass er lebte.

Ich fragte mich auch, ob er nun wenigstens ein bisschen aus seiner tiefen Verlorenheit aufgewacht sei, ob wenigstens ein kleinster Teil seines Bewusstseins wach sei, schließlich waren zwei Schüsse gefallen. Verstand er, dass hier, neben ihm, sein Sohn saß?

Er war nicht erwacht und wusste nicht, dass sein Sohn so nah war, zum Greifen nah, das weiß ich hiermals mit jener absoluten Sicherheit, mit der ich hiermals alles weiß, aber schon damals war ich fast sicher, dass er nichts mitbekommen hatte.

David kroch zu mir und schmiegte sich an mich wie an die Mutter, die er nicht mehr hatte.

«Du kannst ihn bestrafen, denn er hat Strafe verdient. Den Tod hat er nicht verdient.»

«Wie?», fragte er und schluckte die Tränen.

«Lebe. Der Krieg wird bald zu Ende sein. Leb bis zum Ende des Krieges, zieh nach Palästina und lebe. Lebe ein normales Leben, wenn so etwas überhaupt möglich ist. Und ich werde ihm nie sagen, dass du lebst. Und werde nicht zulassen, dass jemand ihn tötet.»

Er weinte, weinte noch lange, an mich geschmiegt, und ich ließ ihn weinen, auch wenn wir hätten fliehen sollen, wegen der Schüsse und Schreie, doch ich wusste, dass ich ihm das gestatten musste. Dann hörte er auf.

«Du wirst es ihm nicht sagen?», fragte er nach.

«Nein.»

«Entschuldige, dass ich deinen Deutschen erschossen habe. Das war Zufall.»

«Was sonst», antwortete ich, denn was blieb mir übrig.

Konopkas Tod betrübte mich nicht und freute mich nicht, ich nahm ihn mit idealem Gleichmut hin. Nahm ihn zur Kenntnis. Einerseits schlecht, weil ich ihn als Unterstützung bei Jakub und überhaupt hätte gebrauchen können. Andererseits gut, weniger Mäuler zu stopfen, mehr Essen für mich und Jakub. Ich hatte mich nicht an Konopka gebunden und schon zu viele Tode im Leben gesehen, als dass mich jetzt gerade dieser mitgenommen hätte. Warum hätte es mich mitnehmen sollen, dass in den Ruinen Warschaus ein Deutscher gestorben war, selbst wenn er mich als Mann berührt, mich einen Moment lang geliebt hatte? Was in mir an Liebe war, reichte nur noch für Jakub, für niemanden sonst auf der Welt.

«Ich hätte mehr von ihnen töten können, nicht nur deinen», sagte er.

«Deutsche?»

«Ja. Ich wollte wie Kapitän Nemo sein. Ich habe mich wie ein Jäger an sie herangepirscht. Das konnte ich. Oder aus dem Hinterhalt. Viele hatte ich auf dem Korn. Aber ich konnte nicht abdrücken. Weiß nicht. Auch wenn ich so sehr auf Rache aus war. Ich hatte keine Angst zu schießen, hatte keine Angst, dass sie mich finden und umbringen könnten, zu viel davon hatte ich schon gesehen, aber ich hatte irgendwie Angst vor dem Töten. Ich wollte nicht töten. Ich bin nicht wie mein Vater.»

«Vielleicht nicht», stimmte ich zu. «Vielleicht wirst du niemanden töten müssen.»

Hiermals weiß ich, dass er töten musste und schon viele Menschen in seinem zweiten, langen Leben getötet hat. Damals wusste ich das nicht. Ich versorgte seine Wunde. Wenn bis jetzt keiner gekommen war, hieß das wohl, dass niemand die Schüsse gehört hatte und das Versteck sicher war. Ich nahm eine Konserve aus Konopkas Vorräten, öffnete sie, setzte mich neben David und reichte ihm den Löffel. Gemeinsam aßen wir und saßen dann lange so da, ich drückte ihn an mich, und er weinte, so verbrachten wir diesen kurzen Wintertag.

«Geh jetzt», bat ich, als es dunkel geworden war. Er zog die Nase hoch. Ich nahm Jakubs Uhr vom Handgelenk, die Vorkriegs-Glashütte mit phosphoreszierenden Zeigern.

«Nimm sie. Sie gehörte deinem Vater. Man braucht sie nicht aufziehen, sie geht automatisch. Mach sie nur nicht nass, sonst bleibt sie stehen.»

Er zögerte.

«Nimm. Einfach, damit sie dich daran erinnert, wie, wer du nicht sein willst.»

Er nahm sie, machte sie an seinem Handgelenk fest.

«Geh.»

Er zögerte nicht länger und verschwand in der Dunkelheit.

Ich blieb zurück mit dem bewusstlosen Jakub und dem toten Jorg Konopka und fragte mich, ob und wie ich das Kriegsende erleben würde.

Ich überlebte noch einen Monat, zwei Wochen und drei Tage, hielt Jakub am Leben, bis eine Woge von Menschen in grünen Mänteln, eine Woge von Maschinen, Pferden, Fuhrwerken, Panzern, Autos, Geschützen, Traktoren, Mörsern sich nach Warschau ergoss und wir endlich unser Versteck verlassen konnten. Dann kamen Bierut, Osóbka-Morawski, Rola-Żymierski, es gab eine Parade, die Kameras der Polnischen Wochenschau, es gab alles, was es auch später geben sollte.

Ich überlebte – und er auch.

Ich hielt ihn am Leben, päppelte ihn auf, das Essen weckte ihn aus seiner Dunkelheit, er lebte, wenn er auch nie mehr ganz lebendig werden sollte. Und ich lebte an seiner Seite. Wir verließen diesen Friedhof, Warschau. Nichts verband uns mehr mit dieser toten Stadt.

David habe ich nie mehr getroffen, aber ich wusste, dass er überlebt hatte, damals wusste ich das, und hiermals weiß ich es, doch Jakub hatte nicht verdient, es zu wissen.

Wir haben nie über diese Begegnung gesprochen. Jakub hat nie ein Wort über Emilia und seine Söhne verloren.

Später hatte er völlig klare Tage, Monate und Jahre, wenn er an der Oberfläche war, wenn er wieder stark und, so konnte man meinen, lebenshungrig war. Doch die Dunkelheit hatte ihren Widerhaken schon zu tief in ihn geschlagen, als dass er sich je ganz von ihr befreien konnte. Die Dunkelheit war das Schweigen, das über dem Schicksal seiner Kinder lag, und mein Wissen, dass nicht alle umgekommen waren, war meine Strafe für ihn.

Ich weiß noch und werde nie vergessen, wie er zu mir gekommen ist, als sie ihn aus dem Haus geworfen hatte; wie er kam und blieb. Ich wohnte damals in einem kleinen Zimmer in der Sochaczewska, nicht weit vom Friedhof, und er kam, trat aus dem Treppenhaus in die Wohnung, ohne anzuklopfen, durchmaß jedes Zimmer, ohne Rücksicht auf die übrigen Mieter, so als waren sie damals schon Staub, Geister, Luft, Nichts.

Er war selbstverständlich betrunken, kam nicht direkt von ihr, aus ihrem Haus, erst war er trinken gegangen, so wie immer, wenn das Geheul und das Rauschen in seinem Kopf unerträglich wurden. Geradewegs aus ihrer, damals noch, Vorkriegswohnung, geradewegs von ihr und ihren Kindern war er in die Bagatela in der Nowolipie gegangen. Dort trat gerade Chana Lerner auf, doch das interessierte ihn überhaupt nicht. Er hörte ihr nicht zu, setzte sich an einen Tisch und bestellte Wodka, man brachte Wodka, und er trank, trank, nahm nicht einmal die Polizeimütze ab, knöpfte nicht den Mantel auf, aß nichts, trank nicht sehr schnell, in kleinen Schlucken, doch die Flasche war irgendwann leer und das Geheul in seinem Schädel gedämpft. Da stand er auf und ging, ohne zu zahlen. Damals fürchtete man ihn noch so sehr, dass niemand Geld verlangte.

Und er kam zu mir, in mein Zimmerchen in der Sochaczewska, und ich wunderte mich, woher er wusste, wo ich wohne. Meine Tür war die erste, an die er klopfte, die erste, die er nicht öffnete wie seine eigene. Und da er klopfte, öffnete ich.

Schweigend stand er da, die Mütze in der Hand, in den Türrahmen gelehnt, und sah nicht mich an, sondern blickte in eine Ferne hinter mir, als stünde dort noch jemand. Das letzte Mal hatten wir uns vor dem Krieg gesehen, doch wusste damals keiner von uns etwas Besonderes zu sagen, so oft schon hatten wir uns alles gesagt, deshalb schwiegen wir.

Ich trat zur Seite und ließ ihn ein. Er setzte sich auf das Bett, um dann langsam, wie ein stürzender Baum, seinen schweren Kopf aufs Kissen sinken zu lassen, die Füße in den hohen Stiefeln blieben auf dem Boden. Ich setzte mich neben ihm auf einen Stuhl.

«Diesmal wirst du bleiben, oder …?», flüsterte ich. Er hörte mich nicht, er schlief schon seinen tauben, trunkenen Schlaf, aber er blieb von nun an für immer bei mir, und so begann sein Leben, sein ewiges Leben mit mir.

Ich schlief nicht in jener Nacht und löschte das Licht nicht. Ich zog ihm die Stiefel aus, den Mantel, nahm seine Mütze und hob seine Beine hoch, deckte ihn zu, saß neben ihm und schaute ihn die ganze Nacht an, diesen großen Mann, der meine Liebe war, mein Fluch und Gefährte all jener ungezählten Glücksmomente, die das Leben und die Welt mir vergönnt haben. Seit ich ihn kannte, seit er zum ersten Mal meinen Körper erfüllt hat, seit diesem Moment haben ihm auch mein Leben und meine Gedanken gehört, mein Licht und meine Dunkelheit. Niemand hat ihn so geliebt wie ich, das weiß ich hiermals und wusste es damals. Keine wache Viertelstunde hat es in meinem Leben gegeben, in der ich nicht an ihn gedacht habe. Meine Hingabe war grenzenlos, meiner Liebe konnten weder Zorn, Abscheu noch Mitleid etwas anhaben, und das Mitleid ist das Schlimmste unter ihnen. Und obwohl ich all das empfand, Zorn, Abscheu und Mitleid, so hat es meine Liebe zu Jakub Shapiro doch kein Gran verringert. Ich liebte einen bösen Menschen, weil er meiner war, weil wir gleich waren, weil wir eins waren, und keine seiner Frauen konnte unsere Einheit auch nur antasten, und damals, als ich die ganze Nacht saß und ihn betrunken schnarchen hörte, sagte ich mir, dass wir überleben würden, denn nun, wo ich ihn schon hatte, wäre es dumm gewesen, ihn dem Tod zu überlassen.

Das gelang mir.

Und wir lebten.

Das war meine Strafe für ihn. Ich habe überlebt, und er mit mir.

DAVID

Die Nacht war warm und mondhell, der Motor unseres kleinen Schiffes tuckerte leise und gleichmäßig, in einem niedrigen Gang. Ich tat kein Auge zu. Seit dem Abendessen lag ich schweigend, meine Gefährten schliefen ruhig in ihren Kojen, und ich hörte zu, wie die Wellen des ruhigen Meeres gegen den Bootsrumpf schlugen. Die Narbe an meinem Arm kribbelte. Ich sah auf die phosphoreszierende Uhr, sie zeigte eine Viertelstunde vor Mitternacht.

Es ist Zeit, dachte ich, wühlte mich aus meiner Koje und trat leise auf die nach Schimmel riechende Gräting.

Ich machte die Armbanduhr ab und legte sie auf die Koje. Es tat mir ein wenig leid um sie, aber nach dem, was ich vorhatte, würde sie unbrauchbar sein. Besser, ein anderer würde sie haben. Und im Grunde wollte ich sie hinter mir lassen, wie alles. Ich wollte *ihn* nicht mitnehmen. Ich zog die leichte Leinenhose und ein Sporthemd an. Schuhe und Papiere nahm ich nicht mit, ich wusste, dass ich sie nicht brauchen würde.

Ich musste mich tief bücken, als ich durch die enge, mit einem breiten Drehgriff versehene Stahltür stieg, die aus der Kajüte auf den Flur führte. Über die steile Stahltreppe stieg ich an Deck. Im Steuerhaus brannte ein blasses, bernsteingelbes Licht, der Skipper bemerkte mich nicht. Wir fuhren Richtung Süden, backbord sah ich Lichter und die schwarzen Konturen des Festlands vor hellerem Himmel.

Die Zeit war gekommen.

Ich sprang wie bei einem Wettschwimmen, Kopfsprung, die Arme vorgestreckt, glitt in die Wellen, schwamm ein paar Meter unter Wasser und tauchte dann auf, holte Luft, kam zu geregeltem Atem und kraulte gemächlich. Ich war ruhig und sicher, ohne Angst. Nach einer Minute drehte ich den Kopf, sah zurück. Unser Schiffchen war auf Kurs geblieben, der Steuermann hatte also nichts von meinem Sprung bemerkt. Deshalb schwamm ich weiter, ruhig, abwechselnd Kraul und auf dem Rücken, um ein wenig auszuruhen. Bald merkte ich, dass die Hose und das Hemd mich behinderten, streifte sie ohne Bedauern ab und schwamm weiter. Zwei Viertelstunden später spürte ich Sand unter den Händen.

Ich stand auf und trat nass, nackt und erschöpft an den Strand, nicht weit von den Lichtern, die die Siedlung Netanja in der Sharonebene warf, gute dreißig Kilometer nördlich von Tel Aviv. Ich sah zurück, auf das Meer. Das hilfreiche Schiff, auf dem ich mich gerade eben noch befunden hatte, nahm weiter unbeirrt Kurs auf Süden, zum Hafen von Jaffa, wo ich wegen der Briten nicht an Land gehen konnte. Deutlich konnte ich die blinkenden, roten und weißen Positionslichter und, da der Mond fast voll war, auch die Silhouette meines Schiffes erkennen. Und dann plötzlich, nicht weit davon, sah ich zwischen den sanften Wogen den schwarzen Riesenleib eines Pottwals sich wälzen, einen Teil seines quadratischen Schädels, aus dem pfeifend der Wasserstrahl entwich, anschließend der Leib mit dem gar nicht großen Dreieck der Rückenflosse, woraufhin der breite Schwanz vor dem Himmel erschien, dann wieder die Silhouette des Quadratkopfes und die Wölbung des Rückens, bis sich plötzlich das Meer in völliger Stille über dem Riesenleib schloss und der Pottwal in den Tiefen verschwand, als hätte es ihn nie gegeben.

Ich wandte mich weg vom Meer und von meinem alten Leben und ging nackt, ohne jede Scham, auf die Gebäude von Netanja zu. Niemals bin ich zurückgegangen, habe nie einen Blick zurückgeworfen. Niemals mehr habe ich ein einziges Wort Polnisch gesprochen, habe auch niemandem gesagt, wie und wo ich den Krieg verbracht hatte, es interessierte auch keinen, es gab andere, wichtigere Dinge als einen Zug, der vom Umschlagplatz nicht nach Otwock, sondern nach Wołomin fuhr, und meinen Bruder, meine Mutter. Ein Jahr und sechs Tage später entstand der Staat Israel, und mein ganzes langes, zweites Leben begann.

EMILIA

Hier hast du, trink, Mäuschen. Trink. Nein, ich brauche nichts. Ich weiß, es ist heiß hier, ein furchtbares Gedränge, ich weiß, dir tun schon deine Füße weh, aber mein kleiner Junge ist tapfer und schafft das. Ich weiß, Mäuschen, all diese Menschen sind so unfreundlich, aber keine Angst, diese Reise wird enden, sie wird schon bald enden, wir kommen an, und alles wird gut. Mama ist bei dir, dein kleines Händchen in meiner Hand, Liebling, nur keine Angst.

Alles wird gut, mein Mäuschen. Kein Grund zur Angst. Alles nicht so schlimm, mein Liebes. Alles wird gut. Wir haben diese Reise überlebt, jetzt wird auch alles gut. Du musst die Schuhchen ausziehen, warte, ich helfe dir. Na siehst du, einer, noch einer, hopp, fertig. Jetzt musst du die Schuhe aneinanderbinden. Ja? Binde sie hübsch zusammen, mit einer Schleife, aber fest, dass sie hält. Sehr schön. Damit sie nicht verlorengehen, weißt du? Damit du später beide wiederfindest, was tätest du denn mit einem einzelnen Schuh? Gar nicht schwer. Mein tapferer Junge.

Schäm dich nicht, mein Lieber. Macht gar nichts. Hier ziehen sich alle aus. Man braucht sich nicht zu schämen. Als ich dich geboren habe, hast du auch nichts angehabt. Also schäm dich nicht. Du bist ein schöner Junge. Ich ziehe mich auch aus. Wir gehen ins Bad, Mäuschen, uns waschen nach dieser schrecklichen Reise, das wird uns allen guttun. Nur keine Sorge. Leg deine Sachen ordentlich zusammen, damit sie nicht zerdrückt werden, falte sie, und darauf die Schuhchen, so. Ich ziehe mich auch aus. Du brauchst dich nicht für mich zu schämen, ich bin doch deine Mama, und hier sind nur Frauen, das macht nichts, es ist nur der Körper, für den Körper braucht man sich nicht zu schämen. Jeder hat einen Körper, da sind wir alle gleich.

Weine nicht, Mäuschen, weine nicht, die Haare werden mir schon nachwachsen. Ich weiß, du mochtest meine langen Haare, aber sie mussten runter, wirklich, wer weiß, was wir uns in diesem Zug eingefangen haben. Für die Gesundheit, damit wir nicht krank werden, müssen sie ab, alles wird gut, wir gehen jetzt ins Bad, Mäuschen. Gib Mama die Hand und weich keinen Schritt von meiner Seite, komm, Liebes, mein geliebter Junge, komm. Wir gehen, Mäuschen.

Ich weiß, dass alle schreien, Maus, ich weiß das, aber es macht nichts, alle haben ein bisschen Angst, aber wir überhaupt nicht, wovor denn? Wovor sollten wir hier Angst haben? Ich bin bei dir, Liebes, Mama ist bei dir. Komm, Mama drückt dich, Liebes, ich nehme dich auf den Arm, das schaff ich doch noch, auch wenn du schon so groß geworden bist, ein großer Junge, mein Sohn, so groß, leg mir die Arme um den Hals, deine dünnen Ärmchen, und halt dich fest, das Köpfchen hierhin, so, und guck nicht hin, da gibt es nichts zu sehen.

Hier versteck dich, Maus, hier, in mir drin, in meinen Armen, verkriech dich unter meiner Haut, schlüpf in meinen Leib, ich habe hier Platz für dich, schrumpf in mich hinein, roll dich ein, birg dich in meinem Bauch, in meiner Gebärmutter, sei so klein, wie du nur kannst, mein Mäuschen, winzig klein, und bleib so, mein Leib wird dir ein Bunker sein, mein Mäuschen, dein Schutz vor allem, in mir versteckst du dich, und nichts wird dir passieren, verborgen in mir wirst du leben, Mäuschen, selbst wenn ich gestorben sein sollte. Alles andere sind nur Schatten, die langen Schatten vor dem Sonnenuntergang.

Es war einmal eine Stadt, es waren Menschen, war ein Mann, den ich geliebt habe und der mich betrogen hat, es waren andere Frauen, es war Krieg, und Bomben fielen, du hattest einen Bruder, ein Haus, da war ein Flughafen, Flugzeuge, ein warmes Land über dem Meer, unser Land, doch das sind nur lange Schatten, von denen ich den Blick abwende, jetzt bist da nur du, Mäuschen, nackt, auf meinen Armen, in mir, verborgen, sicher, ringsumher geschehen schreckliche Dinge, doch du bist sicher, denn du bist bei mir, bis zum Ende bist du bei mir, und wirst für immer bei mir bleiben, sicher und ruhig, nichts wird passieren, denn du bist bei der Mama, und die Mama ist bei dir, Maus.

Hiermals, Mäuschen, werden wir zusammenbleiben für alle Zeit.

Weitere Titel

Das schwarze Königreich

Demut

Der Boxer

Drach

Morphin

Wale und Nachtfalter